Knaur.

Knaur.

Über den Autor:
Steffen Jacobsen, geboren 1957, ist Oberarzt und Orthopäde. Mit seinem Spannungsdebüt »Der Passagier« begeisterte der passionierte Segler in Skandinavien ein großes Leserpublikum. Der Autor arbeitet bereits am zweiten Band um den charismatischen Ermittler Robin Hansen.

Steffen Jacobsen
Der Passagier
Thriller

Aus dem Dänischen
von Frank Zuber

Knaur Taschenbuch Verlag

Die dänische Originalausgabe erschien 2008 unter dem Titel
»Passageren« bei Rosinante, Kopenhagen.

Besuchen Sie uns im Internet:
www.knaur.de

Deutsche Erstausgabe Februar 2010
Copyright © Steffen Jacobsen & Rosinante & Co, Copenhagen 2008.
Published by agreement with the Gyldendal Group Agency
Copyright © 2010 für die deutschsprachige Ausgabe bei
Knaur Taschenbuch.
Ein Unternehmen der Droemerschen Verlagsanstalt
Th. Knaur Nachf. GmbH & Co. KG, München.
Alle Rechte vorbehalten. Das Werk darf – auch teilweise – nur mit
Genehmigung des Verlags wiedergegeben werden.
Redaktion: Maria Hochsieder
Umschlaggestaltung: ZERO Werbeagentur, München
Umschlagabbildung: Gettyimages / Photodisc / Doug Plummer
Satz: Adobe InDesign im Verlag
Druck und Bindung: GGP Media GmbH, Pößneck
Printed in Germany
ISBN 978-3-426-50492-5

2 4 5 3 1

*Für die Töchter und ihre Mütter.
Für Christian, Lars, Thommie, Stig und Peter.
Und für Johannes.*

Prolog

Bjørnøya
74°23'59"N
19°11'10"E
14. April 2005
11:35 UTC, AM

Schwarze, zerklüftete Klippen türmten sich über der jungen Frau auf. Sie öffnete die Augen und betrachtete den grauen Himmel und die Seevögel. Kleine, weiße Winkel, die sich aufs Meer hinausstürzten, mit Futter für ihre Jungen zurückkamen oder über der Felskante im Aufwind schwebten. Ein Gewirr von Vogelschreien hallte unaufhörlich von den Klippen wider.
Sie lag auf dem Rücken in einem zerstörten Rettungsfloß, angespült in einer steinigen Bucht, die sich zur Barentssee öffnete. Was sie geweckt hatte, wusste sie nicht. Der Schmerz, die Kälte, die Vögel oder die Steine, die unablässig in der Brandung klackerten.
Bestimmt das Bein. Sie fühlte keinen Hunger mehr, aber sie hatte großen Durst. Doch in ihrer kleinen, dreieckigen Welt gab es nur die Klippen, den Himmel, die Vögel und das Meer. Am Tag zuvor hatte sich ein Häuflein schmutziger Schnee hinter dem Floß angesammelt, mit dem sie ihren Durst gestillt hatte.
Als sie zum ersten Mal aufgewacht war, hatte sie Rauhreif von den Steinen geleckt, die sie erreichen konnte.

Die Frau wusste genau, wo sie war: am Fuß des Miseryfjell an der Ostküste Bjørnøyas. Mitten in der Barentssee, sechshundert Seemeilen nördlich des Polarkreises. Sie wusste auch, dass Norwegen an der Nordküste der Insel eine bemannte meteorologische Station unterhielt, sechzehn Kilometer entfernt. Luftlinie. Hinter der hundertunddreißig Meter hohen Klippenwand und der Tundra mit ihren Moorseen und sumpfigen Permafrostböden.
Plötzlich klatschte direkt neben ihr etwas auf den Boden. Es war lebendig und schrie kläglich. Die Frau stemmte sich auf die Ellbogen. Ein hässliches, graues Möwenküken watschelte verstört über die glatten Steine. Es öffnete den weichen Schnabel und klagte laut. Dann streckte es die Flügelstummel aus, ahmte verzweifelt ein Flattern nach und tappte in Richtung Wasser, ohne sie zu bemerken.
»Du kannst nicht fliegen, ich kann nicht gehen«, flüsterte sie.
Sie hob den Kopf und betrachtete teilnahmslos ihren Körper. Sie trug graue Segelkleidung, die speziell für hohe Breitengrade gefertigt war. Der Anorak war von den bunten Logos der Sponsorenfirmen übersät. Es waren die einzigen Farben in der Bucht.
Sie roch sich selbst. Am Boden des Floßes hatte sich Urin gesammelt. Sie hatte es versucht, aber seit dem letzten Abend konnte sie kein Wasser mehr lassen. Ihr linkes Hosenbein war bis zum Knie aufgeschnitten, der Seglerstiefel lag ein paar Meter entfernt. Ihr Unterschenkel war bleich und blutleer. Unter dem Knie klaffte eine schwarze Wunde, aus der ein weißer Knochen ragte. Der Fuß war unna-

türlich verdreht. Sie hatte eine Rettungsweste unter das Bein gelegt und die Schlaufen um den Schenkel gebunden, um den Bruch notdürftig zu schienen, aber bei jeder Bewegung, auch wenn sie vor Kälte zitterte, stach der Schmerz bis zur Hüfte.

Das Wasser war zehn Meter entfernt. In der Brandung schwammen die Griffe gebrauchter Notfackeln zwischen kleinen Eisschollen. Eine halbe Seemeile südlich lag ihre zerschellte Open-60-Segeljacht »Nadir«, eingekeilt zwischen einer Felssäule und den Klippen. Von der alten Pracht war nicht viel übrig. Der Carbonfaser-Mast schaukelte auf den Wellen, durch verdrehte Wanten, Stage und Fallen noch immer mit dem Wrack verbunden. Neben dem Rumpf, am Fuß der hohen Klippe, bewegte sich etwas im Wasser. Es war rund, schwarz und sah aus wie ein neugieriger Seehund, der den merkwürdigen Fremdkörper erkundete.

Ihr wurde schwarz vor Augen, sie ließ den Kopf zurück auf die Steine fallen. Mit geschlossenen Augen tastete sie über den Gummiboden des Floßes, zog einen wasserdichten Leinensack zu sich heran, legte ihn auf die Brust und umklammerte ihn fest. Es war das Einzige, was sie in jener Nacht von der Nadir gerettet und durch Sturm und Brandung bis zu diesem gottverlassenen Ort mitgenommen hatte. In dem Sack waren ihre Brieftasche, ihr Pass, die Schiffspapiere und ein GPS-Empfänger, dessen Batterien längst leer waren.

Außerdem hatte sie eine kleine Digitalkamera, ein Handfunkgerät und ihr Tagebuch am Rücken unter die Thermo-Unterwäsche gesteckt.

Schatten huschten über die Bucht, auf der anschwellenden Dünung bildeten sich Katzenpfoten.
Die junge Frau schob sich auf Ellbogen und wunden Händen von dem platten Floß auf die Klippe zu. Weg vom Meer. Sie rang nach Luft, biss die Zähne zusammen und winselte wie ein Tier, als die Knochenenden aneinanderscheuerten. Sie wusste, dass der nächste Sturm diesen Ort leerfegen und jedes Anzeichen menschlicher Existenz vernichten würde. Auch ihre geliebte Nadir würde verschwinden. Schwarze Kumuluswolken türmten sich am östlichen Himmel auf.

1

Montag, 12. Juni 2006
Schloss Gyrstinge
Seeland
06:30

Der letzte Morgen in Jacob Nellemanns Leben war vollkommen.
Fast vollkommen.
Um halb sieben riss ihn der Wecker aus einem kalten Traum von Klippen und alles zertrümmernden Wellen. Er blieb liegen und studierte die pastoralen Szenen am Betthimmel. Zum ersten Mal schlief er in der *chambre provençale* des Schlosses. Auf dem goldenen Seidenbrokat verfolgte ein mit einer Flöte bewaffneter Satyr spärlich bekleidete Nymphen. Seine amourösen Bemühungen waren von weißen Camargue-Pferden sowie der Brücke und dem Papstpalast von Avignon flankiert.
Er drehte sich auf die Seite und betrachtete ein Stillleben von Cézanne, das zwischen zwei hohen Fensternischen hing. Jeder Zweifel über die Echtheit des Gemäldes war in der Nacht zuvor ausgeräumt worden.
Nellemann verzog das Gesicht. Er war im Nachbarzimmer einquartiert gewesen, aber nach schlaflosen Stunden und einer Nachtwanderung hatte er sich in der Tür geirrt. Obwohl er es schnell bemerkte, blieb er still im Mondlicht stehen und bewunderte das Bild. Fand Ruhe in der

Komposition. Dadurch hatte er eine druckempfindliche Alarmplatte unter dem Teppich aktiviert.

Er hatte nichts gehört. Hatte nicht den leisesten Lufthauch, nicht den geringsten Temperaturunterschied gespürt. Kein einziges Haar hatte sich ahnungsvoll gesträubt, bevor sich eine große Hand um seinen Mund legte. Er konnte sich nicht wehren, wurde auf die Knie gezwungen. Jemand drückte einen kalten Gegenstand in sein Ohr. In der Dunkelheit hörte er die leise, aber strenge Stimme seines Gastgebers, die ihm versicherte, dass es sich dabei keineswegs um ein Hörgerät handle, sondern um eine 9-Millimeter Glock, und dass er nur eine Fingerkrümmung von einer besseren Welt entfernt sei. Vor Angst zitternd stammelte er einen schwachen Protest, und zögernd – fast widerstrebend, kam es ihm vor – wurde die Pistole zurückgezogen. Seine Hosen waren warm und nass. Der Hausherr schaltete den Kronleuchter ein. Ließ die Hand mit der Pistole hängen. Nackt. Lauernd.

Jacob Nellemann sah seinen alten Freund an. Versuchte den Axel wiederzuerkennen, mit dem er zur Schule gegangen war. Den Jungen, der im Regen auf dem Fußballplatz blieb, lange nachdem die anderen hinter den angelaufenen Scheiben des Umkleideraumes verschwunden waren. Der Junge am Ball, instinktiv wie ein Welpe, atemlos ins Spiel vertieft, bis der Sportlehrer ihn zum dritten Mal hereinrief.

»Vergiss es«, hatte der dunkle Mann gesagt und ihm ein Handtuch gereicht.

Was genau, wusste Jacob Nellemann in jenem Moment nicht. Die Schule? Das Ganze?

Der komplexe Geschmack des 90er Châteauneuf-du-Pape, den sie zu Lamm am Spieß getrunken hatten, lag ihm noch auf der Zunge, vermischt mit dem Graham's 57 Port, den man zum Trifle genossen hatte, und dem kräftigen Grappa, der zum Kaffee in der Bibliothek gereicht worden war.

Nellemann schlug die Bettdecke zur Seite, schwang die Füße auf die Marmorplatten und stand auf, erfüllt von jener urzeitlichen Erregung vor der Jagd.

Im Badezimmer stand die einzige Badewanne mit Treppe, die er je gesehen hatte. Er zog eine Kniebundhose an, streifte einen dicken, grünen Wollpullover über das Unterhemd, steckte die Füße in lange Wollstrümpfe und schlich hinunter in die Küche. Es war Sommer in Dänemark, aber Jacob Nellemann war im Lauf der Jahre dünn und verfroren geworden. Das Haus war still, er traf niemanden auf den Gängen.

Er hatte Kopfschmerzen, fühlte sich ausgetrocknet. Er trank mehrere Gläser Leitungswasser, machte sich eine Tasse Nescafé und aß gründlich kauend eine Schüssel Hafergrütze mit Milch und Zucker.

Im Kühlschrank lag die rote Proviantdose, die er vor dem Schlafengehen mit belegten Broten, einem Snickers und einem Müsliriegel gefüllt hatte. Ihre Kanten waren rostig, er hatte sie zum ersten Schultag von seiner Mutter bekommen. Auf dem Deckel stand in zierlicher, weißer Schrägschrift *Guten Appetit*. Es war kaum noch zu erkennen, aber er wusste, dass es dort stand. Er steckte die Dose und eine Flasche Wasser in seine Jagdtasche. Es würde ein heißer Tag werden, ein sehr heißer, langer Tag.

Als er die breite Eingangstreppe hinunterging, stand die Sonne schon über den Hecken am Ende der Felder. Wie immer gab er dem letzten Granitlöwen einen festen Klaps auf den Hintern. Der Löwe warf ihm einen wütenden, versteinerten Blick hinterher.

Nellemann ging über den weißen Kies zum Feldweg bei den Garagen. Die Sonnenstrahlen bündelten sich zwischen den Ästen der uralten Linden, die das Schloss umgaben und den gepflegten Park schützten. Feiner Dunst stieg aus dem Gras, der Tag roch frisch. Im Vorbeigehen betrachtete er respektvoll den spiegelblanken Jaguar XK 150, der mit seinen aristokratischen Geschwistern in einem ehemaligen Pferdestall stand, den der Schlossherr für seine englischen Sportwagen hatte umbauen lassen. Die Sonne blitzte in den verchromten Drahtfelgen.

Im Westen grenzte das Schloss an hundert Hektar alten Laubwald. Der Besitzer ging nie zur Jagd, die Dickichte und Lichtungen wimmelten von Wild.

Die Fassade des Hauptgebäudes lag im Schatten, und hätte Jacob Nellemann sich umgedreht, hätte er vielleicht die Silhouette seines Gastgebers in einem der hohen Fenster im ersten Stock sehen können. Doch Jacob Nellemann drehte sich nicht um. Er ging weiter und schlug den Weg zum Verwaltungsgebäude ein.

Der Schlossherr sah seinen alten Freund hinter den Garagen verschwinden. Er steckte die Hände in die Taschen seines Schlafrocks und lehnte die Stirn an das kalte Fenster.

Nach einer Weile drehte er sich um und betrachtete seine Frau. Ihr Gesicht war von der blonden Mähne halb verdeckt, sie atmete ruhig. Sie würde so schnell nicht aufwachen. Auf dem Nachttisch lag eine Schachtel Schlaftabletten neben einem leeren Wasserglas. Seit er sie kannte, nahm sie jeden Abend eine Tablette. Er sah auf seine Rolex, drehte aus alter Gewohnheit ihre gezackte Lünette eine halbe Umdrehung vor und dann nochmals eine halbe. Dann setzte er sich auf die Bettkante.

Das Verwalterpaar saß beim Morgenkaffee auf der Terrasse. Die jungen Leute winkten Jacob zu, wünschten ihm Weidmannsheil und sich selber eine Seite des Bocks, falls er Glück haben sollte. Er lächelte zurück und erklärte, dass Glück bei der Jagd keine Rolle spielte.
Die Bedingungen waren optimal. Die Blätter der Buchen leuchteten hellgrün, der feuchte Boden dämpfte seine Schritte. In der Nacht hatte es zum ersten Mal seit zwei Wochen geregnet. Jacob Nellemann spürte, wie seine Sinne erwachten. Erstmals seit vielen Monaten fühlte er sich lebendig und ausgeglichen. Er wünschte, Heidi wäre bei ihm. Sie war in der Natur zu Hause.
Nellemann und sein Gastgeber hatten eine heftige Diskussion gehabt. In den letzten Monaten hatte er es immer wieder versucht, aber Axel war unnachgiebig. Er hatte die Sache heruntergespielt und mit rücksichtsloser Logik an Nellemanns Verzweiflung vorbeiargumentiert.
Hinter den geschlossenen Türflügeln der Bibliothek hatten sie sich angeschrien. Jacob Nellemann hatte fast gebrüllt, in Tränen aufgelöst. Er schämte sich dafür. Es wäre nicht nötig gewesen, denn am Ende waren sie sich mehr oder weniger einig geworden. Ein stillschweigendes, aber solides Einverständnis.

Plötzlich drückte ihn ein dumpfer Schmerz unter dem Brustbein, den er nur allzu gut kannte. Nellemann blieb stehen und hielt sich den Bauch, bis das Schlimmste vorüber war. Seine Stiefel sanken in den weichen Waldboden. Er fischte ein Tramadol aus der Emailledose, die er immer in der Hosentasche hatte, und spülte es mit einem Schluck Wasser hinunter. Dann atmete er tief ein und hielt die Luft an. Langsam verschwand der Schmerz. Es dauerte von Mal zu Mal länger.

Der Schütze öffnete die Hecktür des Landrovers, nahm den Compound-Bogen aus dem Etui, setzte ihn mit geübten Handgriffen zusammen, testete die Spannung der Dakron-Sehne, wählte zwei schwarze Jagdpfeile aus, leckte über die Kanten der Steuerfedern und kontrollierte, ob die Spitzen gut festgeschraubt waren. Er versicherte sich, dass die Pfeile vollkommen identisch waren, und klickte sie in die Halterung am Bogenschaft ein. Einen kurzen Moment betrachtete er kritisch die Radspuren und Stiefelabdrücke in der feuchten Erde, dann verschwand er im Wald.
Der Schütze war es gewohnt, sich im Gelände zu bewegen. Er ging mit festen Schritten zwischen den Bäumen durch. Alle hundert Schritte blieb er stehen und studierte das Display eines GPS-Empfängers. Ein kleines schwarzes Kreuz markierte seine Position.
Sein Orientierungssinn war ausgezeichnet. Auf der linken Seite glitzerte ein kleiner See. Er hielt sich sorgsam im Schatten oder im dichten Unterholz, wo er in seinem Tarnanzug schon aus wenigen Metern Entfernung un-

sichtbar wurde. Er wusste, dass er unmittelbar vor der Lichtung war, die sich nach Südwesten öffnete. Kein Blatt raschelte unter den Füßen des Jägers, kein Zweig knackte. In einer Baumkrone klopfte ein Specht.

Jacob Nellemann schwang seine Holland & Holland .300 von der Schulter, schob den Bolzen zurück und kontrollierte das Magazin. Er liebte dieses Gewehr. Vor zwanzig Jahren hatte er es in London für ein Vermögen gekauft, was er nie bereut hatte. Es war gut ausbalanciert und duftete streng nach Waffenöl. Der sinnlich glatte Schaft war aus feingemustertem Walnussholz. Im Grunde wurde die Waffe Jahr für Jahr schöner. Jacob Nellemann mochte schöne, außergewöhnliche Dinge. Dinge, um die ihn andere Männer beneideten.

Er hatte es auf hundert Meter eingeschossen, benutzte nie ein Zielfernrohr. Bei seiner ersten Safari im Krüger-Park war ihm aufgefallen, dass weder die weißen Jäger noch die Parkbediensteten Zielfernrohre gebrauchten. Seitdem fand er alle Zielhilfen feige und unsportlich.

Er ging in nördliche Richtung. Überall lag Windbruch in verschiedenen Verfallsstadien. Der Wald war sich selbst überlassen, war zu einem üppig wuchernden, schwer durchdringlichen Refugium für Wild und Vögel geworden. Rechts glitzerte der Gyrstinge Sø. Am nördlichen Ende des Sees lag eine längliche Lichtung. Meistens graste dort frühmorgens das Wild.

Eine leichte Sommerbrise streifte sein Gesicht. Hundert Meter vor ihm lichtete sich der Wald. Jacob Nellemann schlich sich lautlos an. Eine Waldtaube gurrte. Weit weg, auf der anderen Seite der Lichtung, hörte er einen Specht klopfen. Er näherte sich den letzten Bäumen, kontrollierte die Windrichtung, seinen Atem und die Sicherung unter seinem Daumen. Ließ eine Patrone in die Kammer gleiten.

Das Licht flirrte im hohen Gras, Insekten schwärmten zwischen Blumen und Gräsern. Löwenzahnsamen tanzten ein diesiges Menuett in der Morgensonne. Er ging in die Hocke, bog vorsichtig die Zweige auseinander. Er hob das kleine Fernglas, das um seinen Hals hing, vor die Augen und schirmte es bedachtsam ab, um jede Reflexion zu vermeiden.

Er brauchte es nicht.

Direkt vor ihm, fünfzig Meter entfernt, grasten zwei Rehböcke. Hin und wieder hoben sie die anmutigen Köpfe und drehten die Ohren in alle Richtungen, aber sonst waren sie überraschend unachtsam. Jacob Nellemann kroch einen Meter nach vorn. Jetzt hatte er freies Schussfeld. Er zielte auf den größeren der beiden Böcke, der still wie eine Statue stand. Es würde ein perfekter Blattschuss werden. Er richtete sich halb auf, presste den glatten Schaft ans Kinn und entsicherte das Gewehr. Korn über Kimme, direkt hinter dem rechten Schulterblatt des Bocks. Er legte den Finger an den Abzug, atmete langsam aus.

Plötzlich hoben beide Böcke die Köpfe und erstarrten. Aber sie sahen nicht in seine Richtung, sondern zum Waldrand auf der anderen Seite. Der Specht hatte aufgehört zu klopfen.

Der Schütze lehnte sich gegen einen Baumstamm. Auf der Wiese, keine dreißig Meter entfernt, grasten zwei Böcke. Irgendetwas ließ sie erstarren. Der Jäger spähte über ihren Rücken, legte einen Pfeil in den Bogen und zog die Sehne bis zum Kinn an.

Jacob Nellemann runzelte die Stirn und starrte über das Ziel hinweg. Die Böcke ließen die Köpfe erhoben, bereit zur Flucht. Ihre Aufmerksamkeit war auf den Waldrand gegenüber gerichtet. Dort erkannte Jacob Nellemann die Andeutung einer Bewegung. Er nahm die linke Hand vom Gewehr und griff nach dem Fernglas.
Auf der anderen Seite teilten sich wie von selbst die Äste, nahmen Gestalt an. Sekunden bevor er sich sicher war, erkannte er im Unterbewusstsein den Umriss eines Menschen. Die Böcke wirbelten eine Wolke aus Blütenstaub auf und sprengten davon.
Jacob Nellemann stand auf, öffnete den Mund zum Protest. Der Mensch auf der anderen Seite trug dunkle Tarnkleidung. Einen Augenblick sah Jacob Nellemann das Gesicht im Schatten der Kapuze.
Der Jagdpfeil traf Jacob Nellemann mit der Kraft eines Vorschlaghammers mitten in die Brust. Die Spitze schlug in den Brustkorb, durchbohrte das Herz und kam unter dem linken Schulterblatt wieder hervor.
Er fiel auf den Rücken, wobei er einen harmlosen Schuss in die Baumkronen auslöste. Innerhalb weniger Sekunden pumpte sein Herz den gesamten Kreislauf leer. Schäumendes Arterienblut füllte seine Brusthöhle.
Jacob Nellemann dachte: Nein! Dann durchströmte ihn

unendliche Gnade, die Baumkronen stürzten auf ihn ein, Himmel und Licht verschwanden.

Der Schütze lehnte ruhig den Bogen an den Stamm, blieb eine Weile still stehen und lauschte in den Wald. Nichts. Als ob der Wald auch lauschte und nach dem Schuss den Atem anhielt. Bis der Specht wieder begann. Der Schütze ging über die Wiese. Er ließ die Hände über die Grasähren gleiten, drehte das Gesicht zur Sonne und schloss die Augen. Blütenstaub puderte seine schwarzen Handschuhe.
Er erreichte Jacob Nellemann, ging in die Hocke und betrachtete lange das Gesicht des Toten. Dann griff er unter die linke Schulter der Leiche, drehte den Oberkörper auf die Seite und hielt ihn zwischen den Beinen fest. Er schraubte die Pfeilspitze vom Schaft, klopfte mit einem Zweig die Erde von den Widerhaken, zog den Schaft aus der Brust des Opfers und wischte das Blut mit Küchenpapier ab. Er legte das Papier in eine verschließbare Plastiktüte und steckte sie in die Brusttasche seines Anoraks.
Die Leiche sank wieder auf den Rücken. Der Schütze fand das Handy und die Schlüssel des Toten in dessen Jagdtasche, öffnete das Telefon, entfernte den Akku und holte mit einer Uhrmacherpinzette einen kleinen, flachen GPS-Chip aus dem Innern des Gerätes. Er war nicht größer als eine Büroklammer und hatte mit Hilfe des Akkus und der Handy-Antenne jede Bewegung des Opfers übertragen.
Der Schütze schloss den Deckel und schaltete das Handy ein. Bearbeitete ein paar Minuten lang die Tasten und legte es in die Jagdtasche zurück. Dann zog er eine flache

Metalldose aus der Anoraktasche und drückte Jacob Nellemanns Schlüssel fest auf die Wachsplatte, die in der Dose lag.

Es hatte nur zwanzig Sekunden gedauert und nicht die geringste Mühe gemacht, Jacob Nellemann das Handy aus der Tasche zu ziehen. Sie hatten sich in einem Café in Kopenhagen getroffen. Nellemann hatte seine Jacke über einen Stuhl gehängt. Der Schütze hatte sich entschuldigt und die Operation auf der Toilette vorgenommen. Zum Abschied hatte Nellemann ihn spontan umarmt, und der Schütze hatte das Handy in die Jacke zurückgleiten lassen. Es hatte ihn übermenschliche Anstrengung gekostet, Nellemanns Umarmung zu erwidern, anstatt ihm das Knie in die Eier zu rammen.

2

Dienstag, 13. Juni 2006
Hørsholm
Seeland
09:30

Das Wasser war sauber und kalt gewesen. Er legte den Heimweg auf dem Fahrrad in Rekordzeit zurück und notierte sie auf einem Block, der neben der Küchentür hing. Nach einer kurzen Dusche betrachtete der große Mann seinen Körper im Spiegel. Er war zufrieden. Er zog ein weißes Hemd an, band sich einen graugestreiften Schlips um und schlüpfte in einen leichten, dunklen Anzug.

Er trank im Stehen Kaffee, während er die Zeitungen durchblätterte. Der große Mann hatte alle wichtigen Morgenzeitungen, mehrere englischsprachige Wirtschaftsblätter sowie politische Zeitschriften abonniert.

Eine Titelseite berichtete über den Fund von Nellemanns Leiche. Er las den Artikel, dann durchsuchte er die anderen Zeitungen.

Als der Toaster klickte, zuckte er nervös zusammen.

Er aß langsam, kaute jeden Bissen sorgfältig.

Es war drei Uhr früh geworden, bis er ins Bett gekommen war. Alles war genau nach Plan gelaufen. Im Flur hob er ein Paar dunkelgraue Hosen und einen dunkelgrauen Pullover vom Boden auf. Es war ein weitverbreiteter Irrtum, dass schwarze Sachen am besten geeignet seien, um nachts nicht gesehen zu werden. Er faltete die Kleider ordentlich zusammen und legte sie in einen Schrank. Dann ging er in die Waschküche, wo er seine Stiefel in einem Stahlbecken reinigte, bis alle Spuren von Erde und Pflanzen entfernt waren.

Der große Mann betätigte die Fernbedienung der Garagentür, kontrollierte den Motorraum und kniete sich auf den Boden, um die Unterseite des Wagens zu inspizieren. Alte Gewohnheiten starben nicht so schnell, und dies war eine gute Gewohnheit. Er setzte sich ans Steuer und betrachtete seine Hände. Starke, sonnengebräunte Hände mit dicken, hellen Haaren. Dann zog er sein Handy aus der Tasche. Eine neue Nachricht. Er drückte auf »Antworten«.

»Ich habe den Bogen gefunden«, sagte er, als er die Stimme am anderen Ende der Leitung hörte.

»Bist du sicher?«

»Ganz sicher. Und den Landrover.«

Stille.

»Aufenthaltsort?«

»Das finde ich heraus.«

»Tu jetzt nichts ... Radikales. Nicht bevor wir uns einig sind. Vielleicht sollten wir das lieber der Polizei überlassen.«

Der große Mann schnaubte. »Die Polizei? Die finden doch nicht mal ihren eigenen Arsch in einem Spiegelkabinett! Wir haben keine Zeit!«

»Das stimmt nicht. Gewohnheitsdenken. Finde heraus, wo er sich aufhält, dann reden wir weiter.«

Er kannte den scharfen Ton, die Offiziersstimme, die keine Widerrede duldete.
»Jawohl, Herr Hauptmann«, antwortete der große Mann ironisch, aber der andere hatte schon aufgelegt.

3

Freitag, 16. Juni 2006
Frederiksberg
14:30

*E*r war der Infanterist Wassili Iwanowitsch Koslow. Es war ein bitterkalter Januartag im Jahr 1943. Er rückte mit seiner dezimierten Abteilung auf das Rathaus von Stalingrad zu, Straße für Straße, Haus für Haus, Zimmer für Zimmer, durch ausgebombte Ruinen. Sie kämpften gegen eine der berüchtigtsten und erfahrensten Einheiten des Dritten Reiches. Trotz der Übermacht der Deutschen eroberte die Rote Armee die Stadt zurück, Meter für blutigen Meter. Gerade lag er hinter einer improvisierten Straßensperre auf dem Bauch und spähte über das Korn seiner Maschinenpistole. Das letzte Magazin, die letzten vierundfünfzig Patronen, dann würde der Krieg alle Pforten zur Hölle öffnen. Die Kugeln pfiffen ihm um die Ohren, Handgranaten explodierten inmitten seiner Kameraden. Am anderen Ende der zerstörten Straße hatte sich ein MG 24 auf seine Stellung eingeschossen. Leuchtspurmunition zeichnete blitzschnelle Streifen im Halbdunkel und schlug mit lautem Knall direkt vor ihm in Mauerreste und Ölfässer. Da hörte Wassili das charakteristische Klicken einer Stabhandgranate, die einen Meter neben ihm landete – der sichere Tod in einem Radius von zehn Metern. Wenn er aufsprang, würde das Maschinengewehr ihn er-

wischen, wenn er liegen bliebe, würde sein Körper in wenigen Sekunden zerfetzt in den grauen Himmel wirbeln.

Kommissar Robin Hansen von der Dänischen Reichspolizei fuhr zusammen, als sich eine Hand auf seine Schulter legte und ihn aus seinem tranceähnlichen Zustand riss. Eine Explosion ertönte, ein Handgranatensymbol blinkte lakonisch: *You have been killed by a grenade, watch out for ...*
Er schüttelte die Hand ab, sah seine Frau verärgert an.
»Schau, was du gemacht hast!«
»Du bist ja verrückt«, sagte sie. »Dein Chef ist am Telefon. Philipsen.«
Der Kommissar blieb geistesabwesend, der Cursor bewegte sich wie von selbst zur Schaltfläche *Continue mission*, aber sie legte die Hand erneut auf seine Schulter, diesmal fester.
»Philipsen?«
»Dein Chef«, betonte sie.
Er lächelte. Er liebte sie.
Robin Hansen fischte eine Camel aus einem zerknautschten Päckchen, zündete sie an, warf das Feuerzeug auf den Schreibtisch und nahm widerwillig das kabellose Telefon entgegen. Durch den Zigarettenrauch betrachtete er den Bildschirm. Trompeten und Streicher stimmten die dramatische Erkennungsmusik von *Call of Duty* an. Es klang elegisch.
»Ja?«
»Philipsen. Wer ist gestorben?«
Robin schaltete den Computer aus.

»Danke. Ich möchte, dass du dir einen Fall ansiehst. Einen neuen. Ich weiß, du müsstest das nicht mit deiner neuen *Regelung*, aber Torsten liegt mit Gallenentzündung im Krankenhaus, Kim ist in den USA auf einem Sicherheitsseminar des FBI, und der Rest ist mit dem neuen Rockermord in Jütland beschäftigt.«
»Haben die schon wieder angefangen?«
»Hoffentlich nicht«, sagte Philipsen.
»FBI? Hört sich interessant an.«
»Ja, verdammt interessant. Und jetzt auch noch das. In Ringsted. Sie haben nach dir gefragt. Der lokale Sheriff, Karsten Quist. Ihr kennt euch?«
»Wir sind zusammen gesegelt.«
»Gut.«
Robin nahm einen tiefen Zug. »Worum geht es?«
»Liest du keine Zeitungen?«
»Wir sind erst gestern Abend aus Kreta heimgekommen.«
»Ach so, *Urlaub*«, sagte Philipsen zynisch. Dieser Umstand war für ihn nur ein weiterer Beweis für Robin Hansens Dekadenz.
»Komm her, dann erzähle ich dir alles.«
»Jetzt?«
»Wenn du die Güte hättest. Soviel ich weiß, bist du immer noch hier angestellt. Außerdem ist dieser Fall genau das Richtige für dich.«
Er nieste laut ins Telefon. Robin hielt den Hörer vom Ohr weg.
Philipsen beendete das Gespräch. Robin sah das stumme Telefon an. Er warf den Zigarettenstummel in eine Kaffeetasse und stand auf.

Ellen saß in der Küche über die Sudokus in *Politiken* gebeugt, die Lesebrille auf der Nasenspitze. Sie murmelte wie ein keltischer Druide. Sie war überzeugt, dass Sudokus das logische Denken stärkten, und hatte vergeblich versucht, ihn ebenfalls dafür zu begeistern. Ihr Gehirn sei viel größer geworden, seit sie damit begonnen hatte, meinte sie. Robin Hansen war nicht der Meinung, dass sein Gehirn größer werden müsse. Im Grunde hätte er es vorgezogen, ein bisschen dümmer zu sein. Es hätte sein Leben auf barmherzige Weise friedlicher gemacht.
Fernsehen, hatte sie vorgeschlagen. Eine schonende Lobotomie. So könne er relativ schnell das Nirwana erreichen.
Er konnte seine Frau nicht ohne Ehrfurcht vor ihrer Schönheit ansehen. Oft fragte er sich, warum sie gerade ihn gewählt hatte. Sie war klein. Gebaut wie eine William-Fife-Jacht. Die meisten schätzten sie zehn Jahre jünger als ihre achtundvierzig, und er kannte nur wenige Menschen, die von Natur aus so athletisch veranlagt waren wie Ellen. Sie setzte sich völlig unbekümmert in ein Kajak oder zog Inlineskates an und sah nach zehn Minuten aus, als hätte sie nie etwas anderes getan.
Ellen ignorierte ihn. Er fischte den Zigarettenstummel aus der Kaffeetasse und warf ihn in eine Plastiktüte unter der Spüle.
»Ich muss zu Philipsen.«
»Verdammt, du hast diese Woche noch Urlaub. Kann er keinen anderen finden?«
»Die anderen sind krank oder in Jütland. Oder Virginia.«
»Ich lasse das Essen für dich stehen. Wenn du bis dahin nicht zurück bist.«

Sie vertiefte sich wieder in das Sudoku. Begann zu murmeln.
»Bin ich aber.«

Robin Hansen war 2002 im Kosovo stationiert gewesen. In der Stadt Gjakova am Ufer des Flusses Erenik. Serben, Albaner, Bosnier, Soldaten wie Zivilisten, Lager voller Waisenkinder, Hilfsorganisationen, UN- und KFOR-Truppen aus aller Welt in einem dynamischen Durcheinander. Es war wie eine Filiale von Sodom und Gomorrha gewesen. Eigentlich war er dorthingegangen, um Kurse zu halten und die theoretische Ausbildung einer neuen, nicht durch Korruption verdorbenen Polizei zu unterstützen. Aber letztendlich verbrachte er seine Zeit damit, die Ausgrabungen neuentdeckter Massengräber zu überwachen, Waffen zu beschlagnahmen und den Schwarzmarkthandel mit Medizin aus den Beständen der Friedenstruppen zu untersuchen.
Er wusste nicht, wen er schlimmer fand: die Ärzte, die die Medizin verschacherten, oder die mörderischen albanischen Schieber. Der Krieg hatte in einem Vakuum geendet, in dem wahnsinnige, schwerbewaffnete Propheten, heimatlose Milizen, Druglords und Schmuggler das Sagen hatten.
Nach zehn Monaten kam er physisch und seelisch erschöpft nach Dänemark zurück. Er hatte zu viel getrunken, vierzig Zigaretten am Tag geraucht. Auf einer Sauftour mit italienischen Carabinieri hatte er sich die Schulter tätowieren lassen. Leider hatte er keine Ahnung, was die Tätowierung darstellen sollte.

Robin Hansen hatte nach fünfzehn Jahren Ehe seine erste Frau verlassen und Ellen in der psychiatrischen Ambulanz der Universitätsklinik kennengelernt, wo er sich behandeln ließ. Sie arbeitete dort als Krankenpflegerin.
Er wusste nicht, ob es der kluge Arzt, die Medizin oder Ellen gewesen war, die ihn aus dem Dunkel gerettet hatte.
Ellen hatte mindestens vier besondere Eigenschaften: Sie war undogmatisch, hatte Sinn für Humor, war überaus intelligent und, wie sich zu ihrer eigenen Überraschung herausgestellt hatte, ziemlich wohlhabend. Sie hatte die Gewinne einer Immobilienfirma geerbt. Plötzlich konnten sie sich ein Boot und eine Villenwohnung in Frederiksberg leisten, und sie konnte halbtags arbeiten.
Nach vielen Monaten Überredung war er ihrem Beispiel gefolgt und als erster Polizist seines Dienstgrades auf eine halbe Stelle umgestiegen.
Es war wunderbar. Und sündhaft. Er war einundfünfzig Jahre alt. Hatte wieder begonnen zu joggen, ging wieder zum Boxtraining oder fuhr mit Ellen Seekajak. Robin Hansen war ein großer, agiler Mann. Sein Haar war hellbraun, stellenweise grau, aber immer noch dicht. Er trug eine ungebändigte Teenagerfrisur. Sein Gesicht war markant gefurcht, die Nase lang und ebenmäßig. Unter der hohen Stirn saßen dichte Augenbrauen mit einer tiefen, permanenten Falte in der Mitte. Die eigentümlich blaugrünen, tiefliegenden Augen blickten zum ersten Mal seit vielen Jahren optimistisch auf das Leben.
Robin stammte aus einer Familie, die seit Generationen fleißige, genügsame Arbeiter und Handwerker hervorge-

bracht hatte. Er war der Erste mit einer akademischen Ausbildung. Sein Vater hatte ihm zum Examen ein Ronson-Feuerzeug und ein silbernes Zigarettenetui geschenkt. Nach dem Dienst in der Königlichen Leibgarde hatte er ein paar Jahre lang Theologie, dann Astronomie studiert, das Studium abgebrochen, und aus Ursachen, die ihm heute nicht mehr ganz klar waren, war er schließlich auf der Polizeischule gelandet. Sechsundzwanzig Jahre waren seitdem vergangen.

Als Robin Hansen am Zimmer der drei zusammengebrachten Töchter vorbeiging, schoss ein Sibirischer Zwerghamster in einer paillettenbesetzten Puppenjacke durch den Türspalt, rannte ihm über die Füße und wie auf Schienen weiter in die Küche. Robin stieß einen Schrei aus, verfolgte den Hamster und schnappte ihn Sekunden, bevor er unter dem Kühlschrank verschwinden konnte. Die drei Zwerghamster Smut, Dongedik und John-John Hugo konnten sich platt wie Pfannkuchen drücken. Sie krochen unter Küchenschränke und hinter Paneele. Oft hatte er sie gerade noch herausgezogen, bevor sie sich unter den Bodendielen eingerichtet hatten. Der Zoohändler hatte damals versprochen, dass die Tiere höchstens anderthalb Jahre alt werden würden. Das war vor drei Jahren gewesen.
Er hob Dongedik auf und trug das fauchende Tier zurück ins Kinderzimmer, wo niemand dessen Abwesenheit bemerkt hatte, wahrscheinlich weil die Bewohnerinnen wieder einmal mit Zanken beschäftigt waren. Tatsächlich befanden sich die Kinder in einem einzigen, langen Streit,

der nur unter Vorbehalt durch Perioden der Waffenruhe unterbrochen wurde. Er hatte schon lange vor, ein Schild an die Tür zu hängen, auf dem »Westjordanland« stand. Diesmal ging es um den Besitz eines geschnitzten Esels, den sie auf Kreta gekauft hatten. Die großen Mädchen waren beide elf. Sie trugen lange, zottelige Haare, ausgefranste Palästinensertücher, Nietenarmbänder und schwarze Converse-Stiefel. Johnny Rotten trifft Jassir Arafat.
Das kleine, abwechselnd engelgleiche oder rotzfreche Mädchen war erst sieben; es trug noch unschuldiges Blau oder Pink. Aber es wusste schon, wie der Hase lief. Mit der Zunge im Mundwinkel war es voller Hingabe dabei, ein Bild zu malen, das mindestens eine Enthauptung darstellte.
Er sperrte Dongedik in den Käfig, warf den Mädchen, die nichts bemerkten, einen scheelen Blick zu und drehte auf dem Absatz um.
Dann schwang er sich auf sein Fahrrad und radelte hinaus auf die ruhige, sonnige Villenallee.

Thyborøn
14:30

Die Maschine des Trawlers vibrierte gleichmäßig unter den Sohlen der Gummistiefel. Auf der Ladeluke kauerte ein junger Mann und stützte das Kinn auf die Knie. Die äußere Mole des Fischereihafens glitt vorbei, vor ihnen lag die offene Nordsee. Der Motor drehte auf, das Wasser zischte um den Bug. Er döste in der Sonne, rauchte eine Zigarette nach der anderen und genoss den Fahrtwind auf der nackten Haut seines Oberkörpers. Am Horizont schaukelte die Stadt. Er warf eine Zeitung ins Wasser und beobachtete, wie sie sich auffaltete, ihre Seiten entlang der Heckwelle verteilte und verschwand.

Hinter dem Steuerhaus klapperte Jens mit Töpfen und Mülleimern. Möwen schwebten auf weißen Flügeln aus dem Sonnenlicht. Jonas lächelte beim Anblick ihrer kontrollierten Raufereien um den Kombüsenabfall. Er wollte noch eine Zigarette rauchen, bevor er Niels am Ruder ablöste. Der langsame Rhythmus des Meeres würde den Trawler Rita mit seinen drei Besatzungsmitgliedern allmählich vereinnahmen. Es würde mehrere Wochen dauern, bis sie wieder heimkamen.

4

Freitag, 16. Juni 2006
Polizeihauptquartier Kopenhagen
15:15

Robin Hansen lag mehr in dem Wegner-Stuhl, als dass er darin saß. Seine alles andere als sauberen Wüstenstiefel wippten auf dem Jette-Nevers-Teppich des Chefinspektors hin und her. Apathisch betrachtete er die martialische Aufstellung antiker Zinnsoldaten in der Vitrine am Fenster. Philipsen hatte eine Kompanie wellingtonscher Grenadiere in Kampfformation auf einem Schlachtfeld aus Pappmaché aufgestellt.
Im Polizeihauptquartier war es still und heiß. Robin bezweifelte, dass außer Philipsen und dessen Sekretärin Frau Cerberus irgendjemand auf der Etage anwesend war.
Die Luft stand still. Die Fenster zum berühmten Runden Hof waren hermetisch verschlossen, in der Ecke summte ein elektrischer Staubfilter. Philipsen war Multiallergiker, der Sommer war sein Feind. Jedes Jahr entwickelte er neue Allergien.
Er war korpulent, sein dünnes, rotes Haar hatte er über die fleckige Halbglatze zurückgekämmt. Philipsen war energisch und hochbegabt. Er besaß unglaubliches Sprachtalent, sprach fließend Russisch, Deutsch, Englisch und Französisch. Akzentfrei.
Unbeirrbar. Ein durchtriebener Politiker. Philipsen ver-

fügte über ein beneidenswertes Netz internationaler Kontakte aus seiner Zeit im Geheimdienst. Er pflegte diese Verbindungen wie ein Levantiner seinen Schnurrbart.
Philipsen war ein Mann, den jeder Grundbesitzerverein oder Brieftaubenclub zum Vorsitzenden gewählt hätte – und er hätte den Job gut gemacht. Er kannte nur ein Motto: den gesunden Menschenverstand. Er glaubte fest an den vernünftigen Menschen. Und er konnte äußerst rigoros sein, wenn ein Sünder nicht für die klare Stimme der Vernunft zugänglich war.
Die Brille ließ seine wässrigen, braunen Augen unnatürlich groß aussehen. Sein Gesichtsausdruck war entweder gleichgültig oder missbilligend.
In diesem Augenblick war er missbilligend. Philipsen musterte Robin Hansen von unten nach oben: ausgelatschte Schuhe, heruntergerutschte Strümpfe, die nicht zusammenpassten, Kettenöl auf dem rechten Unterschenkel. Lange, braune Beine in khakifarbenen Shorts, die ein alter Militärgürtel auf der Hüfte hielt. Ein verwaschenes T-Shirt mit der Aufschrift »You can run, but you will only die tired«. Philipsen hielt es für ein Souvenir aus dem Kosovo, tatsächlich aber war es ein Andenken an die Scharfschützenausbildung in Fort Benning. Eine zerzauste Teenagerfrisur, die die blaugrünen Augen des Kommissars fast verdeckte.
Philipsen war korrekt gekleidet. Sein hellblaues Baumwollhemd war bis zum Kragen zugeknöpft und hatte große Schweißflecken unter den Armen. Der Schlips war diskret gestreift, der Gürtel an der dunklen Anzughose schwarz. Die Schuhspitzen glänzten spiegelblank. Seine

Augen tränten unaufhörlich wie die eines überzüchteten Schoßhundes. Alle paar Minuten putzte er sich mit balsamisch duftenden Papiertaschentüchern die rote Nase. Es war die Saison für Beifußpollen. Warum zum Teufel wuchs Beifuß mitten in Kopenhagen, konnte ihm das jemand erklären?
Die beiden Männer hatten nicht viel füreinander übrig. Seit Robin Hansen auf Teilzeit umgestiegen war, war ihr Verhältnis dauerhaft angeschlagen. Philipsen konnte diese lächerliche Regelung nur als fehlendes Engagement auffassen – womit er gewissermaßen recht hatte. Es war eine Untergrabung des Teamgeistes, ein eklatanter Verrat am Vorgesetzten, also an ihm. Für Philipsen war es eine Frage der Ehre, morgens der Erste und abends der Letzte im Büro zu sein.
Philipsen kam direkt zur Sache: »Quist möchte die Verantwortung für den Fall am liebsten *teilen*.«
»Klar.«
Robin Hansen wischte sich den Schweiß von der Stirn. Die Hitze war unerträglich, er atmete kurz und flach, als hätte er einen Malariaanfall.
Philipsen nieste dreimal hintereinander. Ein dicker Zeigefinger durchstach das nasse Papiertaschentuch.
»Es gibt natürlich gewisse Umstände zu berücksichtigen«, räumte er ein, während er wütend seinen feuchten Finger betrachtete.
»Nobel?«
»Ja, und Nellemann selbst. Die Illustrierten. Alle Bosse kannten ihn, er hielt jedes Jahr einen Vortrag über Branding an der Börse.«

Der Jagdunfall auf Schloss Gyrstinge dominierte die Morgenzeitungen. Jacob Nellemann war Mitinhaber einer bekannten Werbeagentur in der Hauptstadt und hatte in einer beliebten Lifestyle-Serie von TV2 mitgewirkt, eine Sendung nach dem Motto *Sag mir, wie du wohnst, und ich sage dir, wer du bist*, die ursprünglich von der BBC entwickelt worden war. Die Medien stellten ihn als Großwildjäger, Segelflieger und Sportsegler dar. Die eigentliche Hauptperson war jedoch der Schlossherr, Axel Nobel. Die Journalisten hingen ihm wie Bluthunde an den Fersen, weil sie einen waschechten High-Society-Skandal witterten.
Axel Nobel spielte eine zentrale Rolle in der dänischen Aristokratie. Vorstandsvorsitzender einer enormen – und enorm alten – Familienreederei, Titel eines Hofjägermeisters, Gastgeber des Prinzgemahls sowie der übrigen korpulenten Jägerelite Dänemarks beim jährlichen Massenmord auf der Privatinsel der Familie im Großen Belt. Vergangenheit als Elitesoldat, Sponsor der dänischen Mannschaft im America's Cup und schließlich Eigentümer einer Reihe geklonter, blonder Models, die einander in den Betten des Schlosses, der Villa in Hørsholm, der Insel, des Hauses in St. Tropez und des Châtelets in Gstaad ablösten.
Axel Nobel war nicht einmal fünfzig. Seine militärische Ausbildung in Sandhurst und Westpoint entsprach ganz der Familientradition für jüngere Brüder, aber ein bösartiges Lymphom bei seinem älteren Bruder, der bereits ausgebildeter Reeder war, legte alle persönlichen Zukunftspläne auf Eis.

Erst zögernd, aber dann mit fester Hand hatte Axel Nobel die Firma übernommen.
Die Geschichte war ein Geschenk des Himmels für viele Illustrierte.
»Kennst du ihn?«, fragte Robin.
Es war kein Geheimnis, dass Philipsen, besonders nach seiner Ernennung zum Kommandeur des Dannebrog-Ordens, Umgang mit den einflussreichsten Personen des Landes pflegte.
»Nein. Sehe ich so aus, als wäre ich in Herlufsholm zur Schule gegangen? Jagd!« Philipsen schnaubte das Wort. Robin wusste, dass sein Chef neben all seinen unbestreitbar guten Eigenschaften ein großer Tierfreund war.
»Wer zum Teufel geht heutzutage mit einem Flitzebogen auf die Jagd, wenn es Gewehre mit Zielfernrohren, Laserzielgeräten und was weiß ich alles gibt?« Der Chefinspektor öffnete die Schreibtischschublade und holte ein Nasenspray heraus. Er sprühte einmal in jedes Nasenloch, worauf er gewaltig schnaufte und nieste. Dann warf er das Nasenspray in die Schublade zurück und knallte sie zu.
»Moderne Compound-Bögen sind extrem präzise und schlagkräftig. Hast du nicht *Deliverance* gesehen?«, fragte Robin. »Zweihundert Pfund, Reichweite über mehrere hundert Meter. Es passiert zwar öfter, dass man das Wild nur anschießt, und Pfeile haben nicht dieselbe Schockwirkung wie eine Kugel, aber es drückt auch eine gewisse Überlegenheit aus.«
Philipsen sah ihn interessiert an. »Es gibt also Leute, die so etwas tun?«
»Ja. Ein Bock auf einer Lichtung zwischen zwei Männern.

Der eine mit Gewehr, der andere mit Pfeil und Bogen. Der Bock flüchtet, beide schießen.«
Robin Hansen schob die rote Mappe auf Philipsens blankpoliertem Mahagonischreibtisch von sich, als wolle er signalisieren »Empfänger unbekannt«. Er hatte auf den ersten Blick erkannt, dass die Digitalbilder des Unfallortes ihre eigene Sprache sprachen.
»Axel Nobel hat Quist erzählt, dass sie eine Woche zuvor einen Rehbock gefunden hätten, der mit einem Pfeil angeschossen war. Er war offenbar noch mehrere hundert Meter gelaufen, bevor er umfiel«, sagte Philipsen.
Er sah Robin Hansens zerknitterte Kleidung an und richtete unbewusst seine Krawatte. »Eine verdammte Schweinerei!«
»Wo liegt das Problem?« Robin Hansen knetete ein Päckchen Camel in der Hosentasche wie ein Hummer, der sein Frühstück inspiziert. Er hatte große Lust zu rauchen, aber er wusste, dass Philipsen sofort die Dienstpistole aus der Schublade ziehen und ihn erschießen würde, wenn er nur das Päckchen aus der Tasche zog.
»Das Problem ist, dass wir über Nobel und Nellemann reden. *Und* die Presse. *Und* Quist, der so große Angst hat, Fehler zu machen, dass er lieber gar nichts tut. Außerdem haben sie den Pfeil nicht gefunden.«
»Was haben sie überhaupt getan?«
»Nichts. Den Tatort untersucht, natürlich. Gute Arbeit übrigens, aber sonst nichts. Niemand wurde befragt. Ich habe sie gebeten zu warten. So magst du es am liebsten. Jungfräulich.«
»Danke.«

Robin Hansen nahm die rote Mappe, rollte sie fest zusammen und schlug sie auf die Armlehne. Philipsen schaute wütend zu. Wenn es etwas wie eine Schule intuitiver Ermittlung gegeben hätte, wäre Kommissar Robin Hansen ihr eifrigster Verfechter gewesen. Kaum Bedarf an technischer Hilfe. Und, nein danke, bitte keine Einmischung. Philipsen nannte diese Taktik »Hansens Mönchsmethode«.
Philipsen, der selbst jede Form von Einmischung hasste, respektierte Hansens Arbeitsweise. Hansen hatte die seltene Gabe, abwegige Möglichkeiten in greifbare Wahrscheinlichkeiten zu verwandeln. Das war ein Grund. Der zweite Grund war Robin Hansens ungewöhnlich hohe Aufklärungsquote.
Doch dies alles war gewesen, bevor der Kommissar – ehemals Philipsens rechte Hand – ihn verraten hatte. Sie alle. Mit dieser weibischen Halbtagsregelung.
»Glaub mir«, sagte Philipsen theatralisch, »wenn es jemand anderen gäbe, den ich dort hinschicken könnte, würde ich es tun. Ich kenne dich.«
»Wie meinst du das?«
Philipsen sah ihn an.
»Du weißt genau, was ich meine. Du schaffst es garantiert, die Sache kompliziert zu machen.«
»Ich mache nur Dinge kompliziert, die kompliziert *sind*. Fahr doch selbst hin.«
Robin Hansen sah seinen Vorgesetzten herausfordernd an.
Plötzlich lachte Philipsen. Entkrampfte die Stimmung mit einer Handbewegung.

»Ich auf einer Wiese, mitten im Wald? Jetzt? Ich würde innerhalb von zehn Sekunden einen anaphylaktischen Schock erleiden!«

Robin Hansen unterdrückte ein Lächeln. Er sah es lebhaft vor sich. Ein herrliches Bild, fand er.

5

Montag, 19. Juni 2006
Universitätsklinik Kopenhagen
Rechtsmedizinisches Institut
09:30

Der Assistent öffnete eine Kühlzelle, hob das Laken an und kontrollierte den Namenszettel am rechten großen Zeh der Leiche. Er zog die Stahlbahre heraus und ließ sie rasselnd auf die mit Gummi verkleideten Rollen des Hubwagens gleiten. Dann schob er den Wagen zum Sektionstisch, senkte ihn auf die Höhe der Tischkante ab und zerrte die Leiche unfeierlich auf die Stahlplatte, die mit mehreren Abläufen versehen war.
Der Staatsobduzent nickte ihm zu.
»Danke, Johnny. Wir kommen allein zurecht.«
Staatsobduzent Tollund war ein drahtiger, buckliger Mann. Er war fast siebzig, im Herbst würden sie ihn endgültig in Pension schicken. Er war wie ein Chirurg gekleidet: ein grüner Papierkittel, grüne Überschuhe, ein Plastikvisier vor der halbrunden Lesebrille, weiße Latexhandschuhe. Hinter ihm stand in respektvollem Abstand eine junge Ärztin in einem gewöhnlichen Arztkittel und mit einem weißen Kopftuch. Sie hielt die Hände hinter dem Rücken verschränkt und musterte Robin.
Der Kommissar erwiderte ausdruckslos ihren Blick. Er fand, dass sie viel zu jung für den Job aussah und lieber

daheim über den Matheaufgaben sitzen oder in MySpace surfen sollte.

Er schüttelte sich, verschränkte die Arme und starrte ins Leere. Er hasste diesen Ort. Die Kälte, den Gestank, das Bewusstsein, dass hinter jeder quadratischen Kühltür eine Leiche lag. Die Stille.

Tollund schlug mit einer geübten Handbewegung das Laken zur Seite, wie ein Bildhauer, der sein Werk enthüllt. In einer Plastikkiste neben der Leiche lag der Herz-Lungen-Block: Leber, Milz, Herz, Nieren und Darm in einem unförmigen Haufen. Jedes Organ war mit einem gelben Etikett versehen.

Robin betrachtete Jacob Nellemanns bleichen, entseelten Körper. Der Tote war groß und mager, hatte einen gepflegten Vollbart und graue, halblange Haare. Seine Arme lagen steif am Oberkörper, an den Fingern konnte man noch erkennen, wo er Ringe getragen hatte. Durch den halboffenen Mund schimmerten mehrere Goldkronen. Die unteren Augenlider waren eingesunken, die Ränder der Hornhaut lagen frei, und die ursprüngliche Farbe der Iris war einem undefinierbaren Grauton gewichen. Vom Hals bis zum Schambein zog sich ein langer Schnitt. Er war mit einem groben Nylonfaden zugenäht, die Bauchdecke sackte unnatürlich tief nach innen. Auf der Höhe des Herzens klaffte eine sternförmige Wunde.

Tollund blätterte in einem Bericht und ließ die Hälfte der Blätter auf den gefliesten Boden fallen. Robin half der Assistenzärztin, sie aufzuheben. Die Fliesen waren klinisch rein.

»Mmm, Jacob Nellemann, 50 Jahre. Geboren am 12.9.

1955. Europid. Größe 184 Zentimeter, Gewicht 76 Kilo und 788 Gramm.«
»Minus 21 Gramm«, murmelte Robin.
Das Mädchen lächelte. Tollund sah ihn über seine Halbbrille hinweg fragend an.
»Ach, nichts«, sagte Robin.
Tollund schaute demonstrativ auf die Uhr über dem Sektionstisch.
»Kerntemperatur 28,3 Grad Celsius, als sie gemessen wurde. Die relative Luftfeuchtigkeit am Fundort war 44 Prozent, die Temperatur des Waldbodens 15 Grad Celsius. Er war warm angezogen, also hat er nicht länger als fünf Stunden dort gelegen. Keine Kratzer oder andere Kampfspuren, natürlich. Narbe nach Entfernung eines Muttermals auf der rechten Wange, zwei Zentimeter.« Tollund las aus einem weiteren Bericht in einer grauen Mappe. »Hmm, ja, hier in der Klinik, in der Plastischen Chirurgie. Ein Basalzellkarzinom, vollkommen harmlos. Acht Zentimeter lange Narbe an der rechten Leiste, Hernia inguinalis, also Leistenbruch.«
Robin hielt zwei Meter Abstand und trat von einem Fuß auf den anderen. Er atmete durch den Mund.
»Zur Sache: Läsion links vom Brustbein.« Tollund zeigte unnötigerweise mit dem Kugelschreiber auf das Loch im Brustkorb. »Austrittsläsion unter dem linken Schulterblatt. Vorne sind die vierte und fünfte Rippe glatt durchschossen, der Brustkorb war voll Blut, beide Lungen eingeklappt und atelektatisch. Pericardium perforiert, linke Herzkammer lazeriert. Die Aorta descendens wurde getroffen.«

Der Kommissar sah ihn an: »Mit anderen Worten: ein Pfeil mitten durchs Herz?«

Tollund lächelte mild und klickte rhythmisch mit dem Kugelschreiber. Er gab die Berichte der Assistenzärztin und drehte die Leiche mühevoll auf die Seite. Dann schob er einen Gummiblock unter ihr Becken, um sie zu stabilisieren. Rücken, Gesäß und Beine waren voller blauschwarzer Leichenflecken. Das Gesäß war mager und faltig, wie nach einem raschen, ungeplanten Gewichtsverlust. Er steckte einen behandschuhten Finger in die Austrittswunde unter dem Schulterblatt.

»Hier ist der Pfeil herausgekommen. Genau dasselbe Muster und dieselbe Größe wie auf der Vorderseite. Die Spitze wurde also nicht deformiert. Gehärteter Stahl.«

Er ließ den ausgekühlten Leichnam auf den Rücken klatschen. Es klang, als fiele ein nasser, morscher Baumstamm zu Boden. Tollund zog die Handschuhe aus und nahm den Obduktionsbericht.

»Todesursache? Abgesehen vom Offensichtlichen«, fragte Robin.

»Er hat sofort einen Schock erlitten, Ventrikelflimmern und plötzlicher, extravaskulärer Blutverlust in die Brusthöhle. Kreislaufschock. Die Lungen sind eingeklappt, kein Sauerstoff mehr ans Hirn. Höchstens eine halbe Minute. Er hat sich nicht einmal bewegt, ist auf der Stelle umgefallen.«

»Mageninhalt?«

»Hafergrütze, fettarme Milch, Zucker und Kaffee«, las die Assistenzärztin vor. »Und etwas weiter unten ein gutes ländliches Abendessen mit Wein.«

»Toxikologie?«
Tollund sah die junge Ärztin an, die schon die richtige Seite aufgeschlagen hatte.
»Fast nichts«, sagte sie. »Ethanolpromille 0,01, vermutlich vom Vorabend. Kein Morphin, Benzodiazepin oder Barbiturat. Es gibt Spuren eines synthetischen Opioids. Tramadol ist der generische Name. Tramadol, Nobligan, Mandolgin oder Dolol sind die Handelsnamen.«
»Danke«, sagte Robin.
Tollund drapierte das Laken über den toten Art Director und pellte sich beschwerlich aus dem Wegwerfkittel und den Überschuhen. Er knäulte alles zusammen und warf es in einen gelben Sack.
»Eigentlich ganz clever, mit so einem Pfeil«, dachte er laut. »So was habe ich noch nie gesehen, nicht mal in Grönland, wo sie einander ständig auf die seltsamste Art und Weise umbringen. Kein Kaliber, keine Projektilspuren, lautlos! Wenn ihr den Pfeil irgendwann findet, würde ich ihn gern sehen.«
Tollund sah müde aus, als hätte ihm sein Vortrag bereits die gesamte Energie des Tages geraubt.
»Aischa, wärst du so nett, den Kommissar nach draußen zu begleiten?«

Der Vinylsitz war klebrig warm, er hatte auf beiden Seiten die Fenster geöffnet. Im Fælledpark nebenan spielten junge Einwanderer Fußball, er hörte ihre Rufe und die Pfeife des Schiedsrichters. Er zündete die erste Zigarette des Tages an und verlor sich in diffusen Spekulationen über den Tod des Werbemanagers.

Jemand klopfte aufs Autodach, Robin schreckte auf. Neben dem Volvo stand eine junge Frau. Es dauerte eine Weile, bis er die Assistenzärztin wiedererkannte. Sie hatte Kopftuch und Kittel abgelegt. Eigentlich die beste Verkleidung: einfach die Verkleidung ausziehen. Nun trug sie Jeans und ein weißes T-Shirt. Sie lächelte ihn an.
»Hast du einen Moment Zeit?«
Er nickte und öffnete ihr die Tür.
Ein schwacher Parfümduft folgte ihr ins Auto. Sie hatte kurze, schwarze Haare und außergewöhnlich schöne Augen.
»Hast du eine Zigarette für mich?«
»Erlaubt das deine Mutter?«
Sie lachte.
»Tollund ist ein guter Mann«, begann sie, »aber alt, und manchmal verliert er den Faden. Deswegen bin ich hier – unter anderem.«
»Du passt also auf, dass er nichts vergisst?«
Sie nickte und nahm einen tiefen Zug aus der Zigarette. Ihre Augen leuchteten wie goldene Schirme, mit grünem Filigrandraht durchzogen. Robin traute sich nicht, sie länger anzusehen, und starrte aus dem Fenster.
»Er geht bald in Rente. Der Tote, Jacob Nellemann, war krank. Krebs im Dickdarm, Metastasen bis zur Leber.«
Er sah sie wieder an.
»Also todkrank?«
Sie nickte. »Ich wollte es da unten nicht sagen, wegen Tollund. Er wusste es, aber er hat es vergessen, und wenn er so etwas vergisst ...«
»Das ist doch verdammt wichtig«, wendete Robin ein.

»Ja, aber ich habe mir angewöhnt, es so zu machen. Er hat nicht mehr so viele Obduktionen vor sich, und jetzt mitten in den Ferien war kein anderer da.«
»Okay. Glaubst du, er hat es gewusst? Nellemann, meine ich.«
»Er muss auf jeden Fall Schmerzen gehabt haben, und abgenommen hat er auch. Seine Hämoglobinkonzentration war ziemlich niedrig. Wie gesagt, es gab Spuren von Tramadol. Andererseits laufen viele mit so einem Tumor im Dickdarm herum, ohne es zu wissen. Stille Tumore. Jetzt machen sie bei allen über fünfzig Vorsorgeuntersuchungen, glaube ich.«
»Und in seiner Akte stand nichts davon?«
»Wir haben nur die von der Uni-Klinik. Sein Hausarzt weiß sicher mehr, oder vielleicht war er bei einem Spezialisten oder in einer Privatklinik.«
Sie warf den Zigarettenstummel aus dem Fenster, strich sich eine Haarsträhne aus der Stirn und sah ihn an.
Robin pfiff anerkennend.
»Danke«, sagte er.
Sie lächelte und öffnete die Tür.
»Ich muss wieder rein. Du darfst es Tollund nicht übelnehmen, okay? Du weißt doch, früher, das ganze Formaldehyd in der Anatomie. Sie hatten noch nicht mal eine ordentliche Belüftung. Viele alte Pathologen sind ein bisschen …«
»Malersyndrom?«
Sie nickte lachend und stieg aus. Er schaute ihr nach, bis sie hinter den doppelten Glastüren des Instituts verschwand.

Fünfzehn Jahre jünger sollte man sein, dachte er. Oder vielleicht fünfundzwanzig. Und dann Ellen finden, wo immer sie war. Vor fünfundzwanzig Jahren lebte sie mit einem Deutschen in einem kleinen Haus in Mirtos, an der Südküste Kretas. Der Deutsche fotografierte für die Postkartenindustrie, Ellen bastelte Muschelarmbänder für Touristen. Er hätte den Deutschen im Meer ersäuft und sie unter den Arm genommen.
Er lächelte und startete den Motor.

6

Montag, 19. Juni 2006
Gyrstinge
14:15

Das Anwesen war von sanft geschwungenen Hügeln umgeben. Robin parkte auf einer Anhöhe. Hinter einer Feldsteinmauer reckten drei gestutzte Weiden ihre knorrigen Äste in den Himmel. Sie sahen aus wie die Hexen aus Macbeth.
Er stieg aus und studierte das Schloss durch ein kleines Fernglas. Viel konnte er nicht sehen, nur schwarz glänzende Mansardendächer und den oberen Teil einer Säulenbalustrade. Große, dichte Laubbäume schirmten die Gebäude vom Rest der Welt ab. Östlich des Schlosses lag ein Hof mit weißen Pferchen, in denen Pferde friedlich in der Sonne grasten. Im Süden und Westen erstreckte sich der Wald von Gyrstinge so weit das Auge reichte. Er sah einen Mann mit einem schwarzen Hund über eine Wiese gehen.
Robin setzte sich wieder ans Steuer und fuhr zum verabredeten Treffpunkt.
Er hatte schon zwei Zigaretten geraucht, als ein dunkelblauer Passat den überwucherten Feldweg hinaufratterte. Quist war ein dünner, freundlicher Mann in den Mittvierzigern, nervös und servil. Er gestikulierte beim Reden wie ein Oberkellner. Sie schüttelten sich die Hände, wechsel-

ten belanglose Worte und tauschten Erinnerungen an ihre letzte Regatta aus, bei der einiges passiert war.
Sie waren auf Robins 40-Fuß-Najade »Cormoran« gesegelt. Südlich von Sjællands Rev hatte sich der Spinnakerbaum plötzlich um den Mast gedreht und war mit lautem Krachen gebrochen. Eine Luke war irgendwie zersplittert, Robin hatte zwei Fingernägel verloren. Sie hatten Befehle und Gegenbefehle gleichzeitig geschrien.
»Ja, das war echt lustig. Wie geht es ihr?«
»Meiner Frau?«
»Deiner Jacht.«
»Danke. Neue Segel, neues Funkgerät, neue Polster, neue Steuerkabel, neue Fallen – überhaupt alles neu.«
Quist führte ihn über einen Waldweg. Robin klatschte nach einer Stechmücke auf seinem Unterarm.
»Nellemann«, sagte er.
Quist zögerte, als hätte er vergessen, was sie eigentlich vorhatten.
»Blacky hat ihn am Montagmorgen um Viertel nach zehn dort drüben gefunden.«
»Blacky?«
»Der Labrador des Gutsverwalters. Natürlich war Thomas, der Verwalter, auch dabei. Sie hatten einen Schuss gehört, und als nach einer Weile niemand zurückkam, machte sich seine Frau Sorgen. Sie haben ihn gleich gefunden, Blacky ist ein guter Hund.«
»Was hat Nobel gesagt?«
»Er hat noch geschlafen. Genau wie seine Frau.« Quist blätterte im Gehen in seinem Notizbuch. »Keisha de Windermere. Feuchtfröhlicher Abend, glaube ich.«

»Sie mussten also geweckt werden? De Windermere?«
»Comtesse. Internationale Karriere als Model, früher jedenfalls. Englischer Kleinadel. Import. Bestand darauf, ihren Namen zu behalten. Weißt du das etwa nicht? Sie hat sogar ein eigenes Parfüm auf den Markt gebracht – ich glaube es heißt *Nobility* – und eine Schmuckserie namens *Abrakadabra*.«
»Am Ende singt sie auch?«
Quist teilte ein paar Zweige und bog auf einen schmalen Pfad ein.
»Noch nicht, soviel ich weiß.«
»Kennst du Nobel?«
»Ich kann lesen. Sie schirmen sich ab. Die Frau des Verwalters kocht und putzt für sie, zusammen mit ihrer Schwester. Nur bei größeren Gesellschaften bekommen sie Verstärkung. Delikatessen von Løgismose, frische Austern, mit dem Firmenhelikopter aus der Bretagne eingeflogen, Weine direkt aus den Châteaus.«
Robin hörte, dass Quist schluckte. Das Wasser war ihm im Mund zusammengelaufen. Quist hatte die seltene Gabe, eine Dose Gulasch, eine Handvoll Reis und eine Dose Tomaten selbst bei Windstärke 7 in eine Festmahlzeit zu verwandeln.
»Ich habe ihn natürlich am Montag gesehen.«
»Wie haben sie es aufgenommen?«
»Seine Frau wirkte wie gedopt. Sie hat ihr Schoßhündchen fast zu Tode gedrückt. Nobel hat nicht viel gesagt, nur dass sie einander seit Herlufsholm kannten. Er war in einer Klasse mit Nellemanns kleinem Bruder. Sie haben sich ziemlich regelmäßig getroffen. Sind zusammen ge-

segelt. Er hat nur erzählt, dass sie ein nettes Abendessen gehabt hatten und dass Nellemann im Gegensatz zu ihnen Frühaufsteher war. Er ging hier immer zur Jagd. Kannte den Wald wie seine Hosentasche.«
»Wie ist er?«
»Ein korrekter Mann. Adrett, wie meine Mutter gesagt hätte. Kultivierte Sprache, gute Manieren, einwandfrei. Ich weiß nicht, wie ich ihn beschreiben soll. Attraktiv. Ein bisschen wie Sean Connery, aber groß.«
Robin Hansen warf seinem Kollegen einen Seitenblick zu. »Kühl?«
Quist allein würde den Ball nicht ins Rollen bringen, das wusste er genau.
»Ja, vielleicht etwas kühl.«
Der Wald öffnete sich, sie gingen langsamer. Am Rand der Lichtung war ein kleines Areal mit Plastikband abgesperrt. Quist begrüßte die Polizisten, die mit belegten Broten und Thermosflaschen bewaffnet auf einem Baumstamm saßen und den Tatort bewachten.
Die zwei Männer nickten zurück, einer von ihnen schaute auf die Uhr und notierte etwas auf ein Clipboard. Zu ihren Füßen lag ein Retriever. Er hatte den Kopf auf die Vorderpfoten gelegt und musterte die Neuankömmlinge mit schlaffem Interesse. Dann gähnte er so ausgiebig, dass er sich beinahe den Kiefer ausgerenkt hätte. Wenige Sekunden später gähnte sein Herrchen in unverbrüchlicher Solidarität.
Quist hob das Band an, sie schlüpften unter der Absperrung durch. Die Spurentechniker hatten kleine Stahlpflöcke in den Boden gesteckt und mit gelber Baumwoll-

schnur ein Rechteck von der Größe eines erwachsenen Mannes markiert. Die Blutspuren im Laub waren mit weiteren Markierungen versehen. Quist zeigte ihm, wie das Opfer gelegen hatte, mit den Sohlen zur Lichtung. Eine Spur aus Pflöcken mit gelben Fähnchen zog sich am Waldrand entlang, Schritt für Schritt. Gemeinsam studierten sie die Aufnahmen des Polizeifotografen.
Dann verfolgten sie eine weitere Spur, die abwechselnd blau und grün markiert war und in gleichmäßigen Schrittabständen schnurgerade zur anderen Seite der Lichtung führte.
»Das ist die Spur des Schützen. Vom Waldrand dort drüben bis zu dem Toten und wieder zurück.«
»Er ist also an denselben Ort zurückgegangen, von dem er gekommen war?«
»Sieht so aus.«
Die Wiese war so feucht, dass braunes Wasser ihre Fußstapfen füllte. Robin entdeckte mehrere unmarkierte Stiefelabdrücke des Schützen. In der Mitte der Lichtung zeigten hellgelbe Fähnchen die Hufabdrücke des Rotwildes an. Das Gras reichte ihnen fast bis zur Hüfte, auf der anderen Seite der Lichtung versperrten Haselnuss- und Weidenbüsche den Blick. Am Waldrand stand eine Lärche mit tiefhängenden Zweigen, deren Stamm in Kopfhöhe mit zwei Kreidestrichen markiert war.
Robin sah sich um. Die Spur verlief weiter in den Wald. Die blauen Fähnchen führten sie über eine kleine, moosbewachsene Anhöhe, wo der Boden trocken war. Dort blieben sie stehen. Quist drehte sich zu Robin um.
»Der Schütze hat dort drüben bei der Lärche gestanden

und gewartet. Regungslos, nur zwei Abdrücke. Größe 44, leider Vibram-Sohlen neuen Standards. Die liefern an etliche Schuhmarken. Er hat Abstecher sechzig Meter nach Süden und dreißig Meter nach Nordwesten gemacht. An der Lichtung entlang. Mitten auf der Wiese haben zwei Böcke gegrast. Sie sind nach Süden geflüchtet. Kein Tierblut, weite Sprünge, einfach nur weg.«
»Okay. Wind?«
»Wechselnde Brise. Laut Meteorologen stabiler Hochdruck den ganzen Tag. Kann kaum der Rede wert gewesen sein. Außerdem sind die Tiere fast handzahm hier, wie im Tiergarten. Sie haben in aller Ruhe geäst und sind bestimmt erst geflüchtet, als Nellemanns Gewehr losging.«
Quist spekulierte. Er betrachtete die blauen Fähnchen auf dem Waldboden.
»Und der Pfeil ist verschwunden?«
»Korrekt. Ich habe mit dem Vorsteher des lokalen Bogenschützenvereins gesprochen. Er sagt, dass Jagdpfeile in der Regel ein Gewinde haben. Die Spitze lässt sich abschrauben, damit man den Pfeil wieder herausziehen kann. Es ist ganz einfach. Solche Pfeile können einen Elch durchschlagen.«
»Kennt er jemanden?«
Quist lächelte.
»Nicht offiziell jedenfalls. Dieser Wald ist Privateigentum, aber man weiß ja nie.«
»Und die Spuren?«
»Führen weiter zu einem Waldweg ein paar hundert Meter entfernt. Die Hunde haben uns direkt dorthin geführt. Ein Wagen mit Vierradantrieb hat dort geparkt. Deutliche

Reifenabdrücke, obwohl nicht mal fünfzig Meter weiter ein asphaltierter Parkplatz ist.«
Robin runzelte die Stirn.
Quist blätterte in seinem Notizbuch.
»Reifenstärke 1790 Millimeter, Achsabstand 2794 Millimeter, 18-Zoll-Felge, Gesamtlänge 4598 Millimeter.«
Er schaute auf.
»Mit anderen Worten, ein Landrover. Defender. Neue Pirelli-Reifen. Werden in Dänemark in mindestens dreihundert Geschäften verkauft.«
Robin Hansen nickte imponiert. Er hatte sich immer einen Landrover gewünscht, aber weil er mitten in der Stadt wohnte, hatte er keine vernünftige Ausrede für den Besitz eines Wagens, der Bergketten und Wildbäche überwand. Schafe hielt er auch keine.
»Und natürlich gibt es absolut niemanden, der am frühen Montagmorgen einen Landrover in der Gegend gesehen hat? Kein einziger Jogger oder Walker?«
Quist schlug das Notizbuch mit einem Knall zu.
»So ist es.«
Robin deutete auf die Spur.
»Kann ich sehen, wo er geparkt hat?«
»Natürlich.«
Sie gingen weiter. Robin ließ die blauen Fähnchen nicht aus den Augen, Quist schlenkerte unbekümmert mit den Armen.
Der Wald wurde lichter, es gab weniger Unterholz und Windbruch. Robin blieb bei einer Ansammlung von Fähnchen stehen.
»Hundert«, murmelte er.

»Was?«
»Er hat alle hundert Schritte angehalten.«
Quist sah ihn verwundert an.
»Bist du sicher?« Er schaute in sein Notizbuch. »Das haben sie mir nicht gesagt.«
»Ganz sicher.«
Robin zündete sich eine Zigarette an.
Sie gingen zwischen zwei Holzstapeln hindurch und erreichten einen Schotterweg. Quist zeigte auf deutliche Reifenspuren im weichen Boden am Wegrand. Neben der linken Spur und dort, wo die Hecktür gewesen sein musste, waren viele Stiefelabdrücke. Robin ging mit knackenden Knien in die Hocke, hob ein Klümpchen Gips auf und zerbröselte die Hinterlassenschaft der Techniker. Dann fotografierte er die Spuren mit einer kleinen Digitalkamera.
»Habt ihr Erdproben genommen?«
Quist ging neben Robin in die Hocke. »Hier, du kannst es sehen.«
»Ausgezeichnet. Sehr gute Arbeit.«
»Danke.«
Sie gingen zurück zur Lichtung. Der Retriever schlabberte Wasser aus einem Plastiknapf, einer der Polizisten hatte sich eine Pfeife angezündet. Quist redete mit ihnen, während Robin Hansen abseits stand und die gleichmäßige Reihe grüner und blauer Fähnchen auf der Wiese betrachtete.
»Cool«, sagte er.
Dann ging er zu der rechteckigen Markierung, wo Jacob Nellemanns Leiche gelegen hatte. Er vertiefte sich in Ge-

danken über den Kreislauf des Waldbodens, in dem tote, organische Bestandteile zu Humus werden.
In der Schule hatte er einmal einen Film über »Die Müllmänner der Natur« gesehen: Der zerstreute Biologielehrer zog die Gardinen zu und machte das Licht aus. Wie immer wurde die erwartungsvolle Stille durch das Schnarren einer leeren Filmspule gebrochen, und dann durch das flatternde Geräusch des Zelluloidstreifens, der sich bis zum Boden abrollte. Monotones Fluchen des Lehrers, unterdrücktes Gekicher der Schüler. Meistens ließ sich Herr Sander vom Gelächter anstecken, machte das Licht an und rollte geduldig den Film wieder auf die Spule.
Er drehte sich zur Wiese um. Distelsamen stiegen senkrecht in die träge Luft, kleine Libellen kletterten die Halme hinauf. Von der anderen Seite hatte er Vogelstimmen gehört, aber jetzt war alles still. Hinter einem Stamm in der vorderen Baumreihe sah er die Andeutung einer Bewegung.
Plötzlich flatterte eine Waldtaube aus den dunklen Bäumen. Er fuhr zusammen. Sie gurrte entrüstet, flog quer über die Lichtung und verschwand. Robin wurde schwindlig, ihm fiel ein, dass er den ganzen Tag nichts als eine Tasse Kaffee getrunken hatte. Er starrte auf den Baum, aus dem die Taube gekommen war, wischte den Schweiß von der Stirn und merkte, dass seine Hand zitterte.
Sie saßen auf der Ladefläche des Volvo, zogen die Gummistiefel aus und legten sie in Plastiktüten. Robin klatschte eine Mücke auf seinem Hals tot und betrachtete das Insekt auf der Handfläche. Er steckte die Füße in ein Paar

Laufschuhe, ließ die Schnürsenkel baumeln und zündete sich eine Zigarette an. Den Rauch blies er in großen Ringen aus, um die Mücken auf Abstand zu halten.

»Ich muss mit Nobel reden.«

»Das geht nicht.«

»Warum nicht?«

»Er ist seit Mittwoch in Singapur. Ein neuer Containerhafen.«

»Darf ich dich daran erinnern, dass es hier einen Toten gegeben hat?«

Quist gestikulierte entschuldigend, als bedaure er, dass Robin keinen Tisch reserviert habe. »Ich weiß. Philipsen hat gesagt, es sei in Ordnung.«

»Wann?«

»Donnerstag. Er sagte, dass ich mir keine Sorgen machen solle und dass er seinen besten Mann schicken würde.«

»Scheiße.«

Robin Hansens Gedanken standen still. Für einen Moment zog sich das Sonnenlicht zusammen, die Farben verblassten, und die Geräusche des Waldes starben ab.

»Dann eben Frau Windermere – *de* Windermere, meinetwegen.«

»Birmingham.«

»Und Blacky ist wohl in der Hundepension?«

»Nein, die Verwalter sind hier. Das hätte ja gerade noch gefehlt.«

Robin Hansen stand auf und atmete tief ein.

»Okay. Was ist mit dem Reh?«

»Welches Reh?«

»Das eine Woche zuvor mit einem Pfeil erlegt wurde.«

Quist schlug die Augen nieder, das Blut schoss ihm ins Gesicht.
»Abgehangen, bis es zart war, gehäutet, verspeist. Ich habe ein Filet abbekommen, hat himmlisch geschmeckt mit Vogelbeergelee.«
»Scheiße.«

Der Verkehr in Richtung Kopenhagen floss zäh. Ein leichter Unfall, und die Gaffer bremsten auf Schritttempo ab, um ja nichts zu verpassen. Die Sonne knallte aufs Autodach, die Tankanzeige vibrierte seit einer Weile bedenklich weit unter dem roten Strich.
Resigniert starrte er den Toyota vor sich an. Ein Aufkleber auf der Heckscheibe forderte ihn auf, JA ZU JESUS zu sagen. Offenbar hatte Gottes eingeborener Sohn eine eigene Webseite eingerichtet. Robin stellte sich einen hageren Mann mit Zottelbart und langen Haaren vor, der in Lendenschurz und Dornenkrone vor einem Computerbildschirm saß, die blutenden, stigmatisierten Hände auf die Tastatur legte und Mails beantwortete. Ein Blog aus dem Paradies.
Er gähnte. Im CD-Spieler lief »Black Eyed Boy« von Texas. Gedankenversunken streckte er den Arm durchs offene Fenster und trommelte im Takt der Musik aufs Autodach. Er hatte mit dem Verwalterehepaar gesprochen und genau das herausgefunden, was er erwartet hatte: nichts.
Ungefähr eine Woche vor Nellemanns Tod war Nobel mit einem Bock über der Schulter aus dem Wald gekommen. Er war mit Blacky spazieren gewesen, und der Hund

hatte das Tier in einer Senke gefunden. Es hatte eine frische Pfeilwunde am Bauch. Kein Pfeil, keine Spur, nichts. Nobel war empört gewesen über die Wilderei in seinem Wald, ganz zu schweigen vom Leid des Tieres. In den fünf Jahren, seit das Verwalterpaar im Schloss angestellt war, war so etwas noch nie geschehen.

Robin Hansen las den Mädchen ein Kapitel aus »Narnia« vor, umarmte sie und küsste sie auf die Stirn.
Er blieb kurz stehen und schaute durch das offene Fenster auf die Villen und Gärten des Viertels. Auf dem Giebel des Nachbarn sang eine Amsel. Sie hob sich schwarz gegen den dunkelblauen Himmel ab. Schmale Rauchsäulen, das Klirren von Besteck und laute Stimmen bekundeten, dass die sommerlichen Grillrituale ihren Höhepunkt erreicht hatten. In einer Nation, in der das Essen längst zur eigentlichen Religion geworden war, galten Herd und Kugelgrill als Altäre, und glatzköpfige Köche wurden wie Nobelpreisträger verehrt.
John-John Hugo machte Klimmzüge an den oberen Gitterstäben und sah ihn mit großen Kugelaugen an. Robin öffnete den Käfig, nahm ihn heraus und kraulte ihn hinter den Ohren. Das Fell glänzte vom Olivenöl, mit dem sie die Laufräder schmierten. Er gab ihm ein paar Erdnüsse, die der Hamster mit den Vorderpfötchen in die Backen stopfte.
Ellen saß am Esstisch und las Jerome K. Jeromes »Drei Mann in einem Boot«. Obwohl sie es schon mindestens fünfzehnmal gelesen hatte, lachte sie, dass die Tränen kullerten. Bestimmt war sie bei der Szene mit Montmorency

und dem Kater in der Dorfstraße. Oder der mit der Ananasdose. Sie trocknete die Tränen mit einem Papiertaschentuch und sah ihn an.
»Na. Unser Held kehrt aus dem mondänen Lustschloss zurück. Wie war's? Weißes Pulver auf den Toiletten, Champagner in den Schlafzimmern und lüsterne Models auf jeder Couch?«
»Genau. Deshalb hat es ein bisschen länger gedauert. Ich konnte nicht anders, wenn ich schon mal dort war ...«
Sie legte eine kühle Hand auf seinen nackten Oberschenkel und schob sie unter die Shorts.
»Überall standen kleine Porzellandosen voller Viagra herum!«
»Aiii!« Sie packte fest zu. »Hast du vielleicht welche mitgenommen?«
»Ne. Wer einmal eine eins achtundsiebzig große, vierundvierzig Kilo leichte Frau gehabt hat, die sich von Reiswaffeln, Cola und Sperma ernährt, will nie wieder ... au!«
Sie hatte ihm in den Bauch geboxt und wendete sich wieder ihrem Buch zu.
Er grinste. Ging zum Kühlschrank, um zwei Gin Tonic zu mixen. Unterwegs stolperte er über einen Rollschuh, den er wütend in die Ecke kickte. Er dachte an die Waldwiese. Die gelben und blauen Fähnchen. Linien, die den Schützen und sein Opfer wie Spiegelbilder zu dem gelb eingerahmten Rechteck mit dem blutigen Laub geführt hatten.
»Wusstest du, dass Axel Nobel bei Google 398 000 Treffer in 0,12 Sekunden ergibt?«, fragte er.
»Nein.«

»Ich habe zwölf, und du dreiundzwanzig.«
Sie nahm das beschlagene Glas aus seiner Hand.
»Eigentlich wäre es mir lieber, wenn man mich gar nicht in Google fände«, sagte sie.
»Ja.«
Sie schaute von ihrem Buch auf.
»Also? War es ein Jagdunfall?«
»Nein.«

7

Dienstag, 20. Juni 2006
Frederiksberg
06:30

Ellen und die Kinder schliefen noch, als Robin aufstand, Cornflakes mit Milch, Zucker, Nüssen und Bananen frühstückte, ins Auto stieg und zum Boxverein fuhr. Er war der Erste, hatte aber einen eigenen Schlüssel. Nach fünfzig Liegestützen, hundertundzwanzig Sit-ups und einer halben Stunde Seilhüpfen lief der Schweiß in Strömen. Er zog den Kapuzensweater aus und bearbeitete den Sandsack. Das blankgewetzte Leder war mit Klebeband ausgebessert. Er verteilte serienweise Links-rechts-links-links-Haken und tiefe Schläge gegen den Boden des Sandsacks. Aber er stand auf der Stelle und legte keine ernsthafte Energie in die Hiebe.
Der Boxverein erwachte langsam zum Leben. Eine Gruppe Frauen kam aus den Umkleidekabinen. Jung und hübsch, Pferdeschwänze, enganliegende Tights und Tanktops. Ein Boxenstopp auf dem Weg ins Büro, um das schlechte Gewissen zu beruhigen. Handtücher um den Hals, kolossale Wasserflaschen in den Händen. Sie machten Streckübungen vor einem Trainer. Boxen war unter jungen Frauen überraschend beliebt geworden, doch die kurzlebige Modewelle war schon wieder am Abebben.
Er freute sich auf die Rückkehr der Alten. Viele von ihnen

waren älter als er, aber sie teilten immer noch Haken wie Pferdetritte aus.
Er hämmerte auf den alten Sandsack ein, dass es bis in die Haarwurzeln weh tat, und schloss mit ein paar harten Uppercuts und einer Serie Jabs mit der Linken ab. Danach stand er lange vornübergebeugt, stützte sich auf die Knie und japste nach Luft.

Nach der Dusche fühlte er sich frisch und zu allem bereit, frottierte meditativ die Genitalien und pfiff »Spanish Eyes«. Mit leichtem Unbehagen betrachtete er die hässliche blaue Tätowierung auf seiner Schulter.
Die Interpretation des Bildes variierte. Heute fand er, dass es wie ein Rorschach-Test aussah. Der Fremdenlegionär in Gjakova war während des Schöpfungsaktes sturzbetrunken gewesen. Auch Robin hatte unter ziemlich starkem Alkoholeinfluss gestanden und nichts Böses geahnt, bis er am nächsten Morgen in den Spiegel sah. Unter der Figur hing ein schiefes Banner, auf dem eigentlich »Légion étrangère« stehen sollte, aber stattdessen hatte der Legionär »Légion éstrangère« geschrieben.
Er kämmte die Haare mit einem Stahlkamm, den ihm sein Vater verehrt hatte. In seinen jungen Jahren hatte er stets in der linken Brusttasche der Jeansjacke gesteckt – damals, in den Achtzigern. Er war ebenso praktisch zum Öffnen von Bierflaschen wie zum Entriegeln von Türschlössern. Ein Ende war auf den optimalen Funkenabstand einer Puch-Zündkerze abgeschliffen.

Hellerup
11:00

»Herr Hansen?« Die hübsche Arzthelferin wiederholte den Namen dreimal, bis Robin begriff, dass er gemeint war. Er war der Einzige im Wartezimmer und hatte sich in eine Patagonien-Reportage im *National Geographic* vertieft: Berge, Hochebenen, weite Horizonte, mit großartigen Fotos.
»Entschuldigung. Das bin ich!«
»Das will ich hoffen. Dr. Zoltan ist jetzt so weit. Er wartet ...«
Dr. Giorgiö Zoltan war ein korpulenter Mann mit buschigen, schwarzen Augenbrauen und klaren, braunen Augen. Er bot Robin den Ledersessel auf der anderen Seite seines gläsernen Schreibtisches an. Die Praxis war hell, in jedem Zimmer standen italienische Designerlampen und ein LCD-Bildschirm. Sie lag in einer gepflegten Gründerzeitvilla im Strandvejen.
Robin zog seinen Dienstausweis aus der Brusttasche, der Arzt studierte ihn und faltete die Hände über einem Rezeptblock.
»Jacob. Jacob Nellemann. Eigenartig, wie er gestorben ist. Unfassbar.«
Dr. Zoltan neigte den Kopf vor der Vergänglichkeit des Lebens, und Robin sah, dass er eine Kippa aus schwarzem Velours mit Silberbrokat trug.
»Es ist keine drei Wochen her, seit er das letzte Mal hier war. Eine Banalität. Ich kannte ihn seit vielen Jahren.«
Er sprach mit rollendem, mitteleuropäischem Akzent.

»Welche Banalität?«
»Darf ich darauf antworten?«
Robin runzelte die Stirn und griff sich in die Haare.
»Er wurde tief im Wald von einem Pfeil mitten ins Herz getroffen. Er starb weder an hohem Alter noch bei einem Verkehrsunfall oder an Thrombose. Es war weder ein Hirsch, der ihn aufgespießt hat, noch hat ihn eine Kreuzotter gebissen.«
Dr. Zoltan sah auf seine behaarten Hände. Sein rundes Gesicht spiegelte sich auf der Tischplatte.
»Nein, natürlich nicht. Sein Tod ist tatsächlich ungewöhnlich. Ich hatte ihm ein Schmerzmittel verschrieben. Tramadol. Ein synthetisches Opioid.«
»Hatte er Bauchschmerzen?«
»Ja.«
»Wusste er, dass er Dickdarmkrebs hatte? Mit Metastasen.«
»Bis zur Bauchdecke und den Lungen. Ja, er wusste es.«
Die Lungenmetastasen hatte Tollund wohl auch übersehen, dachte Robin. Vielleicht sollte er dankbar dafür sein, dass das Einschussloch mitten in der Brust nicht auch der Aufmerksamkeit des Staatsobduzenten entgangen war.
Dr. Giorgiö Zoltan drehte sich auf seinem Stuhl und schaute aus dem Fenster.
»Das Stadium war Dukes Typ D, ein villöser Tumor im Dickdarm, beginnendes Durchwachsen der Darmwände und Fernmetastasen, nicht unmittelbar zugänglich für einen operativen Eingriff. Ich wollte ihn an die Onkologen der Uni-Klinik überweisen, konnte ihm aber keine große

Hoffnung machen. Er wollte die Wahrheit hören. Jacob war ja in vieler Hinsicht mutig. Segelte, flog sogar Segelflugzeug, ging in Afrika auf Großwildjagd und alles Mögliche. Er war sehr vital, ein echter Bonvivant, wie man sagt.«

»Im Bericht der Uni-Klinik war keine Überweisung an die Onkologie.«

»Er wollte über Chemotherapie und mögliche Operationen nachdenken, aber ich glaube, dass er sich mit seinem Schicksal abgefunden hatte.« Der Arzt zuckte mit den Schultern. »Manchmal schien es, als ob die Krankheit ihm gar nichts ausmachte.«

Robin hob den Kopf. »Er wollte keine Behandlung?«

Dr. Zoltan zog eine Grimasse.

»Die typischen Reaktionen auf eine solche Diagnose sind unterschiedlich.« Er schüttelte kräftig den Kopf, als wollte er die Synapsen vom Staub befreien.

»Jacob hat in Rom mit einem Priester gesprochen. Ein dänischer Pater. Ich glaube, das hat ihm geholfen. Ich hatte zwar nicht den Eindruck, dass er besonders religiös war, aber seine Mutter war Katholikin.«

»Kennen Sie den Namen des Priesters?«

»Tut mir leid. Was ich meine, ist, dass Jacob nicht so wütend wie andere wurde. Er widersprach nicht und verlangte keinen zweiten Arzt oder neue Untersuchungen. Im Grunde war er von Anfang an resigniert.«

»Als hätte er es verdient?«

Der Arzt wand sich im Stuhl, gab aber keine Antwort.

»Haben Sie ihn auch privat getroffen?«

»Nein. Ich interessiere mich weder für Segelboote noch

für den plötzlichen Tod großer Säugetiere. Aber ich mochte Jacob, wirklich. Er war sehr lustig, sehr schlagfertig. Manchmal konnte ich nicht mehr vor Lachen.«
»Er hatte sich also mit der Krankheit abgefunden?«
»Das sagt sich leicht daher. Die Ergebnisse der Kernspintomographie und der Leberbiopsie kamen vor gut drei Monaten aus der Privatklinik. Ich weiß nicht, wie abgeklärt ein Fünfzigjähriger mit Kindern, einer großen Firma, vielen Angestellten und einer jungen Frau sein kann. Aber er hat es scheinbar recht schnell akzeptiert. Ungewöhnlich schnell, meiner Meinung nach.«
Der Arzt öffnete eine Schublade, zog ein Päckchen Zigaretten hervor und sah Robin fragend an. Robin nickte. Zoltan öffnete das Fenster weit, holte einen Aschenbecher aus derselben Schublade und zündete sich eine Filterzigarette an. Er rollte den Stuhl ans Fenster und pustete den Rauch ins Freie. Der Verkehrslärm des Strandvejen erfüllte das Zimmer, die Fensterscheiben wackelten.
»Wenn meine Sprechstundenhilfe Frau Kaspersen mich erwischt, macht sie mich zehn Minuten lang fertig, ohne ein Wort zu wiederholen.«
Robin lachte und fischte eine Camel aus der Tasche.
»Ja, man fühlt sich langsam wie eine bedrohte Tierart. Ein südamerikanisches Wasserschwein. Oder eine isländische Schnee-Eule.«
»Die aus ›Dumm und Dümmer‹, meinen Sie? Mit – wie heißt er doch gleich? – Jim Carrey. Die er mit einem Sektkorken abknallt?« Zoltan legte den Kopf zurück und lachte herzlich. Jede Menge Goldkronen blitzten auf. Ein echtes Taxifahrerlächeln, hätte Ellen gesagt.

Robin sah ihn erstaunt an. Er liebte Filme, alle Filme, aber hatte längst die Hoffnung aufgegeben, dass jemand seine cineastischen Anspielungen verstehen würde. Vielleicht war der Arzt ein Gleichgesinnter.
»Und Jeff Daniels.«
»Ja!« Der Arzt wischte sich Tränen von der Wange.
Robin sah ihn an. »Er war also auch schwach?«
»Verzeihung?«
»Sie haben vorhin angedeutet, dass Nellemann mutig war, aber andererseits auch schwach?«
»Ach so.« Dr. Zoltan sah ihn mit feuchten, braunen Spanielaugen an.
»Für einen Arzt ist es normal, eingehend mit seinen Patienten zu reden, wenn man mit solchen Diagnosen kommt. Das ist beinahe das Schlimmste, finde ich. Was sind schon Blutungen, Missbildungen, Infektionen, Amputationen, Diabetes und was weiß ich? Hauptsache, man lebt. Das lässt sich alles kurieren oder auf ein erträgliches Maß zurückschrauben.«
Dr. Zoltan gestikulierte wild. »Jacob war eine Frohnatur. Tüchtig und beliebt, wie ich gehört habe. Süße Kinder, zwar verwöhnt, aber er war stets für sie da, obwohl er viel arbeitete. Sie rannten in der Firma herum, und wenn er daheim arbeitete, tat er es immer im Esszimmer oder im Kinderzimmer. Kein Alkoholmissbrauch, keine Pillen, keine Drogen. Das weiß ich. Vielleicht war er ein bisschen zu nachgiebig, er wollte mit allen gut Freund sein.«
»Obwohl er Geschäftsmann war?«
»Das bedeutete ihm nichts. Sein Partner Krüger stand für das Business. Jacob war der kreative Kopf der Firma. Die

beiden waren ein dynamisches Duo. So ist es, glaube ich, oft im Werbegeschäft: ein Zauberkünstler und ein guter Geschäftsmann. Sonst klappt es nicht. Unter meinen Patienten sind jede Menge Werbemanager.«
»Okay. Aber er war geschieden?«
»Ja, süße Frau. Aber was ist heute schon eine Scheidung? Midlife-Crisis. Was früher viel bedeutete, wird plötzlich unwichtig. Man verändert sich doch, oder? Gott sei Dank. Ich habe viele solcher Männer als Patienten. Sie hängen in Cafés und Clubs herum, reißen eine dreiundzwanzigjährige Kosmetikerin auf. Eine Trophäe. Wie ihr neuer Mercedes. Das Schlimmste ist, dass sie auch gleich einen neuen Wurf Kinder wollen. Und die Mädchen sollen die Eileiter öffnen.«
Der Arzt faltete die Hände im Nacken und schaute an die Decke.
»Das Leben ist ein Pokerspiel geworden«, philosophierte er, an die Stuckrosetten gewandt. »So wenig Regeln wie möglich, und immer neue Karten. Wir wollen unsere Identität frei wechseln können. Neue Familien stiften. Wir wollen uns die Möglichkeit zum großen Gewinn offenhalten, anstatt das Beste aus den Karten zu machen, die wir in der Hand halten.« Er öffnete die Handflächen, als wolle er Zustimmung von oben entgegennehmen. »Man darf nie die Eitelkeit eines Mannes unterschätzen. Viele Frauen tun das, glaube ich.«
Robin sah auf seine ausgelatschten Sneakers.
»Und genau das traf auch auf Jacob Nellemann zu?«
»Ja.«
Dr. Zoltan warf schuldbewusst den Zigarettenstummel

aus dem Fenster. Er zog ein Frischluftspray aus der Schublade und sprühte, bis das Zimmer wie ein deutsches Raststättenpissoir roch. Dann sah er Robin an.
»Wie dumm, ich könnte es ja einfach auf Sie schieben.«
Er schob den Aschenbecher auf Robins Seite.
»Kein Problem.« Robin räusperte sich und fragte weiter: »Also ein ganz normales, mehr oder weniger glückliches Leben, bis die Diagnose eintraf?«
Der Arzt sah Robin überrumpelt an.
»Ja! Nein, meine ich.«
Robin setzte eine Miene auf, die Geduld und Wohlwollen ausdrücken sollte.
»Kaffee?«, fragte Dr. Zoltan. Er drückte auf einen Knopf an der Sprechanlage und sagte Frau Kaspersen, dass sie ruhig nach Hause gehen könne.
»Sie sind der letzte Patient heute. An den Tagen, an denen ich abends Hausbesuche mache, schließen wir früher. Ich meinte, der letzte ...«
»Ja, danke, Kaffee wäre prima.«
»Sehr gut. Ich habe eine neue Espressomaschine.« Er ging zu einem rotlackierten, Ferrari-ähnlichen Gerät.
»Sie hat ein dreihundert Seiten dickes Handbuch und eine Armatur wie ein Mondlandungsmodul«, sagte der Arzt über die Schulter hinweg und öffnete einen Kühlschrank. Robin reckte den Hals und sah mehrere Reihen Reagenzgläser mit Blut- und Urinproben. Der Arzt nahm einen halben Liter Vollmilch heraus und schloss die Tür.
»Mal sehen, was sie alles kann.« Er füllte Milch in einen kleinen Stahltopf und summte. »Café au lait?«
»Ja, gerne.«

»Gut, exzellente Wahl. Ich bin sowieso noch nicht bis zum Cappuccino oder Espresso gekommen. In der Gebrauchsanweisung.«

Dr. Zoltan drehte an einem Hahn, und ein scharfer Dampfstrahl schoss aus einer Düse.

»Au, Scheiße!« Der Arzt zog die Hand zurück. Er sah die Maschine an. Dann lächelte er triumphierend.

»Sie funktioniert.«

»Sieht ganz so aus.«

»Zucker? Ich habe weißen und braunen.«

»Weißen bitte.«

Robin nippte an seinem Kaffee. Er war gut und stark, der Milchschaum war herrlich cremig.

»Gut.«

»Lavazza.«

Robin stellte seine Tasse ab.

»Was sagten Sie vorhin über Nellemanns Gemütszustand vor der Diagnose?«

Der Arzt zündete sich eine Zigarette an und schloss das Fenster.

»Immer gut gelaunt. Aber dann kam diese Regatta letztes Jahr, bei Spitzbergen, soweit ich mich erinnere. Alles ging schief. Orkan, Materialfehler, und schließlich Schiffbruch. Jacob hat es mit Mühe und Not überlebt. Als er heimkam, konsultierte er mich unter irgendeinem Vorwand. Er war zutiefst erschüttert. Eine junge Frau war ums Leben gekommen.«

»Anne Bjerre?«

Robin hatte einige Artikel über die Havarie gelesen. Im letzten Jahr hatte es mehrere Verluste in der Open-60-

Klasse gegeben. Die Rennboote wurden immer leichter, mehr Carbon, mehr Kevlar, ein enormes Segelareal, extrem schmale Kippkiele und dünne, zerbrechliche Ruder. Am häufigsten versagte das Material im unversöhnlichen südlichen Ozean. Masten und Ruderblätter brachen, Kiele rissen ab, und Boote kenterten innerhalb einer Sekunde.
Es war der einzige sponsorenträchtige Hightech-Sport, den Robin kannte, in dem Frauen genauso gut oder besser als Männer waren. Ellen MacArthur wurde noch in der Nacht ihrer Rückkehr geadelt, nachdem sie in Rekordzeit die Welt umsegelt hatte. Einundsiebzig Tage allein auf einem 75-Fuß-Trimaran, über den Atlantik zum Kap der Guten Hoffnung, um Kap Leeuwin und Kap Hoorn herum, und wieder zurück über den Atlantik. Wo eine gerissene Want, ein zerbrochener Block oder eine falsche Entscheidung eine augenblickliche Katastrophe bedeuteten. Sie war achtundzwanzig Jahre alt, als sie die Ziellinie zwischen der Île d'Ouessant und The Lizard überquerte.
Anne Bjerre war die einzige skandinavische Kandidatin für diese exklusive Schwesternschaft gewesen. Viele sagten voraus, dass sie noch mehr erreichen würde. Sie war jung, aber nicht zu jung, intelligent, hatte Erfahrung und Durchhaltevermögen, war bei den Besten in die Lehre gegangen: Russell Coutts, Mike Golding, Paul Cayard.
Und jetzt war sie tot. Allein, irgendwo am Grund der Barentssee.
Der Arzt riss ihn aus seinen Gedanken.
»Ja, so hieß sie. Armes Mädchen. Er ist danach mehrmals zu mir gekommen. Wirkte deprimiert. Er konnte nicht schlafen, sagte er. Ich verschrieb ihm ein paar Pillen.« Dr.

Zoltan sah Robin grübelnd an. »Ich glaube, er wollte mit mir darüber reden, aber immer, wenn er begann, war er plötzlich wie leer. Wir kamen nicht weiter, jedenfalls nicht zum Kern der Sache. Es hat ihn gequält. Sobald er die Augen schloss, sah er turmhohe Wellen, sagte er.«
»Soweit ich mich erinnere, war Axel Nobel auf diesem Törn dabei? Der Wald, in dem Nellemann erschossen wurde, gehört übrigens ihm.«
»Nobel, ja.« Zoltans Ton war neutral. »Sie waren Schulkameraden, habe ich gehört, oder genauer gesagt kannte Nobel Nellemanns jüngeren Bruder. Ein wichtiger Mann.«
»Ist er auch Ihr Patient?«
Dr. Zoltan nippte an seinem Kaffee. Die Tasse verschwand in seiner behaarten Hand.
»Nein. Und wenn er es wäre, dürfte ich Ihnen nichts über ihn verraten.«
»Ist Nellemann über den Verlust hinweggekommen?«
Dr. Zoltan blieb unbeirrt freundlich.
»Jacob? Nicht wirklich, glaube ich. Und dann noch der Krebs. Vielleicht hängt eins mit dem andern zusammen, wer weiß?«
Der Arzt leerte die Tasse, richtete sich im Stuhl auf und faltete wieder die Hände auf dem Glastisch. Die Audienz ging dem Ende zu.
Robin schaute aus dem Fenster. Er hatte es gar nicht eilig, die ruhige, kühle Praxis zu verlassen und sich in den glühend heißen Sommertag zu begeben. »Es war keine richtige Regatta«, sagte er, nur um etwas zu sagen. »Nur ein Boot.«

»Ach ja?«
»Ich glaube, sie testeten bloß die Route für eine geplante internationale Regatta.«
Dr. Zoltan stand auf.
»Tja, Herr Kommissar, ich habe leider eine Verabredung.«
»Golf?«
Der Arzt lachte laut. »Nein. Auch kein Fliegenfischen oder Tontaubenschießen. Die Synagoge!«
Robin lächelte.
»Kennen Sie den vom Rabbiner, der am Sabbat heimlich Golf spielt? Auf wundersame Weise verbessert er sein Handicap um ungefähr dreihundert Prozent. Auf Bahn achtzehn, ein Par-4-Loch, erzielt er ein Hole-in-one. Er rauft sich die Haare, trampelt seine Golfmütze in den Schlamm und zerbricht seinen Schläger. Dann fällt er auf die Knie, schaut zum Himmel auf und ruft: Jahve, o Jahve, vergib mir! Du bist der Größte, deine Weisheit ist unendlich. Ein Hole-in-one, ein Hole-in-one! Und ich kann nur der Katze davon erzählen!«
Dr. Zoltan lachte immer noch laut, als Robin die Tür hinter sich schloss.

Kopenhagen Zentrum
12:30

Robin fand einen Parkplatz hinter der Marmorkirche, legte den Parkschein unter die Windschutzscheibe und ging zur Toldbodgade. Die morgendliche Brise hatte sich gelegt. Sein Polohemd klebte am Rücken, die Schuhe scheuerten an den Fersen, als würden die Füße im Laufe des Tages immer größer.

Die Kuppel der Marmorkirche glitzerte wie eine gewaltige Satellitenschüssel, die die Gebete der Menschen an das himmlische Telegraphenbüro übermitteln sollte. Er blieb mitten auf der Toldbodgade stehen und konsultierte einen Zettel. Das Gebäude war sandgestrahlt, frisch gestrichen und so weiß, dass der Anblick die Augen blendete.

Als Robin auf der anderen Straßenseite in den Schatten trat, steckte er die Sonnenbrille in die Hemdtasche. Im Erdgeschoss des Hauses war eine Antiquitätenhandlung mit Seegemälden und messingglänzenden Nautika im Schaufenster. Auf der anderen Seite der hohen Eingangstür lag ein neueröffnetes exklusives Schokoladengeschäft. Noch ein Lifestyle-Laden, der in absehbarer Zeit pleitegehen würde, weil der Markt für Nougatkrokant, liebevoll aus besten Rohwaren zubereitet und in aufwendig designten Schachteln dargeboten, überschätzt worden war.

Robin ging die Treppe hinauf, bis er vor einer weißen Paneeltür mit halbmondförmigen, flaschengrünen Fenstern stand. An der Tür war nur ein Namensschild. Ihm wurde klar, dass das gesamte Haus Nellemann gehörte. Er zog an einer geflochtenen Lederschnur, die mit afrikanischen Glasperlen besetzt war.

Als seine Augen sich ans Halbdunkel der Diele gewöhnt hatten, wollte er zuerst noch einmal auf seinen Zettel sehen. Eine junge Frau reichte ihm eine kühle, feingliedrige Hand. Sie trug einen farbenprächtigen Sari aus schillernder Seide. Ihr Haar war kurz, blauschwarz und wirkte

weich wie Regenwasser. Sie hatte interessante grüne Augen. Augen mit dunklen Rändern.
Es war, als durchschreite er eine Mauer aus Schönheit.
»Heidi.« Sie lächelte mechanisch.
»Heidi?«
Er hatte einen orientalischen Namen erwartet, nicht einen, der ihn an die Gemsenjagd in Tirol erinnerte. Frau Cerberus hatte immer nur von »Frau Nellemann« gesprochen.
Sie ging vor ihm durch die Diele. Sie trug flache, silberne Sandalen, Robin bemerkte ihre zarten, rosa Fußsohlen. Der Boden war mit dunklem Schiffslack gestrichen und spiegelblank. Es sah aus, als schwebe die junge Frau wie eine tropische Blume auf einem Tempelteich.
Über einem Kamin hing ein Kudukopf, der ihn mit traurigen Glasaugen ansah. Unter dem Kopf war eine ovale Messingplakette: »Rowland Ward 3rd. August 12, 1992, Namibia. London, England.« Jemand hatte ein buntes geflochtenes Seidenband mit kleinen Silberglöckchen um ein Horn gehängt. Eine entschuldigende, feminine Geste, nahm er an.
Sie gingen durch eine Wohnküche mit hoher Decke. Die Einrichtung war eine gelungene Mischung aus blankem Stahl und häuslicher Wärme. Ein Werbeplakat für Nudeln aus den dreißiger Jahren, Postkarten und Familienfotos mit lustigen Magneten am Kühlschrank befestigt. Ein Hundekorb in der Ecke, aber weder Fressnapf noch Hund. Vielleicht hatte er seinen eigenen Stuhl am Esstisch.
Er registrierte, dass es in der Küche nicht nach Essen roch. Kein einziger Fleck und kein Staubkorn waren zu sehen.

Die junge Frau schwebte weiter in ein Zimmer mit Erkern, die auf einen sterilen Innenhof zeigten.
Ein schwacher Sandelholzduft folgte Heidi Nellemann wie eine goldene Spur im Halbdunkel. Unter einer Reihe originaler englischer Kupferstiche mit Jagdszenen stand eine niedrige Sitzgruppe. Die junge Frau setzte sich auf einen Hocker, Robin ließ sich auf ein steinhartes Sofa sinken.
Zwischen Sofa und Hocker stand ein ornamentierter arabischer Kaffeetisch mit einer marokkanischen Tischdecke, in die Hunderte von kleinen, runden Spiegeln eingewoben waren. Auf dem Tisch lag ein Buch von Terence Conran.
Robin schaute sich um. Neben der Balkontür stand ein antiker Mahagonischreibtisch, der aussah, als stamme er aus dem Büro eines Börsenmaklers der Gründerzeit. Davor ein prächtiger Lederstuhl. Auf der grünen Schreibunterlage lag ein Schreibset aus Ebenholz mit Füllfederhalter und einer kleinen Flasche chinesischer Tinte. Das Haus strahlte eine ausgewogene Mischung aus klassisch und exotisch, feminin und maskulin aus – wie eine Kulisse.
»Tee?« Sie saß gerade und hatte die Hände über dem Schoß gefaltet. Ihr Gesicht war ausdruckslos.
»Äh ... Ja, gerne.«
Gewöhnlich trank Robin nur Tee, wenn er halbtot mit Grippe im Bett lag.
»Grün? Russisch? Lapsang Souchong?«
»Das Letzte, bitte.« Den Namen hatte er irgendwo schon einmal gehört.
Sie stand auf und ging in die Küche. Robin widmete seine

Aufmerksamkeit dem Modell einer Jacht, das auf dem Fensterbrett stand. Es war mindestens einen Meter zwanzig hoch und stand auf einem lackierten Mahagonifuß. Er betrachtete es näher und stellte fest, dass es gute, alte Handarbeit war. Takelage und Deck waren bis ins Detail getreu nachgebildet. Er bewunderte den Klipperbug der Ketsch und die sublime Form des Rumpfes.
Die Ticonderoga natürlich. Stapellauf 1936, massenweise Geschwindigkeitsrekorde, überlegener Sieger ihrer ersten vierundzwanzig Regatten, entworfen vom unvergleichlichen Kapitän Francis L. Herreshoff, dem Zauberer von Bristol. Dem größten Schiffsarchitekten, den die Welt je gesehen hatte.
Plötzlich fühlte er tiefe Verbundenheit mit dem Mann, der nun in einer Kühlzelle des rechtsmedizinischen Institutes lag. Robin hätte mit Freuden mehrere Monatslöhne für dieses Modell bezahlt. Er hörte Porzellan klappern und setzte sich.
»Mein Vater war Ingenieur bei Kampsax. Er lernte meine Mutter in Kaschmir kennen«, sagte sie. »Sie war Lehrerin an einem englischen Gymnasium.«
Er sah sie über die dampfende Teetasse hinweg an.
»Die meisten fragen das als Erstes.«
»Ja, das kann ich mir vorstellen.«
Sie reichte ihm eine Schüssel mit Ingwerplätzchen, er nahm ein paar und legte sie auf seine Untertasse. Er begann zu spüren, dass es fast ein Uhr war und die Cornflakes sich längst im hintersten Winkel seines Verdauungsapparates verloren hatten. Sein Magen schrie panisch auf, als er den ersten Schluck heißen Tee trank.

»Schönes Boot«, sagte er und deutete mit einem Nicken auf die Ticonderoga.
»Ja. Jacob hat es letzten Sommer in London gefunden. Er war in England, um sein Gewehr reparieren zu lassen.«
»Haben Sie ein Boot?«
Sie legte eine Hand auf den Magen.
»Er hatte ein Boot zusammen mit Inger. Ich segle nicht gern. Ich werde schon seekrank, wenn ich nur ein Glas Wasser sehe! Und seine Kinder sind jetzt erwachsen, sie interessieren sich nicht dafür. Aber er segelte jeden Dienstagabend mit ein paar Freunden in Rungsted. Wie nennt sich das, Abendregatten?«
»Ja.«
Robin verabscheute Kurzregatten. Nichts war hysterischer und infantiler als reiche Feierabendskipper, fand er.
»Segelte er mit Axel Nobel?«
»Ja, Nobel hat eine riesige Swan.«
»Ich komme gerade von Dr. Zoltan. Wussten Sie, dass Ihr Mann krank war?«
Sie ließ die Schultern sinken, presste immer noch die linke Hand auf den Bauch.
»Ja. Sehr krank.«
»Seit wann kennen Sie ihn?«
»Seit genau fünf Jahren. Ich arbeitete in seiner Firma. Text und Layout. Es war mein erster richtiger Job.«
Sie starrte an die Decke.
»Ich bin siebenundzwanzig.«
Plötzlich quollen Tränen aus ihren Augen, als hätte jemand einen kleinen Hahn aufgedreht. Sie schluchzte und flüchtete in die Küche, wo sie herzzerreißend heulte.

Robin griff sich in die Haare und massierte seine Schläfen.
Eine Ewigkeit später kam sie zurück. Noch bleicher.
»Entschuldigung. Ich kann einfach nicht ... Manchmal halte ich es nicht aus.«
»Natürlich. Sind Sie allein?«
Sie zuckte mit den Schultern.
»Ja, mehr oder weniger. Meine Mutter, meine Schwester und meine Freundinnen kommen oft zu Besuch, aber es hilft nichts.«
Robin nahm noch ein Ingwerplätzchen und studierte es eingehend, bevor er es in den Mund steckte.
»Die sind sehr gut. Haben Sie die selbst ...?«
Die Frau lächelte fast widerwillig.
»Sie arbeiten immer noch bei Nellemann und Partner?«
»Nein, bei der Konkurrenz. Ich liebe meine Arbeit. Jacob fand, ich sollte nicht in der Firma bleiben, nachdem wir geheiratet hatten. Und er hatte recht. Die Leute reden so viel. Ich habe mir den neuen Job selbst besorgt, noch bevor sie wussten, dass wir zusammen waren. So ist es am besten. Die Welt ist klein.«
»Wie ... äh ... Wie hat Jacob reagiert, als er erfuhr, dass er Krebs hatte?«
»Ich hatte ihm schon den ganzen Winter gesagt, dass er krank aussah. Er war so matt und müde. Bleich. Wollte nicht Skilaufen gehen, wollte gar nichts tun. Sonst waren wir immer mit Jacobs Kindern nach Norwegen gefahren. Als wir dann im Frühling von der Krankheit erfuhren, hat er aufgegeben. Fast sofort. Er wollte nichts!«
»Er wollte sich nicht behandeln lassen?«

Sie schüttelte den Kopf.
»Das ganze letzte Jahr war schwierig. Ich habe ihn zum Arzt geschickt. Ich kann Dr. Zoltan gut leiden.«
»Also seit er aus Spitzbergen zurückgekommen war?«
Die Tränen begannen wieder zu rollen. Sie putzte die Nase.
»Früher war er immer so fröhlich gewesen, so interessant. Er wusste alles, hat alles ausprobiert. Wir sind fast jede Woche ins Stadion gegangen, sind in seinem Segelflieger geflogen oder haben etwas mit den Kindern unternommen. Aber seit diesem Trip war nichts mehr mit ihm los.«
Sie wischte sich die Tränen ab und trank Tee.
»Wann kann ich ... ich meine: Wann kommt er aus der Klinik? Ich will ihn anständig beerdigen lassen.«
»Beauftragen Sie ein Bestattungsinstitut, falls Sie es noch nicht getan haben. Die regeln alles. Alle Papiere und Atteste. Und Jacob hatte ... ich meine, Sie und er haben sicher einen Anwalt? Ich rufe die Uni-Klinik an und bitte sie, alles so schnell wie möglich zu erledigen.«
»Ja. Danke. Es ist so viel, und ich habe ihn erst einmal gesehen, in Ringsted.«
Robin raufte sich die Haare. Er hatte unbändige Lust auf eine Kippe. Wie oft hatte er schon versucht, mit dem Rauchen aufzuhören, aber immer war es ihm vorgekommen, als würde das Leben plötzlich in Schwarzweiß ausgestrahlt.
»Darf man hier rauchen?«
Die junge Frau sah ihn verdutzt an. Dann lächelte sie und holte eine kleine Schale. Er zündete sich eine Zigarette an.

»Als ich Jacob kennenlernte, rauchte er Pfeife. Dann hat er aufgehört. Es hat gut gerochen, fand ich. Rød Orlik.«
Robins Vater, der sein Leben lang an einer Drehbank gestanden hatte, hatte Rød Orlik geraucht. Sein einziger Luxus.
»Kannten Sie Anne Bjerre?«
»Ja, sie ist ein paarmal hier gewesen. Axel Nobel auch. Sie haben sich gut verstanden, die drei. Ich habe nicht viel mit ihr geredet, sie waren meistens oben bei ihren Seekarten und Instrumenten. Aber einmal war sie einen ganzen Nachmittag hier. Wir warteten zusammen auf Jacob. Er hatte noch etwas Wichtiges zu tun. Sie war ...« Sie suchte nach Worten.
»Ich weiß nicht. Jedenfalls lebte sie in einer anderen Welt als ich und alle anderen, die ich kenne.« Sie sah ihn an.
»Finden Sie, dass sie unweiblich war? Fanatisch?«
»Nein, überhaupt nicht. Sie war hübsch. Sie wollte einfach nur etwas anderes vom Leben als die meisten von uns. Aber nicht demonstrativ, als wären alle anderen dumm. Im Gegenteil, sie hatte viel Humor, konnte sehr ironisch sein, auch selbstironisch.«
Sie zuckte mit den Schultern und starrte in den Hof.
»Ja?«
»Sie haben Schweigepflicht, nicht wahr?«
»Natürlich. Sofern es nicht die Aufklärung eines Verbrechens behindert.«
»Ich glaube, Axel Nobel mochte sie sehr gern.«
Sie sah sehr jung aus.
»Sie meinen ...?«
»Ich glaube es.«

»Gab es einen konkreten Anlass?«
Robin fühlte sich wie ein neugieriger Hotelpage, der in einem vornehmen Hotel an der Riviera beim Morgenkaffee sitzt und den Geschichten des Nachtportiers lauscht.
»Nein, nein. Aber er benahm sich anders in ihrer Gegenwart. Als wäre er zwanzig Jahre jünger. Sonst war er ja ziemlich steif und korrekt.«
Jetzt lachte sie sogar.
»Dr. Zoltan hat erzählt, dass Ihr Mann in Rom mit einem Priester gesprochen hat. Vielleicht kann der Ihnen helfen?«
»Pater Flemming? Ja, Jacob kannte ihn schon viele Jahre. Letzten Sommer haben wir ihn besucht, aber ich weiß nicht, worüber sie sprachen. Ich war die meiste Zeit in Rom unterwegs und spielte Touristin.«
»Ihr Mann hat nichts erzählt?«
»Nur, dass es gut war. Dass es ihm geholfen hat. Dann reisten wir heim, und kurze Zeit später fing es wieder an. Er wurde verschlossen und gereizt. Fremd.«
Sie beugte den Kopf über die Teetasse, und Robin schaute aus dem Fenster. Eine alte Schiffsuhr tickte laut an der Wand des stillen Zimmers, und nach einer Weile bemerkte Robin, dass er sich hypnotisch in ihrem Takt wiegte.
»Da oben ist alles schiefgelaufen? Im Nordmeer, meine ich?«
»Total. Wir konnten sie mehrere Tage nicht erreichen. Nördlich von Tromsø gerieten sie in ein Unwetter. Axel Nobel wurde verletzt, aber sie schafften es zurück in den Hafen. Dann klarte es wieder auf, und sie wollten nach Spitzbergen weitersegeln. Mit Satellitentelefon, Fax, Funk-

gerät und E-Mail an Bord. Aber nichts hat mehr funktioniert. Es gab einen Orkan dort oben, ganz ungewöhnlich für die Jahreszeit, sagten sie. Ein polnischer Trawler ging unter. Anne fiel über Bord, und sie konnten sie nicht retten. Sie verschwand einfach.«
»Zusammen mit dem Boot?«
»Ja, das sagten sie. Der Kiel war halb gebrochen und eines der Ruder ganz. Jacob und Axel konnten sich in ein Schlauchboot retten und sind auf Bjørnøya gelandet. Dort gibt es eine norwegische Wetterstation. Ein paar Tage später wurden sie mit dem Hubschrauber nach Tromsø geflogen. Nach einem weiteren Sturm. Es ist furchtbar dort oben!«
Die junge Frau umklammerte ihre Tasse mit beiden Händen und sah in die bernsteinfarbene Flüssigkeit.
»Es gab eine Trauerfeier für Anne in der Holmens Kirke. Jacob und Nobel wollten nicht hingehen, oder sie konnten nicht, aber ich war dort. Die Trauergäste waren aus England, Amerika und sogar Neuseeland gekommen. Ihre Mutter musste auf dem Weg zum Sarg gestützt werden. Anne hatte einen Zwillingsbruder, aber der war auch nicht dort. Ich glaube, sie hatten ihn nicht erreicht. Ich habe einen Blumenstrauß und eine Karte hingelegt. Auf einen leeren Sarg.«
Sie sah ihm in die Augen.
»Aber was wollen Sie eigentlich von mir? Ich habe doch schon in Ringsted mit der Polizei gesprochen. Warum sind Sie hier? Stimmt irgendwas nicht? Es war doch ein Fehlschuss, oder? Ein Jagdunfall.«
Er beugte sich zu ihr. Am liebsten hätte er ihr die Hand

aufs Knie gelegt und sie beruhigend gestreichelt, so onkelhaft wie möglich.
»Absolut. Es war ein zweiter Jäger beteiligt. Aber wir müssen der Sache doch nachgehen, oder? Ich meine, wir wissen ja nicht genau, was geschehen ist. Niemand hat sich gemeldet, und offenbar gibt es keine Zeugen.«
Erst jetzt bemerkte er, dass er die Hand automatisch ausgestreckt hatte, und zog sie schnell zurück.
Die junge Frau begrub das Gesicht in den Händen. »O Gott!«
Sie hob langsam den Kopf und schaute zwischen ihren Fingern hindurch. »Ein Pfeil. Das darf einfach nicht wahr sein. Das ist doch geisteskrank!«
Robin hatte nicht die geringste Idee, wie er auf diesen verständlichen Ausbruch antworten sollte. Er war ganz ihrer Meinung. Verlegen zündete er sich eine Zigarette an.
»Ich verstehe sehr gut, was Sie fühlen.«
Sie stand auf und ging mit verschränkten Armen im Zimmer umher. Der Sandelholzduft wurde stärker. Robin sah auf den Boden, zog an der Zigarette. Wartete.
Sie blieb mit dem Rücken zu ihm am Fenster stehen.
»Jemand war in der Wohnung. Gestern Abend, als ich bei meiner Mutter und meiner Schwester war.«
»Hier?«
»Ich habe es gefühlt und gerochen.«
Es wurde ganz still, nur die Schiffsuhr tickte an der Wand.
»Ist das möglich? Wir haben doch eine Alarmanlage. Überall Sensoren und Sicherheits-Codes.«
»Ja, das ist möglich.«

»Es war nichts zu sehen. Nichts fehlt. Aber ich kann Jacobs Tresor nicht öffnen. Die Tür klemmt.«
Sie öffnete eine Schreibtischschublade.
»Sein Pass und seine Papiere liegen hier. Die Kreditkarte ist bei seinen Sachen in der Uni-Klinik. Ich habe ein bisschen Schmuck in einer Kommode, aber alles ist noch da. Ist sowieso nicht wertvoll. Hauptsächlich Silber. Wir haben nichts hier. Nichts Wertvolles, meine ich.«
»Ich verstehe.«
»Wollen Sie sich den Tresor ansehen?«
»Gerne.«
Er stand auf.
Sie gingen nach oben, und er sah sich flüchtig den kleinen Tresor an, der hinter einem Landschaftsgemälde versteckt war. Dann untersuchte er den Boden und das Fensterbrett unter dem halb geöffneten Fenster. Er öffnete es weit und suchte nach Spuren an der Wand. Nichts. Unter dem Fenster war ein frisch geputztes, gefliestes Band, und das Beet vor der Hauswand war unberührt.
Sie gingen wieder nach unten.
»Ich kann gerne jemanden rufen, der nach Fingerabdrücken sucht, aber ich bezweifle, dass sich welche finden.«
»Es kommt jemand von der Sicherheitsfirma. Sie stellen die Schlösser neu ein und montieren neue Sensoren.«
»Gut.«
Sie setzten sich wieder. Robin fühlte sich wie ein Möbelstück. Er starrte in die leere Tasse, als könne er den Teeblättern am Boden die Lösung des Falles entlocken. Dann faltete er die Hände und ließ die Knöchel laut knacken. Sie waren immer noch rot von dem Sandsack.

»Wenn, und ich sage ausdrücklich *wenn*, es nun kein Jagdunfall gewesen wäre, könnten Sie sich irgendwie denken, warum jemand ... Ich meine, falls es doch eine bewusste Gewalttat war.«

Die junge Frau lachte bitter und kniff die feinen Augenbrauen zu einem geraden, schwarzen Strich zusammen.

»Jacob? Der nette Jacob? Er war in der Werbebranche, verdammt! Natürlich gibt es Leute, die keine Reklame mögen, aber deshalb würde ihn doch niemand umbringen. Jacob konnte keiner Fliege etwas zuleide tun.«

»Okay. Aber Sie sagten, dass er nach dem Schiffbruch im Nordmeer nicht mehr derselbe war. Das hat auch der Arzt gesagt. Und vor ein paar Monaten erfuhr er, dass er unter Krebs im fortgeschrittenen Stadium litt. Versuchen Sie, sich auf die letzte Zeit zu konzentrieren. Gab es vielleicht Momente, in denen er anders war, unverständlich handelte, mit Ausreden kam oder ohne Erklärung wegblieb? Nächtliche Anrufe, Briefe, die er Ihnen nicht zeigte, was auch immer.«

Die junge Frau legte wieder die Hand auf den Unterleib. Robin wartete geduldig. Sogar die alte Uhr schien langsamer zu ticken.

»Da *war* etwas«, sagte sie endlich.

»Wann?«

Ohne zu antworten stand sie auf, ging zum Schreibtisch und hob die grüne Schreibunterlage an.

Heidi Nellemann starrte kurz auf die blanke Tischplatte, ließ die Unterlage los und hob sie noch einmal an, als erwartete sie, dass sich dort etwas materialisierte. Sie öffnete eine Schreibtischschublade nach der anderen und durchsuchte sie, dann richtete sie sich auf und sah ihn mit leeren Augen an.

»Vor ein paar Monaten saßen wir in der Küche und aßen zu Abend, nur wir beide. Plötzlich klingelte das Telefon. Ein kurzes Gespräch. Jacob reagierte merkwürdig. Angeblich war es nur ein unzufriedener Kunde gewesen. Er ging ohne ein Wort nach oben und führte noch ein Gespräch. Ich konnte nicht hören, was er sagte, aber er klang flehentlich. Dann rief er noch jemanden an und war außer sich. So wütend hatte ich ihn noch nie erlebt.«

»Und dann?«

Die junge Frau zuckte hilflos mit den Schultern, und er betete, dass sie nicht wieder zu weinen anfing. Nichts hob sein Herz so leicht aus den Angeln wie Frauentränen. Gjakova: Dort watete man jeden Tag bis zur Hüfte in Frauentränen.

»Nichts. Ich saß da und wartete, aber er kam nicht zurück. Er hatte sich ausgezogen, das Licht ausgemacht und sich ins Bett gelegt. Es war Samstagabend und erst halb neun! Er stellte sich schlafend. Am nächsten Morgen behauptete er, dass er Magenschmerzen gehabt habe, aber das war eine Lüge, ich weiß es.«

»Vor ein paar Monaten?«

»Ich glaube, es war Ende April. Aber letzten Monat war er einige Abende weg, ohne zu sagen, wo er war. Und er besuchte immer wieder Axel Nobel. Wollte nicht, dass ich mitkomme.«

»Wissen Sie, bei welcher Telefongesellschaft er mit seinem Handy war?«

»Nein. Ich glaube, es gehörte der Firma.«

»Computer?«
»Nur im Büro. Jacob war nicht gerade ein Computerfreak.«
»Wonach haben Sie am Schreibtisch gesucht?«
»Er hatte einen Brief bekommen. Einen Luftpostbrief. Ungefähr Mitte April. Ein dünner Umschlag mit einer norwegischen Briefmarke. Ohne Absender. Er las ihn hier im Wohnzimmer und wurde plötzlich ganz still. Saß nur herum und starrte ins Leere. Dann holte er eine Seekarte, Kompass und Lineal und verzog sich in die Küche. Er war ganz abwesend. Die wichtigen Briefe hat Jacob immer unter die Schreibunterlage gelegt, bestimmt auch diesen.«
Sie schüttelte den Kopf. »Aber jetzt ist er weg.«
»Und Sie haben ihn nicht gelesen?«
»Es wäre mir nie eingefallen, seine Post zu lesen. Aber jetzt wünschte ich, ich hätte es getan.«
»Die Seekarte?«
»Ich sehe nach. Sie sind oben.«
Wenige Minuten später kam Heidi Nellemann mit Segeltuchrollen unter dem Arm wieder. Robin nahm sie ihr ab und rollte die Karten auf dem Boden aus. Manche waren sauber und jungfräulich, andere voller Eintragungen, Salzwasserflecken und Ringe von Kaffeetassen. Kattegat, Ärmelkanal, Westschottland, Hebriden und Orkney-Inseln, Island und Nordsee. Alle hatten das übliche A2-Format der Admiralitätskarten, und bis auf eine steckten alle in einem wasserdichten Plastikumschlag: Folio 15, *Western Iceland to Spitzbergen*.
Robin sah Jacob Nellemanns Witwe an, aber sie war in

Gedanken versunken. Wieder und wieder ließ sie eine Falte ihres Saris zwischen ihren schlanken Fingern hindurchgleiten.
Er breitete die Karte auf dem Schreibtisch aus. An einem Ausläufer des Miseryfjell an der Ostküste Bjørnøyas war ein rotes Kreuz eingezeichnet, wenige Seemeilen nördlich des natürlichen Hafens Sørhamna.

    74°23'59"N
    19°11'10"E
    14. April 2006
    16:40 UTC

Die Koordinaten waren mit Bleistift neben dem roten Kreuz eingetragen. Bjørnøyas Landsockel fiel dort steil auf den Meeresboden ab. An vielen Orten mehrere hundert Fuß tief.
Robin Hansen runzelte die Stirn. Der angegebene Zeitpunkt war genau ein Jahr nach der Havarie in der Barentssee. Er richtete sich langsam auf.
»Darf ich die mitnehmen?«
»Ja, natürlich. Steht etwas Wichtiges drauf?«
Er rollte die Karte zusammen, bevor sie ihre Meinung ändern konnte.
»Ich bin nicht ganz sicher, aber es sieht aus, als hätte Ihr Mann vor kurzem eine Position markiert. Bei Bjørnøya.«
Er schielte zu ihr hinüber. »Es muss doch eine Art Seeverhör gegeben haben?«
»Ich glaube, Nobels Anwälte haben alles geregelt.«
»Ganz diskret, meinen Sie?«

»Ja. Ich habe nichts davon mitbekommen. Vielleicht liegen die Papiere in Jacobs Tresor. Warum?«
»Nichts. Nichts Wichtiges.«
Robin sammelte seine Zigaretten und das Feuerzeug auf, gab ihr die Hand und seine Handynummer.
Sie begleitete ihn zur Haustür. Auf dem Gehweg drehte er sich noch einmal um. Die schlanke Gestalt wurde vom Dunkel der Eingangshalle verschluckt, und die Tür fiel ins Schloss.
Robin blieb vor der Treppe stehen. Dann stieg er noch einmal hinauf und zog an der Lederschnur.
Heidi Nellemanns Wimpern waren feucht, ihre Nase war rot.
»Haben Sie vielleicht ein Bild von Jacob, das ich ausleihen darf? Ein nicht zu altes.«
Sie ging voran und nahm ein Foto von der Kühlschranktür.
Jacob Nellemann vor dem Trevi-Brunnen. Die Sonne schien, und er sah einigermaßen fröhlich aus.
»Ist das gut genug?«
»Sehr gut, danke.«
»Sie glauben, dass er ermordet wurde.«
Es war keine Frage. Sie schaute auf den Boden und strich wieder über die Falten ihres Saris, als suche sie nach losen Fäden.
»Ich werde es herausfinden«, sagte er.
»Ich werde noch verrückt.«
Er legte eine Hand auf ihre Schulter und fühlte dünne Knochen direkt unter dem Stoff. Sie sah ihn an, ihre Augen waren dunkel und unergründlich.

»Nein, das könnten Sie nicht. Und wenn Sie es noch so sehr versuchen. Sie haben nicht die Veranlagung.«
»Nein?«
»Nein.«
Kaum war er ein paar Schritte über den hitzeflimmernden Gehweg gegangen, als ein blauer Pkw auf der Straße scharf bremste, um hundertachtzig Grad wendete und neben ihm auf die Bordsteinkante fuhr. Ein Taxifahrer hupte empört über das Wendemanöver.
Robin sprang unwillkürlich zur Seite und beschirmte seine Augen mit der Hand. Eine Frau stieg hastig aus dem Auto und stellte sich vor ihn. Hinter dem Steuer befreite sich ein fetter junger Mann mühsam von seinem Gurt, als wäre der Mondeo eine fleischfressende Pflanze. Um seinen Hals hingen zwei Kameras.
Die Frau lächelte Robin affektiert an.
»Robin! Long time no see. Wie geht es dir?«
Sie trug eine riesige Stofftasche über der Schulter, als könne sie jeden Moment in das nächste Flugzeug nach Darfur beordert werden. Sie zog ein Diktaphon aus der Tasche, sagte laut »Eins, zwei, drei!« ins Mikrofon und kontrollierte die Aufnahme. Das Gerät belohnte sie mit einem intergalaktischen Notschrei, und sie warf es zurück in die Tasche.
Robin sah sie ausdruckslos an.
Die Frau warf einen hungrigen Blick auf Nellemanns Haus.
»Du hast mit der Witwe gesprochen?«
»Ja, ich habe mit Frau Nellemann gesprochen.«
»*Frau* Nellemann? Und du ermittelst in dem Fall?«

»Ich wüsste nicht, dass es einen Fall gibt. Und im Übrigen gebe ich keine Kommentare.«
Die Journalistin schenkte ihm ein einladendes Lächeln, knickte die Hüfte ein und streckte die Brüste nach vorn. Sie war jung, sah aber schon mitgenommen aus. Als sie sich kurz zum Fotografen umdrehte, sah Robin die Tätowierung auf ihrer Lende: dunkelblau auf milchweißer Haut. Irgendwelche archaischen Zeichen, vielleicht ein Zen-Motto.
Die Journalistin trug einen Wirrwarr aus Lederschnüren und Ketten um den Hals. Sie erinnerten Robin an afrikanische Fruchtbarkeitssymbole aus der »Geschichte der Erotik«, die er als Junge heimlich in der Bibliothek von Valby gelesen hatte. Ihr mausgraues Haar war von orangefarbenen Strähnen durchzogen, sie sah aus, als käme sie direkt von der Fähre aus Świnoujście.
Der Fotograf bückte sich, machte ein paar Bilder von Robin und trottete vor das Haus, wo er den Vorgang wiederholte.
»Nein, das tust du nie.«
Robin sprach nie mit der Presse. Das überließ er Philipsen, was das Leben wesentlich leichter machte.
Das schwarze Make-up um die Augen der Journalistin sah aus, als hätte sie damit geschlafen.
Sie warf einen Blick auf die Seekarte unter Robins Arm.
»Ist das Nellemanns? Du weißt, dass er eng mit Axel Nobel befreundet war, nicht wahr?«
»Wirklich?«
Das Lächeln verschwand. Der Lippenstift ging über die Oberlippe hinaus. Als hätte sie ihn in dem Moment aufge-

tragen, als der Fotograf den Bordstein rammte. »Never trust a woman who can't put on her lipstick straight. She is invariably crazy«, hatte ihm ein amerikanischer Arzt in Gjakova einmal geraten.
Sie ließ ihn ohne ein weiteres Wort stehen. Der Fotograf begab sich schräg vor der Eingangstreppe in Stellung, um die einsame Hausherrin in dem Moment abzulichten, in dem sie die Tür öffnete. Die Journalistin ging die Treppe hinauf. Unabwendbar wie die Pest.
Robin durchfuhr ein Stich des Mitleids mit Heidi Nellemann.

8

Dienstag, 20. Juni 2006
Østerbro
14:15

Robin hatte vorgehabt, im Dag H am Lille Triangel ein Sandwich zu essen. Der Platz vor dem Café war im Sommer eine beliebte Karawanserei für den urbanen Nomadenstamm der Rucola kauenden, Milchkaffee trinkenden jungen Mütter, die sich in kompetitivem, ekstatischem Kinderkult verloren. Aber hyperaktive Kinder mit seltsamen Zweitnamen und Kellner mit Schlafkrankheit hatten ihn seine Meinung ändern lassen.
Robin rülpste diskret hinter einer Serviette und lehnte sich in dem Aluminiumstuhl zurück. Er hielt einen halbleeren Colabecher in der Hand und starrte träge auf eine Fliege, die die leere Pappverpackung inspizierte. Er saß im McDonald's in der Østerbrogade und wünschte, er täte es nicht. Sein Magen fühlte sich aufgebläht an, er hatte einen Geschmack im Mund, als hätte er nasse Papiertaschentücher gegessen. Ellen behauptete, dass sie irgendwelche Drogen in die Burger mischten, damit die Kunden wiederkamen, um sich einen Schuss zu setzen. Eine Hand auf dem Bauch, um ihn zu beruhigen. Offenbar versuchte sein Körper, den McFeast wieder abzustoßen, als wäre er ein transplantiertes Organ mit falschem Gewebetyp.
Er stand auf und leerte das Tablett in den Mülleimer.

Robin überquerte die Østerbrogade und studierte erneut seinen Merkzettel, den er auf Armlänge vor sich hielt. Er brauchte eine Lesebrille. Und eine kalte Dusche. Er ging auf die alte Østerbro-Kaserne zu. Nellemann & Partner nahmen eine ganze Längsseite des roten Backsteingebäudes ein.

Die Fenster im Erdgeschoss standen weit offen, der Rapper 50 Cent schallte laut in den Hof. Robin stellte sich einer Blondine an der Rezeption vor.

Er folgte dem Mädchen durch ein Großraumbüro mit hohen Decken. An den Schreibtischen saßen sehr junge Männer mit ernsten Mienen vor den größten Computerbildschirmen, die er je gesehen hatte. Unter der Decke schwebte ein kolossales, heliumgefülltes Gnu.

Das Mädchen führte ihn über die Hintertreppe in den ersten Stock. Hier waren die Wände verputzt. Erik Saties »Gymnopédies« tönten aus versteckten Lautsprechern und streichelten Robins traumatisiertes Trommelfell.

Der erste Stock beherbergte schwarze Anzüge, Halbglatzen und schmale, sechseckige Brillen. Die Luft war kühl und trocken. Um das Gehirn auf optimaler Arbeitstemperatur zu halten, vermutete er. Alle drei Meter stand ein blubbernder Wasserautomat auf dem Gang. Niemand schien die beiden zu bemerken. Sie kamen zu einem Treppenaufgang, und das Mädchen drehte sich zu Robin um.

»Oberster Stock, letztes Zimmer rechts.«

Sie lächelte und ging.

Er wunderte sich, dass die breite, teppichbelegte Haupttreppe nicht bis in die unteren Regionen des Hauses reich-

te, und fragte sich, ob er dem akustischen Kreuzfeuer im Erdgeschoss auf dem Rückweg ausweichen konnte.
Auf der nächsten Etage hätte er Mozart oder Vivaldi erwartet, aber dort lief »La Traviata«. Anna Netrebko.
Eine Sekunde, nachdem er angeklopft hatte, wurde die Tür zu Peter Krügers Büro von einem jugendlich aussehenden Mann geöffnet. Robin hatte seinen Dienstausweis parat, aber Krüger wollte ihn nicht sehen. Sein halblanges Haar war sandfarben, er hatte eine Lesebrille um den Hals hängen und die Hemdsärmel über den sehnigen, braungebrannten Unterarmen aufgekrempelt. Robin kannte viele Leute von Krügers Art, er musste unwillkürlich an weiße Segel, Strickstrümpfe mit Zopfmuster und signierte Schwarzweißfotos von Jazzmusikern denken.
Dynamisch. Aus guter Familie.
Krüger hielt die Tür auf, winkte ihn herein und drückte ihm kurz die Hand. Die Sonne schien durch hohe Spitzbogenfenster in den Raum.
Das Büro war dezent und ohne große Selbstinszenierung eingerichtet. Kunden, die bis hier hinauf gelangten, mussten nicht mehr beeindruckt werden. Über den vollen Bücherregalen hing ein lackglänzendes Rennruder an der Wand. Bis auf Krügers Eames-Sessel stammten alle Möbel aus dem Goldenen Zeitalter Dänemarks. Krüger lehnte sich zurück, faltete die Hände im Nacken und legte nonchalant die Füße auf den Tisch.
Robin deutete mit dem Kopf auf das Ruder an der Wand. Die Mannschaft des Achters hatte das Ruderblatt mit schwarzer Tusche signiert.
»Oxford?«

»Harvard Business School, 84. Wir haben gegen Princeton gewonnen. Schlappschwänze!« Krüger grinste. Er sah auf seine Armbanduhr. »Ich habe mit einer Frau Cerberus gesprochen. Heißt sie wirklich so?«
»Warum nicht?«
»Jacob. Seltsame Sache! Heidi hat mir erzählt, dass er von einem Pfeil ins Herz getroffen wurde? Mitten im Wald?«
»Sie kennen ihn schon lange?«
»Ja. Verdammt lange. Ich bin mit der Schwester seiner Ex-Frau verheiratet. Wir waren eine Großfamilie, ein Kollektiv sozusagen. Manchmal wussten wir nicht mehr, wo wessen Haus und wer wessen Kind war. Bis zur Scheidung natürlich.«
»Sie haben sich also gut mit ihm verstanden?«
Krüger nahm die Füße vom Tisch, lehnte sich nach vorne und faltete die Hände über einem Stapel Papiere.
»Er war Künstler. Wo Sie oder ich nur eine Sache sehen und vielleicht zwei, drei Dinge damit assoziieren, hatte Jacob auf Anhieb zwanzig Dinge vor Augen! Mühelos. Angeboren. Picasso. So etwas kann man nicht lernen.«
»Was passiert jetzt? Mit der Firma.«
Zum ersten Mal sah ihm Krüger in die Augen. Er lächelte geknickt. Er rieb sich mit beiden Händen die Augen wie ein Soldat kurz vor Ende der Nachtwache. Schlug sich fest auf die Wangen. Seine Finger verhedderten sich in der Brillenschnur, seine Wangen wurden rot.
»Gute Frage. Wir sind wohl fertig. Wir müssen einen neuen Jacob finden, sonst können wir einpacken. Vielleicht in London. Dort sind die Besten. Zehn Millionen im Jahr plus Auto und Haus im Strandvejen. Und Hin- und Rückflug

nach Stamford Bridge *every fucking Saturday*. Das ist der Preis für so ein Tier! Sie sind so selten wie ... wie ...«
»Isländische Schnee-Eulen?«, schlug Robin vor.
Krüger sah ihn verständnislos an.
»Es war doch ein Unfall, oder? Ich habe von Ihnen gehört. Unfälle sind normalerweise nicht Ihr Job.«
Krüger sah wieder auf die Uhr. »Ich fliege nach New York. Jetzt!«
Er grinste. Klappte ein Handy auf, drückte eine Taste und schrie unverständliche Abkürzungen in den Hörer. Dann klappte er das Telefon wieder zu und steckte es in die Tasche, virtuos wie ein Zauberkünstler.
»Gut. Ich kann etwas später fliegen.«
Robin musterte den Direktor. »Ich glaube nicht, dass es ein Unfall war.«
Krüger saß unbeweglich da. Nicht die kleinste Regung. Wie eine gläserne Statue.
Der Mann ist stark, dachte Robin. Ein trainierter Kopf.
»Okay, ich habe nicht die geringste Ahnung, wer es gewesen sein könnte. Glauben Sie mir. Niemand.«
»Spitzbergen?«
»Glaube ich nicht.« Krüger schüttelte den Kopf.
»Eine junge Frau hat ihr Leben verloren.«
»Ja, Anne. Aber trotzdem. Das war doch ein Unfall! Mein Gott, Jacob? Er konnte nicht mal einen Pudding häuten. Weiß der Geier, warum er zur Jagd ging. Hinterher hatte er jedes Mal ein schlechtes Gewissen. Die toten Tiere. Ich glaube, er mochte einfach nur Gewehre. Schwanzverlängerung! Oder er wollte zeigen, dass er dazugehört.«
»Aber Nellemann war erschüttert über den Todesfall?«

Krüger seufzte und drehte das Gesicht zur Seite. Seine Augenwinkel wurden feucht, er trocknete sie mit dem Hemdzipfel.

»Er war total verändert. *A fucking space cadet.* Unbrauchbar. Wir haben Novartis verloren. Und dann Audi. Uninspiriert, sagten sie. Aber er hat nie darüber gesprochen. Nicht einmal mit *mir!*« Er rief das letzte Wort, sah Robin wütend an. »Redete wie der Stenograph eines beschissenen Seeverhörs. Die offizielle Version. Erzählte mechanisch irgendwelchen auswendig gelernten Mist. Mir. Seinem Fleisch und Blut!«

»Ist er oft mit Axel Nobel und Anne Bjerre gesegelt?«

Krüger zuckte mit den Schultern, blies die Backen auf und atmete langsam aus.

»Nobel, ja. Es war irgendein Publicity Stunt für Nobel Overseas. Ein Sydney-Hobart-*wannabe*. Jetzt, wo die fruchtbare Mary aus Hobart frisches Blut in unser Königshaus bringt. Die haben es weiß Gott nötig.«

Krüger schüttelte den Kopf. »Sie wollten nur die Route auskundschaften. Die eigentliche Regatta sollte für große Swans und Maxis sein. Für gelangweilte Milliardäre. Groß, aber zu klein für den America's Cup. Ich habe ihm davon abgeraten. Das ist ein Friedhof dort oben! Die Konvois nach Murmansk liegen dort, mit all ihren Jungs. Die wollen Gesellschaft. Der *Schwerpunkt!* Wenigstens Nobel hätte wissen sollen, was er da tat.«

»Das hat er vielleicht auch. Selbst die beste Besatzung hat ihre Grenzen.«

»Das kann man wohl sagen.«

Er sah Robin müde an. »Sie haben die Grenze auf jeden

Fall überschritten. Sind direkt darüber hinweggesegelt. Großer Gott, es muss schrecklich gewesen sein.«
»Der Schwerpunkt?«
»Meine Mutter ist aus Stuttgart. Ihr Vater war Kapitänleutnant auf dem U 111. Hat '41 und '42 Tausende junger Männer ins nasse Grab geschickt. Im Oktober '42 hatten sie einen Motorschaden und wurden von der HMS Invincible selbst in Atome zerschossen. Sie waren gerade aufgetaucht und luden Vorräte und Reserveteile von einem Versorgungsschiff. Südlich von Island. Geschah ihnen recht!«
Krüger fuchtelte mit den Armen, als wäre er in ein Spinnennetz geraten.
»Na ja. Der *Schwerpunkt* war der Treffpunkt der Wolfskuppler. Bei Jan Mayen. Der Punkt, um den sich der gesamte Nordatlantikkrieg drehte.«
»Darf ich Nellemanns Büro sehen?«
Krüger nickte nur und zog das Handy aus der Tasche.
Nellemanns Büro war still und seelenlos, als wüsste es vom Tod seines Herrn. Auf dem Boden lag ein nobler Kelim, das Zimmer war mit bequemen englischen Clubsesseln und einem patinierten, zerrissenen Chesterfield-Sofa möbliert. An der Rückwand hing ein gerahmtes Filmplakat: »Hafen im Nebel« mit Jean Gabin. Auf einem Teetisch stand eine verstaubte Kristallkugel, in deren Holzsockel Sternzeichen geschnitzt waren.
Robin kramte in Regalen und Schreibtischschubladen, ohne zu wissen, wonach er suchte, und ohne etwas von Bedeutung zu finden. Eine fröhliche Heidi lächelte ihn von einem Foto im Silberrahmen an. Ihr schwarzes,

windzerzaustes Haar glänzte in der Sonne. In Jeans und beigem Seemannspullover sah sie aus wie eine Achtzehnjährige. Robin zog den Stecker eines Laptops aus der Steckdose und klemmte den Computer unter den Arm.
Er ging zurück in Krügers Büro. Der Direktor saß unerwartet still in seinem Sessel. Robin konnte sehen, dass er geweint hatte. Sein Blick verriet, dass er am Rande der Verzweiflung war.
Robin deutete auf den Laptop.
»Ist es in Ordnung, wenn ich den mitnehme? Ich kann eine Quittung ausstellen.«
»Solange Sie keine Werbeagentur eröffnen. Da sind ganze Kampagnen drauf!« Krüger deutete ein Lächeln an.
Robin lachte. »Ich würde mich nicht lange halten in der Branche.«
»Nein, das glaube ich auch nicht. Und das meine ich als Kompliment.«
Der Direktor starrte vor sich hin.
»Wussten Sie, dass Jacob Nellemann krank war?«, fragte Robin. »Er hatte Dickdarmkrebs im fortgeschrittenen Stadium.«
Krüger hob den Kopf.
»Nein, scheiße.« Er kniff sich über der Nase in die Stirn. »Das hat er wohl vergessen, mir zu sagen. Das blöde Arschloch.«
»Seine Frau wusste es.«
»Na, dann ist ja gut«, sagte Krüger.
Der Direktor hob die Hand seltsam feierlich zum Abschied, und Robin schloss leise die Tür hinter sich.

Frederiksberg
23:30

Ellens Hände glitten über seine Schultern und öffneten die obersten Knöpfe. Sie massierte seine verspannten Muskeln, er lehnte müde den Kopf an ihren Bauch und schloss die Augen. Sein Nacken knackte erlösend. Sie duftete. Robin hatte mehrere Stunden steif vor dem Computer verbracht. Hatte alles gelesen, was er über Anne Bjerre finden konnte, und hatte sich in ihr Gesicht vertieft. Hatte sich in *Lloyd's List*, *Financial Times* und *Wall Street Journal* eingeloggt. Die Gebühren hatte er mit seiner eigenen Kreditkarte bezahlt. Wie ein elektrifiziertes Stachelschwein hatte er in den Zeitungsarchiven gestöbert.
Nobel Panama Holding, Nobel Overseas Shipping, Nobel Offshore Exploring. Er hatte sich blind durch Klatschspalten gegraben, Fotos von Opernpremieren, Stapelläufen, Regatten und Filmfestivals, *Yachting World*, die Nautor's Swan Homepage, Rolex Cup und Louis Vuitton Cup.
Nobel war überall. Omnipotent, ernst und braungebrannt. Hinter ihm stets eine blonde Frau.
In der *Yachting World* fand er ein Bild der Nadir, die im Sonnenglanz durch eine Bucht segelte. Der Fotograf musste in einem tieffliegenden Helikopter oder im Mast eines Begleitbootes gesessen haben. Die Nadir neigte sich stark nach Backbord, ihr Rumpf lag fast bis zum Kiel über Wasser. Der blauschwarze, mit diagonal verlaufenden Carbonmatten bezogene Rumpf war extrem schlank, keilförmig und futuristisch. Die kompromisslosen Linien

stammten von Nigel Irens, der auch Ellen MacArthurs B&Q-Maxi-Trimaran entworfen hatte. Bunte Firmenlogos brachen die strenge Form: Panasonic, Andersen Winches, Raymarine, Harken, Nobel Overseas, Lewmar. Der Mast war schwarz, die Segel standen stramm im Wind, dunkelgrau schimmernd, als wären sie aus einem einzigen Block Kevlar gefräst.

Ein niedriger Wellenbrecher schützte das kleine Cockpit, und der Niedergang ins Innere des Bootes war von einer Aluminiumluke mit federbelasteten Schließbolzen versiegelt. Auf dem flachen Deck dominierten Spills in der Größe von Ölfässern. Zwei schneeweiße Thrane&Thrane-Kuppeln, montiert auf rostfreien Stahlgestellen, sorgten für Satellitenkommunikation, Navigation und Echtzeit-Wetterprognosen. Robin bezweifelte, dass sich überhaupt ein altmodischer Sextant an Bord befand. Anne Bjerre schaute direkt in die Kamera. Ihr kurzes, helles Haar wehte im Fahrtwind. Sie lächelte breit. Sie hatte dichte Augenbrauen und große, graue Augen. Nase und Kiefer waren markant. Mit einer Hand winkte sie dem Fotografen zu, mit der anderen hielt sie sich am Achterstag fest.

Sie war sehr hübsch. Groß und athletisch. Ein braungebrannter Nobel saß auf der Cockpit-Bank hinter ihr und prostete dem Fotografen mit einer Thermotasse zu. Aber seine Augen waren auf Anne Bjerre gerichtet. Jacob Nellemann stand gebückt an Deck und rollte eine Leine auf, er achtete nicht auf den Fotografen.

In der kalten Kaffeetasse schwammen Kippen, Robins Zunge war pelzig.

»Komm ins Bett«, sagte sie.

Er nickte erschöpft und schaltete den Computer aus. Stapfte auf steifen Beinen ins Bad.
Sie liebten sich. Ellen war weich, als würde sie täglich in Stutenmilch baden und die Haut danach mit warmem Bimsstein abreiben. Ihre Figur und ihre Kurven hätten internationale Symposien verdient, fand Robin. Ihr Körper war athletisch, sie war ganz Duft und Lippen, verspielt. Ein tiefer Schoß, in dem man in weltvergessener Lust ertrinken konnte. Sie konnten sich immer lieben, selbst wenn sie einander den ganzen Tag angeschrien hatten. Für Robin und Ellen war Sex niemals Belohnung oder Waffe, sondern immer das, was es sein sollte: eine Lichtung im Wald unter der warmen Sonne, eine klare Quelle im Gras.
Er lag wach, stützte sich auf einen Ellbogen, dachte nach und betrachtete Ellens schlafendes Gesicht. Die Amsel des Nachbarn sang eine Strophe, dann schwieg sie.

9

Mittwoch, 21. Juni 2006
Polizeihauptquartier Kopenhagen
14:00

»Wie appetitlich Sie heute aussehen, Frau Cerberus!« Robin begrüßte Philipsens Sekretärin.
Frau Cerberus war etwas zu klein für ihr Gewicht, was sie mit einer voluminösen Pagenfrisur und hohen Absätzen zu kompensieren versuchte. Kaftanähnliche Jacken, Seidenschals und weite Hosen verliehen ihrer Figur tragbare vertikale Linien. Argwöhnisch betrachteten ihre Augen die Welt durch eine grüne Dior-Brille.
Die Sekretärin hatte ein Gehirn wie ein Cray-Computer und ein Talent für lebenslangen Hass wie eine Borgia.
Sie drehte den Kopf zu Philipsens Tür, ohne Robin eines Blickes zu würdigen.
Er trat ein.
»Mach die Tür zu«, sagte Philipsen. »Und hör auf, meine Sekretärin zu verunglimpfen.«
»Hörst du das durch die Tür?«
»Ich spüre es.«
Mit einer unbewussten Geste, die Philipsen nicht entging, zog Robin den Gästestuhl einen halben Meter vom Schreibtisch weg und setzte sich. Der Chefinspektor hatte eine Zeitung auf dem Schreibtisch ausgebreitet und die Ecken mit Musketenkugeln beschwert. Ein schwarzes

Zinnpferd mit blau-rotem Kürass bäumte sich in der Mitte auf. Am Rand der Zeitung hatte Philipsen kleine Döschen mit importiertem Speziallack pedantisch aufgereiht. Er bemalte den Reiter mit einem feinen Haarpinsel.
»King's Lancers, Herzog von Wellington, Schlacht von Porto, 1809«, erklärte er.
Das Büro roch nach Terpentin und Leinöl, in der Ecke summte der Staubfilter. Robin knöpfte den Hemdkragen weiter auf.
»Die napoleonischen Kriege?«
»Der Anfang vom Ende für Bonaparte«, nickte Philipsen. »Der Iron Duke gegen den korsischen Operettenbanditen. Er hatte keine Chance. Ahnte nicht, was ihm bevorstand. Wusstest du, dass Wellington immer auf dem Boden oder in einem Feldbett schlief, auch nach dem Rückzug vom Schlachtfeld daheim in seinem Schloss?«
»Nein.«
Aus einem Nasenloch Philipsens ragte ein weißer Watteball.
»Es ist die Hölle«, sagte er, als er Robins Blick bemerkte. »Du solltest dich auf eine Echelon-Station versetzen lassen. Vielleicht auf der Thule Air Base?«
Robin nahm seine ausgestreckte Haltung im Wegner-Stuhl ein. Ein schläfriges, angedeutetes Lächeln. Er schrieb selten etwas auf, aber er vergaß auch selten, was die Leute sagten. Er hatte einfach keinen Audiofilter, der Wesentliches von Unwesentlichem trennte, und da er oft von plappernden Mädchen und Frauen umgeben war, beklagte er dies selbst am meisten. Philipsen malte mit großer Kunstfertigkeit weiter.

Das Gesicht des Chefinspektors verriet keinerlei Gemütsregung, als Robin von Quist und dem verspeisten Rehbock erzählte, der mit einem Pfeil erlegt worden war. Er ahnte bloß ein schmerzhaftes Zucken um Philipsens Mund. In der kräftigen Bauernhand seines Chefs knackte es. Verblüfft starrte Philipsen den zerbrochenen Pinsel an.
»Quist hat also das Beweismaterial aufgegessen?«
Robin nickte.
»Das ist wirklich ... einmalig. So etwas habe ich noch nie gehört.«
Robin beschrieb die Reifenspuren im weichen Waldboden. Die Position des Landrovers fünfzig Meter von einem asphaltierten Parkplatz entfernt. Den Weg des Schützen durch den Wald und über die Lichtung.
»Also ein geplantes Verbrechen, glaubst du?«
»Ja, das glaube ich. Man kann kaum etwas anderes glauben.«
Philipsen kniff die Lippen zusammen und öffnete eine Schreibtischschublade. Er suchte sich einen neuen Pinsel aus, tauchte ihn in blutroten Lack und wendete sich der Kokarde am Hut des Soldaten zu.
Robin erzählte weiter: »Die Schrittabstände und Pausenintervalle im Wald sind auffällig. Das ganze Bewegungsmuster. Auch auf der Lichtung.«
»Zu regelmäßig«, sagte Philipsen.
»Genau. Derselbe gleichmäßige Schrittabstand wie im Wald, in beide Richtungen. Ein normaler Sonntagswilderer, der aus Versehen einen Jäger mit einem Pfeil in die Brust trifft, würde wie wild über die Lichtung rennen und viele Spuren bei dem Opfer hinterlassen. Er würde viel-

leicht Erste Hilfe leisten, sich die Haare raufen, auf die Knie fallen und beten, dass alles nur ein böser Traum sei. Lieber Gott, lass es Montagmorgen sein und mich in meinem Bett liegen, lass dies nie geschehen sein ...«
»Schon gut, ich habe verstanden.«
»Er wusste genau, was er tat und wo Jacob Nellemann sich befand. Die ganze Zeit.«
»Wie konnte er das wissen? Er hätte einen Komplizen gebraucht.«
»Darauf deutet nichts hin.«
»Deine Theorie?«
Robin öffnete die Augen weit. »Wir sollten den Bericht der Techniker abwarten.«
»Wer? Und was könnte das Motiv sein? Du hast mit der Witwe und Krüger gesprochen.«
»Es gibt da etwas. Jemand ist in ihr Haus eingebrochen. Vorgestern.«
Er erzählte von den Anrufen, der Seekarte und der markierten Position.
Philipsen setzte den Soldaten in den Sattel. Der dramatische Effekt war umwerfend. Die Vereinigung von Pferd und Reiter war ein hippologisches Wunder.
»Hast du irgendwelche Spuren gesehen?«
»Nein.«
»Aber du glaubst ihr?«
»Ja.«
»Ich verstehe auch mehrsilbige Wörter.«
Robin zuckte mit den Schultern.
»Ich glaube ihr. Und ich habe keine Anzeichen eines gesetzwidrigen Eindringens gesehen, okay?«

»Was hat Nellemann getan, dass ihn jemand ermorden wollte? Eine Affäre? Ideen an die Konkurrenz verkauft? Unterschlagung?«
Philipsen ließ seine dicken Finger knacken.
»Das glaube ich nicht.«
»Was sonst?«
»Etwas anderes.«
Robin schwitzte. Wie gern hätte er das Fenster geöffnet!
»Irgendetwas geschieht parallel. Sieht aus, als wären ein Plan A und ein Plan B im Spiel.«
Philipsen musterte ihn argwöhnisch. Dann stand er auf und stellte die Reiterfigur zu den wartenden Kameraden.
»Mit anderen Worten: Du hast keine Ahnung. Kaffee?«
Ohne nachzudenken, sagte Robin ja. Philipsen drückte auf den Knopf der altmodischen Sprechanlage.
»Frau Cerberus? Zwei Kaffee, bitte. Zucker und Milch für den Kommissar.«
Ein kräftiger Duft von *Desire* kündigte die Sekretärin an. Robin bekam eine Plastiktasse mit einer hellbraunen, durchsichtigen Flüssigkeit in die Hand gedrückt, während Philipsen seinen Kaffee in königlichem Porzellan serviert bekam. Frau Cerberus lächelte Philipsen vielsagend an, der ihr Lächeln erwiderte und Robin ignorierte. Er nippte an seiner Plastiktasse und fand seine Befürchtung bestätigt: Der Kaffee schmeckte, als wäre er durch alte Socken gefiltert worden.
Philipsen leerte zufrieden seine Tasse und stellte sie in sicherer Entfernung auf dem Schreibtisch ab.
»Irgendjemand schreibt also an Nellemann und ruft ihn an, worauf der sich rätselhaft benimmt. Wütend und ängst-

lich zugleich. Und in seiner letzten Zeit auf Erden besucht er immer wieder Nobel. Eine Stimme aus der Vergangenheit. Das hört sich an wie aus Robert Louis Stevenson!«

»*Und* er holt eine Seekarte von Spitzbergen und markiert eine Position, die ein gutes Stück nordöstlich von der Stelle entfernt liegt, wo die Havarie laut Seeverhör stattgefunden hat«, sagte Robin. »Ich habe das Protokoll gestern gefaxt bekommen. Nobel und Nellemann sagten unter Eid aus, dass sie an der *Westküste* Bjørnøyas gelandet seien. Sie haben es mehrfach bekräftigt. Die beiden sind sich erstaunlich einig, muss ich sagen.«

»Hast du keine Angst, etwas zu übersehen, wenn du dich jetzt schon auf diese Havarie versteifst? Du weißt verdammt wenig über den Mann.«

»Absolut, und ich tue es nur, weil es keine andere Spur gibt. Bis auf weiteres.«

»Du denkst an die junge Frau, die dabei umgekommen ist, nicht wahr?«

Das Sparring mit Philipsen war stets das Beste an seiner Arbeit, dachte Robin. Aber manche Vermutungen waren zu zart für das Tageslicht. Wie neugeborene Fledermäuse sollten sie erst in der feuchten, schützenden Dunkelheit aufwachsen.

»Anomalien«, murmelte er widerwillig.

»Anomalien?«

»Der Arzt und seine Frau sagten beide, dass Nellemann verändert war, als er aus Spitzbergen zurückkam. Traumatisiert. Auch Peter Krüger hat das bestätigt.«

»Ich kann mir gut vorstellen, dass eine Havarie im Nordpolarmeer traumatisierend ist.«

»Oder exaltierend. Zu überleben, meine ich.«
»Meinetwegen. Wer war sie?«
»Sie war weder verheiratet noch liiert. Mit ihrem Lebensstil konnte sie keine feste Bindung eingehen. Sie wuchs in Skodsborg auf. Junges Talent, Team Danmark, Jollen. Dann ging sie in Neuseeland zur Highschool und fand Geschmack am Ozean. Admiral's Cup, ein Frauenteam im Whitbread Round the World, danach Taktikerin bei Russell Coutts und Paul Cayard. Die wirklich Großen. Irgend so ein Rennding oder eine Maxijacht, von denen es auf den Weltmeeren wimmelt, bis sie in einem geliehenen Boot bei einer Solo-Transat Zweite wurde. Plötzlich standen Presse und Sponsoren Schlange. Sie sah verdammt gut aus. Extrovertiert und resolut. Dann stellte sie das Projekt Nadir auf die Beine. Sie wollte die Welt in umgekehrter Richtung umsegeln, nach Westen, und den Rekord für Einrümpfer brechen. Die Tour nach Spitzbergen war nur Publicity, ein Spaziergang im Park. Geld von Nobel.«
»Aber es ging schief?«
»Extreme Wetterverhältnisse für die Jahreszeit. Ein meteorologischer Alptraum. Ein schlimmes Tief von der karelischen Halbinsel. Es zog nach Westen und prallte auf ein isländisches Hoch. Die Front lag östlich von Spitzbergen, als die Nadir in das Gebiet segelte. Sehr dichte Isobaren, das Barometer fiel innerhalb von neun Stunden von 1012 auf 975 Millibar.«
Robin zitierte mit geschlossenen Augen den Rapport der Havariekommission.
»Laut Messungen auf Bjørnøya fiel der Luftdruck auf bis

zu 962 Millibar. Eine Bombe. Windstärken von 60 bis 75 Knoten. 90 in Böen.«
»Ist das schlimm?«
»Wenn man unbedingt sterben will, gibt es nichts Besseres, als bei Windstärke zehn bis elf im Polarmeer eine Rennjacht zu segeln. Sie sind leicht wie Pappe. Die hohen Breitengrade schaffen sie nur, wenn sie genug trainierte Steuermänner und Trimmer an Bord haben, die einander oft ablösen und zwischendrin Schlaf, heißen Tee und viele Kalorien bekommen. Südlich von Spitzbergen treffen die Grönlandsee, die Barentssee und das Nordmeer aufeinander. Von dort wurden schon oft elf Meter hohe Wellen gemeldet. Sie können ein Containerschiff innerhalb einer Stunde leerfegen oder das Deck eines Flugzeugträgers aufreißen. Das *ist* passiert.«
»Aber es gibt Leute, die so ein Boot alleine segeln?«
Robin nickte.
»Sehr, sehr wenige. Persönlich verstehe ich nicht, wie das möglich ist. Ellen MacArthur musste auf ihrer Rekordtour fünfundzwanzig Schichten am Tag machen. Das geht nur, wenn die Ausrüstung hundert Prozent mitmacht. Mast und Kiel müssen halten, alle Schotte dicht sein, Spills, Fallen, Blöcke, Ballasttanks und Ruder reibungslos funktionieren. Und vor allem der Autopilot.«
Robin schaute Philipsen an.
»In solchen Booten kann man nicht einfach den Motor anmachen oder beidrehen und sich mit einem Grog in die Kajüte verziehen und auf besseres Wetter warten. Das kannst du in einem größeren, schwereren Boot mit langem Kiel tun. So eins, wie ich es habe. Ein Boot wie die

Nadir ist dafür gebaut, ständig in Fahrt zu sein, und jemand muss es steuern. Pausenlos.«

»Was ist also passiert? Du sagst doch, dass die Frau viel Erfahrung hatte, alleine über den Atlantik und so weiter. Und Nobel ist wohl auch schon von Kindheit an gesegelt?«

»Auf dem Sund, ja. Admiral's Cup und Fastnet Race. Er konnte sich eine Starbesatzung leisten. Aber ein Sturm in der Barentssee, in einer Open 60 mit zu kleiner Besatzung, das kann man nicht vergleichen. Das Wasser ist eiskalt. Ich weiß nicht, wie viel Erfahrung Nellemann hatte. Ich habe keine Ahnung, was schiefgelaufen ist. Ich muss nach Norwegen.«

Philipsen runzelte die Stirn.

»Ich muss mit jemandem vom Norwegischen Meteorologischen Institut reden«, erklärte Robin. »Am besten mit einem, der auf Bjørnøya war, als Nellemann und Nobel dort angetrieben wurden.«

Robins Handy klingelte. Eine seiner Töchter hatte das Miauen einer Katze als Klingelton eingestellt. Es war die kriminaltechnische Abteilung. Nellemanns Handy war aus der Uni-Klinik gekommen. Robin hörte kurz zu, bedankte sich und klappte das Telefon zusammen.

»Nellemanns Handy. Alle Anruflisten und das komplette Telefonbuch waren gelöscht. Die Technikerin hat Lötpunkte an der Batterie gefunden. Sie meint, dass vielleicht ein kleiner GPS-Sender im Handy eingebaut war. Ein Parasit.«

»Scheiße«, sagte Philipsen. Er sah wütend auf die rote Mappe in Robins Hand. »Dann wissen wir wenigstens, wie der Mörder Nellemann aufgespürt hat«, seufzte der Chefinspektor.

Robins Gesichtsausdruck war unverändert. »Das war noch nicht alles. Sie haben Wachsspuren an seinen Schlüsseln gefunden. Jemand hat einen Abdruck gemacht.«

»Schlau, das mit dem GPS«, sagte Philipsen imponiert. »Warum hat er dann nicht einfach das Telefon mitgenommen?«

»Er dachte wohl, das man es nicht sieht. Wie üblich. Plan A. Ich habe über den Bock nachgedacht, den sie eine Woche vor dem Mord gefunden haben. Das sieht alles zu bequem aus. Ich glaube, der Mörder hat ihn woanders geschossen und an einen Ort gelegt, wo man ihn auf jeden Fall finden musste. Präzedenz. Um uns glauben zu machen, dass es einen Wilderer gibt. Ohne das verdächtige Bewegungsmuster wäre man schneller geneigt gewesen, von einem Jagdunfall zu sprechen.«

»Fingerabdrücke?«

»Das willst du nicht hören.«

»Ich ahne es leider. Raus mit der Sprache.«

»Nichts auf den Tasten oder der Batterie, obwohl Nellemanns Abdrücke dort sein müssten. Dafür war der Deckel mit Quists Abdrücken übersät.«

Philipsen schlug beide Hände auf die Tischplatte. Die Kaffeetasse hüpfte in die Höhe. Sein rotes Gesicht bekam einen Anflug von apoplektischem Blau. Dann schob er die Tasse weiter weg und sortierte die Farbdöschen neu. Es war ein geheimes, beruhigendes Ritual.

»Jemand hatte also Zugang zu Nellemanns Handy. Jemand, den er kannte.«

»So sieht es aus«, gab Philipsen zu und atmete tief ein.
»Brauchst du Hilfe?«
»Der Bruder. Anne Bjerre hat einen Bruder, der viel unterwegs ist. Und die Mutter. Ich will mit beiden reden.«
Philipsen nickte.
»Der Bruder«, dachte Robin laut. »Das wäre fast zu einfach.«
»Wenn etwas einfach ist, dann *weil* es einfach ist«, philosophierte Philipsen. »Das hat Ankergreen immer gesagt. Kanntest du ihn? Er hat auch gesagt: Kauft man etwas billig, bekommt man etwas Billiges.«
Er schob ein Döschen mit königsblauem Lack von der einen Seite der Zeitung auf die andere, offenbar bessere Seite.
»Er hat viele gute Dinge gesagt, wenn er mal was sagte«, erinnerte sich Philipsen. »Was selten vorkam. Zum Beispiel: Wenn man zweifelt, gibt es keinen Zweifel.«
Philipsen sprach von seinem legendären Vorgänger Ankergreen mit der Meerschaumpfeife, der Fliege, dem gebückten Gang, Resten von Frühstücksei auf der professoralen Tweedjacke und wildwachsenden Augenbrauen. Der auf den Fluren hin und her lief und wie ein Prophet vor sich hin murmelte.
Manchmal brachte Ankergreen seinen Hund Skipper mit ins Polizeihauptquartier. Er behauptete, dass der Hund einen ausgeprägten Instinkt für Unwahrheiten habe. Einmal hatte er eine Justizministerin in die Wade gebissen, weil sie Unregelmäßigkeiten in der Beweisführung bemängelt hatte. Die Sache wurde damals viel diskutiert und betraf ihren Sekretär, der sich mit einem ostdeutschen Di-

plomaten einen Strichjungen geteilt hatte. Die Nachuntersuchungen ergaben natürlich, dass Ankergreen mit allen Vermutungen recht gehabt hatte, und die Ministerin gab beschämt jede Forderung nach Sanktionen gegen den alternden englischen Setter auf. Skipper hatte weiterhin das Polizeihauptquartier und seinen Herrn besuchen dürfen.
Philipsen seufzte und zog probeweise den Watteball aus der Nase. Er warf ihn in den Papierkorb zu dem Pinsel, verschob noch ein Lackdöschen und musterte schweigend den regungslosen Kommissar, der die Konzentration in Person war. Lethargische Ruhe hatte sich über Robin Hansens attraktive Gesichtszüge gesenkt.
Philipsen stand schwerfällig auf und ging zum Fenster. Blieb kurz stehen, stützte sich auf das Fensterbrett und starrte in den Hof.
»Anomalien«, sagte er wütend. »Das kann man wohl sagen! Versteckte GPS-Sender im Handy. Wachsabdrücke. Jagdpfeile! Einbruch und Seekarten. Keine Spur und zu viele Spuren! Wenn der Mörder so scheißklug ist, *Mister*, warum zum Teufel parkt er dann nicht auf dem Parkplatz, sondern hinterlässt eine Reifenspur, die ein Blinder mit einem Stock finden kann?«
Wenn er eine Erklärung von Robin erwartet hatte, wurde er enttäuscht. Der Kommissar war still wie ein Planet.
»Hörst du mir zu?«
Robin zeigte auf seine Plastiktüte. »Ich brauche Fasil. Für Nellemanns Computer.«
»Das libanesische Unikum?«
»Ja, wenn er Zeit hat.«

»Das hat er. Ich weiß nicht, warum, aber ich glaube, er hegt eine gewisse Sympathie für dich.« Philipsen sah ihn vielsagend an. »Aber du weißt, dass ich ihn nicht einfach herbeordern kann?«
»Natürlich nicht.«
Fasil nahm keine Befehle entgegen wie andere Angestellte. Er verstand diesen Mechanismus einfach nicht. Einzelne, hoffnungslos naive Inspektoren oder Kommissare hatten im Lauf der Zeit versucht, Fasil einzuschüchtern und ihn dazu zu bringen, sich unterzuordnen, aber es hatte jedes Mal mit Krawall, Tränen und verletztem Stolz geendet und dem Verantwortlichen einen handfesten Anschiss von Philipsen eingebracht.
Fasil stand außer Konkurrenz wie die Alpe d'Huez oder Wellingtons Truppenaufstellung bei Waterloo. Wer das nicht verstand, konnte sich zum Dienst in Thisted oder Nuuk melden.
»Sonst noch was?« Philipsen warf einen sehnsüchtigen Blick auf seine Zinnsoldaten.
»Nobel.«
»Ja, klar. Aber sei bitte ein bisschen, äh ... urban. Keine Shorts oder ungleiche Strümpfe, okay? Und rasier dich. Er ist Pate von Herrn Møllers Urenkeln. Und Kriegsheld. Der Einzige, den wir seit Anders Lassen 1945 gehabt haben. Er hat nach dem ersten Golfkrieg einen DSO-Orden bekommen.«
Philipsen nährte eine leidenschaftliche Bewunderung für Anders Lassen, den letzten dänischen – postumen – Empfänger des Victoria-Kreuzes.
»Wenn es dir so viel bedeutet, versuche ich, ein Paar pas-

sende Socken zu finden. Soll ich ihn mit *Sir* Axel anreden?«

»Hast du denn überhaupt keine Ahnung? Er ist kein Adliger, zum Teufel. Frau Cerberus kann dir einen Termin mit ihm machen. Er ist aus Singapur zurück. Eine Befragung, hörst du? Eine *freundliche* Befragung.«

Robin grinste.

»Vor dem Gesetz gleich, stimmt's?«

Philipsen glotzte ihn an, als hätte Robin ihm gerade erzählt, dass er an den Weihnachtsmann glaubte.

»Frau Cerberus ruft dich an. Viel Glück. Wenn du nach Norwegen musst, denk an die Quittungen. An alle.«

Frau Cerberus beugte sich über ihren schwarzen, achteckigen Teller und verzehrte eine grüne Masse, als Robin Hansen durch das Vorzimmer ging. Guacamole wahrscheinlich. Robin blieb stehen und kramte in seinen Taschen nach dem Feuerzeug. Er sah, wie ihre Halsmuskeln sich anspannten. Er zündete sich eine Zigarette an und ging wortlos auf die matte Glastür zum Korridor zu. Im Nacken spürte er ihren Blick.

Die Luft zitterte elektrisch wie kurz vor einer Grindwaljagd.

Fasil hatte früher sein eigenes Büro im ersten Stock gehabt, nahe bei seinem Herrn und Meister, aber er war von empfindlichen Kollegen in den Keller gemobbt worden. Hauptgrund war die schrille orientalische Musik gewesen, die für Fasil lebenswichtig wie Sauerstoff war. Die Arbeitsaufsicht hatte die Klagen der Kollegen unterstützt, und selbst Philipsen konnte seinen Protegé nicht

mehr vor der kleinkarierten Bigotterie seiner Umwelt beschützen.
Nun lebte Fasil in einer Betonzelle neben dem Wärmewechsler und der Zentralheizung. Robin folgte blind der Musik und blieb auf der Schwelle zu Fasils Residenz stehen. Das Zimmer roch wie ein Überlandbus nach der Ankunft in Kampala. In einer dunklen Ecke erleuchtete ein Computerbildschirm Fasils schmales Habichtgesicht und seine langen, öligen Locken. Verglichen mit seiner Musik klang 50 Cent bei Nellemann & Partner wie das sanfte Rauschen eines Bächleins auf der abendlichen Heide.
Fasils Finger tanzten über die Tastatur wie aufgeschreckte Spinnen. Ein verschwommenes Bild von zwei nackten Männern und einem kleinen Mädchen flimmerte über den Schirm.
»So!« Fasil hatte das Jagdfieber gepackt. »Sie lernen es nie!«
Er notierte etwas auf einen Zettel und wendete sich einem anderen Bildschirm zu, auf dem grüne Zahlenkolonnen auf und ab liefen.
»Svendsen, H. Komm her, du fettes Arschloch.« Fasil lockte. »Jo! Aalborg.«
»Dompropst?«, fragte Robin.
»Ausnahmsweise nicht. Käsehändler.« Das Genie atmete auf.
Auch wenn es ihm höchstens Experten der NASA oder des CIA hätten nachweisen können, Robin war überzeugt, dass Fasil seine eigenen Honigfallen fabrizierte und an einschlägigen Wasserlöchern im Netz auslegte. Dann tauchte er geduldig wie ein Krokodil unter die Oberfläche

seiner Nullen und Einsen und wartete darauf, dass ein nichtsahnender Pädophiler den Finger ins schmutzige Wasser steckte. Am nächsten Tag stand die Polizei vor der Tür des Eigenheims und störte bei Kaffee, Kuchen und Fernsehen.

Keiner wusste, unter welchem Stein Philipsen Fasil gefunden hatte, aber Robin hatte auf eigene Faust in den Datenbanken der Polizei nachgeforscht. Der zerstreute Fasil war im Getto zufällig in eine Rekrutierungsveranstaltung der Polizei geraten und hatte den Ausgang nicht gefunden, bevor es zu spät war. Philipsen oder einer seiner Headhunter hatte ihn direkt von der Polizeischule gepflückt.

Die einzige Polizeipflicht, die der Junge befolgte, war das Schießtraining, bei dem er seine breitschultrigen, blonden Kollegen locker in den Schatten stellte. Fasil schoss mit tödlicher Präzision, egal, welche Waffe er benutzte, aber er nahm nie an Turnieren teil. Vielleicht hing dieses Talent mit dem Asperger-Syndrom zusammen, unter dem er litt. Er konnte den Fahrplan der Dänischen Staatsbahn auswendig, Sommer und Winter, aber wenn er für fünfzig Kronen einkaufte und mit einem Hunderter bezahlte, wusste er nicht, wie viel Geld er herausbekommen sollte.

»Was willst du?«

»Der hier.«

Fasil zog den Laptop aus der Plastiktüte und schloss ihn an. Summend klappte er das Gerät auf und schaltete es ein.

»Ich habe ein Date heute Abend! Supersüßes Mädchen.«

Der Junge lächelte und blickte scheu unter seinen Locken

hervor. Robin Hansen war der Einzige im ganzen Polizeihauptquartier, dem er vertraute.
»Okay? Wo hast du sie kennengelernt?«
Robin hatte noch nie gesehen, dass Fasil tagsüber den Keller verließ, er konnte sich den Jungen kaum bei Tageslicht vorstellen. Es hieß, dass Fasil zu Staub zerfallen würde, wenn ein Sonnenstrahl ihn traf.
»Im Zoo. Im Terrarium. Sie ist wunderschön.«
»Aber es ist ein Mensch, oder? Fasil?«
Das junge Genie lächelte überlegen.
»Sie studiert Medizin. Sie hat Taranteln!«
»Ach ja? Dann bin ich sicher, dass ihr zusammen glücklich werdet. Wenn ihr eines Tages Kinder wollt, müsst ihr bloß die Kokons auf dem Dachboden aufschneiden.«
Fasil grinste. »Sie heißt Nabila. Sie ist Koptin …«
Er hatte ein schweres koptisches Kreuz um den Hals hängen.
»Gut, Fasil, sehr gut.« Robin musterte Fasils nackten Oberkörper. Haarlos, aber tätowiert. »Könnte kaum besser sein. Aber vergiss nicht, etwas anzuziehen. Das mögen die Mädchen beim ersten Rendezvous.«
»Klar, Mann.« Fasils geschickte Finger glitten scheinbar planlos über die Tastatur des Laptops. »Verschlüsselt. Nichts Besonderes, nur 128 Bit Standard.« Er sah Robin an.
»Es dauert ein bisschen. Wonach soll ich suchen?«
»Das weiß ich nicht genau.«
Robin erklärte rasch den Fall.
»Ich glaube, du wirst es wissen, wenn du etwas findest. Mails, Briefe, auffällige Webseiten.«

Fasil nickte zerstreut und sah auf seine Sandalen. Der Auftrag war banal und lag eigentlich unter seiner Würde, aber er mochte Robin. Der Kommissar behandelte ihn nicht, wie es die anderen taten. Und er schien sich aufrichtig über sein Date zu freuen. Bloß nicht das Hemd vergessen!
»Und nimm ein Bad, ja? Lade sie in ein Restaurant ein, vielleicht ins Kanalen oder Bastionen og Løven, jedenfalls was Schickes. Und, Fasil, bezahl für euch beide, hörst du? Putz dir die Zähne, wasch dir die Haare und versuch daran zu denken, ihr die Tür aufzuhalten und den Stuhl unter dem Tisch hervorzuziehen. Und sag ihr, dass sie schön ist. Vergiss die Kreditkarte nicht und bestell einen Tisch. Das ist das Wichtigste. Am Fenster.«
Fasil sah Robin wie ein Hund bei der Abrichtung an. Nach jeder Ermahnung nickte er ergeben.
»Gebongt!«
»Und beherrsch dich, rede nicht die ganze Zeit über Computer. Mädchen verstehen das nicht, und selbst wenn sie es tun, reden sie nicht gern darüber.«
Fasil sah ihn entgeistert an.
»Na gut. Ein *bisschen* über Computer, ein bisschen über Insekten, aber sonst hör ihr einfach zu. Oder erzähl von deiner Kindheit. Deiner Familie. Je schlimmer, desto besser. Ich ruf dich morgen an.«
Fasil schlug die Absätze zusammen und salutierte.

10

Donnerstag, 22. Juni 2006
Skodsborg
12:30

Das Blockhaus lag vornehm auf einer Anhöhe über dem Sund am Ende einer Einbahnstraße. Der Garten grenzte direkt an den Naturpark Jægersborg Hegn. Reiche Kopenhagener Bürger hatten hier gegen Ende des neunzehnten Jahrhunderts Sommerhäuser gebaut, um dem Dreck und den Krankheiten der Stadt zu entkommen.
Man hatte ungehinderte Aussicht bis zur schwedischen Küste und dem großen Windkraftpark vor dem Hafen Kopenhagens, über den der Blick unweigerlich stolperte. Ein kleines Badehaus markierte wie eine Schildwache das Recht auf den Strand.
Das klotzige Haus war niedrig und mit Stroh gedeckt. Es erinnerte Robin an einen deutschen Landgasthof. Erst aus der Nähe sah er, wie heruntergekommen es war.
Eine Rollstuhlrampe überbrückte die Eingangstreppe, und neben der Haustür war ein weißes Geländer angebracht.
Wenige Meter hinter dem schmiedeeisernen Tor stand eine große Garage. Sie war durch eine Reihe Thujen vom Haus abgeschirmt. Ihre Holzwände hatten längst den Kampf gegen das Moos aufgegeben. In der Auffahrt wa-

ren deutliche Reifenspuren im dürftigen Kiesbelag zu sehen.

Robin ging neben der tiefsten Spur in die Hocke und steckte einen Finger in den Boden. Er war hart und trocken. Mit seiner kleinen Digitalkamera fotografierte er den Abdruck aus verschiedenen Winkeln, klickte zurück zu den Bildern, die er von den Spuren im Wald von Gyrstinge gemacht hatte, und runzelte die Stirn. Er stand langsam auf, ohne den Blick von den Reifenspuren abzuwenden.

Die Fenster der Garage waren dunkel und schmutzig. Robin wischte mit dem Hemdsärmel ein kleines Guckloch frei, schirmte die Augen ab und schaute hinein. Im Dunkeln erkannte er die charakteristische Kühlerhaube eines Landrovers. Er ging um die Garage herum und untersuchte die Türen und das schwere Hängeschloss. Tastete eine Leiste über der Tür ab und fing einen kleinen Schlüsselbund auf, bevor er in den Kies fiel.

Er ging weiter zum Haus, trat auf die knarrende Veranda und drückte den Finger auf die Klingel.

Eine junge Frau öffnete die Tür und bat ihn hinein. Sie führte ihn ins Wohnzimmer. Die kleinen Fenster waren in viele Quadrate unterteilt, das Zimmer war kühl und dunkel. Die junge Frau bot ihm einen Lehnstuhl vor dem Kamin an und fragte, ob er Kaffee wolle. Es roch modrig, obwohl auf allen Tischen frische Blumensträuße standen.

»Danke, Miriam«, sagte die Witwe und reichte Robin die Hand. Eine bleiche, zierliche Hand mit blau hervortretenden Venen. An ihrem Stuhl lehnte ein weißer Stock.

Ihre Augen waren groß und meergrau wie die ihrer Tochter.
Robin sah sich um. Regale vom Boden bis zur Decke. Anne Bjerres Vater war Staatsanwalt gewesen. Auf einem Tisch stand ein Kassettenrekorder, und er erkannte die dicken, grauen Bände mit Hörbüchern aus der kommunalen Bibliothek. Auf einer Vitrine stand das vergoldete Modell einer norwegischen Bohrinsel.
»Diabetes«, sagte Frau Bjerre. »Es nennt sich Retinopathie. Blutungen in der Netzhaut. Erst Tunnelblick – das war beschwerlich, sage ich Ihnen, ich bin ständig die Treppe hinuntergefallen. Und jetzt fällt mir eigentlich alles schwer. Ich gehe immer noch täglich schwimmen. Jeden Morgen, das ganze Jahr. Dank Miriam und Konsorten.«
Robin murmelte etwas Unverständliches und rutschte verlegen auf dem Stuhl herum, als säße er in der falschen Trauerkapelle.
»Sie sind Polizist und untersuchen Jacob Nellemanns vorzeitigen Tod?«
Ihre Stimme war leise und dunkel wie das Zimmer.
»Dann ist ja nur noch Nobel übrig. Von der Expedition.«
»Kennen Sie ihn?«
»Ich habe ihn nie getroffen. Aber Miriam und ihre Kollegen halten mich über die Kopenhagener High Society auf dem Laufenden. Ein unerschöpfliches Thema. Die Klatschzeitungen erscheinen leider nicht in Blindenschrift.«
»Kannten Sie Nellemann persönlich?«
»Ja. Ein angenehmer Mensch. Und lustig. Einmal war er

mit Anne und seiner Frau hier. Sie ist Halbinderin, glaube ich. Schöne Stimme. Muss ein hübsches Mädchen sein.«
Miriam kam mit Tassen, Milch, einer Cafetière und Gebäck. Robin bat um Zucker. Die junge Frau setzte sich am anderen Ende des Zimmers in die Sonne und öffnete ein Fenster. In der Ferne hörte man die Autos auf dem Strandvejen, aber die meisten Geräusche kamen aus dem Wald und vom Strand. Die junge Frau begann zu stricken.
»Schönes Haus«, sagte Robin.
»Ja, es war ein schöner Ort.«
Robin trank einen Schluck Kaffee.
»Sie haben einen Sohn?« Beinahe hätte er »noch« gesagt, aber er besann sich im letzten Moment.
Sie nickte, nippte an ihrem Kaffee und biss ihr Biskuit an.
»Jonas, ja.«
»Soviel ich weiß, ist er oft auf Reisen?«
»Früher, aber jetzt nicht mehr so oft. Er hat eine Frau aus Thyborøn kennengelernt, wissen Sie. Sie hat ein kleines Mädchen. Jetzt fischt er. Früher war er immer weg. Er kletterte, war Bergführer in den Anden und im Himalaya. Ein paar Jahre lang arbeitete er auf einem Hochseeschlepper. Bohrinseln, Bergungen und Ähnliches. Überall in der Welt.«
»Ein Abenteurer?«
Frau Bjerre dachte lange nach. Robin vermutete, dass sie es gewohnt war, sich so präzis wie möglich auszudrücken. Der Staatsanwalt.
»Rastlos, ja. Voll Entdeckerfreude. Aber auch die Arbeit fiel ihm leicht. Er ist sehr tüchtig, egal was er tut. Mein

Mann hat das erkannt. Er war selbst ausgebildeter Steuermann, bevor er Jura studierte.«
»Wo ist Ihr Sohn jetzt?«
Miriam schaute auf.
Frau Bjerre lächelte und zupfte an ihrem Kaschmir-Cardigan. Robin dachte an den schwarzen Rollkragenpullover aus Kaschmir, den er Ellen geschenkt hatte und in dem sie aussah wie Ingrid Bergman.
»Auf Fischfang, nehme ich an. Er hat einen Kutter mit zwei Partnern. Jonas ist schwer im Auge zu behalten! Im einen Augenblick bekommt man einen Anruf aus Aberdeen, im nächsten eine Postkarte aus Reykjavík. Er ist vor einer Woche ausgefahren.«
»Vor einer Woche war er also an Land?«
Frau Bjerres Miene blieb offen und zuvorkommend, aber das Klappern von Miriams Stricknadeln hörte auf.
»Ja.«
»Und Norwegen?«
»Norwegen?«
»Die Bohrinsel auf der Vitrine.«
Die Frau lachte. Ein angenehmes Lachen. In ihrer Stimme klang immer noch das Echo natürlicher Sinnlichkeit. Bestimmt war sie früher äußerst attraktiv gewesen. Robin musste unwillkürlich an Helle Virkner denken, die auf seiner persönlichen Liste schöner Frauen ganz oben stand. Neben Ingrid Bergman, Naomi Watts, Natalie Portman – und Ellen.
»Ach, richtig. Die hat er das letzte Mal mitgebracht. Sie spielt das Thema aus ›Die Regenschirme von Cherbourg‹, wenn man den Bohrturm anhebt. Warum auch immer.

Vielleicht hat ihn die Souvenirfabrik mit dem Eiffelturm verwechselt. Haben Sie den gesehen?«
»Den Film?«
»Ja.«
»Natürlich.« Wer konnte je das Gesicht der zwanzigjährigen Cathérine Deneuve vergessen?
»Wann war das? Ich meine, wann hat er Ihnen die Bohrinsel geschenkt?«
»April.« Die Stimme der jungen Frau klang sicher. Als sie Robins Blick bemerkte, strickte sie weiter.
»Ja, das stimmt. Im April. Eigentlich hatte er das Schlimmste überwunden, die Trauer um Anne. Aber im April war er wieder schrecklich aufgewühlt. Ich konnte hören, wie er in seinem alten Zimmer im Kreis lief. Wie ein Poltergeist. Manchmal die ganze Nacht. Ich schlafe hier unten. Die Treppen, wissen Sie.«
Frau Bjerre senkte den Kopf. Müdigkeit überkam sie.
»Sie standen sich sehr nah?«
»Zwillinge.«
»Ach so. Anne war auch sehr tüchtig, wie ich höre?«
»Sehr. Sehr – wie sagt man? – fokussiert. Immer. Stur wie ein Esel. In der Vorschule las sie ›Ferien auf Saltkrokan‹ und Ingvald Lieberkinds Naturgeschichte, während die anderen Kinder sich durch ›Mads und Mette‹ buchstabierten. Mit acht Jahren verdiente sie ihr eigenes Geld, indem sie für ganz Skodsborg Fahrräder flickte. Sie hatte ein großes Schild an der Garagentür aufgehängt: FAHRRADREPARATUR. ALLE MARKEN. 15 KRONEN. Sie hatte viele Kunden. Sie konnten sogar Limonade kaufen, während sie warteten.«

Frau Bjerre seufzte, Miriam kniff die Augen zusammen – in tiefer Konzentration auf das Stricken oder aus Wut auf Robin.
»Es hört sich an wie ein Klischee«, sagte sie, »aber sie hätte wirklich alles werden können, was sie wollte. Doch sie wollte nur aufs Meer hinaus.«
»Wie kann ich Verbindung mit Ihrem Sohn aufnehmen?«
»Wozu?«
»Ich glaube, Ihr Sohn hatte Kontakt zu Jacob Nellemann wenige Monate vor dessen Tod.«
Frau Bjerres Mundwinkel deuteten ein Lächeln an, aber ihre Lippen blieben stramm. Sie hob den Kopf ins Licht.
»Wenn Sie damit andeuten wollen, dass mein Sohn irgendwie mit Nellemanns Tod zu tun haben könnte, dann vergessen Sie es. Ich kenne ihn.«
»Nein, das will ich nicht. Aber er kannte ihn, und ich würde gern mit ihm reden.« Robin biss sich auf die Lippe. »Bis auf weiteres gehen wir davon aus, dass Nellemanns Tod ein bedauerlicher Jagdunfall war. Mehr nicht.«
Miriam starrte ihn weiter an.
Er konnte ihren Gesichtsausdruck nicht deuten, aber vielleicht war sie mit demselben Instinkt wie Ankergreens Hund ausgerüstet.
»Ich glaube, wie gesagt, dass er auf Fischfang ist, Kommissar. Ich habe ihn seit April nicht gesehen. Außerdem ist er zurzeit nicht erreichbar. Die Rita hat nur UKW an Bord. Aber wenn er von einem Hafen aus anruft, werde ich ihn bitten, sich mit Ihnen in Verbindung zu setzen. Und ich gebe Ihnen die Telefonnummer seiner Freundin. Miriam?«

Die Blinde konnte Robin auf unerklärliche Weise in die Augen sehen.
Die junge Frau kritzelte ein paar Zahlen auf einen gelben Klebezettel.
»Danke. Ich gebe Ihnen meine Karte.«
Er stand auf. »Dürfte ich vielleicht sein Zimmer sehen?«
Die Frau seufzte müde. Dachte lange nach. Dann nickte sie.
»Natürlich. Miriam, wärst du so nett?«
Der Rücken der jungen Frau war steif und abweisend, als sie vor ihm die Treppe hinaufging.
Im ersten Stock roch es muffig. Herbstlich.
Sie öffnete eine weiße Tür und blieb mit verschränkten Armen in der Türöffnung stehen. Er lächelte sie an und schob sie freundlich, aber bestimmt zur Seite.
»Ich passe schon auf, dass ich nichts stehle.«
Er schloss die Tür hinter sich.
Es war ein Ort, an dem man gerne aufgewachsen wäre. Sprossenfenster mit Meerblick. Frei liegende Balken. Groß, hell und luftig.
Ein keusches, schmales Eisenbett stand an der schrägen Rückwand. Ein Regal voller Jugendbücher, sicher vom Vater geerbt, aber auch gewichtigere Werke über Entdeckungsreisen und Alpinismus, Ozeanographie und Meeresbiologie. Viele davon auf Englisch oder Französisch. Alte gerahmte Fotos aus Cowes: schöne Sechs- und Zwölfmeterboote mit großen, aufgeblähten Segeln, Skipper in weißen Schirmmützen.
Ganz oben auf dem Regal stand ein Fußballpokal und daneben eine goldene Diana-Statuette. Auf dem Marmor-

sockel war eine Silberplakette: »Jonas Bjerre. 1. Platz. Feldschießen. Seelandsmeisterschaft 1993.« Die Figur war verstaubt. Robin zog die Digitalkamera heraus und fotografierte die Trophäe. Zehn Minuten lang durchsuchte er sorgfältig das Zimmer. Fand ein paar zusammengerollte Schnüre, die seiner Meinung nach Bogensehnen sein konnten, alte Vereinszeitungen des Bogenschützenclubs Søllerød mit Jonas Bjerres Adresse auf der Rückseite. Er faltete eine davon zusammen und steckte sie in die Tasche. Aber kein Bogen. Keine Pfeile. In einer Schublade fand er einen kleinen Taschenrechner und legte ihn in eine Plastiktüte.
Er öffnete die Tür. Miriam hatte sich keinen Millimeter vom Fleck gerührt.
Sie gingen nach unten. Robin fragte so beiläufig wie möglich: »Ihr Sohn, was für ein Auto fährt er?«
»Er hat einen Landrover hier, aber er benutzt ihn selten. Kurz bevor mein Mann starb, war er mit Jonas in England. Dort haben sie den Wagen gekauft. Irgendwo in Sussex, glaube ich. Es war ihre letzte gemeinsame Reise.«
Robin stand schweigend vor Frau Bjerre.
Miriam sah ihn unfreundlich an, Frau Bjerre hob den Kopf. Ein schwaches Lächeln. Höflich bis zum Letzten.
»Herr Hansen?«
»Ja.«
»Gibt es noch etwas? Ich möchte mich gerne ein bisschen ausruhen.«
»Verzeihen Sie.«
Miriam begleitete ihn zur Tür und knallte sie hinter ihm zu.

Die Aussicht war phantastisch, und er ging unwillkürlich auf das Wasser zu. Der Sund zog ihn magnetisch an. Ein frischer Südwind wehte, er bewunderte eine Sweden Yachts 42, die mit aufgeblähtem Spinnaker nordwärts raste. Wie immer wünschte er, er stünde selbst am Ruder, höre das Knallen der Segel, spüre die Sonne und fühle, wie die Seele in der magischen Flucht des Bootes aufging. Die große, blaue Leinwand.

Er drehte sich um, überquerte den vermoosten, ungepflegten Rasen und verschwand hinter den Thujen. Vor der Garagentür blieb er kurz stehen und beobachtete die Straße, die still und leer in der Hitze flimmerte.

Ein 110-Zoll-Landrover Defender, grün, mit fast neuen Pirelli-Reifen. Lenkrad rechts. Auf der Hecktür der Aufkleber eines englischen Rover-Händlers in Chichester.

Robin strich mit einem Finger über das Dach und begutachtete die dicke Staubschicht. Er krümelte etwas eingetrocknete Erde von den Kotflügeln in eine Plastiktüte. Gartenwerkzeug, kaputte Badetiere, uralte Badmintonschläger und mit Spinnweben verhangene Riggteile, vielleicht von Anne Bjerres Jollen. Die Autoschlüssel fand Robin auf dem linken Vorderrad.

Am Boden vor dem Beifahrersitz lagen zusammengeknüllte Päckchen Craven A, eine verklebte Thermotasse, leere Wasserflaschen und Straßenkarten, der Aschenbecher war voller Kippen und Cellophan. Er hob die Flaschen auf, fotografierte die Etiketten und nahm eine davon mit.

Eine Quittung von Texaco in Kalundborg vom 26. April 2006.

Er notierte den Kilometerstand, zog Plastikhandschuhe an und öffnete vorsichtig das Handschuhfach. Ein Wartungsheft mit einem Eintrag der Firma Glad in Kalundborg, Ende April. Robin notierte das Datum und untersuchte den öligen Lappen, der um den langen Schalthebel gebunden war. Der Lastraum war leer. Er setzte sich auf den Fahrersitz, ohne das Lenkrad zu berühren.
Nach einer Weile kletterte er hinaus, schloss die Autotür ab und legte die Schlüssel wieder aufs Vorderrad.
Robin schlängelte sich in der engen Garage um den Wagen herum und untersuchte die Regale, Wände und schließlich den Plattenboden unter dem Auto.
Fleißige Spinnen hatten zerfranste Netze zwischen Chassis und Boden gesponnen, aber auf der linken Seite hatte sie jemand entfernt. Zwei quadratische Betonplatten waren vom Staub befreit, und die Fugen waren saubergekratzt.
Er nahm einen abgebrochenen Spaten, steckte das Blatt in eine Fuge und hebelte, bis er die Platte anheben konnte. Im schwachen, aquarienartigen Licht der Garage kam eine Vertiefung zum Vorschein. Eine Vertiefung, in der ein langes, seltsam geformtes Lederetui und eine schwarze Pappschachtel lagen.
Er zerrte beides aus dem Loch und öffnete zuerst die Schachtel. Drei schwarze Carbonfaserpfeile mit glänzenden, rostfreien Jagdspitzen aus gehärtetem Stahl blitzten bösartig auf. Sie sahen aus wie extraterrestrisches Ungeziefer im Winterschlaf. Er trat an eines der verstaubten Fenster und öffnete das Etui. Ein auseinandergenommener Compound-Bogen kam zum Vorschein.

Er schob die Platten wieder an ihren Platz. Dann lehnte er sich an eine Werkbank, zündete sich eine Zigarette an und betrachtete den Landrover. Die Stille war vollkommen, der Staub flog richtungslos in den Sonnenstrahlen umher. Robin dachte an die Fußabdrücke im Wald. Links von den Reifenspuren.

11

Donnerstag, 22. Juni 2006
Konzertsaal des Dänischen Rundfunks
3. Reihe Mitte
20:15

Dvořáks Cellokonzert, wie es nach Axel Nobels Meinung gespielt werden sollte: das Hauptthema im Kopfsatz entschlossen und kompromisslos wie der Angriff auf ein wildes Tier, dann das lyrische Seitenthema, golden eingeführt von einem Horn und später vom Cello aufgenommen und gewendet wie ein Strandstein in der Hand eines Kindes.

Wie immer, wenn Eugène Simoni der Solist war, gab es keine Wiederholung früherer Interpretationen, sondern ein frisches Wagnis. Er durchleuchtete Dvořáks Palimpsest und entdeckte stets neue Schichten, als spiele er das Stück zum ersten Mal. Das Gesicht des jungen Franzosen war von dunklen Locken verdeckt. Nur einmal, als der Dirigent feierlich aufs Podium gestiegen war, hatten sich ihre Blicke gekreuzt. Der Cellist hatte breit gelächelt und Nobel zugenickt.

Das Adagio ließ die Gedanken weit abschweifen. Er drehte unbewusst die Lünette seiner Rolex und rutschte auf dem Stuhl hin und her. Seine Frau legte die Hand auf seinen Arm, lang und schlank wie der Rest ihres Körpers, die perfekt lackierten Fingernägel blank wie Spiegel. Es war drückend heiß im Saal, er lockerte die Krawatte und knöpfte den Kragen auf. Kurz darauf griff seine rechte Hand wieder nach der Lünette.

21. November 1990
Erster Golfkrieg, Operation Desert Storm
14:15 PM-GMT
Irakisch-syrische Grenze
Eine Böschung 8 km vom Ufer des Tigris entfernt,
60 km von Faysh Khabur, Syrien,
90 km von Mosul, Irak

Ein schmutziger, grauer Huf: eine kleine Ziege. Mehr war nicht nötig, um einen geregelten, planmäßigen Rückzug in kopflose Flucht zu verwandeln.
Dann noch einer, und endlich trippelten alle vier Hufe in Axel Nobels Sichtfeld. Die Ziege senkte den Kopf und starrte in seine grünen Augen. Ihre senkrechten Teufelspupillen weiteten sich im Halbdunkel unter dem Tarnnetz. Er dagegen sah jedes Haar des Tieres in der gleißenden Sonne. Nobel rührte sich nicht vom Fleck. Er dachte an die haarfeinen Schnüre, die sie auf Knöchelhöhe über alle möglichen Pfade zu ihrem Versteck gespannt hatten, an die Fotozellen, die sie entlang der Wege versteckt hatten, an die drahtlosen Mikrokameras, die sie an der Hauptstraße in die Telefonmasten gehängt hatten. Rund um die Uhr übertrugen sie Schwarzweißbilder an einen Monitor in ihrem Versteck: Lastwagen, Militärfahrzeuge, alte Pkws, Esel mit Reitern und Herden kleiner Ziegen – schmutzig, abgemagert und zottelig wie dieses Exemplar.

Hightech, my arse!

Die Ziege steckte den Kopf tiefer unter das Netz und schnupperte an seinem Gesicht. Sie trug eine kleine Messingglocke um den Hals, deren Läuten in Nobels Ohren wie die Pauken- und Beckenschläge eines psychotischen Schlagzeugers klang. Die vier Soldaten lagen wie versteinert.

Der zweite dänische Jägersoldat stach ihm den Ellbogen in die Seite und bat ihn flüsternd, das Tier zu verscheuchen. Axel Nobel lachte lautlos, schloss die Augen und ließ resigniert die Stirn auf einen Stein sinken. Seit einer Woche hatte er nicht die Zähne geputzt. Er stank selbst wie eine Ziege, doch das war Absicht. Sie schissen und pissten in Plastiktüten, die sie vergruben, vor allem wegen der vielen Hunde. Die Ziege hatte gerade begonnen, das Salz von seinem Kopf zu lecken, als eine Stimme sie rief. Sie hob ruckartig den Kopf, zog die Hörner aus den Maschen und sprang die Böschung entlang.

Die Stimme kam näher. Nobel rollte auf den Rücken und blickte zwischen seinen Stiefeln durch das Tarnnetz. Keine zehn Meter entfernt stand ein kleines Mädchen. Die Ziege blökte, lief zu ihr und rieb die kleinen Hörner an den Beinen des Mädchens. Schaute auf und blökte wieder.

Die kahle, steinige Senke zerlegte sich vor den Augen des Mädchens in seine Einzelteile, magisch wie ein Vexierbild. Zuerst sah sie nur Erde und Steine, dann unregelmäßige, braune Flecken und ein langes, flaches Netz, dann Stiefel, Uniformen, Waffen und Gesichter – und alles verschwand wieder, wenn sie blinzelte. Sie hob die schmutzige Hand

vor den Mund, biss sich in einen Knöchel, drehte sich um und rannte davon, die Böschung hinauf. Die Ziege lief ihr wie ein zahmer Hund hinterher. Der Communication Sergeant Chris schnappte seine M16, schlug das Netz zur Seite und rollte hinaus. Sie hatten stundenlang unbeweglich dagelegen und den irakischen Verkehr zur syrischen Grenze gezählt: ein Kim-Spiel mit Digitalkamera, Satellitenfunk und Taschenrechner. Die Beine waren steif, Chris schwankte kurz, bis er die Balance fand. Die drei anderen liefen ihm mit Karabinern in den Händen hinterher. Am oberen Rand der Böschung ging Chris automatisch in Schussstellung und legte das Zielfernrohr ans Auge.
»Come on! Take the shot! Shoot her!«, rief ihm der zweite Däne frustriert zu, aber der Sergeant ließ das Gewehr sinken.
Es gab Bilder, die man nicht für den Rest seiner Nächte auf der Netzhaut eingebrannt haben wollte, und dazu gehörte das eines siebenjährigen Mädchens, das von einer 5,46-mm-Kugel mit 1600 Metern pro Sekunde in den Rücken getroffen und durch den Staub gewirbelt wurde.
Der zweite SAS-Soldat Andy und die beiden dänischen Jäger erreichten die Kuppe der Böschung gleichzeitig. Alle blickten stumm dem Mädchen hinterher, das den Rock mit einer Hand zusammengerafft hatte und die andere ausstreckte, um auf dem steinigen Untergrund die Balance zu halten.
Billige Messingarmbänder und Ohrringe klimperten, sie verlor eine Sandale, rannte aber weiter. Anmutig, flimmernd, wie ein Wüsten-Dschinn. Ihre flinken Füße hinterließen eine lange Staubwolke in der stillstehenden Luft.

Das Bimmeln der Ziegenglocke wurde immer leiser und folgte dem Mädchen bis zu dem kleinen Hohlweg, der zur Landstraße führte. Aus dem Versteck ertönte ein elektrisches Summen. Erst jetzt war sie durch das Netz aus Schnüren und Fotozellen gelaufen. Sie erreichte die Landstraße und sprang direkt vor einen Militärlastwagen auf den Asphalt. Der Fahrer konnte gerade noch ausweichen, hielt an und stieg aus. Axel Nobel studierte die Szene durch das Zielfernrohr.

Ein Offizier zog das Mädchen grob auf die Beine. Sie gestikulierte wild. Ein nackter Arm streckte sich anklagend in ihre Richtung. Sie duckten sich unter den Rand der Böschung.

»Die Antennen!«, sagte Nobel.

»Fuck, fuck, fuck!«, zischte Andy.

»Eternally hellsuffering, bloody fucking goat!«, fluchte Chris hilflos.

Er schüttelte den Kopf und lief ohne ein Wort zurück zu ihrem Versteck.

Sie ließen Tarnung Tarnung sein, packten rasch Proviant, Wasser und Elektronik in die Rucksäcke, schwangen sie auf den Rücken und sahen einander an. Offiziell hatte Hauptmann Axel Nobel das Kommando über die binationale Aufklärungseinheit, aber in der Praxis bestimmte Andy, der Veteran. Chris stellte an beiden Seiten des Hohlweges Claymores auf. Er versteckte die halbmondförmigen Antipersonenminen hinter niedrigen Oleanderbüschen, verscharrte das Verbindungskabel und verband den Auslöser mit einem Infrarotsensor. Jeder ahnungslose Passant würde siebenhundert in Plastiksprengstoff einge-

lagerte Stahlkugeln auslösen. Mit freundlichen Grüßen vom SAS.
»May slow 'em down a bit«, sagte er und grinste.
Andy studierte Karte und Kompass.
»The river«, sagte er, und sie rannten los.

Zwei Stunden später lagen sie an den Ufern des Tigris im Schilf. Schwarzer Schlamm reichte ihnen bis zur Hüfte, die Binsen raschelten im Wind, ein Entenschwarm schaukelte auf dem unruhigen Strom. In den Bergen an der türkischen Grenze hatte es geregnet, das Wasser stand hoch. Es nahm Klumpen der Ufervegetation mit auf die lange Reise über Bagdad bis zum Zusammenfluss mit dem Euphrat und schließlich in das Marschland am Golf.
Chris sprach eindringlich in sein Mikrofon. Der nächste amerikanische Helikopter befand sich in Badanah in Saudi-Arabien, der zweitnächste auf dem Flugzeugträger USS Theodore Roosevelt im Golf – neunhundert Kilometer von ihrer Position entfernt.
»Sand storm in Badanah«, sagte er und schaltete das Funkgerät aus. »Four hours, maybe six. Maybe mañana, maybe never.«
Axel Nobel drehte sich zur Sonne. Fünf Stunden bis Sonnenuntergang. Er lauschte angespannt. Flussabwärts hörte er Gasturbinen. Sie stapften durch das Schilf auf festeren Grund und rannten in Richtung des Motorengeräusches am Ufer entlang. Der Boden war weich, sie sanken bis zum Knöchel ein, und nach wenigen hundert Metern ging ihnen fast die Puste aus. Einen Kilometer entfernt zeichneten sich die Umrisse eines Patrouillenbootes in

der gleißenden Sonne ab. Das Boot drehte ans Ufer ab, eine schmale Landungsbrücke wurde ausgefahren. Ein paar Gestalten sprangen über die Brücke ins Uferwasser und verschwanden im Schilf. Die Brücke wurde wieder eingezogen, der Turbinenlärm kam näher. Eine Minute später passierte das Boot die vier, dann verschwand es hinter der nächsten Flusskrümmung.

Man musste kaum Ingenieur sein, um auszurechnen, dass flussaufwärts ein weiterer Trupp an Land gesetzt wurde. Sie waren umzingelt: vom Fluss, von zwei Reihen Soldaten, die unter intensivem Funkkontakt aufeinander zu rückten, und von Einheiten, die von der Straße hinabkamen. Die Claymore-Minen waren detoniert, aber sie hatten noch mehr Truppentransporter gesehen, die ihre zimtfarbenen, untersetzten Insassen systematisch auf der Hauptstraße verteilten.

»Why the fuck do they suddenly grow a brain?«, fragte Andy.

Das Gesicht des zweiten Dänen war grau, er stützte sich auf die Knie und rang nach Luft. Der Schweiß tropfte ihm von der Nase. Axel Nobel legte ihm die Hand auf die Schulter, der andere sah ihn an. In seinen Augen fand Axel Nobel genau das, was er erwartet hatte.

»Wie geht es dir?«

»Winners never quit, and quitters never win«, japste der andere und versuchte zu lächeln. Nobel klopfte ihm fest auf die Schulter und drehte sich zu Andy um.

»Fancy a swim?«, fragte er.

Andy schaute in den Himmel und dann über den Fluss. Er nickte.

»Drown the Bergens. Use some rocks«, sagte er. »Only guns and ammo. And the fucking radios!«

Fünf Stunden später lag Axel Nobel auf dem Rücken in einem Bewässerungsgraben am Rand eines verbrannten Feldes. Nur Nase und Augen ragten aus dem schwarzen Schlamm. Er schaute in den Abendhimmel, der sich, seiner erbarmend, dunkler wurde. Nur wenige Meter entfernt hörte er irakische Soldaten miteinander reden. Einer von ihnen lachte laut. Er atmete tief ein und tauchte in den Morast.
Er zitterte vor Kälte. In seiner Haut lebten Tiere. Überall, in den Gehörgängen, im Schritt, in den Nasenlöchern. Er dachte an Andy, den zwei Kalaschnikow-Kugeln in den Rücken getroffen hatten, als sie in vollem Lauf eine Straße überquerten. Wahrscheinlich hatte er es gar nicht bemerkt, denn er rannte noch fünfzehn Meter weiter, bis die Beine unter ihm nachgaben. Er dachte an die Augen des jungen Schotten, als er vornüberkippte und für den unendlichen Bruchteil einer Sekunde auf den Knien verharrte und die Arme hängen ließ, während das Blut aus seinem Hals schoss. Bis ihn die dritte Kugel traf.
Axel Nobel dachte an das singende Geräusch der supersonischen AK-47-Projektile, die dicht an seinem Kopf vorbeigeschwirrt waren. An den weichen Knall, als sie vor ihm in die Erde schlugen. Als Nächsten hatte es Chris beim Sprung über einen Bewässerungsgraben erwischt. Die Kugel traf ihn in den Kopf, er überschlug sich in der Luft und klatschte auf der anderen Seite auf.
Ohne stehen zu bleiben entriss Axel Nobel dem Toten

das Satellitenfunkgerät und flüchtete mit dem zweiten Jäger von den Hirsefeldern in ein spärliches Dickicht. Sie rannten, ohne sich umzudrehen, passten die Fluchtrichtung automatisch den Schreien und Schüssen ihrer Verfolger an. Der Aufschlag der Kugeln verriet ihnen, woher sie kamen.
Axel Nobel erreichte das Dickicht wenige Sekunden vor seinem Kameraden und rannte zwischen den Bäumen weiter. Plötzlich fiel ihm auf, dass er keine Schritte mehr hinter sich hörte.
Der andere lag auf den Knien und keuchte. Warf den Karabiner von sich, als wäre er glühend heiß, und verschränkte die Hände im Nacken.
Nobel drehte sich um. Augen wie Brunnen.
»Axel.«
Axel Nobel sah an ihm vorbei über die Gräben und das offene Feld zu den Verfolgern, die schnell näher kamen. Sie waren so nah, dass er ohne weiteres das rote Dreieck der Republikanischen Garde auf ihren Ärmeln erkennen konnte. Sein Fadenkreuz fand wie von selbst einen Offizier, der etwas schneller als die anderen lief. Axel Nobel drückte ab und traf ihn mitten in die Brust. Er führte das Fadenkreuz weiter zum nächsten Mann, beherrscht und ohne Hast, dann weiter zum nächsten, aber es waren zu viele. Er senkte den rauchenden Karabiner. Nur vierhundert Meter entfernt sah er weitere Trupps kommen.
Split-second decisions, hatten sie ihnen eingeschärft. Wieder und wieder, bis sie halb wahnsinnig in die roten Gesichter der Ausbilder zurückschrien. Hör auf zu denken, und du bist tot, hatten sie geschrien.

Der zweite Jäger starrte Nobel in die Augen. Das Urteil. Axel Nobel spürte den Sog in den Beinen, die Sehnsucht, sich einfach ins welke Laub fallen zu lassen. Schlafen. Er ließ das Gewehr sinken. Kümmerte sich nicht um den Luftdruck der Projektile, der seinen Kopf hin und her schleuderte, als schlüge ihn eine unsichtbare Hand. Der Geschmack von Salz und Kordit lag ihm auf der Zunge. Dann drehte er sich um und sprintete in den Wald.

Die Stimmen wurden leiser, kamen wieder zurück und verschwanden schließlich ganz, unerträglich langsam. Er zitterte unkontrolliert. Seine Bewegungen waren unkoordiniert, er konnte kaum denken.
Nobel richtete sich beschwerlich auf, eine bucklige, rundum mit schwarzem Schlamm bedeckte Alptraumgestalt, die den roten Mund öffnete und keuchte. Er rollte auf das Feld, faltete die Hände vor der Brust und spannte alle Muskeln an. Er krümmte sich in Embryostellung und blies in seine geballten Fäuste.
Lange Zeit später kam er auf die Beine, zog ein Röhrchen Glukosetabletten aus der Hemdtasche und schluckte ein paar. Dann schwankte er in Richtung Straße, eine schwarze Gestalt zwischen schwarzen Schatten. Er wusste, dass sie nur wenige hundert Meter entfernt waren. Die Tabletten begannen zu wirken, das Laufen brachte den Kreislauf in Schwung, und er stolperte nicht mehr alle paar Meter. Zwischen den Bäumen am Straßenrand sah er die Lichtkegel eines schweren Fahrzeuges, dessen Fahrer gerade einen niedrigen Gang einlegte, um eine Steigung zu überwinden.

Er lief schneller, vorsichtig und lautlos, bis er nahe genug war.
Fünfzig Meter vor sich sah er den Lastwagen. Er versteckte sich hinter einem Hügel oberhalb der Straße, lud das Gewehr und stellte es auf Kurzfeuer ein. Aufgeregte Stimmen drangen zu ihm herauf, im Licht des Lastwagens sah er kleine Gestalten, die einen großen mageren Körper zwischen sich schleiften.
Dann hörte er den morschen Ton eines Gewehrkolbens, der in lebendiges Fleisch gerammt wurde, einen dünnen Schrei und Gelächter.
Er zwang sich, langsam und tief einzuatmen, und legte das Gewehr an. Durch das Zielfernrohr zählte er acht Gestalten, die sich über den zusammengekrümmten Körper beugten. Im Dunkeln des Führerhauses wurde eine Zigarette angezündet, und ein weiterer Lastwagen quälte sich in der Ferne den Berg hinauf. Er ließ das Gewehr sinken, begann wieder zu zittern.
Die Soldaten warfen den Gefangenen auf die Pritsche und setzten sich auf die Seitenbänke. Einer von ihnen stellte die Stiefel auf den Kopf des Dänen. Zigaretten leuchteten wie Glühwürmchen auf, der Wagen fuhr an. Axel Nobel rutschte von seinem Hügel hinunter und lief den Rücklichtern hinterher. Nach Norden.
Die Zeit zog sich in die Länge und wieder zusammen, es gab nur seinen rasselnden Atem und die brennenden Lungen. Jeder Schritt hämmerte Schmerzen in seinen Unterleib, der Schweiß lief ihm in die Augen.
Nach einer scheinbaren Ewigkeit war kein Schweiß mehr übrig, nur noch der Eisengeschmack des Blutes. Axel No-

bel verfolgte weiter die Lastwagen, deren Rücklichter längst im Dunkeln verschwunden waren.

Er war schon an den ersten Häusern vorbeigerannt, als er wie durch einen Schleier bemerkte, dass er mitten durch ein Dorf lief, das noch hellwach war. Alle Fenster waren erleuchtet. Vor einer Haustür saß ein kleiner Junge und löffelte sein Abendessen aus einer blauen Schale. Neben ihm saß ein gescheckter Hund. Mit großen Augen schauten sie den schwarzen Mann an. An einigen Stellen war der getrocknete Schlamm abgeblättert und Nobels weiße Haut schimmerte hervor. Der Hund bellte und wedelte mit dem Schwanz, aber der Junge hielt ihn am Halsband fest und legte die Hand über seine Schnauze.

Aus einem Haus in der Ortsmitte drang lautes Stimmengewirr und etwas, das wie ein aufgeregter Sportreporter klang. Ein Cola-Reklameschild blitzte im Dunkeln. Drinnen saßen Männer im Neonlicht, auf dem Flachdach prangte eine verbeulte Parabolantenne. Vor dem Kaffeehaus parkte ein uraltes Motorrad der Marke Ural. Es sah aus, als hätte es schon den Krimkrieg mitgemacht. Axel Nobel blieb stehen.

Er humpelte zu dem Motorrad. Es sah funktionstüchtig aus, die Krümmer waren liebevoll poliert und der Lack an vielen Stellen sorgfältig ausgebessert. Das Hinterrad war mit einer Kette abgeschlossen, die als Ankerkette eines Transatlantikdampfers getaugt hätte. Sicher war die Ural der Stolz eines der Café-Besucher. Diesen Mann wollte er finden. Ohne nachzudenken, stürzte Axel Nobel in das Café, richtete den Lauf zur Decke und drückte ab.

Er schrie: »Keys, motorcycle!«

Staub und Putz puderten den schwarzen Kopf des Dänen, als hätte er es so geplant.
Auf einem hohen Regal setzte ein Fernseher unbeirrt die Live-Übertragung fort. Das Gerät stand auf einer rot bestickten Decke mit Quasten, und auf ihm stand ein Foto Saddam Husseins. Er trug einen weißen Hut mit breiter Krempe und hielt einen vernickelten 45er-Colt in der rechten Hand. Die Pistole war in den Himmel gerichtet, als wolle er eigenhändig alle amerikanischen F-18-Jagdbomber und israelischen Mirages abschießen.
Galatasaray Istanbul gegen Benfica Lissabon, bemerkte Axel Nobel. Er richtete das rauchende Gewehr auf einen dicken Mann in einer braunen Lederjacke, neben dessen Kaffeetasse eine altmodische Motorradbrille und große Lederhandschuhe lagen. Ohne eine Miene zu verziehen, fischte der Mann einen Schlüsselbund aus der Brusttasche und reichte ihn Axel Nobel. Nobel schnappte ihn, wobei die Gewehrmündung beinahe die Nase des Mannes rammte, aber dieser zeigte noch immer keinerlei Rührung. Nobel klemmte die Brille und die Handschuhe unter den Arm, dann griff er plötzlich nach der dampfenden Kaffeetasse, leerte sie in einem Zug und hustete. Er sah den dicken Iraker überrascht an, der verlegen grinste.
»Next town, okay? But not till tomorrow, okay?«, sagte Axel Nobel.
Der Motorradbesitzer nickte in vollem Einverständnis und blickte dem Ungeheuer hinterher, das mit dem Gewehr fuchtelte und rückwärts das Lokal verließ. Kurz danach hörten die Männer den Boxermotor der Ural aufbrüllen. Der Gashebel wurde aufgedreht, der erste Gang

rasselnd eingelegt, dann knallte es laut im Auspuff. Motorenlärm hallte durch die Hauptstraße und entfernte sich langsam Richtung Norden.
Der dicke Mann zuckte mit den Schultern.
»Tomorrow! In Kashir ... But not till tomorrow!«
Er lehnte sich zurück, hielt kurz die leere Tasse in die Höhe und widmete sich wieder dem Fußballspiel. Seltsam beherrscht hob das Stimmengewirr wieder an, als hätte das kleine Intermezzo nie stattgefunden. Der Wirt sah melancholisch seine durchlöcherte Neonröhre an, griff unter die Theke und füllte die Kaffeetassen mit Johnny Walker und Nescafé.

Er legte sich auf den Tank und hielt abwechselnd die rechte und linke Hand dicht über die heißen Zylinderköpfe, um eine Illusion von Wärme zu bekommen. Er fühlte sich wie ein Schlafwandler, alles schien ihm egal, während er durch die arabische Nacht ratterte. Nur zwei Punkte glimmten in seinem Bewusstsein: die Rücklichter des Lastwagens.
Er holte sie ein, als der Weg sich in ein Tal hinabschlängelte, und er sah noch mehr: Die Lichter einer größeren Stadt breiteten sich fächerförmig auf beiden Seiten der Straße aus. Axel Nobel verringerte das Tempo, schob die undichte Motorradbrille auf die Stirn und wischte sich Tränen aus den Augen.
Er hielt zweihundert Meter Abstand zu den Lastwagen, bis sie durch ein baufälliges Tor auf einen hellerleuchteten Platz zwischen zwei Baracken abbogen. Langsam fuhr er an der Kaserne vorbei und beobachtete die Soldaten, die

vom Wagen sprangen und ein längliches Bündel in ein niedriges, weißes Gebäude schleppten. Hundert Meter weiter hielt Axel Nobel an und machte den Motor aus. Er schüttete die letzten Glukosetabletten in den Mund, zerkaute sie, schüttelte den Kopf und streckte alle Glieder. Dann lehnte er das Motorrad an einen Baum und legte die Schlüssel unter das Hinterrad.

Zwei Soldaten saßen unter einem Vordach und wärmten sich an einer Öltonne. Der Anblick der Flammen ließ Axel Nobel noch mehr frieren.

Der Stacheldrahtzaun war drei Meter hoch, aber in schlechtem Zustand. Mehrere Abschnitte waren eingerissen. Überall lag Abfall, hinter den Baracken ragte ein Lastwagenwrack heraus. Axel Nobel schritt unbehelligt den Zaun ab und hielt nur einmal inne. Ein heiserer, animalischer Schrei hatte ihm eine Gänsehaut über den Rücken gejagt. Er ging Richtung Süden, wo er im Vorbeifahren einen heruntergekommenen Fußballplatz gesehen hatte. Es begann zu regnen.

Axel Nobel kniete neben einem der Tore. Hinter ihm stand ein dunkler Betonbau, der nur eine Schule sein konnte. Mit zitternden Händen entfaltete er die Parabolantenne des Satellitenfunkgerätes und richtete sie auf die Sterne. Er hielt die Luft an, schaltete das Gerät ein und betete.

»Broadsword calling Danny Boy, Broadsword calling Danny Boy. Over.«

»Danny Boy to Broadsword. This is the Farm. What is your status? Over.«

Eine klare, seelenruhige Frauenstimme. Axel Nobel spür-

te heiße Tränen über die Wangen rollen. *The Farm* war das Codewort der Woche für den Flugzeugträger USS Theodore Roosevelt.
Wie Mutters Stimme, wenn man als Kind krank war und dachte, man müsse sterben.
»This is Danny Boy. Two men down and one hostage. Two clicks southeast from present position.«
»Roger that. Be advised. One Blackhawk at your position. ETA one hour minus ten minutes. Delta unit twelve Rescue and Exfil. Over.«
Axel Nobel grinste, heulte und zitterte.
»Ground signal one white light, three seconds. Transponder on, now.«
»White ground signal, three seconds. Transponder on 87,5. Good luck.«

Nach einer unerträglich langen und kalten Dreiviertelstunde hörte er den Blackhawk von Süden her kommen. Er schwankte wie betrunken zum kaum sichtbaren Mittelkreis des Fußballfelds, schaltete die Taschenlampe ein und richtete den Lichtstrahl drei Sekunden lang in den Himmel.
Der schwarze Helikopter flog ohne jedes Licht, man konnte bloß einen Schatten drei Meter über dem Boden erahnen. Sekunden später war er wieder verschwunden, aber auf dem Fußballplatz standen acht Soldaten.
Vier von ihnen sicherten sofort die Stellung, die anderen standen im Dunkeln vor Axel Nobel. Keine Dienstabzeichen oder andere Insignien, aber Axel Nobel wusste, dass die Uniformen und Hockeyhelme mit phosphoreszieren-

den Symbolen versehen waren, die sie mit ihren Nachtsichtgeräten lesen konnten. Der Anführer drückte ihm die Hand. Seine Zähne leuchteten weiß aus der Tarnfarbe im Gesicht hervor. Der Sanitätskorporal schenkte etwas aus einer Thermosflasche ein und reichte Nobel den Becher. Warmer, süßer Tee.
Nie im Leben hatte er Besseres geschmeckt.
»No rum?«
Der Soldat lächelte und gab ihm eine grüne und eine blaue Kapsel, die er mit dem Tee hinunterspülte. Ein Betablocker zur Beruhigung, damit er wieder klar denken konnte, und ein Amphetamin, damit er noch ein paar Stunden durchhalten würde.
Der Anführer sah auf die Uhr.
»Take the point«, sagte er zu Axel Nobel.
Alles, was danach geschah, war unabwendbar wie Ebbe und Flut, ein telepathisches Einverständnis zwischen den Soldaten wie unter Hochseilartisten. Axel Nobel beobachtete mit einer Mischung aus Ehrfurcht und Mitleid, wie die Spezialisten ihr tödliches Metier ausübten.
Nie hatte er etwas Vergleichbares erlebt, weder in Hereford noch bei der Sayeret in Beirut oder den Navy SEALs in Panama. Die zwei irakischen Soldaten saßen immer noch leise schwatzend neben der Öltonne. Nach zwei Kopfschüssen aus der schallgedämpften Maschinenpistole des Anführers sanken sie leblos zusammen. Axel Nobel traute seinen Augen kaum: aus fünfzig Metern Entfernung, bei Regen und Dunkelheit.
Auf ein Nicken des Anführers hin liefen zwei Soldaten am Zaun entlang, um die Flanken zu sichern. Ein dritter

sprintete über die Straße und den Vorplatz, lautlos, als berührten seine Füße den Boden nicht. Da sah Axel Nobel einen irakischen Soldaten, der an einen Lastwagen pinkelte. Der Schatten des Delta-Soldaten vereinte sich mit dem unglücklichen Nachtwanderer. Die Soldaten verteilten sich auf beiden Seiten der Baracken, der Anführer und Axel Nobel bezogen am Eingang des weißen Hauptgebäudes Stellung. Der Anführer drückte sein Headset ans Ohr und nickte im Takt zu den Klarmeldungen. Dann sah er Nobel an. Nobel zog das Kondom von der Mündung seiner 9-mm-SIG-Sauer, entsicherte sie und nahm eine Blendgranate entgegen.

Der Anführer nickte und presste einen Finger auf sein Kehlmikrofon.

»Three now, two, one. Execute.«

Er schoss die Tür mit seiner Remington aus den Angeln, Nobel warf die Blendgranate in den Raum. Sie traten zur Seite, kniffen die Augen zusammen, hielten die Hände vor die Ohren und öffneten den Mund, um ihr Trommelfell zu schützen. Eine Sekunde später gab die Granate eine Million Candela und einen Knall von 170 Dezibel in den kleinen Raum ab. Axel Nobel lief mit ausgestreckter Pistole hinein, als wäre er ein Anhang der Granate.

In Sekundenbruchteilen erkannte er, was dort geschah. In der Mitte des Zimmers hing der große Körper. Eine Lastwagenbatterie war durch Metallklemmen mit den Genitalien des Dänen verbunden, im Anus steckte ein Kupferstab. Nobel sprang auf den irakischen Offizier zu, der sich gerade den Schweiß aus dem Nacken gewischt hatte. Er packte ihn am Kragen, legte ihm die Mündung ins Ge-

nick, drehte ihn zur Wand und drückte ab. Arme und Beine zuckten spastisch, Zähne flogen gegen ein Kylie-Minogue-Poster an der Wand. Hinter ihm hustete die Maschinenpistole des Anführers zwei mal zwei, und die Wächter, die an einem groben Holztisch gesessen hatten, sanken schlaff zu Boden. Der Anführer ging zu ihnen und plazierte sorgfältig je einen weiteren Schuss in ihre Köpfe.
»Two in the heart and one in the head, and you know they're dead«, murmelte er lakonisch.
Axel Nobel betrachtete stumm den Jägersoldaten. In einem Auge sah man bloß noch weiße Bindehaut, das zweite zuckte nervös. Schweiß und gelbe Galle glänzten auf der schwer atmenden Brust, unter den baumelnden Füßen war eine Pfütze aus Blut, Kot und Urin.
Der Sanitätskorporal schob Nobel zur Seite. Er zog zwei Spritzen auf und steckte die Nadeln direkt in die Beinvene des Jägers.
Sie schnitten ihn los, wickelten ihn in Thermofolie und Wolldecken und banden ihn auf eine Klappbahre.
Der Anführer sah sich um und gab das Zeichen zum Aufbruch.
Aus den Baracken war kein Laut zu hören.
Ein Kilometer vor dem Fußballplatz drückte der Anführer einen Knopf am Sender des Funkers, und als sie den Mittelkreis erreichten, schwebte der Blackhawk mit eingeschalteten Landelichtern über ihnen.

Vom Rest des Konzertes hatte er nichts gehört. Er zuckte zusammen, als der Beifall sich erhob. Eugène Simoni sprang elegant vom Stuhl auf, verbeugte sich tief und schickte Dirigent und Konzertmeister eine Kusshand. Mitten im Jubel suchten seine Augen Nobel. Er verbeugte sich noch einmal leicht in Richtung der dritten Reihe. Der Cellist trug eine große, lila Gardenie im Knopfloch. Axel Nobels Frau hörte auf zu klatschen.

12

Freitag, 23. Juni 2006
Kopenhagen Zentrum
11:30

NOBEL

Imperiale Buchstaben, eingeprägt in ein bescheidenes Messingschild am Haupteingang. Das Sandsteingebäude lag am Sankt Annæ Plads. Es strahlte eine Selbstzufriedenheit aus, die nur der jahrhundertelange Einfluss auf allen Meeren und Kontinenten schaffen kann.
Je größer die Macht, desto diskreter das Türschild; so lautete offenbar eine Regel der internationalen Hochfinanz. Robin musste daran denken, wie er vor langer Zeit einmal durch das Banken- und Börsenviertel Zürichs spaziert war. Damals, als Interrailer, wusste man, aus welchen Wasserhähnen warmes Wasser kam, unter welchen Treppen man sicher Schlafsack und Isomatte ausrollen konnte und unter welchen man um drei Uhr nachts unsanft geweckt werden würde – mit Lichtkegel im Gesicht, einem Tritt und bellenden Wachhunden. Dann hieß es hinaus in die feuchte, kalte Nacht, die in allen Bahnhofsvierteln Europas nach Karbol roch.
Er legte die Hand auf den Messinggriff der Schwingtüren und grinste zufrieden sein Spiegelbild an: frisch rasiert,

unzerrissene Jeans, ein gutsitzendes, dunkelblaues Polohemd und schicke Mokassins.

Das Foyer des Nobel-Gebäudes war dunkel, still und kühl wie ein Mausoleum. Nachdem die Augen sich an das Dämmerlicht gewöhnt hatten, konnte er eine lange, hohe Halle mit diskret beleuchteten Vitrinen auf dunkelgrauen Granitsockeln erahnen. In der Ferne leuchtete ein schockierend helles Atrium. Dem Architekten war es gelungen, das Licht des Innenhofs aus dem Foyer fernzuhalten und somit dessen einschüchternde Dunkelheit zu bewahren.

Robin ging langsam an den Panzerglasvitrinen mit ägyptischem Gold, Votivbildern, chinesischer Jade und filigranen Porzellan- und Elfenbeinfiguren vorbei. Aus einer Wandnische beäugte das mächtige Flachrelief eines mesopotamischen Löwenkönigs die vorbeigehenden Menschenameisen mit der Arroganz von Jahrtausenden.

Die Mokassins hörten sich falsch an. Genauer gesagt: Man hörte sie überhaupt nicht. Als ginge er auf Filz. Er betrachtete den schwarzen, seltsam fließenden Boden. Er schien aus feinster Kännelkohle oder Gagat zu sein: vollkommen reine, harte Kohle mit hohem Wasserstoffgehalt, die man wie Tropenholz schnitzen und polieren konnte. Der Boden bestand aus schweren Quadern, die Licht und Lärm aufsaugten. Fossilisierte Seesterne, Seeigel, Schnecken und spektralfarbene Fische mit gigantischen Mäulern tauchten unter den Füßen auf und verschwanden wieder im Urmeer.

Als wäre das Haus Nobel bereits im Jura aktiv gewesen.

Es war eine Erleichterung, das helle Atrium zu erreichen,

das sechs Etagen hoch in den Sommerhimmel ragte. Die Rezeption war spartanisch eingerichtet. Er hatte turmhohe Aquariensäulen voller neugieriger, tropischer Salzwasserfische erwartet, oder einen Bronzeglobus, der gravitätisch durch alle Zeitzonen rotierte, während ein uniformierter Angestellter die nobelschen Besitztümer und Interessensphären mit einem Laserpointer aufzeigte und auf Englisch, Französisch und Chinesisch erläuterte. Stattdessen standen dort nur flache Schiefertische, auf denen frische Exemplare des *Forbes Magazine* und *Wall Street Journal*, der *TIME*, *International Herald Tribune*, *Lloyd's List* und der *Financial Times* säuberlich aufgefächert waren.

Hinter einer runden Theke saß eine junge, strenge und schlanke Brünette in einem andeutend offiziell aussehenden Kostüm. Sie trug eine schmale Designerbrille und ein Headset, an ihrem Revers steckte ein diskretes Messingschild. Sie musterte ihn fragend. Er faltete selbstbewusst die Hände hinter dem Rücken und ging auf sie zu. Camilla, besagte das Namensschild. Er lächelte breit und kümmerte sich nicht darum, dass seine Zähne wie Cashewnüsse aussahen.

»Nobel?«

»Ja?«

»Ich meine: Ich habe eine Verabredung mit Axel Nobel. Mein Name ist Robin Hansen. Jetzt. Beziehungsweise vor zwei Minuten.«

Sie sah ihn zweifelnd an.

»Wenn Sie etwas abliefern wollen, brauchen Sie es nur mir zu geben. Ich werde dafür sorgen, dass es ankommt.«

Robin lächelte noch breiter, um seinen Ärger zu verbergen, und zeigte seine leeren Hände.

»Hören Sie zu, *Camilla*, wären Sie so nett, in seinen Terminkalender zu schauen oder seine Sekretärin anzurufen?«

Sie tippte auf einer verborgenen Tastatur eine Nummer ein, ohne ihn aus den Augen zu lassen, als würde er das ganze Gebäude in die Hosentasche stecken, sobald man ihn allein ließ.

»Camilla«, sagte sie. »Rezeption. Robin Hansen. Für A. N.«

Ihr Blick wurde freundlicher, sie lächelte sogar. Mit einem Mal war Robin in ihrer Gunst aufgestiegen, kam gleich hinter Juniorreedern oder einem Trip nach Aruba.

Von oben drangen Stimmen. Robin legte den Kopf zurück und schaute hinauf zu den Galerien, auf denen die Mitarbeiter in Nobels höheren Sphären hin und her liefen. Drei Etagen über ihm standen zwei Gestalten auf einer Brücke. Das Licht blendete zu sehr, er konnte keine Details erkennen. Zwei Männer, die einander verblüffend ähnlich sahen. Dunkle Anzüge, groß und sportlich. Er kniff die Augen zusammen.

Sie redeten laut miteinander, aber er konnte nichts verstehen. Der eine hob die Hand, um den anderen zu bremsen, und zog ein Telefon aus der Tasche. Er schwieg einen Augenblick, dann antwortete er und steckte das Telefon wieder ein. Er sagte ein paar Worte zu dem anderen, klopfte ihm auf die Schulter und drehte sich um. Mit langen Schritten verschwand er aus Robins Blickfeld. Der Zurückgelassene sah ihm hinterher.

Die Rezeptionistin drückte auf einen Knopf, und in einer Nische öffnete sich eine Tür, die Robin nicht bemerkt hatte. Ein elegant manikürter Zeigefinger wies ihm den Weg.

Mahagoni und Messingbeschläge wie der Überseekoffer eines Admirals und nur ein königsblauer Knopf. Der Aufzug glitt lautlos durch das wuchtige Gebäude und lieferte Robin in einem exklusiven, holzverkleideten Vorzimmer ab, wo ihn Nobels Sekretärin empfing. Slacks und Perlen. Kurzes, schwarzes Haar. Während sie ihn freundlich zu einer Tür ohne Namensschild eskortierte, sprach sie in fließendem Französisch in ihr Headset. Sie klopfte für ihn an, als wäre er Invalide.

Axel Nobel stand auf, gab ihm die Hand und bot ihm den Stuhl vor seinem Schreibtisch an. Er war groß. Tiefe, flaschengrüne und todernste Augen, die älter als seine sechsundvierzig Jahre wirkten, was jedoch durch weiße Lachfalten in der braungebrannten Haut gemildert wurde. Sein Gesichtsausdruck war neutral, die Nase krümmte sich über einem graumelierten, militärischen Schnurrbart. Vielleicht ein letztes Zugeständnis an seine ursprüngliche Karriere, dachte Robin. Professioneller Händedruck. Ohne zu fragen schenkte er Wasser aus einer Karaffe aus und reichte Robin ein Glas.

Robin probierte. Kalt und geruchlos. Wie die Luft im Büro. Von den Fenstern hatte man Aussicht über den Hafen und die alten, roten Gebäude der Ostasiatischen Handelskompanie. Der ehemalige Konkurrent war spurlos von der Erdoberfläche verschwunden, verweht vom Sand der Zeit und falschen Entscheidungen. Nobel schaute aus

den Fenstern, als wäre er allein. Als wolle er im nächsten Moment eines davon öffnen und sich an zusammengeknoteten Laken in die Freiheit abseilen.
»Wie weit sind Sie gekommen?«, fragte er.
Robin lehnte sich zurück, faltete die Hände über dem Bauch und erzählte, während er Nobels regungsloses Profil musterte. Kein Sonntagsschütze mit schlechtem Gewissen hatte sich gemeldet, aber man hatte Fußspuren im Wald und die Reifenspuren eines geparkten Autos gefunden. Ein großer Wagen, Allradantrieb. Keine Zeugen. Der tödliche Pfeil war trotz aller Absonderlichkeit ein ganz normaler Jagdpfeil, und hatte er übrigens gewusst, dass sein Freund Jacob Nellemann todkrank gewesen war?
Er sah Nobel genau an. Stille. Die langen Hände falteten sich unter dem Kinn wie im Gebet. Es war unmöglich zu erkennen, ob der Reeder irgendetwas wusste, was Robin nicht schon selbst wusste.
Robin hob den Kopf und betrachtete ein Porträt, das an der Wand hinter dem Reeder hing. Das bleiche Gesicht des Firmengründers schwebte direkt über Axel Nobels Kopf, die opalblauen Augen des Ahnherren starrten feindselig aus seinem Backenbart hervor. Augen, die zu allem fähig waren. Im Hintergrund eine dunkle Küste und ein Vollschiff vor Anker. Er senkte den Blick. Ihm war, als säße er vor einer doppelläufigen Flakkanone.
Mit diesen Augen im Nacken hätte er niemals arbeiten können. Er begann den kompromisslosen Zwang zu begreifen, der auf den Schultern des Erben eines Imperiums wie NOBEL lastete.

Robin kannte einige Söhne der oberen Mittelschicht, die von diesem Zwang nichts wussten. Sie wandelten in einer wankelmütigen und beschützten Welt, schwach, ohne jede Vitalität. Jobs, Wohnungen, Häuser, Erbe und Ehefrauen kamen von selbst zu ihnen.

Man erkannte sie an ihrer aufdringlichen Freundlichkeit und ihren enttäuschten, dominanten Ehefrauen. Frauen, die das Leben ihrer Männer einrichteten, als wären sie eine Ecke bei IKEA. Und an den Lederquasten ihrer Hüttenschuhe.

Aber nicht dieser Mann.

Nobel deutete ein Nicken an.

»Ja, er war sehr krank.«

Mehr sagte er nicht. Starrte mit traurigen Soldatenaugen einen Punkt über Robins rechter Schulter an, als tauche dort ein geliebtes Gesicht aus dem Nichts auf.

Robin nippte an seinem Glas wie ein Vogel. Er hatte das Gefühl, dass es noch lange reichen musste.

»Sie gehen also davon aus, dass es sich um eine Art Jagdunfall in meinem Wald handelt?«

»Das ist unsere vorläufige Prämisse, ja.«

Axel Nobel nickte. »Kein Verbrechen?«

»Sagen wir, dass wir zu diesem Zeitpunkt alle Möglichkeiten im Auge behalten«, sagte Robin glatt. Er faltete brav die Hände im Schoß und lächelte mild. »Denken Sie jemals an Anne Bjerre?«

Nobels Blick schweifte endlich zum richtigen Ort: zu Robins Augen.

»Ja, oft. Warum?«

Seine Artikulation war pedantisch. Als redete er im Alltag

hauptsächlich Englisch, mit den Kunden, seiner Frau, den Bediensteten, vielleicht sogar mit seinen Kindern.
»Ich segle selbst, habe die Bergen-Shetland-Regatta mitgemacht. In der *Yachting Monthly* stand ein Artikel über Ihre Fahrt nach Spitzbergen. Was ist dort passiert?«
»Sie haben ein Boot?«
»Eine Najad 400.«
»Ein Judel/Vrolijk-Design. Gutes Boot«, konstatierte Nobel in einem Ton, der keine Widerrede duldete. »Sie haben die ›Alinghi‹ mitentworfen.«
»Wir mögen es.«
Robin hatte vor dem Treffen einen Abstecher zur Cormoran im Kalkbrænderihavn gemacht. Hatte völlig unnötig die Vertäuung nachgezogen, Pushpit und Pulpit poliert und zugeschaut, wie das Boot ungeduldig im Hafen schaukelte.
Endlich legte Nobel los.
»Vierter April, vormittags«, begann der Reeder steif. »Die erste Front des Unwetters rammte uns hart. Es war lokal und nicht vorhergesagt. Plötzlich türmten sich die Wellen sieben, acht Meter hoch. Windstärke acht bis neun, zehn in den Böen. Wir setzten die Sturmfock und ließen uns treiben. Mit zweiundzwanzig Knoten die Wellen hinab. Die See war unberechenbar. Das Cockpit lief von achtern voll, wir standen bis zur Hüfte im Wasser. Immer, wenn man sich gerade gefasst hatte, spülte eine neue Welle seitlich oder von vorn übers Deck.«
Sein Ton war geschäftlich, als lese er ein Kommuniqué auf einem Vorstandstreffen.
»Der erste Knockdown kam gegen zwei Uhr nachmittags.

Jacob stand am Ruder. Anne war sich nicht sicher gewesen, ob er es schaffen würde. Ich versuchte, etwas Warmes zu kochen. Anne war drei Stunden am Stück am Ruder gewesen und lag in der Koje. Ich hörte die Welle und wollte noch die Luke öffnen und Jacob warnen, als sich an Backbord eine Mauer über uns wälzte. Ich wurde gegen den Tisch geschleudert und brach mir mehrere Rippen. Die Nadir legte sich innerhalb von einer Sekunde auf neunzig Grad. Jacob ging über Bord, aber er hing an der Rettungsleine.«

Nobel trank einen Schluck Wasser.

»Das Cockpit war voll, und das Boot krängte weiter. Jetzt geht es hundertachtzig Grad rund, dachte ich. Das Problem mit diesen Booten ist ja, dass sie sich nicht ganz drehen wie normale Kielboote. Die Takelage ist so hoch und der Rumpf so breit, dass sie leicht kieloben liegen bleiben, bis sie volllaufen. *Dann* drehen sie sich wieder, aber wem nützt das noch?«

Er fuhr fort: »Anne versuchte, aus der Koje zu kommen, als sie von einer Batterie getroffen wurde, die das Deck durchschlagen hatte. Überall war Batteriesäure. Ich versuchte, zu ihr durchzukommen, als die Nadir sich wieder aufrichtete. Jacob erzählte später, dass er an der Rettungsleine hin und her geschleudert wurde. In einem Augenblick schwamm er neben dem Rumpf, im nächsten lag er auf einer Bank im Cockpit.«

»Was ist mit Anne Bjerre geschehen?«

»Verletzt. Mehrere Verätzungen. Sie war stinksauer auf Jacob. Dieses Boot bedeutete ihr alles. Die Nadir war ihr täglich Brot, ihre Karriere. Und ihr Traum. Sie hat geflucht wie ein Kutscher. ›Unfähiges Arschloch‹ war fast noch ein Kompliment.«

Er zuckte mit den Schultern.

»Armer Jacob. Er sah aus wie ein geprügelter Hund. Er nannte sie heimlich ›Fräulein Bligh‹, aber es ging ihm nicht gut.«

»Und danach?«

»Es wurde noch schlimmer. Die genaue Windstärke weiß ich nicht, weil der Windmesser abgerissen war, aber es war extrem. Irgendwie gelang es uns, die übrig gebliebenen Segel zu bergen und einen Treibanker zu setzen. Anne und mir, genauer gesagt. Fragen Sie nicht, wie. Aber Anne … Dann lagen wir mit dem Steven zum Wind. Es sah aus, als würde es funktionieren. Jedenfalls konnten wir unsere Wunden lecken und etwas Warmes essen. Jacob schlug vor, ein Pan-Pan auszusenden und um Evakuierung zu bitten. Wenn ich nicht dazwischengegangen wäre, hätte Anne ihn umgebracht.«

Nobel musste lachen.

»Ein paar Stunden später ließ der Wind plötzlich nach. Wir holten den Treibanker ein, setzten kleine Sturmsegel und fuhren weiter. Jacob legte sich in die Koje. Und dort blieb er.«

Robin dachte an seine letzte Hochseeregatta auf der Nordsee. Auf dem Rückweg von den Shetland-Inseln waren die Cormoran und der Rest des kleinen Feldes in starken bis stürmischen Wind geraten: peitschender, eiskalter Regen, der einem die Augen aus dem Kopf schliff, der kakophonische Klagegesang der Takelage. Und die Kälte. Es war Ende Juli, das Wasser war relativ warm und der Seegang eher niedrig, aber die Böen übermannten die Cormoran, sie krängte um siebzig Grad, bis die Saling ins Wasser tauchte.

Robin balancierte auf der Luvseite und sendete Stoßgebete an Neptun oder Poseidon, oder wer auch immer an diesem Tag in der Schaltzentrale saß.

Er hörte Ellen schreien, die unter Deck umhergeworfen wurde. Ein tiefgefrorenes Hähnchen hatte die Kühltruhe zugunsten einer kurzen, aber aufregenden Karriere als Haubitzengranate verlassen und traf Ellen am Hinterkopf.

Doch all dies war auf ihrem soliden, schweren und langkieligen Tourenboot geschehen, das im Verhältnis zu seiner Verdrängung fast untertakelt war, und nicht auf einem futuristischen, anorexischen Ungeheuer aus Kevlar wie der Nadir, deren Carbonfaser-Mast bis in den Himmel reichte und deren Kielfinne dünn wie Papier war. Und die Wellen waren keine acht Meter hoch gewesen.

Nobels Ton war sachlich und offiziell, ohne jede Leidenschaft.

»Es hielt an. Achtundvierzig Stunden später waren wir auf halbem Weg nach Jan Mayen. Jacob ging es schlecht, er behielt nichts mehr bei sich.«

»Wie ging es *Ihnen*?«

Nobel drehte das Gesicht zum Fenster, langsam wie eine zögernde Kompassnadel, und Robin bemerkte ein kaltes Glühen in den tiefen Augenhöhlen.

Er bemerkte noch mehr. Sein Gegenüber, der berühmte Reeder und Milliardär, war konzentrierte, aber versteckte physische Kraft. Fast widerstrebend offenbarten der muskulöse Hals, die breiten Schultern, die kräftigen Hände und die Präzision jeder kleinsten Bewegung, wer vor ihm saß.

»Todesangst. Sind Sie schon einmal mehrere Tage am Stück im Nordmeer durch Sturm gesegelt? Man glaubt, dass die letzte Stunde geschlagen hat. Die ganze Zeit. Der Rumpf dieses Bootes ist asymmetrisch und arbeitet gegen das Meer. Es ist eine total unnatürliche Konstruktion. Eine falsche Drehung, zu viel Längsseite gegen einen Brecher, und man liegt kieloben. Oder kopfüber.«

Robin versuchte, sich ein 60-Fuß-Boot vorzustellen, das einen Längssalto schlug und kopfüber in die voranrollende Welle einschlug.

»Jacob Nellemann hatte nicht genug Erfahrung für einen solchen Trip?«

Nobel griff an seine Rolex und drehte die Lünette ein paar Minuten vor. Dann wiederholte er das Ritual, als wolle er das Interview vorspulen.

»Die hatte keiner von uns. Außer Anne, aber sie konnte ja nicht die ganze Zeit das Ruder halten. Nicht einmal sie. Eine unverzeihliche Dummheit. Der Autopilot half auch nicht mehr, bei dem Seegang und der Geschwindigkeit. Es war ja die Jungfernfahrt der Nadir, und vieles funktionierte unter diesen Belastungen einfach nicht. Ich war oft bei hartem Wetter draußen gewesen, aber immer in der Swan. Sogar, als ich allein von den Hebriden nach Hause segelte, fühlte ich mich auf ihr sicher.«

»Und Anne Bjerre?«

Zum ersten Mal lächelte Nobel. Er war wie verwandelt: Ein unbekümmerter, verliebter junger Mann zeigte für

Sekunden sein Gesicht. Wie ein Blick durch den Türspalt.
»Ich hatte von ihnen gehört und über sie gelesen. Shackleton, Mallory, Lovell. Aber nie einen von ihnen getroffen. Viele *glauben* nur, dass sie so sind, wie Anne wirklich war.«
Robin nickte.
Nobel zuckte mit den Schultern und öffnete die langen, braungebrannten Hände.
»Schließlich ließ es nach. Auf halbem Weg nach Jan Mayen. Aber der Wind kam zurück, diesmal von Westen. Wir lenzten mit vollen Segeln Richtung Norwegen zurück. Jacob ließ sich vierundzwanzig Stunden nicht blicken. Aber in Tromsø tauchte er aus der Koje auf und insistierte, dass wir die Reise fortsetzen sollten.«
»Merkwürdig. Dass er weitermachen wollte, meine ich.«
»Nicht wirklich.«
Nobel glättete seinen diskret gestreiften Schlips. Koksgrauer Einreiher, zwei Knöpfe. Weißes Baumwollhemd. Der Kontrast zwischen dem kühlen, beherrschten Mann in seinem kühlen, beherrschten Büro und den Eindrücken vom Überlebenskampf auf der Nadir war unfassbar.
Und der Kontrast zwischen dem traurigen, vorzeitig gealterten Mann und dem Bild, das die Illustrierten von ihm verbreiteten, war unwirklich. Als würde er einen Doppelgänger zu den Stapelläufen, Premieren und Festen schicken, während der echte Axel Nobel daheim in seinem Observatorium saß und die Sterne studierte oder in den Universitätsbibliotheken der Welt nach dem Sinn des Lebens suchte.

»Ich konnte ihn verstehen. Sie kannten Jacob nicht. Ich war in einer Klasse mit seinem Bruder Mads in Herlufsholm. Jacob war einmalig.«
»Die Kreativität?«
»Ja, er wusste Dinge, deren Existenz wir anderen nicht einmal ahnten. Er las hohe Literatur und amerikanische Underground-Cartoons, mochte Filme und Musik, die nicht gerade Mainstream waren. Die Schule ließ ihn kalt. Er hatte einen Langwellenempfänger im Kopf, der auf ganz andere Sender eingestellt war. Herlufsholm war einfach nicht der Ort für einen fünfzehnjährigen Buddhisten. Es war ein anachronistischer, spartanischer Kleinstaat.«
»Er brauchte also einen Beschützer?«
»Ja, mehr als einen. Vierundzwanzig Stunden am Tag. Die Plagegeister schliefen nie.« Nobel lächelte wieder.
»Aber dank Ihnen hat er überlebt?«
»Ja, mit Mühe und Not. Nicht nur wegen mir. Auch wegen Mads, obwohl wir jünger waren. Sein Vater war der Jurist A.P. Møller, selbst alter Herlovianer, aber seine Mutter war in Ordnung. Als sie ihn endlich auf eine ganz normale, staatliche Schule schickten, blühte er auf. Gründete sein eigenes Orchester, ging später aufs Freie Gymnasium. Brach das Herz seines Vaters mit seinen Bongos und Rastalocken. Erst später erkannten sie, wie begabt Jacob war. Spätestens als er anfing, viel zu verdienen.«
Robin runzelte die Stirn. »Und das Segelfliegen, die Regatten und Safaris? Nicht gerade typische Hobbys für einen Art Director.«
Nobel lächelte.

»Jetzt demonstrieren Sie genau Jacobs Eigenart. Sie denken in Kategorien. Das tun wir natürlich alle. Wir brauchen unsere private Landkarte, um uns in neuen Umgebungen und unter fremden Menschen zurechtzufinden. Aber ein Werbefachmann – und auch ein Polizist, könnte ich mir vorstellen – muss in der Lage sein, sein Gewohnheitsdenken abzulegen. Er muss die Dinge auf den Kopf stellen können oder, noch besser, sie zertrümmern und spiegelverkehrt wieder zusammensetzen.«

»Ich tue mein Bestes«, sagte Robin trocken.

Nobel fuhr unbeirrt fort. »Gut. Jacob hat sich selbst gefunden und akzeptiert. Nachdem er etabliert war, wollte er zeigen, dass er auch die andere Seite beherrschte, Macho sein konnte. Er ist zwar aus Herlufsholm abgegangen, hat es aber nie verlassen. Leider.«

Der Reeder senkte den Blick, als studiere er ein privates Memento auf der Tischplatte.

Es war schwierig, nicht von Axel Nobel fasziniert zu sein. Der Mann war von einer gefährlichen Schwerkraft umgeben, die Willen und Gefühle beugte.

Unter dem Anzug aus der Savile Row steckte auch ein Tier: Im Augenblick indolent und höflich, aber geschult von den weltbesten Spezialisten kompromissloser Gewaltausübung.

Nobel fuhr fort: »Die gefährlichste Mischung ist meiner Meinung nach nicht Nitrat und Glycerin, sondern Eitelkeit und unsere grotesken Erfolgskriterien. Hier im Haus arbeiten Juniorreeder und Börsenhändler, die kaum bemerken würden, wenn ihr Ehepartner sie verließe. Beinahe am schlimmsten sind die jungen Frauen.«

»Ist es nicht genau das, wovon Sie leben? Sie und die Aktionäre?«

Nobel wurde steif und sah ihm in die Augen. Der Schatten eines großen Tieres schlich vorbei. Dann fand die Hand des Reeders wieder die beruhigende Lünette.

»Nein, das stimmt nicht ganz. Das New Management hat etwas Wesentliches begriffen, nämlich den enormen Verlust an Erfahrung. Bis ein Börsenhändler wirklich gut ist, hat er mindestens fünfzig Millionen durch Anfängerfehler verschleudert. Und dann sind die meisten mit fünfunddreißig ausgebrannt. Verbraucht. Wir versuchen, die Bedeutung einer Balance im Leben zu unterstreichen. Jedenfalls seitdem ich eingestiegen bin. Aber sie *wollen* nicht. Wirtschaftspsychologen nennen das Zeitgeist. Die kleineren, profilsüchtigen Firmen leiden am meisten darunter. Diese Leute verkehren nur untereinander. Glauben, sie seien die ganze Welt.«

»Und wenn sie sich irren?«

»Dann sind sie fertig. Wir sind geduldig hier im Haus, aber nicht unendlich.«

»Wie eitel war Nellemann?«

Die Hände falteten sich wieder unter dem Kinn. Hellwacher, aber neutraler Gesichtsausdruck.

»Wer im Umkleideraum einer Turnhalle mit seinen eigenen Schnürsenkeln nackt am Boden gefesselt, von sechs anderen Jungen vollgepisst oder vollonaniert wird und bis zum Abend dort liegen bleibt, trägt unweigerlich bleibende Schäden davon«, sagte Nobel lakonisch. »Ohnmacht, Außenseitertum, in anderen Worten: zerstörtes Selbstvertrauen.«

Nobel hob die Karaffe an, und Robin hielt ihm sein leeres Glas entgegen.
Er warf einen Seitenblick auf ein Foto, das in einem einfachen Silberrahmen auf dem Schreibtisch stand. Eine schlanke, blonde Frau, die er aus Illustrierten und von Werbeplakaten kannte: Keisha de Windermere. Neben ihr ein lächelnder fünfjähriger Junge und ein etwas älteres, schmollendes Mädchen. Die dunklen, geraden Augenbrauen des Vaters, der klare Teint und die fülligen Lippen der Mutter.
An der Seitenwand des Büros hing eine weitere Fotografie in einem schweren, ornamentierten Goldrahmen. Passepartout und entspiegeltes Glas.
Vier junge Männer in zerfetzten Wüstenuniformen. Weiße Zähne. Im Hintergrund eine Landebahn, Hangars, ferne, sonnenverbrannte Berge und schwarze Helikopter. Lange Bärte, verfilzte Haare. Die Uniformen hatten Schweißflecken und waren aus Kleidungsstücken der verschiedensten Armeen zusammengewürfelt. Die Ärmel waren bis zu den muskulösen Oberarmen hochgekrempelt oder an der Schulter abgerissen. Einer hielt eine Kalaschnikow im Arm, alle trugen Pistolen in Plastikholstern an der Hüfte. Einer trug ein schwarz-weißes Palästinensertuch um den Hals, ein anderer hatte eine alte Baseballmütze auf dem Kopf. Der größte von ihnen trug eine verspiegelte Oakley auf der Nase. Er legte den Arm über die rechte Schulter des jungen Hauptmanns Nobel, ließ die Hand in der Sonne hängen und lachte den Fotografen an, als hätte dieser gerade einen Witz erzählt.

Robin kniff die Augen zusammen und studierte das Foto, prägte sich jedes Detail in den Gesichtern und der Haltung der Männer ein.

Er deutete mit dem Kopf zur Wand: »Sollten Sie da nicht lieber schwarze Balken vor den Augen haben?«

Nobel drehte sich zu dem Foto. »Nicht einmal unsere Mütter würden uns auf diesem Bild erkennen.«

»Sie waren im Jägerkorps?«, fragte Robin.

Nobel nickte zurückhaltend. »Sandhurst, Black Watch und das Regiment. Später bei den Jägern.«

»Das Regiment?«

»22. Hereford. Stirling Lines.«

»Haben Sie darüber geschrieben?«

»Nein. Ich gehöre zu den wenigen, die hinterher kein Buch über das Tun und Lassen der Spezialeinheiten geschrieben haben. Diesen Brauch lehne ich ab.« Nobel lächelte überlegen. »Und nein, ich habe meine Ausbildung nicht dazu missbraucht, Coach zu werden oder auf Wochenendkursen für zwanzigtausend Kronen mit stumpfen Instrumenten im Unterbewusstsein der Leute zu stochern.«

Robin konnte sich das Lachen nicht verkneifen.

»Nein?«

»Nein. Ich schubse keine Sekretärinnen an Bungee-Seilen von Getreidesilos, weil sie sich selbst befreien wollen. Kein leeres Zen-Gelaber. Das erspare ich mir und den anderen. Das ist nicht der Sinn der Ausbildung. Wer ein bordeauxrotes Barett trägt, ist noch lange kein veredelter Mensch. Ein Jäger zu sein, bedeutet nicht automatisch, tiefe Erkenntnisse zu haben. Dieses ganze Leiden-adelt-

Gehabe! Ich weiß nicht, wie viele Jäger überhaupt an scharfen Missionen teilgenommen haben.«

Robin musste sich später eingestehen, dass er sich im Gespräch mit Nobel hatte ködern lassen. Er hatte sich verführen lassen, hatte vergessen, dass Nobel ein Meister der Manipulation war. Wer mit skrupellosen Partnern Geschäfte über Hunderte Millionen Dollars aushandelte, musste ein Illusionist erster Klasse sein.

Nobel fuhr fort: »Wenn es nach mir ginge, sollte man eher alleinerziehende Mütter ohne Berufsausbildung verherrlichen. Die um sechs Uhr morgens aufstehen, ihren Kindern Brote schmieren, sie bei Schnee und Regen mit dem Fahrrad in verschiedenen Institutionen abliefern *und* danach ins Krankenhaus oder in die Fabrik zur Arbeit fahren. Abends holen sie als Letzte ihre Kinder ab, kochen, spülen, waschen und putzen, helfen bei den Hausaufgaben und lesen Gutenachtgeschichten. Und das alles mit nichts als einem Päckchen Zigaretten und vielleicht einem Glas Wein, um Müdigkeit und Schuldgefühle zu verdrängen. Lassen Sie das einen Jägersoldaten versuchen, und er bricht nach drei Tagen zusammen.«

»Wir haben also falsche Vorbilder?«

Für eine Weile war die Lünette vergessen.

»Ja, das finde ich. Warum nicht Wissenschaftler, Politiker, Philosophen oder visionäre Geschäftsleute? Menschen, die etwas *können*. Etwas, das uns allen nützt. Anstatt all jenen, die eine narzisstische Persönlichkeitsstörung zum menschlichen Ideal erhöhen.«

»Sie haben Nitrat und Glycerin erwähnt. In der Wirtschaft. Ist es dasselbe beim Militär?«

Nobel sah ihn anerkennend an, als hätte er ein Stöckchen apportiert.

»In der Armee bin ich sowohl den begabtesten Menschen als auch den größten *Nutcases* begegnet. Ganz normalen Leuten und den schlimmsten Psychopathen. Das Problem gewisser Einheiten ist, dass sie wie eine kalifornische Sekte funktionieren. Sie ziehen Menschen an, die eine Identität und die allumfassende Lösung suchen – zwei Dinge, die sie für sich selbst oder woanders hätten finden sollen. In der Familie oder der Schule zum Beispiel. Das beste Exempel dafür sind die amerikanischen Marines. Gleichzeitig gibt es in Amerika auch Special Forces, deren Mitglieder die Sprachen der Eingeborenen fließend beherrschen und über ein akademisches Wissen auf dem Niveau von Anthropologieprofessoren verfügen.«

Er räusperte sich. »Soldaten tragen automatische Waffen und sollen schwierige Aufgaben lösen, oft unter extremem emotionalem Druck. Wenn dazu unterwürfige Menschen mit schwachem Charakter eingesetzt werden, kommt es schnell zu Übergriffen wie in Abu Ghraib oder Bagram. Oder Vergewaltigungen.«

Er lächelte. »Doziere ich?«

»Es geht. Vermissen Sie die Armee?«

Die Lünette. »Auf jeden Fall.«

Robin runzelte die Stirn.

»Liebe«, sagte Nobel.

»Zwischen Männern?«

»Ja. Im Feld. Man ist dichter an seinen Kameraden, sie bedeuten alles für dich, mehr, als du jemals für jemand …

mit Ausnahme deiner Kinder, vielleicht. Banal, aber wahr.«
»Feiglinge und Helden?«
»Solange sie wissen, welcher Kategorie sie angehören, habe ich weder mit Feiglingen noch mit Helden Probleme«, sagte Nobel trocken.
»Und wenn nicht?«
»Gefährlich.«
»Weil sie sich entlarvt fühlen?«
»Weil sie unberechenbar sind. Sie können ihre eigenen Handlungen nicht voraussehen. Und andere können das folglich noch weniger.«
»Wann haben Sie Jacob Nellemann zum letzten Mal gesehen?«
»Frühmorgens, am Tag seines Todes. Ich konnte nicht schlafen. Ich sah ihn über den Hof gehen. Mit seinem Gewehr und seinem Frühstück in der Tasche, nehme ich an. Die alte Blechdose! Er hat sie von seiner Mutter geschenkt bekommen, als er auf die Schule kam. Jacob warf nie etwas weg.«
»Sie haben sich in letzter Zeit oft getroffen?«
Nobel zuckte mit den Schultern. »Ab und an. Zeitweise suchten wir die Gesellschaft des anderen, dann wieder kam es vor, dass wir ein halbes Jahr nur per Mail oder über Postkarten voneinander hörten.«
»Wissen Sie etwas von einem Brief aus Norwegen, den Jacob Nellemann Ende April erhielt und der vor ein paar Tagen bei einem Einbruch in seine Wohnung entwendet wurde?«
Robin konnte die Augen seines Gegenübers nicht sehen,

denn Nobels Kinn berührte fast den Schlipsknoten. Er hatte beide Zeigefinger auf die Oberlippe gelegt und den Blick gesenkt, als denke er über eine wichtige Entscheidung nach.
»Nein.«
»Anrufe, die ihn bedrückten und ihrerseits zu zornigen oder verzweifelten Telefongesprächen mit unbekanntem Gegenüber führten?«
Nobel schüttelte den Kopf.
Robin fischte eine Camel aus seinem zerknautschten Päckchen und zündete sie an. Er sah Nobel herausfordernd an.
Der Reeder rümpfte kaum merklich die Nase. Aber er lächelte bloß mild wie bei einem ungezogenen Kind, zog einen silbernen Aschenbecher aus der Schreibtischschublade und ließ ihn wie einen Curling-Stein über den riesigen Tisch gleiten. Er blieb genau an der Tischkante stehen.
»Kennen Sie Anne Bjerres Bruder Jonas?«
»Habe von ihm gehört. Nie gesehen.«
Robin wünschte sich sehnlich drei große Männer in langen, schwarzen Ledermänteln herbei. Sie würden die Tür aufstoßen, sich auf Nobel stürzen und ihn fesseln, damit er ihm in aller Ruhe die Fingernägel ausreißen konnte. Er puhlte einen widerspenstigen Tabakkrümel von der Unterlippe und kniff die Augen im Rauch zusammen. Mit seinen nächsten Worten würde er in kaltes Wasser springen. Sehr kaltes Wasser.
Philipsen würde vor Schreck erblassen.
»Wussten Sie, dass alle Nummern in Nellemanns Handy gelöscht waren, als die Polizei ihn fand? Dass keine Fin-

gerabdrücke auf der Tastatur waren und jemand einen GPS-Sender in das Handy eingebaut hatte? Dass die Fußspuren von und zu der Leiche einen vollkommen gleichmäßigen Schrittabstand aufwiesen?«

Endlich blickte Nobel auf, aber er sah Robin nicht an. Schatten in den Augen, aber der Blick war undurchdringlich. Er ließ sich nicht aus der Reserve locken.

»Also war es Mord. Jemand hat es geplant?«

»Ja, zum Teufel. Sage ich doch.«

Nobel musterte ihn mitleidig, als wäre Robin ein psychotischer Patient, der erklärte, dass die Aluminiumfolie um seinen Kopf eine Schutzmaßnahme vor den die Gedanken kontrollierenden Strahlen des CIA sei.

»Am Anfang unseres Gesprächs sagten Sie noch, dass Ihre Arbeitshypothese ein Jagdunfall sei.«

»Sie wissen mehr«, sagte Robin nur.

Axel Nobel lächelte.

»Ja.« Er lachte kurz. »Das stimmt. Anne erzählte mir einmal, dass ihr Bruder ein meisterhafter Bogenschütze sei. Wortwörtlich. Außerdem fährt er einen Landrover. Vielleicht sollten Sie das näher untersuchen.«

Fast unhörbar fügte er hinzu: »Bevor andere es tun.«

Robin starrte ihn an. Sein Hirn summte in dem verzweifelten Bemühen, mitzukommen. Er fühlte sich, als verfolge er eine Skispur über einen nebelverhangenen, zugefrorenen See: Führte sie in ein Eisloch oder ans rettende Ufer?

»Sie wirken nicht überrascht. Sie wussten es«, konstatierte Nobel mit schelmischem, aber gleichzeitig enttäuschtem Gesichtsausdruck.

»Was könnte das Motiv sein?«, parierte Robin.
»Ich wünschte wirklich, ich könnte Ihnen helfen, aber ich habe keine Ahnung. Jacob konnte keiner Fliege etwas zuleide tun.«
»Haben Sie etwas Stärkeres als Perrier?«
»Natürlich.«
Nobel stand auf und ging zu einem kleinen Mahagonischrank in der Ecke. Öffnete ihn und kam mit einer dicken, braunen Flasche ohne Etikett und zwei schweren Gläsern zurück. Er schenkte großzügig von der zähen goldenen Flüssigkeit ein und reichte Robin ein Glas. Dann sank er zurück in den Stuhl.
»Mein Vater hat immer gesagt, dass man einen Mann nie allein trinken lassen solle. Das sei ungesund. Außerdem: Irgendwo auf den Weltmeeren muss die Sonne ja über der Rah stehen.« Er hob das Glas. »Prost!«
Robin leerte das Glas mit einem Zug und lehnte sich zurück. Calvados.
»Edler Tropfen«, sagte er.
»Ich kenne einen Mann in St. Nazaire.« Nobel schwenkte bedächtig die Flüssigkeit in seinem Glas. »Er baut die größten Öltanker und Bulkcarrier der Welt. Direkt neben der ehemaligen deutschen U-Boot-Basis übrigens. Aber sein Herz ist im Garten bei den zwanzig Apfelbäumen seines Urgroßvaters. Er verschenkt die Flaschen an Freunde. Aber nur an echte.«
Er sah Robin kurz in die Augen. Dann senkte er den Blick und wärmte das Glas zwischen den Händen, als säße er vor einem Eisloch.
»Darf ich die Flasche mitnehmen? Mein Chef wird mich

innerhalb der nächsten vierundzwanzig Stunden häuten und vierteilen.«

Nobel ließ die Flasche über den Tisch gleiten. Genau bis zur Kante.

»Betrachten Sie sie als Geschenk. Was den Rest angeht: Wenn Sie nichts sagen, sage ich auch nichts. Mein Ehrenwort als Offizier und Gentleman. Außerdem war ich noch nie ein großer Bewunderer von Orthodoxie aller Art. Mein Vater – Verzeihung, wenn ich mich wiederhole – hat auch gesagt, dass man das Irrationale nicht unterschätzen solle. Die besten Ideen lägen dort verborgen, sagte er.«

»Klug.«

»In vieler Hinsicht.«

»Was geschah, nachdem Sie Tromsø verlassen hatten?«

Robin zündete sich noch eine Zigarette an. Nobel streckte seinen langen Arm über den Tisch und schenkte sich Calvados ein. Dann wiederholte er mit träumerischer Sicherheit den Curling-Trick.

Er zog ein Notizbuch aus feinstem Handschuhleder aus der Innentasche, blätterte darin, fand die gewünschte Seite, las und steckte es wieder ein.

»Als ich jung war, ging ich oft Fliegenfischen. In Schottland. Haben Sie es ausprobiert?«

Robin lachte. »Nein. Wo ich herkomme, war es das Höchste, seinen Kadett mit Nebelscheinwerfern, Seitenstreifen und Sitzbezügen mit Leopardenmuster aufzumotzen.«

Nobel lächelte zurück. »Verstehe. Nichtsdestotrotz: In den Sommerferien nahm mein Vater mich mit nach England. Wir holten Peter, meinen großen Bruder, in London ab. Er ging damals auf die London School of Economics und war später bei Lloyd's. Dann nahmen wir den Zug nach Aberdeen und von dort nach Pitlochry. Wir wohnten in einer kleinen Hütte bei Glen Garry. Wir fischten im Loch Tummel oder Loch Ericht. Abends saßen wir im Pub, hörten uns die Lügengeschichten der alten Angler an, tranken göttlichen Whisky und aßen Haggis. Mein Vater band unsere Fliegen selbst. Sie waren schön. Am liebsten mochte ich die rot-schwarze *Royal Coachman*, der die Forellen frühmorgens oder in der Abenddämmerung nicht widerstehen konnten.«

Er lachte bitter. »Die Barentssee weiß alles über das Fliegenfischen! Hoher, klarer Himmel, leichte Wölkchen im Westen, niedriger Seegang, gute Fünftagesprognose. Das Meer warf seinen *Royal Coachman* aus, und die Nadir biss wie eine hungrige Forelle an. Wir verließen Tromsø am zehnten April. Wir hatten zweieinhalb Tage im Hafen gelegen und uns so weit erholt, dass wir beschlossen, die Reise fortzusetzen. Jacob wollte es auch. Er wollte zeigen, was er konnte.«

Er starrte weiter aus dem Fenster, die Stimme neutraler als je zuvor.

»Eineinhalb Tage lief es gut. Wir hatten ungefähr dreihundertfünfzig Seemeilen zurückgelegt, als es wieder anfing. Eine neue Tiefdruckfront zog von Sibirien über die Barentssee. Die Isobaren waren unbegreiflich eng, wir konnten nicht umdrehen. Diese Wellen! Ich habe nie etwas Vergleichbares gesehen. Dieses Meer hasste uns.«

»Die Jungs am Meeresboden«, murmelte Robin.

»Wie bitte?«

»Peter Krüger hat mir vom U-Boot-Krieg erzählt. Von den Jungs am Grund der Grönlandsee und der Barentssee. Sie wollen Gesellschaft.«
Nobel nickte ernst.
»Ja. Sein Großvater war Kommandant des U 111. Es stimmt. Irgendetwas *ist* dort oben. Etwas Teuflisches. Die Pforte.« Der Reeder schüttelte den Kopf. »Das hört sich an, als wolle ich erklärbare Naturkräfte beseelen. Aber wenn man lange genug dort oben war, scheint es einem wirklich so.«
»Die Pforte?«
»Die Pforte nach Murmansk. Haben Sie nie Alistair MacLean gelesen?«
»Ich lese ihn immer noch«, sagte Robin und hob die Flasche an. Nobel streckte ihm automatisch sein Glas entgegen.
»Jacob verkroch sich wieder. In sich selbst. Schlimmer als beim vorangegangenen Mal. Ich habe das schon oft gesehen. Posttraumatisches Stress-Syndrom, Granatenschock, Schützengrabenkoller. Nennen Sie es, wie Sie wollen. Er war nicht ansprechbar. Lag nur in der Koje und murmelte vor sich hin. Anne war in Rage! Sie hasste ihn wirklich. Die Leinen des Treibankers wurden zerfetzt, wir verloren ihn nach wenigen Stunden. Wir versuchten es mit dem Motor, trieben aber rückwärts. Unterdimensioniertes, untaugliches Scheißding! Wir froren uns bloß zu Tode. Also luvten wir an, mit einem kleinen Segel vorne, auf den Wellenrücken, um dann steil auf der anderen Seite hinunterzusegeln. So hatten wir wenigstens die Illusion von Kontrolle.«

Nobel trank und schlug die Augen nieder.

»In der Nacht erwischte uns eine Welle von Backbord, und beide Satellitenkuppeln verschwanden. Die Bolzen wurden aus dem Deck gerissen.«

»Ja?«

»Am frühen Morgen rammte die Nadir irgendetwas und verlor das Steuerbordruder. Das kam einer Havarie gleich. Später las ich, dass ein russisches Containerschiff in dieser Nacht die gesamte Decksladung verloren hatte. Bestimmt hatten wir einen der Container gerammt. Oder Eis. In dem Gebiet muss man immer mit Eisschollen rechnen.«

Er leerte das Glas und streckte den Arm aus. Robin warf einen besorgten Blick auf den sinkenden Pegel in der Flasche.

Der Reeder richtete sich auf. Gesicht im Halbschatten.

»Der Anfang vom Ende. Das ist ein Klischee, aber ein Schiffbruch geht selten auf eine einzige Ursache zurück, sondern meist auf viele kleine. Jacob, meine fehlende Erfahrung, Kälte, Erschöpfung und Angst. Der Verlust des Ruders und jedes Kommunikationsmittels. Sogar Anne hätte auf der Stelle ein Mayday gesendet, aber das war ja nun nicht mehr möglich. Ich ging kurz nach unten, um nach Jacob zu sehen. Die Nadir begann unkontrolliert zu schlingern. Als ich wieder ins Cockpit kam, war sie weg.«

»Weg?«

»Mit dem großen Rettungsfloß. Zuerst glaubte ich, sie sei irgendwie ausgerastet und abgehauen. Aber das wäre nackter Wahnsinn gewesen. Als ich das Cockpit näher

untersuchte, sah ich, dass die Befestigung des Floßes abgebrochen war. Sie musste von einer unerwarteten Welle über Bord gespült worden sein. Ich sah ein Licht, vielleicht von der Rettungsweste, dann verschwand es.«
»Die Rettungsleine?«
»Durchgescheuert. Wir waren vor der Südspitze Bjørnøyas, aber zu weit draußen, um mit eigener Kraft auf die geschützte Westseite zu kommen. Die Wellen wurden immer höher, es warf uns wieder um. Dann riss ein Unterwant, und der Mast brach.«
Er zuckte mit den Schultern und hob die Hände, um seine Hilflosigkeit zu illustrieren. Aber sein Gesicht war ausdruckslos, die Augen unter den dichten Brauen versteckt. Robin fragte sich, was Skipper wohl getan hätte, wenn er hier gewesen wäre: den Reeder fest ins Bein gebissen oder mit dem Schwanz gewedelt und um einen Zuckerwürfel gebettelt?
»Und dann trieben Sie?«
»Ja. Wir wurden auf Bjørnøya angetrieben.«
»Jacob Nellemann?«
»Zombie.«
»Es muss am dreizehnten April gewesen sein? An der Westküste?«
»Ja, am dreizehnten. Vormittags. An der Westküste.«
»Natürlich.«

Zehn Minuten später stand Robin Hansen in dem prachtvollen mahagoniverkleideten Aufzug, die Flasche unter dem Arm und den Zeigefinger auf dem königsblauen Knopf.

Im Vorbeigehen grüßte er Camilla lässig. Sie sah ihn ehrfürchtig mit halboffenem Mund an. Eineinhalb Stunden allein mit A.N., das war nur den wenigsten vergönnt. Eine solche Audienz hatte sie seit Kofi Annans und Bonos Besuch nicht mehr erlebt. Sie erinnerte sich, dass der Stetson des Rockmusikers dem UN-Generalsekretär gerade bis zum Ellbogen gereicht hatte.

13

Freitag, 23. Juni 2006
Auf der Cormoran
14:00

Robin räkelte sich auf dem grauen Sofa des Salons und betrachtete gedankenverloren das seidenglänzende Mahagoni der Innenausstattung. In der Regel erfüllte ihn dieser Anblick mit Dankbarkeit dafür, dass der Mensch trotz allem etwas so Schönes, Kompliziertes und Funktionelles wie eine moderne Hochseejacht erschaffen konnte. Heute aber nahm er das Mahagoni nicht wahr.
Sein Handy miaute.
»Hey, Robin.«
Das Wunderkind klang ungewöhnlich gelassen, was Robin zutiefst entmutigte.
»Kannst du diese Scheißmusik nicht mal kurz ausmachen?«
Fasil schnaubte, aber dann war es plötzlich still.
»Danke. Wie ist es gelaufen? Mit Nabila.«
Schweigen.
»Fasil?«
»Eh, Mann, ich bin beleidigt. Du magst meine Musik nicht?«
»Entschuldige bitte.«
»Schon gut. Aber beleidige mich nicht noch mal, okay? Scheiße, ist die süß!«

»Wo wart ihr?«

»Bastionen og Løven, wie du mir geraten hast. Ich habe alles gemacht, wie du gesagt hast! Es war voll gut. Dann sind wir spazieren gegangen und haben einfach nur gequatscht. Die ganze Nacht. Ihre Familie ist aus Tripolis.«

»Hört sich gut an.«

»Sie wohnt mit einem anderen Mädchen zusammen. In Nørrebro. Die studiert auch Medizin. Heute Abend gehen wir ins Kino.«

»In welchen Film?«

»›Grüne Herzen‹. Der läuft im Park.«

»Wirklich? Ich weiß nicht, der soll ...«

»Ich weiß, was du meinst, aber man muss auch mal erwachsen werden, oder?«

»Natürlich. Ist in Ordnung, Fasil.«

»Der Computer. Ich hab noch nichts gefunden.«

»Gar nichts?«

»Der Typ hatte echt 'nen Vogel. Komische Ideen für Reklamestunts. Aber auch ziemlich lustig. Er hat mit einem katholischen Priester gemailt. Einem Dänen in Rom. Pater Flemming. Im Vatikan.«

»Schuld und Sühne?«

»Hä?«

»Religiöse Themen, Theologie?«

»Keine Spur. Bloß, dass er ihn letztes Jahr im August besuchen wollte. Mit seiner Frau. Heidi? Ich habe das Backlog noch nicht gefunden. Die alten Mails.«

Robin schielte auf die Calvados-Flasche. Das Licht, das durch die Luken fiel, spielte in der goldenen Flüssigkeit. Er wollte die Flasche im Boot lassen.

»Du guckst noch weiter, nicht wahr?«
»Na klar.«
»Viel Glück heute Abend.«

Er musste eingeschlafen sein, denn die Uhr über der Navigationskonsole zeigte Viertel nach drei, als er die Augen öffnete. Die Luft war angenehm kühl unter Deck.
Er blieb liegen und dachte über Axel Nobels weiteren Bericht nach: Am Morgen hatte der Sturm nachgelassen. Die manövrierunfähige Nadir trieb ohne Strom vor der Südspitze Bjørnøyas und schleppte den abgebrochenen Mast an der Takelage hinter sich her. Die Strömung erfasste das Boot und trieb es an der Westküste der Insel hinauf. Nobel zerrte den katatonischen Jacob Nellemann mit Schlägen und Tritten an Deck und in das Reserveschlauchboot, bevor die Nadir an den Riffen der Westküste zerschellte. Sie gelangten erschöpft, aber relativ unbeschadet über die Riffe an die flache Küste südwestlich des Ellasees.
Von dort wanderten sie die rund sechzehn Kilometer bis zur bemannten meteorologischen Station an der Nordküste, wo sie am späten Nachmittag ankamen. Von Anne Bjerre oder dem Rettungsfloß hatten sie nichts gesehen. Eine Suche wurde durch einen neuen Sturm verhindert, der am 14. April über das Polarmeer zog. Ein Rettungshubschrauber der norwegischen Marine brachte die beiden Dänen drei Tage später nach Tromsø.
Robins müder Blick schweifte von der gelben McMurdo-EPIRB in der Halterung am Achterschott zum Cockpit und dann wieder zurück zu dem Notsender.

Er zündete sich eine Zigarette an und starrte durch die Luke in den grauen Himmel über Kopenhagen.
Dann rief er die kriminaltechnische Abteilung an.
Das Ergebnis war wie erwartet.
Die Fingerabdrücke auf dem Bogen, den Pfeilen und dem Etui stimmten mit denen auf dem Taschenrechner, den er heimlich eingesteckt hatte, und denen auf der Wasserflasche aus dem Landrover überein. Es waren die von Jonas Bjerre.
Eine Stunde davor waren die Ergebnisse der rechtschemischen Abteilung eingetroffen. An einer Pfeilspitze hatte man Muskelzellen gefunden. Ein DNA-Test hatte eindeutig ergeben, dass sie von Jacob Nellemann stammten.
Er fragte, wo genau sich die Fingerabdrücke auf dem Bogen befänden und bekam eine Antwort, die ihn keineswegs überraschte, auch wenn der Techniker eine gewisse Verwunderung ausdrückte.

Frederiksberg
19:30

Robin jagte ein Stück Brokkoli auf seinem Teller herum, ohne sich zum Gnadenstoß durchzuringen. Ellen hatte längst aufgegessen und betrachtete amüsiert die vergeblichen Manöver auf der anderen Seite des Tisches. Sie nippte an ihrem Wein.
»Willst du jetzt endlich dem Leiden ein Ende machen, oder soll ich abräumen?«
Er legte die Gabel hin und lächelte entschuldigend.
Robin Hansen weihte normalerweise keinen lebenden

Menschen in seine Ermittlungen ein, mit gelegentlicher Ausnahme von Philipsen.
Seine gegenwärtigen Gedanken waren jedoch rein technischer und somit unschuldiger Natur. Entschlossen griff er nach seinem Glas.
»Du kennst doch die EPIRB, die wir auf der Cormoran haben?«
»Den Notsender?«
»Ja, er wird automatisch aktiviert, wenn er ins Wasser fällt, oder man schaltet ihn manuell ein, nicht wahr?«
Jedes Frühjahr kontrollierten sie gemeinsam die komplette Notausrüstung der Cormoran.
»Ja. Er sendet Notsignale über Satellit an Rettungsstationen und den Luftverkehr, auf 406 und 121,5 Megahertz«, antwortete sie artig.
»Genau. Und er funktioniert verdammt noch mal auf der ganzen Welt. Jeder Quadratmeter ist abgedeckt, oder?«
»Ja, Robin.«
»Sie sind wasserdicht und stoßfest und haben eine Lithium-Ionen-Batterie, die jahrelang hält. Und sie können kolossalem Wasserdruck widerstehen.«
»Du hast mal gesagt, dass man mit einer Keule auf sie einprügeln könnte, ohne dass etwas passiert.«
Er lächelte. »Vielleicht habe ich ein bisschen übertrieben. Aber sie sind verdammt stabil.«
»Und er hat einen GPS-Sender eingebaut.«
»Genau.« Er sah sie ernst an. »Sollte man nicht erwarten, dass ein Boot wie die Nadir, das für Weltumseglungen gebaut ist und eine Satellitenausrüstung an Bord hat, mit der man E-Mails auf die Venus schicken kann, auch mit der

neuesten EPIRB-Technologie gespickt ist? Sogar wir haben eine, zum Teufel!«
»Doch.«
»Okay. Trotzdem wird nirgendwo ein automatisiertes Notsignal erwähnt. Weder im Bericht der Havariekommission noch in Axel Nobels Darstellung. Er hat kein Wort darüber verloren.«
»Hast du ihn gefragt?«
»Zu selbstverständlich.«
»Vielleicht gibt es eine logische Erklärung«, wendete sie ein. »Vielleicht hättest du ihn fragen sollen.«
»Noch nicht.«
Sie stand auf. »Hast du dir je überlegt, deine Klugheit zu deinem eigenen Vorteil zu nutzen?«

14

Freitag, 23. Juni 2006
Kopenhagen, Stadtrand
22:00

Ein enger Bekannter hatte die Institution bloß *The House* genannt. Die Empfehlung war mit einer Telefonnummer und einer Ermahnung zu absoluter Diskretion verbunden gewesen. Zu seiner eigenen Sicherheit. Pass und Fingerabdrücke wurden beim ersten Besuch gescannt.

Später fand der große Mann heraus, dass *The House* in Wirklichkeit ein internationales Konzept mit Filialen von London bis Phnom Penh war. Die einzigen unabdingbaren Forderungen, die man an die Franchiser stellte, waren eine Zahlung von fünf Millionen Euro an eine obskure Anwaltskanzlei auf Jersey und eine zertifizierte Genealogie. Der Betreiber musste in direkter Linie vom Begründer eines bestimmten armenischen Geschlechtes abstammen.

Im Gegenzug garantierte die Muttergesellschaft, dass ihre Produkte immer keimfrei, gut ausgebildet und gefügig waren.

The House in Dänemark war genau wie die Filialen in den anderen Ländern mitten in einem Industriegebiet angesiedelt. Ein anonymer, niedriger Betonbau in der Nachbarschaft ganz gewöhnlicher Firmen: Ersatzteillager, Sattler, Verpackungsgroßhändler, Baumärkte und Autohändler.

Der rohe Betonbau hatte keine Fenster nach außen, nur geschlossene Lichthöfe, die vor neugierigen Blicken geschützt waren. Ein ungewöhnlich hoher Zaun umgab das Etablissement, das durch ein Emailleschild über der Einfahrt als »Oriental Spices Import/Export Ltd.« ausgewiesen war.

Der Zaun war der einzig sichtbare Teil eines komplexen Sicherheitssystems. Der große Mann stieg aus dem Auto und tippte einen fünfstelligen Code in das elektronische Zahlenschloss, den er auf dem Hinweg per SMS erhalten hatte. Er konnte vor Aufregung kaum durchatmen. Endlich hatte Charles sie gefunden.

Eine Kamera über dem Tor zoomte auf das Gesicht des Besuchers, drehte sich nach allen Seiten und untersuchte in aller Ruhe das Wageninnere. Erst dann ging das Tor auf, und er konnte auf den Hof fahren. Rottweiler standen still wie Statuen zwischen den hellen Lichtkegeln der Scheinwerfer und den dunklen Schatten des Wachpersonals. Weiße Überwachungskameras verfolgten jede Bewegung. Er fuhr auf den ihm zugewiesenen Platz in der Tiefgarage und schloss die Garagentür hinter sich.

Er trat auf einen diskret erleuchteten Gang. Antike Öllampen in ornamentierter Bronze, dicke chinesische Seidenteppiche, vergoldete Seidenschirme mit geschmackvollen erotischen Motiven und eine polierte Mahagonitür. Ungeduldig wartete er, bis die rote Lampe über der Tür grün wurde.

Die Rezeption war im japanischen Stil eingerichtet, mit breiten, duftenden Zedernholzdielen, Tatami-Matten und Papierschirmen. Echte Hokusai-Lithographien schmückten die vertäfelten Wände. Der unscheinbare Gastgeber, Charles, empfing ihn jedoch nicht im Kimono, sondern in einem Smoking. Er sah aus wie Charles Aznavour. Vielleicht waren sie miteinander verwandt.

Wie ein *Maître d'hôtel* stand er hinter einer kleinen Theke, vor sich ein aufgeschlagenes Terminbuch mit rotem Lederumschlag. Er begrüßte den großen Mann höflich, und sie plauderten wie alte Bekannte. Charles hatte fünf Kinder, wie der große Mann wusste. Vielleicht war dies die Ursache der einzigen Regel des Hauses: keine Minderjährigen.

Während Charles Höflichkeitsfloskeln mit dem Gast austauschte, blitzten dessen Augen boshaft auf. Auf der Stirn des großen Mannes pulsierte eine Ader, und obwohl er sich äußerlich unter Kontrolle hatte, verriet seine Sprache, wie erregt er war. Auf diesen Abend hatte er sehr, sehr lange gewartet.

»Zwei Gänge, drei Gänge oder à la carte?«, fragte Charles in seinem üblichen Ritual.

»Zwei.«

»Bitte sehr.« Charles notierte den Wunsch im Terminbuch und klappte es mit einem militärischen Knall zusammen. »Sie haben Kabine 12 und Salon 3.« Er deutete ironisch eine Verbeugung an und gab dem großen Mann den Umschlag mit den Fotos und der Beschreibung zurück. Nachfragen dieser Art waren keineswegs ungewöhnlich, und Charles fragte nie nach den Motiven.

»Wie heißt sie?«

Charles spitzte genüsslich die Lippen. »Elena.«

»Woher?«

Charles wies mit der Hand nach Osten und schüttelte bedauernd den Kopf.

»Und sie hat graue Augen?«

»Grau wie das Meer, mein Freund. Wie gewünscht. Ich bin sicher, dass Sie nicht enttäuscht werden.«

»Und sie hat kein …?«

Charles schüttelte streng den Kopf und schnalzte mit der Zunge. »Sie ist keine Professionelle. Ich habe mir sagen lassen, dass sie eine vielversprechende Karriere als Hochspringerin vor sich hatte. Sehr groß und athletisch. Es war keine leichte Aufgabe, wenn ich das so sagen darf.«

Der große Mann überreichte Charles eine Kreditkarte der Cayman International, und der Gastgeber zog sie durch einen Kartenleser unter der Theke. Dann drehte er sich um und ging auf seinen schwarzglänzenden Smokingschuhen mit hohen Absätzen zu einem Schrank. Durch die Glastür zum Wachzimmer sah man drei breitschultrige Gorillas in schwarzen Anzügen, die um einen Tisch saßen und in aller Ruhe Poker spielten. Sie redeten gedämpft miteinander, man konnte nichts verstehen.

Versteckte Lautsprecher spielten ein Vivaldi-Medley. Charles kam mit einer rotlackierten japanischen Schachtel zurück. Außerdem hielt er ein Tablett in der Hand, auf das der große Mann den Inhalt seiner Taschen leerte. Dann ging der Mann durch einen Detektor und riss Charles die Lackschachtel fast aus der Hand. Charles lächelte wie ein Buddha.

»Und danach?«

»Danach?« Charles sah aus, als hätte er die Frage nicht verstanden.

Der große Mann lächelte zitternd. Er biss die Zähne zusammen, damit sie nicht verräterisch klapperten.
»Ja.«
»Machen Sie sich keine Sorgen.« Charles lächelte väterlich. »Viel Vergnügen.«
Der große Mann klemmte die Lackschachtel unter den Arm und ging in Kabine 12. Das Schloss hatte denselben Code wie das Tor.
Er zog sich aus und streifte sich einen seidenen Kimono und eine schwarze Halbmaske über. Es klopfte leise an die Tür, und eine anmutige Japanerin geleitete ihn durch einen stillen, teppichbelegten Gang in den Salon. Wieder Tatami-Matten, eine dampfende, runde Badewanne aus Zedernholz, ein Büfett mit schwerem Silbergeschirr auf einer Damastdecke, frisches Obst, Kanapees, Schokoladen, Champagner im Kühler, Schnäpse und diverse kleine Silberschalen mit Tabletten, Opiumpfeifen und mehrere Bahnen Kokain, fein säuberlich angerichtet auf kleinen, goldenen Tabletts.
Die übrige Möblierung bestand aus einer Sofagruppe, einem enormen Doppelbett und einer hohen Lederpritsche mit Riemen, Schnallen und Fußfesseln. Unter der Pritsche war der Dielenboden einer perforierten, rostfreien Stahlplatte gewichen, und man hörte Wasser leise plätschern. Ein Glasschrank offenbarte eine gutsortierte Sammlung von Peitschen, Bambusstöcken, Penisattrappen, scharfen Instrumenten, Ketten und Lederriemen.
Die Japanerin lächelte ihn mit kleinen, weißen Zähnen an, verbeugte sich und wies einladend auf das Büfett. Er hatte keinen Hunger und schüttelte den Kopf, trank aber ein

Glas Dom Perignon und schnupfte eine Bahn Kokain. Sie führte ihn zur Wanne.

Das Wasser war schmerzhaft heiß. Millimeter für Millimeter senkte er sich auf die eingelassene Bank, ließ die Arme über den Wannenrand hängen und lehnte sich mit einem tiefen Seufzer zurück. Jede Bewegung fühlte sich wie eine Verbrühung an, er war gezwungen, vollkommen still zu sitzen. Die Japanerin stand hinter ihm und massierte ihm Nacken, Schultern, Gesicht und Kopf. Erst gewöhnliche Massage, dann Shiatsu. Nach einer halben Stunde ließ sie ihren Kimono fallen und stieg zu ihm in die Wanne. Weiße Haut, schwarzes, glänzendes Haar und rasierte Scham, bis auf einen schmalen Streifen auf dem Venusberg, der schockierend schwarz wirkte. Er setzte sich in dem jetzt nur noch sehr warmen Wasser auf, und sie seifte ihn mit einem Schwamm ein, ohne seine Genitalien zu berühren.

Nach dem Bad ölte sie ihn ein und drückte auf einen Knopf. Ein leiser Gong tönte durch den Gang.

Die zwei Männer mussten die Frau stützen, und der große Mann trat unwillkürlich einen Schritt zurück, als sie ihren Bademantel zu Boden fallen ließen und sie im Licht drehten. Sie erfüllte alle Ansprüche zur Vollkommenheit. Ungefähr achtundzwanzig Jahre. Die Haarfarbe war perfekt getroffen: goldener Weizen mit dunkleren Strähnen, die Frisur genau wie auf den Bildern. Lange, gleichmäßige Beine mit schlanken, muskulösen Waden und schmalen Füßen. Eine verführerisch geschwungene Hüfte. Kleine, feste Brüste, breite Schultern, sinnlicher Mund, lange, gerade Nase. Sogar den Teint hatten die Kosmetiker von

The House korrekt getroffen. Sie hatten die breiten Wangen und die großen, jetzt verschleierten, meergrauen Augen mit ihren dunklen Brauen betont und das Gesicht mit Restylane geformt. Ihr Körper war ausgeprägt muskulös, aber dennoch grazil feminin. Sie *war* Anne Bjerre, leicht retuschiert und fast noch schöner.
Er hasste jede Faser ihres Körpers.
Die Frau schwankte, lächelte entschuldigend und drehte sich langsam nach allen Seiten. Sie führten sie zu der schwarzen Lederpritsche und ließen sie auf eigenen Füßen stehen. Sie neigte fügsam den Kopf. Die Hände des großen Mannes zitterten. Mit kühlem Interesse bemerkte er den kleinen Blutstropfen in der linken Armbeuge, wo man ihr die Spezialmischung des Hauses aus nervenstimulierenden Pharmaka injiziert hatte. Sie setzte das Kurzzeitgedächtnis außer Kraft und garantierte optimale Erregung und Fügsamkeit.
Die Japanerin öffnete den Glasschrank, und die Männer breiteten ein dickes, schwarzes Gummituch über die kostbaren Zederndielen. Einer von ihnen maß den Puls der Frau und hob ihre Augenlider an. Prüfte die Reaktion der Pupillen und nickte dem großen Mann zu.
Die Japanerin und die beiden Männer zogen sich zurück, die gepolsterte, schalldichte Tür fiel ins Schloss.

Zwei Stunden später weckte ihn die Japanerin fröhlich und bot ihm eine Tasse stärkenden, grünen Tee an. Er nahm sie dankbar entgegen und lächelte. Von der Frau war jede Spur verschwunden. Er fühlte sich ungewöhnlich ausgeruht, geläutert und klar.

An der Rezeption gab ihm Charles Brieftasche und Schlüssel zurück. Das Gesicht des kleinen Mannes drückte professionelle Zufriedenheit aus.
»Alles in Ordnung?«
»Perfekt. Wie immer.«
»Vielen Dank. Und auf Wiedersehen!«

In der Garage öffnete der große Mann den Kofferraum. Sorgfältig legte er seinen Anzug auf dem Rücksitz zusammen. Zog einen anthrazitfarbenen Rollkragenpullover und dunkelgraue, weite Hosen an. Schnürte ein Paar dunkle, nagelneue Laufschuhe und kontrollierte den Inhalt eines dunkelgrauen Rucksacks mit vielen Fächern.

15

Samstag, 24. Juni 2006
Frederiksberg
02:33

Die schlafende Frau lag auf der Seite, die Knie dicht am Körper und die Hände unter der Wange gefaltet. Es war warm. Die Decke war bis zur Hüfte hinabgerutscht, und der große Mann betrachtete anerkennend die Kurven des schlanken Körpers. Auf ihrer Oberlippe und zwischen den Brüsten standen kleine Schweißperlen.
Die Pistole mit dem Schalldämpfer lag locker in seiner Hand. Er hatte sie entsichert, der rechte Zeigefinger war am Abzug. Er wandte den Blick von der Frau ab und betrachtete den schlafenden Mann.
Der große Mann hob die Pistole, streckte den Arm aus und umkreiste das Gesicht des Mannes mit dem Schalldämpfer. Er ließ die Mündung zwischen den dichten Augenbrauen ruhen und spielte mit dem nachgiebigen Abzug. Etwas mehr Druck, und alle seine Probleme wären gelöst. Oder sie würden erst beginnen. Er senkte die Pistole und nahm den Finger vom Abzug.
Aus gut informierten Quellen hatte er erfahren, dass dieser Kommissar, Robin Hansen, dessen Porträt er gestern in der Morgenzeitung gesehen hatte, kein leichter Gegner war. Obwohl auch Gerüchte über eine psychiatrische Behandlung und Alkoholmissbrauch kursierten. Vage Be-

richte über einen Zusammenbruch nach einem Einsatz im Kosovo. Trotz allem besagten die Quellen, dass Robin Hansen zu den fähigsten Ermittlern Skandinaviens, vielleicht sogar Europas, zählte.
Dann könne die Konkurrenz kaum groß sein, hatte der große Mann entgegnet. Der Beamte hatte genickt und sardonisch gelächelt.
»Da mögen Sie recht haben.«
Der große Mann hatte das Büro seines Kontaktmannes in der Hauptverwaltung mit dem Gefühl verlassen, nicht ausreichend über Robin Hansen informiert worden zu sein.

Robin Hansens Kleider lagen auf einem Haufen vor dem Fußende des Bettes. Der große Mann durchsuchte die Taschen. Nichts. Auch nicht auf dem Nachttisch oder der Kommode. Leise verließ er das Schlafzimmer.
Ein seltsames Quietschen aus dem Kinderzimmer veranlasste ihn, die Tür zu öffnen. Ein kleiner Nager, durch die Nachtsichtbrille gespenstisch grün, sah ihn mit Äuglein an, die beinahe aus dem Kopf quollen. Dann rannte er weiter in seinem Rad. Der Mann lächelte und schloss die Tür.
Auf dem Schreibtisch im Wohnzimmer fand er, was er suchte. Neben der Hülle von *Medal of Honour: Allied Assault*. Sein Informant hatte ihn auf die kindliche Schwäche des Kommissars für Computerspiele über den Zweiten Weltkrieg hingewiesen. Er prägte sich die genaue Lage des Handys ein. Ließ vorsichtig einen Finger über die Tischplatte gleiten: kein verräterischer Staub, keine Feuch-

tigkeitsbildung. Dann steckte er einen Kupferstab in das Handy und zapfte die SIM-Karte mit einem digitalen Lesegerät an.

In der fensterlosen Speisekammer im Keller schaltete der große Mann seine Stirnlampe ein. Er öffnete das Handy, nahm die Batterie heraus, steckte sie in die Tasche und ersetzte sie durch eine fast identische. Diesmal waren die Abhörelektronik und der GPS-Sender in die Batterie eingebaut. Keine verräterischen Lötpunkte. Er nahm das Telefon auseinander, steckte vorsichtig winzige Mikrofone unter den Lautsprecher und das reguläre Mikrofon und befestigte sie mit einem Tropfen Epoxidharz. Den haarfeinen Silberdraht der Mikrofone verband er mit der Platine. Dann setzte er das Telefon wieder zusammen, schaltete den Klingelton ab und rief es von seinem Handy aus an. Sofort leuchtete ein grünes Lämpchen an einer grauen Box in seinem Rucksack auf.

Er löschte den Anruf.

Der große Mann legte das Handy genau dorthin auf den Schreibtisch, wo er es gefunden hatte, und verließ das Haus auf demselben Weg, auf dem er gekommen war – durch die unverschlossene Kellertür.

Er legte die graue Box ins Handschuhfach. Der Sender wurde durch jeden Anruf aktiviert, jedes Gespräch wurde auf der Festplatte der grauen Box aufgezeichnet. Vielleicht würde sich die neue Batterie etwas schneller entladen, aber kein normaler Mensch würde es bemerken.

Der große Mann unterdrückte ein Gähnen, rieb sich die Augen und startete den Motor.

Ein voll und ganz gelungener Abend.

16

Montag, 26. Juni 2006
Kastrup
08:30

Nach einer Dreiviertelstunde Wartezeit überreichte ihm ein müder SAS-Angestellter die Boarding Card, und Robin Hansen ging zur Sicherheitskontrolle.
Robin hasste alles, was mit dem Fliegen zusammenhing. Von den kryptischen Flugscheinen bis zu den endlosen Schlangen. Er verabscheute die Überheblichkeit der Piloten mit ihren Abzeichen. Glorifizierte Busfahrer. Er hasste Lounges und Frequent-Flyer-Clubs. Als wäre ein Bonusticket nach Frankfurt der Höhepunkt eines Menschenlebens! Die anachronistische feudale Einteilung der Passagiere in First, Business und Viehtransport. Er hasste die psychotischen Einkaufszentren.
Die dicke Frau mit den Plastikhandschuhen bat ihn, das gerade gekaufte Mineralwasser in den Mülleimer zu werfen, und kurz danach wurde sein Einwegfeuerzeug konfisziert.
Wenigstens war der Flug nach Gardermo nur eine halbe Stunde verspätet, und der Pilot hatte OSLO korrekt in den Autopiloten eingegeben, bevor er es sich mit der *Golf Digest* gemütlich machte.

Zweieinhalb Stunden, jede Menge unzusammenhängende Gedanken und eine ereignislose Taxifahrt später saß Robin Hansen auf einem zerschlissenen Nappasofa am Empfang des Norwegischen Meteorologischen Institutes in der Gaustadallé. Mit böser Vorahnung starrte er auf einen Plasmabildschirm, der Satellitenbilder einer wirbelnden Wolkenmasse übertrug. Die langsam im Uhrzeigersinn rotierende weiße Masse hatte etwas Bedrohliches. Unter dem Bild lief eine Reihe roter Zahlen von rechts nach links: Koordinaten, die Höhe des Satelliten und die Windgeschwindigkeit im Zentrum des Tiefdruckgebietes.

Ein junger Mann kam an die Rezeption und stellte sich neben das Sofa. Er war einer der größten Menschen, die Robin Hansen je gesehen hatte. Man hatte den Eindruck, als beule sich das Empfangszimmer um seine Gestalt herum aus. Er guckte auf den Bildschirm und schüttelte sich.

»Scheißwetter«, sagte er.

»Ja, wo kommt es her?«

»Nordöstlich von Island. Unterwegs nach Troms und Finnmark.«

Er streckte eine schneeschaufelgroße Hand aus.

»Björn Vejlby. Sie haben Glück. Ich war auf Bjørnøya, als die zwei verrückten Dänen angespült wurden. Nobel und Ellemann.«

»Nellemann.«

»Na ja, Nellemann.« Er nickte. »Die haben auch ein Scheißglück gehabt.«

Robin folgte dem Meteorologen durch eine offene, aber überraschend dunkle und stille Bürolandschaft, bevölkert von ernsten Männern und Frauen im bläulichen Licht der

Computerbildschirme. Eine digitale Karte von Skandinavien, Island, Grönland und dem nördlichen Russland nahm eine ganze Wand ein. In einer Ecke war ein kleines, aber komplettes Fernsehstudio mit zwei Kameras und einem grünen Projektionsschirm eingerichtet. Björn Vejlby öffnete die Glastür zu einem kleinen Verschlag und zwängte sich beschwerlich in einen Bürostuhl, der für normal große Menschen geschaffen war. Er nahm einen Stapel Ringordner von einem zweiten Stuhl und warf sie in eine Ecke. Schreibtisch und Regale quollen von Mappen, Berichten und etlichen Messwerkzeugen über, sie brachen unter ihrer Last fast zusammen. Robin setzte sich und begutachtete einen Eisbärenschädel, den Vejlby als Briefbeschwerer benutzte. Die Zähne waren braun und furchteinflößend.
»Das ist vielleicht eine dumme Frage, aber gibt es Eisbären auf Bjørnøya?«
»Nicht mehr, oder jedenfalls sehr selten. Der Abstand zwischen den Eisschollen ist zu groß geworden. Ich habe nie einen gesehen dort.«
Robin nickte.
»Erzählen Sie mir von Nobel und Nellemann.«
Der Meteorologe lehnte sich zurück und kratzte sich mit einem Pfeifenstiel am Bart. Die wenigen Quadratzentimeter Gesicht, die der Vollbart für die Außenwelt sichtbar ließ, waren jung, glatt und rötlich. Er war viel zu groß für das Büro. Überhaupt war er nicht für den Innengebrauch dimensioniert. Vejlby hätte besser auf eine verschneite Hochebene oder vor einen Horizont aus Eisbergen gepasst. Mit einem Hundeschlitten vor sich.

»Da gibt es nicht viel zu erzählen. Ich war vorigen April zusammen mit Snorre oben auf Bjørnøya. Wir bleiben dort jeweils einen Monat. Helikopter, und im Sommer ein Boot aus Tromsø. Wir haben Hunde, und am Nachmittag des dreizehnten begann der Leithund plötzlich wie besessen zu bellen und zog an der Kette. Ich fütterte gerade die Hunde, während Snorre die Instrumente in der Wetterstation ablas. Ich dachte noch, dass vielleicht doch ein Bär auf die Insel geschwommen sei, und wollte schon das Gewehr holen, als die zwei Männer um die Ecke kamen.«

Vejlby runzelte die Stirn.

»Eine ziemliche Überraschung. Es ist ja nicht gerade ein Ort, an dem es vor Menschen wimmelt. Ab und zu ein paar Geologen oder Biologen von den Universitäten, aber nie unangemeldet. Die meisten benutzen den Hafen und die Hütten in Sørhamna. Im Süden gibt es ja auch die reichste Fauna, am Fuglefjell und Antarcticfjell.«

»Waren sie sehr mitgenommen?«

»Physisch nicht so sehr. Sie brauchten nur warmes Essen, Trinken und Schlaf. Aber Nellemann benahm sich merkwürdig. Er war total verschlossen.«

Der Meteorologe nahm einen Tabakbeutel aus Seehundsleder und stopfte sich eine Pfeife.

»Er hat keinen Ton gesagt. Aber er wanderte rastlos umher. Am ersten Abend musste Snorre ihm ein Schlafmittel geben. Und eine halbe Flasche Whisky.«

Der Meteorologe begann seine Pfeife mit dem üblichen Ritual anzuzünden.

»Nobel dagegen: kalt. Eiskalt. Er kommandierte sofort herum.«

Vejlby lächelte verlegen. Robin sollte nicht denken, dass er etwas gegen Dänen hatte.

»Und?«

»Er verlangte, sofort evakuiert zu werden. Wollte auf der Stelle die Nordseeflotte alarmieren. Aber dazu haben wir nun wirklich keine Vollmacht. Außerdem kam der Sturm zurück. Er hätte wichtige internationale Geschäfte, die nicht warten könnten, sagte er.«

Vejlby zuckte mit den massiven Schultern.

»Am Ende musste sogar er einsehen, dass es unmöglich war. Der Wind blies mit bis zu fünfunddreißig Metern pro Sekunde, und sie waren ja in Sicherheit. Man konnte doch keinen Rettungshubschrauber samt Besatzung riskieren, bloß weil er Geschäfte in Kopenhagen hatte.«

»Natürlich nicht. Hat er irgendetwas über die Frau gesagt? Das dritte Besatzungsmitglied, Anne Bjerre?«

»Überraschend wenig. Als wäre ihm nicht klar gewesen, was mit ihr geschehen war. Nellemann war wie gesagt völlig verstummt. Er lag die meiste Zeit im Bett. Schock, vermute ich.«

Robin nickte. »Aber irgendetwas muss Nobel doch gesagt haben?«

»Ja. Dass sie in der Nacht oder früh am Morgen verschwunden sei.« Vejlby kratzte sich am Hals. »Es muss wohl östlich der Südspitze geschehen sein. Über Bord gespült.«

»Mit dem Rettungsfloß?«

»Genau. Diesen Frühling fand eine Gruppe Geologen an der unteren Westküste Nobels und Nellemanns kleines Schlauchboot, mit Motor und allem. Es war natürlich

nichts mehr wert, aber der Name der Jacht, Nadir, war noch zu erkennen.«
Er sah Robin ernst an. »Die Frau wurde nie gefunden. Auch nicht die Reste der Jacht. Seltsam.«
»Seltsam? Das Meer ist doch riesig.«
Vejlby dachte lange nach und starrte gedankenverloren vor sich hin. Schließlich sagte er: »Stimmt. Das Meer ist sehr, sehr groß. Trotzdem behält es die meisten Geschichten nicht für sich, sondern erzählt sie nach und nach, an den Klippen oder Stränden. Ein Wrackteil hier, eine Rettungsweste da. Eine Leiche. Es geschieht sehr selten, dass man gar nichts findet – früher oder später.«
Robin sah den Meteorologen aufmerksam an. Der Norweger redete mit einer Gewissheit, aus der die Erfahrung vieler Generationen von Seeleuten und Fischern sprach. Ein Wissen, das er mit der Muttermilch aufgesaugt hatte.
»Eigentlich habe ich nicht viel mit ihm geredet. Snorre auch nicht. Wir haben viel zu tun dort oben. Jetzt, wo der Klimawandel Tatsache ist, arbeiten wir für viele verschiedene Organisationen. Die beiden waren meistens unter sich. Sie mieden uns fast.«
»Wie sahen sie aus?«
»Wüst und bärtig. Nobel nahm nie Sonnenbrille und Baseballmütze ab, und Nellemann behielt die ganze Zeit die Seglerjacke an und zog die Kapuze tief übers Gesicht. Vielleicht hat er sie ja beim Schlafen abgenommen, ich weiß nicht.«
»Ach so ... Der Sturm vor dem Schiffbruch. Vor ein paar Tagen sprach ich mit Axel Nobel. Er sagte, der Sturm sei nicht vorhergesagt gewesen.«

Ein Gedanke schwirrte durch Robin Hansens Kopf, aber er war zum Fenster hinaus, bevor er ihn fangen und mit einer Nadel auf eine Korkplatte stecken konnte.

»Ja, das stimmt. Natürlich konnte man etwas auf den Satellitenbildern sehen, aber sie waren schwer zu deuten, weil kaum Wolken drauf waren. Wir haben ja keine Wetterflugzeuge mehr in der Stratosphäre wie in alten Tagen. Es war ein völlig untypischer Sturm. So würde man woanders sagen.«

»Woanders?«

Björn Vejlby lachte gutmütig.

»Aber nicht dort oben. Waren Sie schon mal auf den Färöern?«

»Nein, das steht noch aus.«

»Ist schön dort. Man denkt, man säße am Ende der Welt. Vormittags kann es Sommer sein, ein paar Stunden später Herbst und am Nachmittag tiefer Winter. Das Wetter schlägt unglaublich schnell um. Im Dreieck, wo die Grönlandsee, das Nordmeer und die Barentssee aufeinandertreffen, also genau bei Bjørnøya, ist dies noch extremer. Dort sind plötzliche Stürme, Nebel und Wetterumstürze eher die Regel als die Ausnahme.«

Er legte eine kurze Pause ein.

»Glauben Sie mir, das ist ein finsteres Fahrwasser. Die Fischer der Finnmark spucken dreimal aus, wenn sie den Namen Bjørnøya hören.«

»Wegen der U-Boote?«

»Ja, unter anderem. Dort oben liegen viele Schiffe.«

»Gut. Es gibt noch etwas, womit Sie mir vielleicht helfen könnten.«

»Gerne.«

»Die Nadir war für eine Solo-Weltumseglung gebaut. Nonstop. In westlicher Richtung. Falsch herum. Mit Anne Bjerre als Skipper. Sie muss mindestens eine EPIRB mit GPS an Bord gehabt haben.«

»Natürlich.«

»Angeblich sind die Satellitenantennen ziemlich bald abgerissen. Haben Sie irgendwann ein automatisches Notsignal von der Nadir erhalten? Zum Beispiel von einer EPIRB?«

Der Norweger antwortete, ohne zu zögern. »Wir nicht. Wir kontrollieren zwar die Arbeits- und Notkanäle im Fahrwasser, aber wenn Sie darauf eine hundert Prozent sichere Antwort haben wollen, müssen Sie nach Tromsø. Dort haben wir eine Abteilung, und der Seerettungsdienst sein Hauptquartier.«

Die Fokker flog tief über die schneebedeckten Berge südöstlich von Tromsø. Noch war der Himmel klar. Wildnis. Öde Hochebenen ohne Straßen und Wege, Tundra und runde Berge so weit das Auge reichte. Die Maschine drehte nach Süden ab und begann den Anflug auf Langnes, den Flugplatz von Tromsø. Robin war müde und dehydriert von der trockenen Kabinenluft. Fliegen machte ihn krank. Er spürte ein Kitzeln in den Nebenhöhlen und begann zu niesen.

Es war zu spät, um den meteorologischen Dienst in Tromsø zu besuchen, also bat er den Taxifahrer, ihm ein Hotel am Hafen zu empfehlen.

Im Hotel Thon Polar aß er ein wenig denkwürdiges

Abendessen und ging früh ins Bett. Aber obwohl er todmüde war, konnte er nicht schlafen.
Eigentlich mochte Robin Hotelzimmer. Die Anonymität und Anspruchslosigkeit. Er rauchte Kette, trank Wasser und putzte sich die Nase. Versuchte zum ersten Mal, Intuition und Fakten voneinander zu trennen.
Normalerweise schob er diese schwierige Übung auf, bis ein Fall abgeschlossen war und er einen Bericht schreiben musste. Berichte, deren lineare Rekonstruktionen ihn oft selbst überraschten, wenn er sie schwarz auf weiß las.
Er durchdachte alle Möglichkeiten, die die Fakten zuließen, aber ohne Erfolg. Das Letzte, was er vor sich sah, waren Nobels grüne, aufrichtige Soldatenaugen. Er wusste, dass sie die wohldosierte Verlogenheit im Herzen des Reeders verbargen.

17

Dienstag, 27. Juni 2006
Tromsø
09:30

Nach einem gediegenen Frühstück und einer weiteren Taxifahrt saß Robin Hansen erneut auf einem zerschlissenen, schwarzen Nappasofa und starrte auf einen Plasmaschirm mit Satellitenbildern derselben wirbelnden Wolkenformation.
Er hatte das Gefühl, am selben Ort wie am Tag zuvor gelandet zu sein – vielleicht war das Flugzeug in eines der Wurmlöcher des Universums geraten. Der Verdacht wurde bekräftigt, als ein bärtiger Hüne an den Empfang kam und sich vor das Sofa stellte. Der Mann hatte die Statur einer Baumaschine. Langsam begann Robin sich wie ein drüsenkranker Zwerg zu fühlen.
»Sind Sie vielleicht Björn Vejlbys großer Bruder?«
Der Hüne lachte und zerdrückte alle Knochen in Robins Hand.
»Ulv Kristiansen. Kommen Sie mit.«
Das Schild an der Bürotür wies ihn als Dr. scient. Ulv Kristiansen vom Hydrographischen Institut Finnmark aus. Kein Eisbärenschädel, aber auf der Fensterbank stand eine ausgestopfte Trottellumme mit geneigtem Kopf. Vermutlich suchte sie am Himmel nach Artgenossen. Robin massierte heimlich seine lahmgelegten Finger.

Der Hydrologe setzte sich und klickte auf eine Computermaus.
»Nadir, 14. April. Die Antwort ist ›ja‹. Notsignal einer EPIRB. Nummer 093 345 772«, sagte er ohne Umschweife.
Robin ließ die Hände sinken.
»Welche Uhrzeit?«
Der Norweger konsultierte den Bildschirm.
»Genau 16:40 Uhr und 22 Sekunden. Vejlby hat mich gestern angerufen und mir alles erklärt.«
»Position?«
Kristiansen stand auf und ging zur Wand. Er rollte eine Karte von Bjørnøya auf.
»74°23′59″Nord, 19°11′10″Ost«, sagte er und legte einen wurstdicken Zeigefinger auf einen Punkt an der Ostküste der Insel, an den östlichen Ausläufern des Miseryfjell. Vier Seemeilen nordöstlich von Sørhamna. Dieselbe Position wie auf Nellemanns Karte.
Robin legte einen Finger neben den von Kristiansen.
»Und dort verläuft eine südliche Strömung?«
»Immer. Eine der wenigen hydrographischen Konstanten in diesem Fahrwasser.«
»Seltsam.«
Der Norweger sah ihn fragend an, aber Robin schüttelte nur den Kopf.
»Wie lange wurde das Signal ausgestrahlt?«
»Genau achtundzwanzig Minuten. Keine Sekunde mehr oder weniger.«
Anne Bjerre war achtundzwanzig Jahre alt, dachte Robin spontan.

Ulv Kristiansen nahm wieder am Schreibtisch Platz, faltete die Schaufelblätter über dem Bauch und sah Robin an.
»Die Nadir. Die Nummer stimmt doch?«
»Abgeglichen mit der Telekom Kopenhagen und der UK Coastguard. Die Nadir war in England registriert. Es gibt keinen Zweifel.«
»Haben Sie reagiert, oder war das Wetter zu schlecht? Wie ich gehört habe, gab es einen zweiten Sturm. Der Seerettungsdienst?«
Dem Hydrologen ging ein Licht auf. Er räusperte sich und sah Robin mit seinen braunen, gutmütigen Augen an wie ein freundlicher Bär.
»Ich glaube, Sie haben etwas missverstanden. Es war am 14. April *dieses* Jahres. 2006. Da war das Wetter ausgezeichnet, sogar bei Bjørnøya. Obwohl am Tag zuvor ein starkes Tiefdruckgebiet über Spitzbergen gezogen war. Am 13. April.«
»Dieses Jahr?«
»Wollen Sie sich nicht setzen?« Er räumte auf die gleiche Art und Weise wie Vejlby einen Stuhl frei.
»Was genau haben Sie unternommen?«
»Wir? Nichts. Was sollten wir tun? Nach einem Boot suchen, das vor einem Jahr verschwunden war? Wie die Marie Celeste? Es wäre nicht das erste Mal, dass eine EPIRB aus einem Wrack an die Oberfläche steigt. Vielleicht hatte der Sturm vom Vortag sie losgeschlagen. Die Dinger sind ja wasserdicht und haben Lithium-Ionen-Batterien, die jahrelang halten.«
Robin Hansen nickte müde. Seine Gedanken schwirrten

richtungslos umher und stießen wie verstörte Bienen von innen gegen die Schädeldecke.

»Gute Theorie. Wenn man davon absieht, dass die Nadir angeblich auf der Westseite der Insel havariert ist. Und genau ein Jahr und einen Tag nach dem Schiffbruch? Außerdem gibt Ihre phantastische Karte dort Wassertiefen von bis zu vierhundert Fuß an. Ich habe noch nie von einem Stück Gebrauchselektronik gehört, das einem solchen Druck standhalten könnte.«

Kristiansen schaute auf die Karte und kratzte sich ungeniert im Schritt.

»Da ist was dran. Trotzdem, ich habe ein anderes Bild von diesem Ort.«

Er wendete sich wieder dem Computer zu.

»Die USS Kentucky war 2003 hier und vermaß die Fahrwasser rund um Spitzbergen mit Echolot. Sie brauchen sichere Passagen für die großen Atom-U-Boote. Wir haben erst vor kurzem *Clearance* bekommen. Zu wissenschaftlichen Zwecken natürlich.«

Er klickte sich durch mehrere offiziell aussehende amerikanische Seiten mit imponierenden Wappen, gab lange Passwörter ein und winkte Robin zu sich.

Er zeigte auf etwas, dass Robin für eine Wetterkarte hielt: dünne, schwebende Linien auf grauem Hintergrund und mikroskopisch kleine, dunkelblaue Werte.

Kristiansen gab die Position ein und vergrößerte einen Ausschnitt.

»Hier. Dort steht eine Klippensäule im Meer. Genau auf der Position des Notsignals. Eine halbe Seemeile nördlich liegt eine kleine Bucht, und zwischen Bucht und Säule ist der Grund relativ flach. Wie eine Terrasse. Fünfundzwanzig bis vierzig Fuß. Das kann so ein Notsender aushalten.«

»Was ist mit den anderen Karten?« Robin nickte zur Wandkarte hinüber. »Ich habe die Admiralitätskarte studiert. Sie gehörte Nellemann. Dort steht nichts von Untiefen an dieser Stelle.«

Kristiansen nickte.

»Nein. Aber vergessen Sie nicht, dass diese Karten auf bis zu hundertfünfzig Jahre alten Messungen beruhen. Sie werden nicht regelmäßig aktualisiert. Besonders nicht in Fahrwassern, die abseits der gewöhnlichen Schiffsrouten und Fischgründe liegen. Die amerikanischen Sonarmessungen dagegen sind sehr präzis.«

»Sie glauben also, dass die Nadir in Wirklichkeit an der Ostküste havariert ist?«

Offenbar zögerte Kristiansen, vage Daten zu einer handfesten Theorie zu verdichten. »Na ja, das ist vielleicht zu viel gesagt. Der Notsender kann auch dorthin getrieben sein.«

»Von der Westküste zur Ostküste? Ganz schön lange Tour, bis er sich endlich entschied, sein Signal auszusenden.«

Der große Hydrologe verschränkte die Arme und knabberte an seinem Bart.

»Ich verstehe sehr gut, was Sie meinen. Es hört sich seltsam an.«

»Bei der konstanten, südlichen Strömung ist eine Reise von West nach Ost ziemlich unmöglich, meinen Sie nicht?«

Kristiansen sah Robin beinahe hasserfüllt an.
»Doch, das meine ich auch«, sagte er endlich.
»Na bitte. Also, was haben Sie gemacht? Am 14. April dieses Jahres, meine ich, nachdem das Signal gesendet wurde.«
»Ich sagte doch schon, nichts. Natürlich unterrichteten wir die Angehörigen per E-Mail und per Post.«
»Und wer war das?«
Kristiansen beugte sich über einen Computerausdruck. Der Däne erinnerte ihn an einen Prüfer bei seiner Promotion: wie ein verdammter Großinquisitor.
»Tove Bjerre, Mutter, Skodsborg, Dänemark. Jonas Bjerre, Bruder, Thyborøn, Dänemark. Er kam übrigens zwei Tage später zu uns, der Bruder.«
Stille senkte sich wie eine schwere Mütze über das Büro. Sogar die Trottellumme sah aus, als dächte sie nach.
»Jonas Bjerre?«
»Ja.«
»War etwas auf den UKW- oder SSB-Bändern?«
Der Hüne zuckte mit den Schultern und hob die fleischigen Hände.
»Leider nein. Ich habe übrigens heute Morgen beim Seerettungsdienst nachgefragt, okay?«
»Wie hat der Bruder reagiert?«
Kristiansen lehnte sich im Drehstuhl zurück, der in lautem Protest aufschrie, faltete die Hände im Nacken und starrte an die Decke.
»Er war sehr bestürzt. Konnte es nicht verstehen. Brachte dieselben Einwände wie Sie vor, soweit ich mich erinnere. Beim Seerettungsdienst war er auch. Er war ziemlich

schwierig. Am Ende haben sie ihn an ›Das Ohr‹ verwiesen. Ich habe ihn nicht mehr gesehen.«
»Das Ohr?«
»Ein alter Sonderling, der draußen an der Küste wohnt. Na ja, Sonderling ist vielleicht etwas gemein. Er ist nämlich äußerst tüchtig. Alter Kapitän. Håkon Janssen. Amateurfunker. Obwohl auch das eine unpassende Bezeichnung ist. Amateur ist er jedenfalls nicht. Er hat genug Geld.«
»Was hört er ab? Die Deutschen?«
Kristiansens Lachen klang wie eine Reihe von schweren Steinen, die langsam in einen Minenschacht kullerten.
»Die ganze Welt! Notrufe. Alte Gewohnheit. Er kennt das Nordmeer wie kaum ein anderer.«
»Kann man mit ihm sprechen?«
Ulv Kristiansen steckte die Hand in die Hosentasche und zog sein Handy hervor. Er tippte die Nummer mit dem Radiergummiende eines Bleistifts ein. Als der Angerufene abnahm, ging er zu einem unverständlichen Dialekt über. Er lachte laut und sah Robin zufrieden an. Dann beendete er das Gespräch mit gutturalen Abschiedslauten und stand auf.
»Kommen Sie mit!«
Sie fuhren in Kristiansens altem Saab nach Westen über die Grøtsund-Brücke und durch die Bergwelt Kvaløyas. Eine leere, majestätische Landschaft. Kleine, verkrüppelte Bäume und Granitfelsen, auf denen Moos in allen Schattierungen von Grün, Gelb und Rot leuchtete. Der Himmel war tief und grau.
Sie passierten hohe, klimatisierte Reisebusse. Touristen

von der Hurtigroute. Die Straße schlängelte sich durch Täler und über kleine Pässe. Robin saß still auf dem Beifahrersitz. Seine Gedanken schwammen wie Eisschollen auf einem Gebirgssee im April: zerstreut, ohne Zusammenhang.

Nach anderthalb Stunden erreichten sie die Küste vor der kleinen Insel Hillesøy. Die Landschaft erinnerte Robin an Westschottland. Eine kleine, sturmgepeitschte Gemeinde, deren Einwohner offenbar vom Fischfang lebten. Triste, halbleere Geschäfte und ein kleiner Hafen mit schaukelnden Fischkuttern, die ängstlich an ihren Vertäuungen zerrten, als spürten sie den bevorstehenden Sturm. Kristiansen zeigte auf ein ungewöhnlich großes, weißgekalktes Haus am Ende einer Landzunge.

»Da wohnt er!«

»Schön. Ein wenig ausgesetzt vielleicht.«

»Ja. Der nächste Nachbar in diese Richtung wohnt auf Island.«

Der Schotter vor dem Haus knirschte unter den Reifen des Saab, und ein großer Samojedenspitz kam hinter der Hausecke hervor und legte verzückt die Vorderpfoten auf die Kühlerhaube.

Kristiansen lachte und öffnete die Tür.

»Hey, Marconi. Braver Hund!«

Er kraulte den Hund hinter den Ohren und streichelte den dichten Pelz im Nacken. Der Spitz sprang spielfreudig an ihm hoch.

Robin stieg aus, streckte den steifen Rücken und musterte das Haus. Seine Nase war inzwischen völlig verstopft. Er nieste. Das Haus war von Antennen, Masten, Parabol-

spiegeln und Kabeln überwachsen wie ein Dornröschenschloss. Das Meer schlug regelmäßig an die hundert Meter entfernten Klippen, und dunkle, zerrissene Wolken dominierten den westlichen Horizont. Das Unwetter. Die Aussicht war phantastisch. Marconi?
Der Hund bellte laut vor Freude. Eine ältere Frau in einer karierten Bluse, Jeans und einem blauen Kopftuch öffnete die Haustür.
»Hey, Ulv. Kommt rein. Marconi, lass ihn los!«
Der Hund ließ zögernd von Kristiansen ab, und sie gingen hinein. Die Frau lächelte gastfreundlich. Sie war groß, sonnenverbrannt und hatte einen festen Händedruck.
»Alma. Sie sind bestimmt auch Däne«, sagte sie in verständlichem Norwegisch.
Robin sah Kristiansen an, der bloß mit den Schultern zuckte. »Wir haben Glück, dass sie nicht in der Hütte auf Senja sind.«
»Sie haben noch eine andere Hütte als diese hier, auf einer Insel weiter draußen?«
»So ist das in Norwegen. Wir haben Sommerhütten und Winterhütten.«
»Am selben Ort?«
»Meistens.«
Die Türbalken waren mit kunstvollen Schnitzereien versehen. Seltsame Wesen, die deutlich von der nordischen Mythologie inspiriert waren, unter anderem mehrere Wolfsköpfe. Die beiden Männer folgten der Frau durch die hellen Zimmer des Hauses, bis sie in einen fensterlosen Raum kamen. Dort fanden sie den Bewohner des dunklen Zimmers, das Ohr. Ein dünnes, buckliges Männ-

lein stand auf, nahm einen riesigen Kopfhörer ab und begrüßte sie herzlich und für Robin völlig unverständlich. Der alte Janssen sah aus, als wäre er mit dem Halbdunkel des Zimmers zusammengewachsen.

Robin sah sofort, woher der Mann seinen Spitznamen hatte, denn er hatte die größten Ohren, die er je gesehen hatte. Auch er hatte einen Händedruck wie ein Schraubstock. Seine Augen waren ruhig und wässrig grau. Sie verschwanden fast zwischen den tiefen Falten. Das magere Gesicht hatte einen asketischen, weltfremden Ausdruck. Ein lauschender Eremit am Ufer der Barentssee.

Den Schreibtisch dominierte ein grüner RCA-Sender und Empfänger, der einem Flugzeugträger alle Ehre gemacht hätte. Überall standen graue und grüne Gehäuse auf stabilen Metalltischen: Telefone, Mikrofone, Morseschlüssel, Kabelbunde, elektrische Tafeln und gespenstisch grün flimmernde Oszilloskope. Lämpchen blinkten, Anzeigenadeln zitterten, Lautsprecher rauschten und quasselten in allen Sprachen der Welt. Flash Gordon und Doktor Zarkov hätten sich bei dem Ohr sofort zu Hause gefühlt.

Sie setzten sich vor den RCA, und die Frau servierte Kaffee. Kristiansen übersetzte Robins Fragen an Janssen. Er kam barmherzigerweise rasch zur Sache.

Doch. Das Ohr war am Nachmittag des vierzehnten April von seinem automatischen Bandbreitenscanner gewarnt worden, als der Notsender der Nadir sein Signal aussendete. Es stimmte, dass die Übertragung genau achtundzwanzig Minuten anhielt, bis sie genauso plötzlich und endgültig vom 406-MHz-Band verschwand, wie sie gekommen war. Die Koordinaten markierten die Ostküste

Bjørnøyas, vier Seemeilen nördlich von Sørhamna, und waren wie vorgesehen auch auf 121,5 MHz, der Notfrequenz des Flugverkehrs, gesendet worden.
Natürlich hatte Janssen den Seerettungsdienst alarmiert, aber sie hatten das Signal selbst empfangen.
»Fragen Sie ihn, ob es entsprechende Funksprüche auf UKW gegeben hat.«
Der alte Mann schüttelte den Kopf, schaute aber gleichzeitig geheimnisvoll auf den Boden seiner Kaffeetasse. Dann zündete er seine Pfeife an.
»Er fragt, ob Sie die Frau von dem Boot kannten.«
»Sagen Sie ihm, dass vor wenigen Wochen in Dänemark ein Mann getötet wurde. Ein Mann, der mit an Bord war. Dass man den Bruder der Frau verdächtigt, in den Mord verwickelt zu sein. Dass ich glaube, dass auch die Frau Opfer eines Verbrechens war. Sagen Sie, dass sie achtundzwanzig Jahre alt war.«
Kristiansen übersetzte, und der Alte nickte ernst. Er überlegte lange und zog friedlich an seiner Pfeife.
Dann stand der Gnom plötzlich auf und machte den Hauptschalter aus. Die Übertragung des interplanetarischen Harmonikakonzertes verstummte, der Raum war mit einem Mal totenstill. Der Alte machte ein feierliches Gesicht.
»*Ghost Tracks*«, sagte er so deutlich wie möglich.
Mit monotoner Stimme begann er einen längeren Monolog und sah die ganze Zeit über Robin an.
»Er sagt, der Äther sei ein wundersamer Ort«, übersetzte Kristiansen zögernd, als erkläre er einem Ethnologen den Schöpfungsmythos der Hottentotten. »Die Ionosphäre

hat ein Gedächtnis, sagt er. Wie ein lebendiges Wesen. Besonders hier oben in der Nähe des Nordpols. Hier gibt es jede Menge *Ghost Tracks*.« Er holte weit mit den Armen aus.
Janssen nickte düster im Hintergrund.
»Stimmen. Alte Stimmen, vor langer Zeit gesendete Funksprüche und Telegramme, Morsezeichen, die plötzlich aus dem Nichts auftauchen. Janssen kennt einen Engländer, der behauptet, er habe Admiral Lancelot Hollands letzten Funkspruch von der HMS Hood an das Kriegsministerium in Whitehall gehört, als sie in der Dänemarkstraße auf die Bismarck traf. Das war am Morgen des 24. Mai 1941, acht Minuten vor sechs. Von tausendvierhundertachtzehn Mann Besatzung überlebten nur drei. Wilkins, der Engländer, empfing das Signal genau acht Minuten vor sechs am 24. Mai, aber 1991. Außerdem hat Janssen mit einem Argentinier gesprochen, der 1988 einen von Guglielmo Marconis ersten Funksprüchen empfing.«
»Kann es nicht sein, dass sich jemand einen Spaß macht und alte Aufnahmen neu aussendet?«
Kristiansen drehte sich zu dem Alten und übersetzte. Janssen lächelte überheblich. Seine Augen verschwanden ganz in den Lachfalten. Er schüttelte den Kopf.
»Das wäre zwar denkbar, aber Wilkins' Peiler lokalisierte den Funkspruch genau an der Stelle des Untergangs der Hood. Und dass jemand für einen solchen Scherz genau dorthin segelt, ist ziemlich unwahrscheinlich. Aber im Übrigen geht es ihm gar nicht darum«, fügte Kristiansen leise hinzu. »Es gibt da noch etwas.«
»Ja?«

»Janssen *hat* die Frau gehört. Aber letztes Jahr, am 14. April 2005. Ihre Stimme.«

Das Ohr kratzte in aller Ruhe seine Pfeife aus und leerte die Asche in eine Granatenhülse, die ihm als Aschenbecher diente.

Kristiansen starrte ins Leere, in der Küche klapperte die Frau des Ohres mit Tellern und Tassen, Marconi schlich um Janssens Drehstuhl herum und gab eine Mischung aus Gähnen und Winseln von sich.

Nach einer kleinen Ewigkeit wurde Robin klar, dass eigentlich *er* die Befragung leitete.

»Er hat mit Anne Bjerre gesprochen? Habe ich das richtig verstanden?«

Kristiansen wandte sich an den wohlwollend lächelnden Janssen und übersetzte die Frage. Der Alte schüttelte den Kopf, wieder verschwanden seine Augen in den Lachfalten. Er antwortete hastig und zeigte auf ein Gerät seiner Ausrüstung.

»Nein. Janssen und Alma waren auf der Hochzeit ihrer Enkelin in Bergen. Als sie heimkamen, hörte Janssen von der Havarie bei Bjørnøya und dass Anne Bjerre und das Wrack vermisst seien. Er dachte nicht weiter darüber nach. So etwas passiert oft genug hier oben. Im selben Sturm ging ein polnischer Trawler mit fünf Mann unter. Nicht einer wurde gerettet.«

Kristiansen stellte Janssen einige Fragen und übersetzte weiter.

»Aber dann kam ihr Bruder hier herauf. Er sagt, dass er perfekt Dialekt sprach.«

Robin lehnte sich zurück und starrte auf einen Leitungsstrang an der Decke. Er wünschte, jemand würde seine Gedankenstränge genauso sauber ordnen.

Kristiansen zeigte auf zwei altmodische Akai-Tonbänder mit gigantischen Spulen.

»Er stellt sie an, wenn sie nicht zu Hause sind. Sie zeichnen automatisch alle Signale auf den Notfrequenzen auf. Am Tag der Havarie, also am 12. oder 13. April, war kein Notruf von der Nadir gekommen. Aber am Nachmittag des 14. April um 16:40 Uhr kam etwas. Es war bloß ein Knistern auf der internationalen Notfrequenz. Fast unhörbar. Ein Flüstern. Kurz. Sehr kurz. Ein Mann mit kleineren Ohren hätte es wahrscheinlich nicht gehört, sagt er. Jonas Bjerre wohnte zwei Tage lang bei ihnen. Während dieser Zeit verließ er dieses Zimmer nie. Er nahm den Kopfhörer erst ab, als sie Anne Bjerres Stimme gefunden hatten. Übrigens direkt nach dem Notruf des polnischen Trawlers.«

Kristiansen sah Robin an.

»Niemand anders hat es gehört, muss ich betonen. Aber Janssen hat, unter uns gesagt, eine viel bessere Ausrüstung als die Behörden. Er baut seine Empfänger selbst. Bestellt die Komponenten über das Internet. Und Amateurfunker wie er kennen Experten und Hersteller in jedem Winkel der Erde. Das sind echte Freaks, sie tauschen sich aus.«

Robin hätte Kristiansen am liebsten geschüttelt.

»Ich glaube Ihnen. Aber *was* hat sie gesagt?«

Der Hydrologe legte ihm die Hand auf die Schulter, schwer wie ein Amboss. Er lächelte verdächtig fröhlich. Wie ein bengalischer Tiger, der sich die Serviette um den Hals bindet.

»Immer mit der Ruhe.«
»Ja. Entschuldigung.«
Robin lächelte verkrampft.
»Janssen weiß nicht, was sie gesagt hat. Beziehungsweise geflüstert hat. Das Meiste war Dänisch und wie gesagt sehr undeutlich.«
Janssen begann wieder, etwas zu erklären, teilweise auf Englisch. Kristiansen drehte sich um, ließ aber die Hand auf Robins Schulter liegen.
»Mayday, Mayday. This is the sailing yacht Nadir ... Das wiederholte sie dreimal, wie vorgeschrieben. Aber der Rest war auf Dänisch und sehr undeutlich. Es klang, als hätten die Batterien gerade den Geist aufgegeben, sagt Janssen. Bestimmt nur ein UKW-Handgerät mit höchstens einem Watt Sendeleistung. Er sagt, dass ... dass ...«
»Ja?«
Kristiansen räusperte sich und sah auf den Boden.
»Es klang, als wäre sie krank oder verletzt gewesen. Eine halbe Minute. Dann war sie weg.« Er sah Robin verlegen an. »Das war alles. Tut mir leid.«
Das Ohr stieß neue Rauchschwaden aus und nickte wie ein Metronom im Takt zu Kristiansens Übersetzung.
Robin wendete sich direkt an den Alten: »Nur ein Handfunkgerät?«
Das Ohr sah ihn an, während Kristiansen übersetzte.
»Kann ich das Band bekommen?«
Das Ohr schüttelte den Kopf.
Robin traute seinen Augen nicht. Er wandte sich an Kristiansen.
»Hat er das Band nicht mehr? Er hat es doch, oder?«

Das Ohr erzählte. Geduldig. Langsam, aber nachdrücklich.

»Er hat das Band nicht mehr«, sagte Kristiansen. Seine Hand wurde ungefähr fünfzig Kilo schwerer, um zu verhindern, dass Robin sich auf den Alten stürzte und ihn erwürgte. »Nach Absprache mit Jonas Bjerre. Es war immerhin seine Schwester. Janssen ist immer sehr korrekt. Er überspielte die Aufnahme auf CD, und Jonas Bjerre warf das Mastertape persönlich in den Ofen im Wohnzimmer. Das hätte er nicht tun sollen, wenn es sich um ein Verbrechen handelt, wie Sie sagen. Aber er war offenbar sehr bestürzt.«

Die Stille im Raum war elektrisch aufgeladen. Der Hydrologe biss verlegen in eine Zimtschnecke.

»Keine Kopien? Die Festplatte? Wir haben einen tüchtigen Spezialisten in Kopenhagen, der *alles* in einem Computer findet, auch wenn die Leute glauben, sie hätten jede Spur gelöscht!«

Kristiansen trug die Idee vor. Robin starrte das Ohr an wie eine Schleichkatze, die eine Königskobra hypnotisiert. Janssen schüttelte den Kopf, Robin stöhnte. Der Alte nuschelte irgendetwas und zuckte mit den Schultern.

»Nein. Janssen wechselt seine Computer wie wir die Hemden. Er schenkt sie der Kirche oder dem Roten Kreuz. Der letzte ist wahrscheinlich irgendwo in Malawi.«

»Warum hat er nicht die Behörden benachrichtigt, als sie den Funkspruch entdeckten?«

Kristiansen übersetzte. Für einen kurzen Moment nahm

Janssens freundliches Schimpansengesicht einen verschlossenen Ausdruck an, dann waren die Lachfalten wieder an Ort und Stelle.

»Janssen findet, dass die Aufnahme niemanden als die nächsten Angehörigen etwas angeht. Immerhin waren es höchstwahrscheinlich die letzten Worte eines Menschen. Es gibt Dinge, die für niemanden bestimmt sind, meint er. Zum Beispiel die letzten Worte eines Sterbenden. Anklagend, oder wahnsinnig vor Angst. Vielleicht ist es besser, wenn nicht einmal die Familie sie hört. Aber er konnte nicht nein zu dem Bruder sagen.«

Robin begrub das Gesicht in den Händen.

Und zwei Monate später wurde Jacob Nellemann in einem Wald auf Seeland professionell hingerichtet, dachte er.

»Ich bedanke mich auf jeden Fall für seine Mühe. Sagen Sie ihm das.«

Sie fuhren eine halbe Stunde lang, ohne ein Wort zu sagen. Ulv Kristiansen betrachtete ihn neugierig.

»Was werden Sie jetzt tun?«

Robin starrte vor sich hin. Er fror, zog den Kragen der Windjacke über die Ohren und steckte die Hände in die Ärmel. Er hatte Halsschmerzen.

»Den Bruder suchen.« Er zeigte vage auf das Meer. »Irgendwo da draußen. Ist dieser Janssen übrigens voll zurechnungsfähig?«

Kristiansen unterzog die Frage offenbar gründlicher Überlegung.

»Mein Vater war mit ihm auf einem Schiff. Ein Trawler. Der größte in ganz Tromsø. Davor war das Ohr auf einem

Walfänger im Südpolarmeer, aber er mochte es nicht, weil er es sündhaft fand, menschenähnliche Wesen zu töten. Der Trawler hieß natürlich Alma. Island, Grönland, Neufundland, Great Banks. Mein Vater erzählte, dass das Ohr immer mit Kopfhörer im Steuerhaus saß. Ich weiß nicht, wie viele Schiffe sie aus Seenot gerettet haben. Der Reeder war stinksauer auf das Ohr, weil er sich wie ein Einmann-Rettungsdienst benahm. Er hätte ihn sicher gefeuert, wenn er nicht auch der beste Kapitän weit und breit gewesen wäre. Meistens kamen sie mit voller Ladung heim. Jeden Monat. Verdienten gut. Wenn er einmal nicht die Notfrequenzen abhörte, saß er da, die Gummistiefel auf dem Armaturenbrett, Autopilot eingeschaltet, Pfeife im Mundwinkel, klassische Musik aus dem Radio und die Nase in einem Buch. Hemingway, Faulkner, Steinbeck, Böll, Remarque oder Thomas Mann. Oder er löste Schachrätsel. Mein Vater sagte, das Ohr sei der klügste Mann, den er je kennengelernt hatte. Wenn er nicht aus einer Fischerfamilie gekommen und länger als bis dreizehn zur Schule gegangen wäre, hätte er Professor in Oslo werden können. Der Reeder weinte, als er an Land ging. Also *ja*, er ist voll zurechnungsfähig. Immer noch.«
»Und Sie glauben ihm? *Ghost Tracks*, das UKW-Signal von Bjørnøya, die EPIRB, der ganze Kram? Es ist ja bekannt, dass ihr hier oben ein bisschen sonderbar seid. Männergesangvereine, Schreichöre, Inzucht und so weiter.«
Robin wurde klar, dass er den großen Norweger mochte. Unter der bärigen, furchterregenden Hülle steckten menschliche Wärme, Humor und ein scharfer Verstand.

Die Wurstbündel ruhten locker auf dem Steuer des Saab. Das Auto schoss über die öde, holprige Straße. Wahrscheinlich hätte er die Strecke mit einem Sack über dem Kopf fahren können.
»Ich singe selbst. Im Gesangverein ›Söhne des Nordlichts‹. Singen ist gesund. Sie sollten es mal ausprobieren.«
»Meine Frau meint, ich solle Sudokus machen.«
Kristiansen lachte. »Mögen Sie keine Musik?«
»Doch, aber mein musikalischer Sinn ist unterentwickelt. Unter uns gesagt mag ich am liebsten Musik, bei der man mitpfeifen kann. Roger Whittaker oder John Denver zum Beispiel – aber das ist ja fast verboten. Meine Frau und die Kinder verspotten mich. Doch zurück zur Sache: Glauben Sie an das, was Janssen erzählt hat?«
»Ich bin Naturwissenschaftler«, sagte Kristiansen und zuckte mit den Schultern. »Von daher dürfte ich es nicht glauben. Andererseits ...«
»Ja?«
»Ich bin nicht so arrogant zu glauben, dass wir *alles* erklären können, insbesondere nicht hier oben. Jedenfalls habe ich keine andere Erklärung dafür.«

Kristiansen fuhr ihn zum Abflugterminal in Langnes.
»Lassen Sie mich hören, wie es läuft«, sagte er zum Abschied.
»Ich habe das Gefühl, dass wir uns wiedersehen.«
»Das hoffe ich. Ich kann Sie in den Gesangverein mitnehmen.«
»Söhne des Nordlichts?« Robin fiel es schwer, sich als

Nachkomme des Nordlichts zu sehen. Oder irgendeiner anderen Lichtquelle.
»Wir brauchen immer Baritone«, grinste Ulv.
Robin betrachtete die ungastlichen, verschneiten Berge, die sich hinter der Startbahn in die Unendlichkeit erstreckten. Er schüttelte sich und rieb seine zerquetschte Hand.
»Ein Gastauftritt vielleicht. Keine permanente Anstellung!«
»Mal sehen. Bringen Sie Ihre Frau mit. Sie wird sich sicher gut mit Mari verstehen. Mari ist meine Frau. Absolut herzlos.«
»Dann haben sie was gemeinsam.«
Robin schaute dem roten Saab hinterher, dessen Stoßdämpfer auf Ulvs Seite stark ausgeleiert waren. Der Wagen verschwand um eine Kurve.
Er seufzte und hoffte, dass es im Terminal Papiertaschentücher gab.

Als er in Gardermo an Gate 12 saß und auf den Flug nach Kastrup wartete, klingelte sein Handy. Kristiansens Händedruck musste bleibende Schäden hinterlassen haben, das Telefon fühlte sich schwerer an als sonst.
»Hallo?«
»Philipsen. Glückwunsch. Es war also ihr Bruder.«
»Nein.«
»Wie meinst du das? Ich habe gerade die Ergebnisse von der technischen Abteilung bekommen. Du hättest verdammt noch mal selbst anrufen können. Wo bist du?«
»Oslo. Ich war in Tromsø. Merkwürdig. Sehr merkwürdig.«

Er nieste, und Philipsen nieste simultan am anderen Ende der Leitung – telepathische Nebenhöhlen?
»Bist du krank?«
»Das werde ich immer vom Fliegen. Aircondition. Ich vertrage sie nicht.«
»Dann bleib mir vom Leib. Ich habe keine Zeit, krank zu werden. Mehr, als ich eh schon bin, meine ich. Bezweifelst du allen Ernstes, dass Jonas Bjerre der Täter ist? Ich schreibe gerade einen Fahndungsauftrag an Interpol!«
Robin putzte sich ausgiebig die rote Nase.
»Ja, das bezweifle ich. An deiner Stelle würde ich mit dem Haftbefehl warten. Es ist komplizierter, als du denkst. Der Fall ist richtig interessant.«
»Natürlich ist er das«, sagte Philipsen sarkastisch. »Die Mordwaffe in der Garage des Verdächtigen, DNA-Spuren des Opfers. Fingerabdrücke, zum Teufel! Eine Schwester, die unter ungeklärten Umständen im Nordmeer umkam und zuletzt in Gesellschaft des Mordopfers war. *Und* ein preisgekrönter Bogenschütze – was ist daran kompliziert? Es gibt eine Leiche, ein Motiv, eine Gelegenheit, eine Mordwaffe und die Fähigkeit, sie zu benutzen. Ich habe weiß Gott selten einen so klaren Fall gesehen.«
Robins Flug wurde aufgerufen, und alle Anfänger, die nicht mit der unerschütterlichen Firmenpolitik der SAS bezüglich verspäteter Starts vertraut waren, standen auf und strömten vor der Schranke zusammen. Die Erfahrenen blieben ungerührt sitzen und ließen sich nicht bei ihren Beschäftigungen stören.
»Ja, du hast recht. In gewissem Sinne. Aber denk an Ankergreens Maxime: Wenn etwas zu leicht ist, dann *weil* es

zu leicht ist. Trotzdem will ich unbedingt mit Jonas Bjerre reden. So schnell wie möglich.«
Schweigen.
Wahrscheinlich dachte Philipsen bereits über den Wortlaut des Entlassungsschreibens nach, das er Frau Cerberus gleich diktieren würde. Sie würde vor Freude Purzelbäume auf dem Korridor schlagen.
Der Chefinspektor seufzte resigniert.
»Also gut. Ankergreen! Ich bereue, dass ich seinen Namen je erwähnt habe. Lass uns annehmen, du hättest recht. Rein hypothetisch. Meistens ist das ja der Fall, das muss ich zugeben. Mit wenigen, unrühmlichen Ausnahmen, die ich jetzt nicht erwähnen muss. Wer zum Teufel hat dann Jacob Nellemann umgebracht? Und warum?«
Die Lautsprecher schnarrten erneut, Robin hustete ausgiebig. Sein Hals war rauh.
»Ich fange an, den Grund zu erahnen.«
»Und der wäre?«
»Genau das ist das Komplizierte. Ich habe dort oben mit einem alten Kapitän gesprochen. Amateurfunker. Er hat als Einziger einen Notruf von Anne Bjerre empfangen. Von der Ostküste Bjørnøyas, nicht von der Westküste. Vor einem Jahr. Jonas Bjerre war in Tromsø und bekam eine Aufnahme des Funkspruchs. Diese Aufnahme ist der Schlüssel zu allem. Ich glaube nicht, dass es der Bruder war.«
»Eine Aufnahme? Was meinst du?«
»Ich muss auflegen, mein Flug geht gleich. Sieh dir die Bilder von dem Waldweg an. Bjerres Landrover ist ein englisches Modell. Steuer rechts.«

»Robin! *Robin* Hansen!«
»Tschüs, wir sprechen uns.«
Er schaltete das Handy aus und drehte es in der Hand. Plötzlich dachte er an Jacob Nellemann, öffnete den Deckel und klopfte die Batterie heraus. Nichts zu sehen.

Auf einer grauen Plastikbox erlosch ein grünes Lämpchen. Die DVD hörte auf zu rotieren, der Brenner im Handschuhfach des schwarzen Autos schaltete auf Standby. Irgendwo in Kopenhagen.

>Frederiksberg
>00:15

Ellen lag schon im Bett, und Robin Hansen starrte finster das müde, hohläugige Gespenst im Küchenfenster an. Der Wasserkocher klingelte. Er goss den grobgeschnittenen Ingwer mit Zitronenscheiben in einem großen Glas auf und ließ die Flüssigkeit ziehen. Dann siebte er sie in ein zweites Glas, das mit zwei Fingern dunklem Rum, etwas Rotwein und braunem Zucker gefüllt war. Das Fieber stieg von den Fußsohlen in seinem Körper auf.
Er nahm das Gebräu mit zu seinem Lieblingssessel, setzte sich und deckte die Beine zu. Schaukelte im Takt mit den pochenden Kopfschmerzen und pustete in das Glas. Es schien ihm, als stiege der fahle Nebel des Alters zwischen den Bodendielen auf und wirbelte um seine Füße.
Robin dachte an Nobel. Die wachsamen, grünen Tieraugen. Die erfahrenen Hände. Nobels Spezialausbildung und seine unzweifelhaften Verdienste in der Sonder-

einheit. Er spürte eine unüberwindliche Kluft zwischen Wissen und Instinkt, wie immer, wenn er an den Reeder dachte.

»Warum, in Gottes Namen?«, fragte er in das dunkle Zimmer.

Er putzte die Nase und fühlte ungewohntes Mitleid mit Philipsen.

18

Mittwoch, 28. Juni 2006
Frederiksberg
10:30

Jeder Muskel tat ihm weh, und er hatte das Gefühl, als wären seine Glieder im Lauf der Nacht von einem wahnsinnigen Gepetto auseinandergenommen und wieder falsch zusammengefügt worden. Sein Atem rasselte, die Rotze lief wie Nebenflüsse des Ganges, die Haut war trocken und warm.
Als Frau und Krankenpflegerin zeigte Ellen nur Unverständnis angesichts seines Bettelns um Eiswasser, eine Massage, eine kühle Hand auf der Stirn, Mitgefühl, die intravenöse Medikation mit Breitband-Antibiotika, noch mehr Taschentücher, noch mehr Mitgefühl und Dr. Kevorkians Telefonnummer. Er wünschte aktive Sterbehilfe, und zwar jetzt!
»Antibiotika helfen nicht gegen Viren«, sagte sie wissenschaftlich nüchtern. »Herrgott, du bist erkältet. Ein bisschen Grippe vielleicht. Wenn du ein Kind gebären müsstest ...«
»Ellen, nicht das. Ich flehe dich an.«
Er versuchte sie auf das Bett zu ziehen, aber sie schlug ihm fest auf die Finger, holte ein Glas Wasser und Aspirin.
»Da! Ich habe keine Zeit, krank zu werden. Wer soll dann

auf dich aufpassen? Philipsen hat schon dreimal angerufen, mir gehen langsam die Ausreden aus.«
»Sag, dass ich tot bin.«
»Dann kommt er her. Oder schickt Frau Cerberus mit einem Kranz.«
»Das könnte ihr so passen. Gib mir das Telefon.«
Er setzte sich vorsichtig auf. Das Schlafzimmer verschwamm, weitete sich aus und zog sich wieder zusammen. Er hatte zwei Frauen. Nicht schlecht. Er schluckte ein paar Pillen und trank das Wasser. Rief die Auskunft und dann einen Landrover-Händler in Kalundborg an. Nach der »Morgenstimmung« aus Peer Gynt wurde er mit einem Kfz-Meister verbunden. Der Mann war sachlich und kompetent, und nach einer Minute konnte Robin das Gespräch beenden.
Er sah Ellen an, die den Kleiderschrank aufräumte.
»Ist dir klar, dass du mit einem sehr klugen Mann verheiratet bist?«
»Meinst du John, oder sagtest du *bist*?« Ellens Ex-Mann war Partikelforscher am Niels-Bohr-Institut.
Er warf ihr einen feuchten, verletzten Blick zu.

Das Handy miaute.
»Der Computer«, sagte Fasil ohne Einleitung.
»Computer?«
»Bist du krank?«
»Ja, sehr, sehr krank! Nellemanns?«
»Ja.«
»Hast du etwas gefunden?«
»Das kann man wohl sagen.«

Pause für Lob und Glückwünsche.

»Prima. Gut gemacht! Was ist es?«

»Es war nicht leicht.«

»Wenn es leicht gewesen wäre, hätte ich dich nicht darum gebeten.«

»Es geht um diesen Axel Nobel. Er war vom achten bis zehnten April letzten Jahres in Tromsø, hast du gesagt?«

Gott sei gedankt für das Asperger-Syndrom.

»Ja.«

»Und am Vormittag des Zehnten stachen sie wieder in See, nicht wahr?«

Robin richtete sich ganz auf. »Weiter!«

»Er hat mehrere Mails an Nellemann geschrieben.«

Pause für Effekt.

»Und?«

»Über ein *Sailor-Fleet-55-MPDS*-Abonnement. Ich lese das nur ab, okay? Keine Ahnung, was genau das bedeutet. Bestimmt ein Internet-Modem, das über Inmarsat-Satelliten funktioniert. Für Schiffe. Nellemann hatte den Computer mit an Bord, es sind mehrere Mails vom vierten und fünften April an das Büro in Kopenhagen drauf. Über Satellit gesendet. Hab ich noch nie gesehen. Dann erst wieder am neunten und zehnten April. Nichts Besonderes, Anweisungen und Ideen – vergesst dies und das nicht, blablabla. Scheißtour bis jetzt, aber heute sieht es besser aus. Euer ehrerbietiger Sindbad setzt die Reise nach Ultima Thule fort. Lauter so Gewäsch. Plus ein paar poetische Mails an seine Frau Heidi. Die genauso poetisch antwortet. Das Hohelied ist nichts dagegen. Ich hab es gestern gelesen. Sollte man im Ärmel haben für den Fall, dass man alle Asse ausgespielt hat. Na ja, jedenfalls kamen dann bis Anfang Mai keine normalen Mails mehr auf dem Computer an.«

Robin dachte an Vejlbys und Dr. Zoltans Beschreibung des phlegmatischen, deprimierten Nellemann. Dass er erst ab Mai wieder langsam aus der Versenkung aufgetaucht war, stimmte damit überein.

»Perfekt, Fasil. Ich Idiot.«

»Ja ... äh, warum?«

»Dass ich nicht daran gedacht habe, dass Nellemann und Nobel Notebooks auf der Nadir dabeihatten. Ist doch vollkommen klar, verdammt! Geschäftsleute, die Entzugserscheinungen bekommen, wenn sie zehn Minuten offline sind.«

»Ich weiß nicht, ob Nobel einen Computer dabeihatte. Ich habe nur Nellemanns IP-Adresse und musste mit einem Arsch voll Leuten bei einer Firma namens Thrane & Thrane reden. Vom Hilfssekretär bis zum geschäftsführenden Direktor, bis sie endlich die Infos rausrückten. Philipsen musste sie persönlich anrufen.«

»Sie stellen Satellitenausrüstungen für die Schifffahrt her.«

»Das habe ich auch rausgefunden.«

»Du hast etwas von Nobel gesagt?«

Pause vor dem Höhepunkt.

»Ja. Kannst du mir verraten, wie Nellemann zwischen dem zwölften und fünfzehnten April Mails aus Dänemark erhalten konnte? Mehrmals täglich. Und zwar von einem Mann namens Axel? Der hören will, wie es auf der Nadir läuft? Wie das Wetter ist, wie hoch die Wellen sind, der nach Positionen, Tiefdruckgebieten und weiß der Teufel was fragt? Vor allem, wie es Anne geht. Ich dachte, er sei selbst auf dem Boot gewesen? Ich meine, man kann doch nicht an zwei Orten gleichzeitig sein, oder?«

Ellen bemerkte die plötzliche Stille, schielte zu ihrem Mann hinüber und kam einen Schritt näher. Sie musste zugeben, dass er sehr bleich aussah, der Arme. Vielleicht war sie doch ein wenig zu hart zu ihm gewesen, dachte sie, als er sich aus der Ohnmacht riss und den Hörer wieder ans Ohr nahm. Er starrte direkt durch sie hindurch.

»Nein, Fasil. Nicht einmal Nobel kann das. Und daraus müssen wir unvermeidliche Schlüsse ziehen, *mon capitaine* ... Ich weiß bloß nicht, welche. Er fragte nur nach Anne Bjerre?«

»Ja, die ganze Zeit. Der Mann ist verliebt, wenn du mich fragst«, erklärte Fasil mit frisch gewonnener Expertise.

Robin rieb seine schmerzenden Augen.

»Okay. Phantastisch, Fasil. Von wo aus hat er gemailt?«

»Das lässt sich nicht genau feststellen. Notebook. Aber es war aus Dänemark.«

»Du weißt nicht, was Nellemann antwortete?«

»Vielleicht hat er überhaupt nicht geantwortet.«

»Was ist mit der Zeit nach der Havarie? Dem Rest des Jahres? Haben sie viel miteinander kommuniziert?«

»Ich weiß nicht. Viele Mails sind gelöscht worden. Ich konnte das hier nur herausfinden, weil dieser Inmarsat-Server die Mails offenbar ganze fünf Jahre lang speichern muss. Das ist gesetzlich geregelt. Hat irgendwas mit Versicherungen und Seeverhören zu tun.«

»Du meinst *vollständig* gelöscht? Ich dachte, das sei unmöglich?«

»Experten können das. Die Firma hat garantiert Sicherheitsleute für so was. Sie löschen regelmäßig alle gemeinsamen Laufwerke. Wenn er das Notebook als Arbeitscomputer benutzt hat, was der Fall war, dann sind sie verschwunden.«

»Ich muss ein bisschen nachdenken. Gute Arbeit. Perfekt. Wie läuft es mit deiner Freundin?«

»Gestern habe ich einen Kuchen für ihre Lesegruppe gebacken«, erzählte Fasil feierlich. »Er hat ihnen geschmeckt. Kürbiskuchen. Mit gerösteten Pinienkernen und Crème fraîche.«

»Du bist ein Mann mit grenzenlosen Talenten.«

»Danke.«

»Fasil, ich weiß, dass deine Nabila Medizin studiert und alles, aber ... ich meine, was die Verhütung angeht, da solltest du ...«

Ellen sah ihn merkwürdig an.

Am anderen Ende der Leitung ertönte ein Schrei.

»Um Gottes willen, sag so was nicht, Robin. Sie ist ein schönes Mädchen. Wir sind Kopten! Wenn ihre Brüder ...«

»Entschuldigung. Ich dachte, wenn du schon das Hohelied auswendig gelernt hast, wäre der nächste logische Schritt ...«

»Das hat nichts mit Logik zu tun.«

Fasil beendete nervös das Gespräch. Als stünden die Brüder schon auf der Treppe.

Ellen fragte: »Was hast du da über Verhütung gefaselt? Mal ehrlich, Robin. Ich weiß, dass Fasil und du eine Art Vater-Sohn-Verhältnis habt, aber Fasil ist ein erwachsener

Mann. Auch wenn er nicht immer im gleichen Sonnensystem wie wir lebt. Und wenn das Mädchen sogar Medizin studiert ...«
»All right, *all right*! Was fasziniert Männer bloß an Jungfrauen?«
Sie faltete das Bettzeug der Kinder zusammen und legte es in den Schrank.
»Ich weiß nicht. Viele haben wohl Angst vor Vergleichen. Aus gutem Grund, nehme ich an.«
»Ich muss wohl noch einmal nach Norwegen. Tromsø. So schnell wie möglich.«
»Du bist doch heute Nacht erst von dort zurückgekommen!«
Er sah sie unglücklich an.
»Ich muss«, wiederholte er matt. »Mir ist was Wichtiges eingefallen.«
Sie starrte ihn wütend an.
»Steh auf. Geh ins Bad. Ich will das Bettzeug waschen. Es steht schon vor Dreck.«
Als er aus dem Bad kam, hatte sie das Bettzeug gewechselt, sich ausgezogen und wartete auf ihn. Sie kuschelte sich eng an seinen Rücken. Legte die Arme um ihn, wärmte ihn und schlich sich erst aus dem Bett, als er tief eingeschlafen war.
Dann ging sie ins Wohnzimmer und schaltete den Computer ein. Rief seufzend die Homepage von SAS-Braathens auf. Aber erst morgen, entschied sie.

Hørsholm
18:30

Der große Mann lief langsamer und sah auf den Pulsmesser an seinem Handgelenk: zwanzig Prozent unter dem Maximum, so wie die Herzfrequenz beim Intervalltraining sein sollte. Er joggte weiter den Skovvejen hinab, am Moor von Slettemosen vorbei, in den Wald von Rungsted. Dort beschleunigte er wieder stufenweise. Die Laufschuhe waren lautlos auf dem harten Boden. Noch hundert Meter, dann würde er fünfhundert Meter sprinten. Bis zu dem Obelisken. Er genoss den Lauf. Seine Beine waren stark, der Schweiß lief in Strömen, die Lungen pumpten rhythmisch und hatten noch Reservekapazitäten.
Eine Frau stand mit ihrem Hund an dem kleinen Obelisken, dem Fixpunkt des Spurts. *Fast forward* auf dem iPod.
Eine heisere Stimme: Robin Hansen. Eine gröbere, verständnislos, latent aggressiv: Philipsen. Im Hintergrund Flughafengeräusche. Die Aufnahme war perfekt. Er steigerte das Tempo weiter, noch dreißig Meter, zwanzig. »*An deiner Stelle würde ich mit dem Haftbefehl warten. Es ist komplizierter, als du denkst.*« Sein Körper drosselte das Tempo. Der große Mann öffnete die Augen. Der Hund hob ein Bein an dem Monument. »*Vor einem Jahr. Jonas Bjerre war in Tromsø und bekam eine Aufnahme des Funkspruchs. Diese Aufnahme ist der Schlüssel zu allem. Ich glaube nicht, dass es der Bruder war.*«
Der große Mann blieb regungslos stehen. Sein Brustkorb hob und senkte sich konvulsiv.

Die Frau lächelte. Der große Mann sah sie an. Sie drehte sich um und zog den widerstrebenden Hund an der Leine mit sich.

Er zwang sich, tief und gleichmäßig zu atmen, setzte sich auf eine Bank in der kleinen Anlage um den Obelisken. Mit hängendem Kopf, die Ellbogen auf den verschwitzten Beinen und die Hände schlaff neben den Knien. Der Schweiß tropfte ihm vom Gesicht. Die Luft war feucht und der Himmel bewölkt. Ein Gewitter zog von Süden heran. Er hörte die restlichen Telefonate Robin Hansens ab. Das Gespräch mit Fasil. Er schüttelte den Kopf.

Er dachte an die schwarze Insel, die aus dem Nichts emporragte. Die eisige Luft zwischen den Klippen und dem Meer, das rastlos gegen die Felswände schlug. Ein ewiges, vergebliches Geplänkel.

Er dachte an die Frau. Den breiten Mund und die weißen Zähne. Den langbeinigen, athletischen Körper. Im Salon. Auf Deck. Auf dem Mast. Unbeschwert, Hand über Hand wie ein polynesischer Junge in einer Kokospalme. Voller Leichtigkeit. Als wäre es selbstverständlich, fünfundzwanzig Meter über der schäumenden See wie eine Katze auf der Saling herumzuklettern, um ein Fall oder einen Block loszumachen.

Die grauen Augen, die ihn musterten und beurteilten. Nach einem Maßstab, der sich an anderen Männern orientierte. Besseren Männern. Sie redete nicht oft von ihnen, aber er hatte die Namen hassen gelernt. Und er hatte *sie* gehasst, wenn ihre grauen Augen ihn durchschauten.

Es begann zu regnen. Er nahm die weißen Kopfhörer aus dem Ohr, wickelte das Kabel um den iPod und steckte ihn

in die Tasche. Ließ den warmen Regen ins Gesicht und den offenen Mund tropfen.
Dann startete er wieder durch. Sicher, schnell und erleichtert.

Frederiksberg
22:30

Es ging ihm etwas besser. Er fühlte sich ausgelaugt und kraftlos, aber das Fieber war gesunken. Sogar rauchen konnte er wieder. Er fütterte den Drucker mit glänzendem Fotopapier. Blatt für Blatt. Ellen saß auf dem Sofa, versunken in »Sky Captain and the World of Tomorrow«.
Er druckte Porträts aus dem Internet aus. Stellte die höchste Auflösung ein. Langsam rollten die Bilder auf die Ablage.
»Wann muss ich los?«
»Halb neun. Dann bist du eine Stunde später in Oslo. Wieder.«
»Wenn ich morgen noch lebe.«
»Stimmt.«
»Und falls ich morgen, wenn du aufwachst, steif und kalt neben dir liege?«
»Ich schlafe auf dem Sofa. Oder noch besser: *Du* schläfst auf dem Sofa.«
Er sah sie verdutzt an. Presste ein lautes, feuchtes Husten hervor.
»Du bist wirklich, wirklich ...«
Sie drehte den Fernseher lauter und lachte über irgendetwas, was Sky Captain zu Angelina Jolie sagte.

19

Donnerstag, 29. Juni 2006
Oslo
10:15

Wenn Björn Vejlby überrascht war, Robin Hansen so schnell und unangekündigt wieder in der Tür stehen zu sehen, verriet er es mit keiner Miene. Robin hatte auch nicht den Eindruck, dass Vejlby oder Kristiansen zu der Sorte Mensch gehörten, die mit großen Gesten oder lauten Ausbrüchen auf Überraschungen reagierten. Dennoch zog Vejlby beim Anblick des dänischen Kriminalkommissars überraschend schnell die Pfeife aus der Tasche.

Robin ging zu seinem Schreibtisch, legte den Eisbärenschädel in ein Regal und breitete mit einer dramatischen Handbewegung seine Fotografien über den Wetterberichten des Meteorologen aus.

Als Vejlby endlich die Pfeife gestopft und angezündet hatte, betrachtete er die Bilder. Er nahm sich viel Zeit. Robin hustete und schneuzte. Er wollte sich setzen, aber der Gästestuhl war von wackligen Papierbergen besetzt. Eigentlich musste man beim Betreten von Vejlbys Büro einen Lawinensender um den Hals tragen.

Der Meteorologe sah ihn nachdenklich an.

»Ich gehe davon aus, dass Sie irgendeine Reaktion von meiner Seite erwarten?«

»So ist es. Kennen Sie ihn? Ist dies einer der beiden Männer, die sich im April letzten Jahres nach Bjørnøya retteten? Von der Nadir?«
»Sind Sie krank?«
»Ich vertrage das Fliegen nicht.«
Vejlby nahm eine Lupe aus einer Schublade und studierte die Bilder genau.
Robin war kurz davor zu platzen.
»Sie sehen einander sehr ähnlich. Außerordentlich, muss ich sagen. Aber er ist es nicht.«
»Sind Sie ganz sicher? Es ist sehr wichtig.«
Vejlby las die Bilder auf, stapelte sie sauber und gab sie Robin zurück.
Robin nickte und steckte sie in einen großen Umschlag.
»Das habe ich mir gedacht.«
Er öffnete ein anderes Kuvert und zog ein einzelnes Foto heraus.
»Das ist Nellemann«, sagte Vejlby sofort.
Es war das Ferienbild vom Trevi-Brunnen, das Robin von Heidi Nellemann geliehen hatte.
»Der andere. Der mit Nellemann auf dem Boot war. Wer ist das wirklich?«, fragte Vejlby.
Robin ignorierte die Frage. »Wie sah sein Begleiter aus?«
Der Meteorologe zog an der Pfeife und betrachtete mit halbgeschlossenen Augen die Rauchwolken, die zur Decke stiegen.
»Groß. Breitschultrig. Dem anderen wie gesagt sehr ähnlich. Vielleicht etwas dürrer. Wie ich schon sagte, er lief immer mit Sonnenbrille und Baseballmütze herum. New York Giants, wenn ich mich recht erinnere. Oberlippen-

bart. Sehr fit. Mindestens eins neunzig. Etwas kleiner als ich, etwas größer als Sie. Aufrecht.«
»Irgendwelche Besonderheiten? Narben, Tätowierungen, Goldzähne?«
»Nichts, was ich bemerkt hätte.«
»Ihr Kollege Snorre?«
»Antarktis.«
»Natürlich.«

Tromsø
15:15

Ulv Kristiansen betrachtete Robin Hansens Gestalt, die geduckt durch den schrägfallenden Regen über den Parkplatz huschte. Plötzlich blieb der Kommissar stehen, bekam einen Hustenanfall und krümmte sich. Dann ging er weiter, bis ihn die automatischen Türen der Uni-Klinik Nordnorwegens verschluckten.
Kristiansen stellte den Autositz zurück, wählte eine Kassette mit den Dubliners und steckte sie in den Rekorder. Er schlug den Jackenkragen hoch, lehnte sich zurück und döste ein.

Robin schüttelte das Wasser aus den Haaren und nieste. Es war ihm unbegreiflich, wie an dieser sturmgepeitschten Westküste mit ihren dreihundertvierzig Niederschlagstagen im Jahr Menschen leben konnten. Die Wiege der Menschheit lag in Zentralafrika, sie waren alle Kinder des Lichts und der Wärme. Wussten die das hier oben nicht?

Er öffnete die Glastür zu einem Zimmer, das sich »Patientenbüro« nannte, und trug sein Anliegen einem runden, freundlichen Gesicht vor.
Die junge Frau konsultierte ihren Computer, suchte in grauen Archivschubladen, zog ein Entlassungspapier heraus und sah ihn zurückhaltend an.
»Diese Angaben sind vertraulich. Ich darf keinen Namen nennen. Sind Sie Angehöriger?«
»Aber ich *habe* doch den Namen. Ich habe sogar Bilder.«
Die Frau blieb liebenswürdig standhaft.
Robin legte seinen Dienstausweis auf die Theke und bat sie, ihren Chef zu holen.
Die Chefin hätte die Mutter der Frau sein können und war es vermutlich auch. Sie inspizierte seinen Dienstausweis und fragte, ob er einen Verbindungsmann bei der norwegischen Polizei habe.
Robin starrte sie entmutigt an. Das bedeutete, dass er Philipsen anrufen musste. Endlose Telefongespräche. Papiere und Formulare, zehnfach hin- und hergefaxt. Schon sah er sich wochenlang hustend durch Tromsøs nebelverhangene Straßen wandern wie ein armer hamsunscher Student.
Ein Schatten trat vor das Neonlicht.
»Warum dauert das so lange?«
»Hey, Ulv«, sagte die junge Frau.
»Hey, Ulv«, sagte ihre Mutter.
Gab es etwas Besseres als abgelegene Städte, wo jeder jeden kannte und jeder mit jedem verwandt war?
Kristiansen schob Robin zur Seite und vertiefte sich in ein Gespräch mit den Frauen.

Robin vertrieb sich die Zeit mit einem Werbeplakat der Hurtigroute, dem legendären Postschiff entlang der norwegischen Küste von Bergen nach Kirkenes. Wildromantische Bilder von Fjorden mit bis in den Himmel reichenden Felswänden, ein kleines Kreuzfahrtschiff, vor dessen Kiel das Wasser glitzerte, schneebedeckte Gipfel und rustikale Almhütten.
Kristiansen rief ihn.
Die Frauen lächelten bis über beide Ohren.
»Du kannst mit einer dänischen Ärztin reden, die in der chirurgischen Abteilung Wache hat. Die haben deinen ... Freund behandelt.«
»Wo kann ich sie finden?«
»Hier im Haus. Sie wartet auf dich.«
Kristiansen führte ihn durch labyrinthisch angelegte Flügel und Gänge zu einem langen, fensterlosen Korridor, auf dem unheimliche Stille herrschte.
Die junge Chirurgin war allein im Büro und diktierte offenbar gerade einen Operationsbericht. Sie beendete einen Satz voller lateinischer Fachausdrücke, bevor sie sie begrüßte.
Trotz ihrer hohen Clogs sah sie in dem weiten Operationskittel klein aus. Schmale Brille, hübsche, regelmäßige Gesichtszüge, schwarzes, hochgestecktes Haar. Ein Namensschild am Revers wies sie als *Deirdre Marie Calvert* aus.
»Sie sind Dänin?«, fragte Robin.
»Ja. Sie auch?«
»Robin Hansen.«
Ihre Hand war kühl und fest. »Deirdre Marie Calvert.«

»Hört sich keltisch an.«
Sie lächelte. »Irisch-französisch-dänisch. Oder dänisch-französisch-irisch. Kommt darauf an, ob man meine Mutter oder meinen Vater fragt.«
Er öffnete seinen Umschlag und breitete die Bilder auf dem Schreibtisch aus.
»Ich interessiere mich für diesen Mann.«
Sie lehnte sich zurück und überkreuzte die Beine. Betrachtete mit gerunzelter Stirn eins der Bilder unter der Schreibtischlampe. Sie war barfuß in ihren Clogs. Schlanke, feine Füße. Robin bemerkte eine Ader unter der Achillessehne, die regelmäßig pulsierte.
»Axel Nobel«, sagte sie.
»Er war hier? Als Patient, meine ich. Im April 2005?«
»Ja. Ist ihm etwas passiert?«
»Soweit ich weiß, geht es ihm hervorragend. Wann genau war er hier?« Er reichte ihr ein Formular mit Axel Nobels Daten aus dem Patientenbüro.
Dr. Calvert gab ein paar Zahlen in ihren Computer ein.
»Es ist so einfach hier oben«, sagte sie über die Schulter. »Alles ist digitalisiert. Röntgenbilder, Blutproben, Histologie, Angaben des Hausarztes, Medikamentenlisten und Klinikberichte. Man kann mit dem Laptop auf Visite gehen. Nichts geht verloren. In Dänemark wird das seit zwanzig Jahren diskutiert, aber man ist noch keinen Schritt weiter.«
»Ich habe darüber gelesen.«
»Okay, hier ist es. Eingewiesen am Nachmittag des achten April 2005. Entlassen am neunten April. Kam mit dem Krankenwagen direkt vom Hafen. Schock. Drei ge-

brochene Rippen links. Kleinere Blutung in der Brusthöhle, linke Lunge eingeklappt. Insgesamt hat er Glück gehabt.«

»Glück?«

»Er hätte einen sogenannten Ventilpneumothorax erleiden können. Dabei gelangt Luft aus der Lunge in die Brusthöhle, aber nicht mehr zurück. In der Brust entsteht Überdruck, Herz und Blutgefäße werden zusammengedrückt. Das ist tödlich, jedenfalls draußen auf dem Meer.«

»Was haben Sie getan?«

Sie sah auf den Bildschirm, rief ein Röntgenbild des Brustkorbs auf und zeigte auf zwei rohrförmige Schatten.

»Nicht viel. Wir legten Drainagen in die Brusthöhle, um Luft und Blut abzuleiten. Damit die Lunge sich wieder entfalten konnte. Sie wurden am nächsten Tag auf Verlangen des Patienten entfernt. Er wollte unbedingt weitersegeln!«

»Haben Sie Nobel behandelt?«

»Ich bin erst seit August letzten Jahres hier. Der Klinikchef hat ihn persönlich behandelt.« Sie fügte lakonisch hinzu: »Axel Nobel ist auch hier oben kein Unbekannter. Das Nordseeöl.«

»Warum war er hier anonym?«

»Das habe ich hier oben noch nicht erlebt. An der Uni-Klinik in Kopenhagen kam das oft vor. Es ist ja ganz normal, dass Gewaltopfer unter Diskretion behandelt werden. Misshandelte Ehefrauen zum Beispiel. Oder dass Politiker anonym bleiben wollen. Es gibt Journalisten, die im Arztkittel mit Stethoskop um den Hals herumlaufen, um Sensationen auszuschnüffeln. Wahrscheinlich hat Nobel das verfügt.«

Eine schwarze Locke löste sich aus ihrem Haarknoten und schlängelte sich um ihren Hals.

Kristiansen sah Robin ungeduldig an. Robin schloss den halboffenen Mund und nieste in ein Papiertaschentuch.

»Ein eintägiger Krankenhausaufenthalt. Ist das normal?«

»Das ist äußerst unnormal. Aber wenn ein Patient nicht psychotisch ist und keine unmittelbare Gefahr für sich und andere darstellt, kann man ihn nicht zum Bleiben zwingen. Er ging selbst zur Tür hinaus.«

»Okay. Gut. Vielen Dank.«

»Haben Sie erfahren, was Sie wollten?«

Kristiansen musterte ihn kritisch.

Er stand auf.

»Ja. Sie haben mir sehr geholfen. Großartig!«

Die Ärztin lächelte müde.

Kristiansen fuhr ihn zum Flughafen.

Sie sahen einander in die Augen.

»Ich verabschiede mich lieber nicht, sonst stehst du morgen wieder in der Tür. Wie ein Schuldeneintreiber.«

»Keine Angst, jetzt hast du erst mal Ruhe. Ich vertrage das viele Fliegen nicht.«

»Dann komm das nächste Mal mit dem Segelboot. Es ist sehr schön hier im Sommer.«

»Wir *haben* Sommer. Jedenfalls überall anders.«

Er zeigte auf den Kontrollturm. »Kennst du jemanden, der dort arbeitet?«

»Natürlich.«

»Natürlich. Wie ein Taxifahrer in Piräus!«
»Besser«, grinste Ulv. »Was willst du wissen?«
»Alle Privatflüge vom neunten bis elften April letzten Jahres. Nobel Air-Trans. Sonderflüge, Sonderpassagiere. Nach und von Tromsø.«
Er gab Ulv den Umschlag mit den Fotografien.
»Du kannst die hier benutzen.«
»Man kann nicht an zwei Orten gleichzeitig sein«, sagte Ulv und nahm die Bilder.
»Nein, das kann man nicht. Ich ruf dich an.«
Robin war schon ein paar Schritte gegangen, schräg gegen die steife Brise gebeugt, als Ulv das Fenster herunterkurbelte und seinen Namen rief.
Ulvs Bart wirbelte wie Rauch.
»Pass auf dich auf!«
Er machte ein ernstes Gesicht.
»Ich werd's versuchen.«
»Ja. Sei vorsichtig.«

20

Freitag, 30. Juni 2006
Skodsborg
09:45

Nach dem nächtlichen Regen dampfte das Strohdach wie eine frisch gebackene Pastete. Er blieb vor dem Haus stehen, drehte das Gesicht zur Sonne, schloss die Augen und atmete tief ein. Es knackte in den Ohren und Nebenhöhlen, er roch Wald und Meer. Robin konstatierte, dass er noch einmal überlebt hatte.
Er klingelte. Ein Vertreter mit einem Koffer voll Humbug und Enttäuschungen.
Dieselbe Tür, eine andere Haushaltshilfe. Frau Cerberus hatte die Bewohner vorgewarnt, und die junge Frau trat mit gesenktem Blick zur Seite. Offenbar hatte Frau Bjerre stets loyale Helfer. Niemand bot ihm Kaffee an.
Frau Bjerre in einer ärmellosen Seidenbluse mit hohem Kragen. Die Perlenkette bester Familienschmuck. Weiße Slacks und silberne Sandalen. Es schien ein besonderer Tag in Skodsborg zu sein.
Robin setzte sich ohne zu fragen in einen Sessel gegenüber der Witwe.
Frau Bjerre schrieb gerade einen Brief auf einem speziellen Block für Sehbehinderte.
»Ich habe eine rätselhafte Geschichte zu erzählen, Frau Bjerre. Völlig unerklärlich.«

»Ich liebe Rätsel, Herr Kommissar.«
»Ich war in Nordnorwegen. Zweimal. Dort habe ich mit einem Mann gesprochen, der die größten Ohren der Welt hat und damit das Polarmeer abhört. Die Barentssee. Sie nennen ihn nur ›das Ohr‹. Er hat Ihre Tochter gehört.«
»Gehört?«
»Als die Nadir havarierte, wurde ein Notruf von Bjørnøya gesendet. Sehr schwach. Nur das Ohr hat ihn empfangen, die Behörden nicht. Auch keine Rettungsstation, kein Schiff und kein Flugzeug. Er war vom Nachmittag des 14. April 2005. Das Ohr hat den Notruf auf einer Tonbandaufnahme gehört, ein ganzes Jahr, nachdem er gesendet wurde. Ihr Sohn Jonas ist sofort nach Norwegen gereist und hat eine Kopie der Aufnahme bekommen. Vom Ohr persönlich. Jonas war erschüttert. Zwei Monate später wurde Jacob Nellemann in einem Wald hingerichtet. Mit einem Jagdbogen übrigens.«
Robin lehnte sich nach vorn. »Vielleicht wissen Sie bereits von dem Notruf? Wenn ja, dann wäre jetzt der Zeitpunkt, es zu sagen.«
»Was hat meine Tochter gesagt?« Frau Bjerre senkte den Kopf. Sie drehte einen silbernen Kugelschreiber zwischen den Fingern.
»Ich weiß es nicht. Der Amateurfunker, Janssen, versteht kein Dänisch. Sie reden Dialekt dort oben. Ihr Sohn versteht ihn.«
»Sie haben von etwas Unerklärlichem gesprochen?«
»Die Notfunkbake der Nadir, eine EPIRB, wurde *dieses* Jahr plötzlich zum Leben erweckt, und zwar genau am Jahrestag der Havarie. Alle, auch die verantwortlichen

Behörden, haben das Notsignal empfangen. Es kam jedoch von einer Position, die beträchtlich von der offiziell angegebenen abweicht. Ich weiß, dass Sie und Ihr Sohn Bescheid bekamen. Sie hätten mir das erzählen müssen, als ich das letzte Mal hier war.«
Sie spielte weiter mit dem Kugelschreiber. Eine Träne fiel auf ihren Handrücken.
Er beugte sich vor und legte eine Hand auf ihren Arm.
»Ich kann sehen, dass Sie das alles wissen, Frau Bjerre.«
Die junge Frau eilte herbei und gab der alten Dame ein Taschentuch.
»Was wollen Sie von Jonas?« Sie trocknete die Augen und putzte sich die Nase.
»Wo *ist* er?«
Die Frau deutete ins Leere, sagte etwas von Fischgründen und Meeresströmungen.
»Zum Teufel, Frau Bjerre! Hören Sie auf mit dem Unsinn.«
Robins Stimme blieb ruhig und nüchtern. Die junge Frau fiel fast vom Stuhl, und Frau Bjerre sah aus, als hätte sie der Blitz getroffen.
»Halten Sie mich für einen Vollidioten? Glauben Sie, ich wüsste nicht, wie ein Satellitentelefon aussieht?«
Er zeigte auf den Eichenholzsekretär neben dem Kamin, auf dem ein Iridium-Telefon in der Ladestation stand. Dann fiel ihm ein, dass die Frau blind war.
»Auf dem Sekretär neben dem Kamin.«
»Er hat nichts getan«, sagte sie. »Es ist nicht, wie Sie denken.«
Robin seufzte. »Woher wollen Sie wissen, was ich denke?

Es geht um Ihren Sohn. Er kann doch nicht ewig da draußen bleiben, er ist nicht Kapitän Ahab.«
Er nahm ihre Hand. »Außerdem *weiß* ich, dass er nichts getan hat.«
»Ist das wahr?«
»Ja. Ich möchte nur mit ihm reden. Oder besser gesagt: Ich möchte die Aufnahme hören, die er von Janssen bekommen hat. Nennen Sie es eine Vorahnung. Einen anderen Verdacht.«
Noch war sie nicht von seinen friedlichen Absichten überzeugt. »Sie sagen, Sie *wüssten*, dass Jonas nichts getan hat?«
»Ich bin ganz sicher«, wiederholte er müde.
Sie hob den Kopf und sah ihn an. Die Augen der Tochter.
»Es heißt, dass die anderen Sinne stärker werden, wenn man einen verliert. Ich weiß nicht, warum, aber meine Intuition sagt mir, dass ich Ihnen vertrauen kann. Vielleicht ist *sie* stärker geworden.«
»Nein. Im Gegenteil, das ist sehr klug von Ihnen.«
»Wie kann ein Notsignal genau ein Jahr später in den Äther geschickt werden? Ist der Sender nicht längst verschwunden?«
Robin lehnte sich zurück und zuckte mit den Schultern.
»Wer weiß? Ich arbeite da an einer Theorie, zusammen mit dem Norwegischen Meteorologischen Institut«, übertrieb er schamlos. »Es *kann* geschehen. Metaphysik ist nicht meine stärkste Seite, Frau Bjerre. Wie navigiert der Albatros? Wer oder was hat Shackleton, Crean und Worsley über die Berge Südgeorgiens geholfen? Eine gemein-

same Halluzination? Ich bezweifle das. Ernest Shackleton war kein Mann, der sich Halluzinationen hingab. Wissen Sie, was Ihre Tochter gesagt hat? Bitte, Frau Bjerre!«
Die Frau verbarg das Gesicht in den Händen und schwieg. Er dachte an seinen großen Bruder Jan, der mit neunzehn Jahren an einer schweren Krankheit gestorben war. Das Schweigen der Eltern. Die Mauer in der Familie. Alles war anders geworden.
Geduldig wartete er, bis das Schluchzen nachließ.
»Ich weiß es nicht«, sagte Frau Bjerre. »Jonas wollte es nicht sagen. Er meinte, es sei besser so. Wahrscheinlich hatte er recht, ich konnte ja sehen, was mit ihm los war.«
»Er stellte Nellemann zur Rede?«
»Ja.«
»Und Nobel?«
»Nobel war verreist. Kuala Lumpur oder Singapur, glaube ich.«
»Wie hat Nellemann reagiert?«
»Zuerst wollte er nichts mit Jonas zu tun haben. Er sagte, die Geschichte sei vorbei und begraben.« Sie lachte bitter. »Er sagte, Jonas solle zum Psychiater gehen. Aber er hatte Angst. Jonas ist der psychisch gesündeste junge Mann im ganzen Königreich! Labile Menschen schleppen keine drei Milliarden teuren Bohrinseln bei Sturm und Orkan durch die Weltmeere.«
»Nein, das glaube ich auch nicht.«
»Nein. Aber irgendetwas war faul. Die Fakten stimmten nicht überein. Und Jonas wusste es. Er ist stur wie ein Esel. Genau wie Anne. Und beide haben einen fast übertriebenen Gerechtigkeitssinn.«

Robin dachte an Nobel. »Welche Fakten?«
Sie zuckte mit den Schultern. »Ostküste statt Westküste, Zeitpunkte. Lauter Dinge, die den offiziellen Aussagen widersprachen.«
»Könnte er sie beweisen?«
»Einige. Aber andererseits: Wie sicher ist eine Sache, die auf dem Funkspruch einer toten Frau beruht? Ein Notsender, der ein Jahr später auftaucht? Kommissar, ich war dreißig Jahre lang mit einem Staatsanwalt verheiratet. Vor Gericht würde das Ganze keine drei Tage standhalten!«
»Wo fand das Seeverhör statt?«
»Es hat nie ein ordentliches Seeverhör gegeben. Sie begnügten sich mit eidesstattlichen Erklärungen von Nobel und Nellemann. Die norwegischen Behörden legten den Fall wenige Monate nach der Havarie zu den Akten, und Anne wurde für tot erklärt. Nobels Anwälte hatten ganze Arbeit geleistet.«
»Und Nellemann?«
»Er traf sich schließlich mit Jonas. In einem Café in der Stadt. Wiederholte seine Erklärungen, aber Jonas glaubte ihm nicht. Sie stritten sich, bevor er ihm die Aufnahme überhaupt vorspielen konnte. Nellemann stürmte aus dem Café und rief etwas von Beleidigung und gerichtlicher Verfügung.«
»Seine Frau Heidi hat mir erzählt, dass er Ende April sehr unausgeglichen war.«
»Das kann ich mir vorstellen. Schlechtes Gewissen!«
»Vielleicht.«
»Merkwürdigerweise rief er Jonas wenige Tage nach dem Treffen an. Er habe mit Nobel telefoniert, sagte er, und

wolle die Sache mit diesem besprechen, sobald er von einer Geschäftsreise nach New York zurückgekehrt sei. ›Die juridischen Aspekte‹ nannte er es.«
»Er hatte Krebs.«
»Krebs?«
»Ja, er war todkrank. Seine Frau ist schwanger. Sie ist ziemlich jung, ungefähr derselbe Jahrgang wie Ihre Tochter.«
»Dann war das mit den ›juridischen Aspekten‹ vielleicht gar keine Ausrede?«
Robin zögerte. »Darf ich hier rauchen?«
Frau Bjerre öffnete den Mund. Dann schloss sie ihn wieder und nickte. »Natürlich. Wenn Sie auch eine für mich hätten?«
Die junge Frau brachte einen Aschenbecher. Robin schloss Frau Bjerres Finger um eine Zigarette und gab ihr Feuer.
»Mein Mann hat geraucht. Craven A. Die gibt es hierzulande nicht mehr. Jonas und Anne mussten ihm immer welche von ihren Reisen mitbringen. Jetzt raucht Jonas sie auch.«
»Ich weiß«, wollte Robin gerade sagen, aber er beherrschte sich im letzten Moment. Frau Bjerre würde es kaum gutheißen, dass ein Polizist ohne Durchsuchungsbefehl in ihrer Garage herumschnüffelte.
»Jacob Nellemann hat es sicher nicht leicht gehabt«, sagte Robin. »Krankheit, Loyalitätskonflikte, zwei Ehen. Eine tiefe, aber komplizierte Freundschaft mit Axel Nobel, das Geschäft und sein Partner. Sein Gewissen. Sein Ruf. Seine Ehre, wenn Sie so wollen. Ältere Kinder aus der ersten Ehe, ganz zu schweigen von ungeborenen Kindern. Ich

habe nicht den Eindruck, dass Nellemann ein rücksichtsloser Mensch war, im Gegenteil.«

Sie stieß genüsslich eine lange Rauchfahne aus und lachte zum ersten Mal. »Sie reden nicht wie ein Polizist, Robin Hansen! Sie sind zu offenherzig. Und zu einfühlsam. Entschuldigung.«

»Mein Chef würde Ihnen sicher recht geben, was die Offenherzigkeit angeht. Aber warum sollen Polizisten keine Gefühle haben? Immer werden wir als dumm und gefühllos dargestellt.«

»Das stimmt. Ich habe wohl einige Vorurteile meines Mannes geerbt. Er war auch eine Zeitlang Pflichtverteidiger und hat vielleicht nicht immer den nötigen Respekt vor der Arbeit der Polizei gehabt.«

»Für fünfundzwanzigtausend Kronen im Monat bekommt man nicht nur Genies.«

»Was?« Sie lachte laut. »Nein, wahrscheinlich nicht.«

»Andererseits leben wir auch davon, dass die meisten Kriminellen die Polizei unterschätzen. Hat sich Nellemann wieder bei Ihrem Sohn gemeldet?«

»Ja. Am Tag, bevor er getötet wurde. Auf dem Weg zu Nobels Schloss. Er sagte, dass er Jonas treffen wolle, sobald er zurück sei.«

»Wissen Sie, ob das Gespräch über das Mobilnetz geführt wurde?«

»Auf jeden Fall hat er nicht hier angerufen. Jonas benutzt fast nur das Handy.«

»Gut. Um auf meine eigentliche Frage zurückzukommen: Wo ist Ihr Sohn?«

Sie drückte mit sicherer Hand die Zigarette im Aschenbe-

cher aus. »Ich weiß es wirklich nicht. Auf dem Heimweg wahrscheinlich. Er hat das Satellitentelefon nur abends eingeschaltet. Ich werde ihn bitten, Sie anzurufen.«
»Eindringlich?«
»Ja, eindringlich. Das verspreche ich.«
»Er kann jederzeit anrufen. Wenn nötig, kann ich mit dem Hubschrauber zu seinem Trawler hinausfliegen. Es würde mir keinen Spaß machen, aber ich würde es tun.«
»Ich werde es ihm sagen, Kommissar.«
Ein Sonnenstrahl traf auf ihre Augen. Robin bemerkte, dass sich ihre Pupillen nicht zusammenzogen.
Sie begleitete ihn zur Tür. Es war das erste Mal, dass er sie gehen sah. Sie ging sicher, bewegte sich, als wäre sie viel jünger.
Sie gab ihm die Hand zum Abschied.
»Sie sind groß«, sagte sie. »Passen Sie auf sich auf!«
Warum nur warnten ihn alle? Kreiste etwa ein schwarzer mythologischer Vogel über seinem Kopf, den nur die anderen sehen konnten?

21

Freitag, 30. Juni 2006
Charlottenlund
11:15

Die Steigungen des Strandvejen brannten in seinen Waden. Er sollte wirklich mehr Rad fahren. Bei Trepilelågen stieg er ab und schob das Fahrrad über die Wiese. Junge Paare lagen im Gras, sonnten sich oder waren in innige Gespräche vertieft. Verstohlen und neidisch betrachtete er sie, dachte an seine eigene Jugend.
Eine überwachsene Steintreppe führte hinunter ans Wasser. Hier waren selten Leute. An einer Bank, halb verdeckt durch einen blühenden Wildrosenbusch, zog er sich aus und balancierte nackt über die Reste eines alten Anlegers. Er hüpfte über die letzten Steine auf den schiefen Betonpfeiler, atmete tief ein und sprang in das kalte, klare Wasser. Er schwamm am Grund entlang, bis er Sandboden erreichte. Fast dreißig Meter von den Steinen entfernt tauchte er auf.
Robin strampelte und schüttelte den Kopf. Er zog Meerwasser durch die Nase ein und prustete. Es war seine persönliche Kur gegen Erkältung. Er schwamm unter Wasser auf dem Rücken und schaute in die Sonne. Drehte sich um und atmete langsam durch die Nase aus. Sank auf den Grund, streckte Arme und Beine aus und blieb kurz auf dem kalten Sand liegen.

Die Sonne stand senkrecht über ihm, er warf keinen Schatten.
Robin ließ sich von ihr trocknen, zog das warme T-Shirt über den Kopf und schlüpfte in die Shorts. Dann setzte er sich auf die Bank und rauchte. Zog den alten Stahlkamm aus der Tasche und kämmte die Haare nach hinten. Weiter draußen trafen zwei Forellenfischer mit gebogenen Angelruten aufeinander. Wie zwei lauernde Insekten, die nicht wussten, ob sie sich paaren oder einander auffressen sollten.

Das Café »Rund um die Erde« in Charlottenlund war fast leer. Er trank einen Kaffee auf der Terrasse. Dachte an das Haus auf der Anhöhe in Skodsborg oder was davon übrig war. Wie es wohl gewesen war, als die Zwillinge noch dort lebten? Er rief Philipsen an.
Der Chefinspektor klang ungewöhnlich gut gelaunt.
»Ich habe noch einmal mit Frau Bjerre gesprochen«, sagte Robin.
»Was machst du?«
»Ich trinke Kaffee.«
»Jetzt, mitten am Tag?«
»Keine Angst, ich hebe die Quittung auf.«
»Bist du wieder gesund?«
»Mir geht's gut. Ich fahre morgen nach Jütland. Thyborøn.«
»Die Freundin des Bruders?«
»Hoffentlich auch bald der Bruder selbst.«
»Der Nellemann nicht umgebracht hat?«
»Genau.«

»Ich habe dich tausendmal angerufen.« Jetzt war Philipsen wieder ganz der Alte.

»Ich musste noch einmal nach Norwegen. Ich hatte etwas vergessen.«

»Was denn? Ziegenkäse?«

»Nobel war dort oben im Krankenhaus. Mehrere gebrochene Rippen. Punktierte Lunge. Ich hatte vergessen, dort nachzufragen.«

Philipsen schwieg, während er die Information verdaute.

»Bist du ganz sicher, dass der Mord mit der Segeltour zu tun hat?«

»Ich will es hoffen.«

»Das will ich verdammt noch mal auch«, sagte Philipsen. »Wenn du dann jeden Stein in Nobels Leben umgedreht hast und ein Wolfsrudel aus Anwälten, dem Reedereiverband, der dänischen Industrie, dem Europäischen Gerichtshof für Menschenrechte, Herrn Møller und dem Minister uns die Haut über den Kopf zieht, dann wäre es nett, ein paar *Beweise* zu haben. Falls dir der Begriff etwas sagt.«

»Wenn es dich tröstet: Ich bezweifle, dass Nobel überhaupt an Bord war, als das Scheißschiff havarierte. Ich habe in Tromsø mit einer Ärztin gesprochen. Er war ziemlich lädiert.«

»Kannst du das beweisen?«

»Noch nicht, aber bald«, sagte Robin überzeugt.

»Wirst du ihn damit konfrontieren?«

»In ein paar Tagen. Nachdem ich mit dem Bruder gesprochen habe.«

»Und was wäre das Motiv?«

»Keine Ahnung.«

Philipsen lachte bitter.

»Prächtig, Robin. Keine Beweise, kein Motiv. Blendend. Wir werden die nächsten sechs Jahre wegen übler Nachrede vor Gericht verbringen.«

»Du hast mir den Fall übertragen.«

»Ich weiß, ich weiß. Erinnere mich nicht daran. Was ist mit der DNA-Analyse, dem Flitzebogen, dem Auto und den Fingerabdrücken?«

»Jemand will Anne Bjerres Bruder den Mord anhängen. Plan A. Ein ziemlich ungeschickter Versuch übrigens. Der Wagen war gerade zur Wartung. Kilometerzähler und Wartungsheft zeigen, dass er zum Zeitpunkt des Mordes unmöglich von Skodsborg bis Gyrstinge und zurück gefahren sein kann. Ich habe in der Werkstatt angerufen. Und mehr: Die Fußabdrücke auf dem Waldweg passen nicht zu einem englischen Wagen mit Rechtssteuerung. Und am Schaft, wo man den Bogen hält, waren keine Fingerabdrücke von Jonas Bjerre.«

Er trank einen Schluck Kaffee und zündete sich eine Zigarette an.

»Jemand hat es sehr eilig gehabt, Jacob Nellemann zum Schweigen zu bringen. Zu eilig. Der Einbruch bei Heidi Nellemann. Warum sollte Jonas Bjerre seinen Kontakt zu Nellemann verschleiern? Alle wussten es, verdammt. Der Funkspruch seiner Schwester war doch sein wichtigstes Argument dafür, dass sie vielleicht einem Verbrechen zum Opfer gefallen ist. Und die Position des Notsenders. Das passt nicht zusammen.«

»Das könnte mich überzeugen«, murmelte Philipsen.

»Der Täter muss ja nicht unbedingt Ehrenmitglied bei Mensa International sein. Das wäre auch etwas Neues.«
»Ich werde Anne Bjerres Bruder finden. Das ist das Wichtigste. Übrigens habe ich den Eindruck, dass die Zwillinge hochbegabt sind beziehungsweise waren.«
»Ja, Mensch, dann treib ihn auf! Wofür haben wir denn die Ressourcen? Fregatten, Spürhunde, Zollschiffe, F-16-Jäger und Sikorsky-Helikopter mit großer Reichweite. Du musst es nur sagen.«
Robin grinste. Merkwürdig, ihm war nicht zum Lachen zumute.
»Ich darf nur die Quittungen nicht vergessen?«
»Ja. Wenn es zu teuer wird, setzt du den Bruder einfach wieder da ab, wo du ihn gefunden hast.«
»Gut. Ich fahre morgen.«
»Mit dem Auto?«
»Ja.«
»Pass auf dich auf!«
Ungewöhnliche Worte von Chefinspektor Hans Theodor Philipsen. Robin starrte irritiert auf das Telefon.
»Danke. Du hast so gut gelaunt geklungen vorhin?«
»Na ja …« Philipsen wirkte fast ein wenig peinlich berührt. »Ich habe heute Morgen einen Zwölfpfünder mit der Post bekommen. Bei eBay ersteigert. Hat ein Vermögen gekostet. Mit Vierspänner. Royal Artillery. Sehr selten. Gegossen in Bath. Einfach genial, dieses eBay.«
»Eine Kanone?«
»Ja, natürlich. Was denn sonst?«
»Gratuliere.«
»Danke. Ich muss jetzt gehen.«

»Übrigens ...«
»Was?«
»Nobels Militärpapiere. Ich muss sie haben. Alle. Auch die geheimen und nicht nur die dänischen. Der ganze Kram. Die Einsätze bei ›Desert Storm‹, SAS, Blackwatch, Sandhurst, das Jägerkorps. Es ist wichtig.«
Schweigen.
»Hast du verstanden?«
Die Stimme des Chefinspektors verhieß nichts Gutes.
»Wenn's weiter nichts ist. Darf es noch was sein?«
»Nein danke.«
»Brauchst du vielleicht noch die Koordinaten von Osama Bin Ladens Aufenthaltsort, oder soll ich das Hauptquartier ein paar Meter nach rechts versetzen?«
»Nein danke. Nur Nobels Militärpapiere. Du hast selbst gerade gesagt, wir hätten Ressourcen und ich bräuchte es nur zu sagen.«
»Ich meinte Polizeihunde, zum Teufel!«
»Ach so. Gut, ich ruf dich an, wenn ich einen Hund brauche.«
Philipsen brach das Gespräch mit einem unbeschreiblichen Laut ab.

Robin wusste, dass Philipsen jetzt – mit unfehlbarem Sinn für Prioritäten – alle Anrufe zu Frau Cerberus umleiten würde. Er würde seine Farbdöschen in Reih und Glied aufstellen, eine Zeitung ausbreiten und die Rosshaarpinsel aus der Schublade holen. In den nächsten Stunden würde er für den Rest der Welt verloren sein. Allein mit seiner Kanone.

Auf diese Weise schuf er optimale Bedingungen zum Nachdenken. Mit der Geschwindigkeit eines Computers würde Philipsen sein gesamtes, einzigartiges Netzwerk in Gedanken durchsuchen und die richtigen Kontakte aktivieren. Mit Todesverachtung würde er sich im In- und Ausland in den offiziellen sowie den alles andere als offiziellen Markt stürzen. Er würde bitten, betteln, stehlen und drohen, versprochene Gegenleistungen einfordern, seine Haut so teuer wie möglich verpfänden.
Robin sah vor sich, wie Beamte des Verteidigungsministeriums, in Whitehall, im Pentagon und in Tel Aviv ihre Terminkalender revidierten, Friseurtermine und Opernabende absagten und sich dem Zorn ihrer Liebhaberinnen aussetzten.

Auf diesen Abstand war der Empfang glasklar. Der Mund des Kommissars bewegte sich. Er lachte, und das Lachen kam laut und deutlich durch den Stöpsel des Kopfhörers. Der große Mann observierte Robin Hansen durch ein Fernglas. Er bewegte das Fadenkreuz vom linken Auge des Kommissars zu dessen Mund, der sich öffnete und schloss, und betätigte einen imaginären Abzug.
Der Kommissar klappte sein Handy zusammen. Das grüne Lämpchen auf der grauen Plastikbox erlosch. Der große Mann nahm den Stöpsel aus dem Ohr und rollte das Kabel um die Hand.
Robin Hansen stand auf und sah genau in seine Richtung, über die Tische mit Frauen und Kindern und den Parkplatz hinweg in den Schatten der Bäume. Er konnte ihn unmöglich sehen, trotzdem ließ der große Mann die ge-

tönte Scheibe hochfahren. Der Kommissar schloss das Fahrrad auf. Sein dunkelgrünes T-Shirt war nass geschwitzt.
Beide fuhren auf den Strandvejen.

Als Robin die Frederiksberg Allé erreichte, rief Ulv Kristiansen an.
»Es hat ein bisschen gedauert. Nobel hat offenbar einige Verträge mit Norsk Hydro. Jede Menge Luftverkehr, Logistik, Material zum Ekofisk-Feld. Die ›Saphirblauen‹ heißen sie hier oben, nach den Firmenfarben.«
»Ich hoffe, es hat nicht zu viel Mühe gekostet?«
Der Norweger grunzte etwas Unverständliches.
»Aber sie konnten nichts Außerplanmäßiges finden.«
»Na gut. Es war einen Versuch wert«, sagte Robin.
»Jedenfalls nicht, bis sie Hammerfest checkten«, sagte Ulv Kristiansen mit unverhohlenem Triumph in der Stimme. »Nobel Air-Trans bedient das Gasfeld Schneewittchen von Hammerfest aus, und am Morgen des elften April 2005 ist eine Gulfstream außerplanmäßig gelandet und wieder gestartet. Sie brachte einen Mann und holte einen anderen ab. Ziemlich viel Gepäck. Ohne Zoll natürlich.«
»Nobel?«
»Identität unbekannt.«
»Es kann also irgendwer gewesen sein?«
»An und für sich ja, aber der Flug war nicht geplant, sagten sie.«
Robin versuchte so enthusiastisch wie möglich zu klingen. »Sehr gut, Ulv, prima.«
»Danke. Hat es dir weitergeholfen?«

»Ganz sicher. Es passt verdammt gut zu meiner Theorie«, sagte Robin herzlich, während er enttäuscht mit der Handbremse spielte.

Das lange, schwarze Auto glitt in die Einfahrt. Der große Mann sah auf die weißen Mauern, das schwarzglasierte Ziegeldach, die ordentlich gestutzten Thujen in der Einfahrt, den frischen Rindenmulch unter den Pflanzen und die frischgestrichene Garagentür. Er wünschte sich nichts mehr, als den Rückwärtsgang einzulegen und so weit wegzufahren, bis er komplett verschwunden wäre.
Er nahm die Pistole aus dem Handschuhfach. Entfernte das Magazin, spannte den Hahn und testete den Abzug. Der Hammer klickte in die leere Kammer. Er drückte die oberste Patrone des Magazins mit dem Daumen nach unten, ließ sie wieder zurückfedern und wog die schwere Waffe in der Hand. Dann steckte der das Magazin wieder in den Schaft, sicherte die Pistole und legte sie ins Handschuhfach. Mühsam beherrscht umklammerte er das Steuer, bis seine Hände ganz weiß waren. Er rüttelte so fest er konnte am Steuer und stieß einen stillen Schrei aus.

Frederiksberg
21:30

Die Kinder spielten Disney-Trivial am Küchentisch. Robin hatte innerhalb von zehn Minuten seine alte Bekanntschaft mit *Return to Castle Wolfenstein* aufgefrischt, aber er kannte die unteren Level so gut, dass er sich nicht ernsthaft konzentrieren konnte.

Er starrte auf den Bildschirm, als ihm die jüngste Tochter auf den Schoß kletterte, seine Hände nahm und über ihrem Bauch faltete. Ihre blonden Haare dufteten nach Shampoo. Er steckte die Nase in ihre Haare und schaukelte vor und zurück. Sie legte den Kopf auf seine Brust, sagte aber nichts. Dann nahm sie seine Hände und klatschte sie vor ihrem Gesicht zusammen, wie sie es immer tat.
»Dicker Papa.«
»Ich bin nicht dick.«
»Alter Papa!«
»Ich bin auch nicht alt, du Rotzlöffel.«
»Dann bist du dick!«
»Halt den Schnabel.«
Sie rutschte auf seinen Knien herum und sah auf den Bildschirm.
»Schießt du Deutsche?«
»Einer muss sie ja schießen. Sie machen das nicht selbst.«
»Und wenn du schläfst?«
»Dann holen sie Nachschub.«
»Mit Fallschirmen?«
»Und Lastwagen.«
Er maß ihren Schädel zwischen Daumen und kleinem Finger und hob die Hand an seine Stirn. »Dein Kopf ist größer als meiner.«
Ihre Haut war glatt und golden, die Haare wie heller Bernstein. Sie hatte einen Schönheitsfleck auf der linken Wange, ellenlange Wimpern und einen roten Mund mit Zähnen wie ein Gartenzaun. Ihre Schwester und die Stiefschwester dagegen verloren jedes Mal einen Milchzahn, wenn sie nur den Mund öffneten.

»Bin ich so klug?«
»Du bist die Klügste von uns allen«, sagte er und meinte es.
Er betrachtete ihr Spiegelbild im Fenster. Ihre Augen waren unter den Haaren fast versteckt, aber sie lächelte ihn im Fenster an. Dann wand sie sich aus seiner Umarmung und ging zu den anderen.
Das Handy klingelte. Er meldete sich und erkannte sofort am Rauschen, dass es ein Funkgespräch war.
Zuerst meldete sich eine weit entfernte Frauenstimme auf Englisch, dann ein Mann, überraschend klar und nah.
»Jonas Bjerre. Spreche ich mit Robin Hansen?«
»Ja. Ich freue mich sehr, dass Sie anrufen.«
»Meine Mutter hat mich darum gebeten. Sie sagte, es sei wichtig.«
Robin hörte sein eigenes Echo. »Sehr wichtig.«
»Nellemann? Ich habe in der Zeitung von seinem Tod erfahren. Ein Jagdunfall ... War ... Unfall?«
»Ich kann Sie kaum hören. Er wurde mit einem Jagdpfeil getötet.«
Wieder die professionelle englische Stimme und Rauschen. Eine ferne Antwort auf Englisch mit osteuropäischem Akzent. Der Name eines Schiffs wurde mehrfach wiederholt. Robin schüttelte frustriert das Telefon und kontrollierte die Batterieanzeige. Voll aufgeladen.
»Hallo?«
»... einem Bogen?«
»Ihrem eigenen.«
Plötzlich klang die Stimme wieder, als stünde der Mann neben ihm. »Fuck! Irgendjemand muss ...«

»Ich weiß. Ich war in Tromsø und habe mit Janssen gesprochen.«
Zwei seiner Kinder standen in der Tür und sahen ihn mit großen Augen an, bis Ellen die Hände auf ihre Schultern legte, sie in die Küche zog und die Tür schloss.
»Über meine Schwester?«
»Über den Notruf.«
»Ich habe ihn hier bei mir.«
»Gut. Was hat sie gesagt?«
Jonas Bjerre murmelte etwas Unverständliches, die englische Telefonistin redete dazwischen. Robin stellte sich vor, wie der weiße Satellit durch den stillen, schwarzen Weltraum schwebte. Große, dunkelblaue Sonnensegel, die sich wie die Fühler einer Königskrabbe drehten. Tausende von Siliciumchips, die summten und vibrierten. Waren sie warm trotz der Kälte des Weltraums? Wie viele Menschen konnten ihr Gespräch mithören?
»Nicht jetzt! Aber sie starb ... natürlichen Todes.«
»Wo genau seid ihr gerade?«
Es wurde still. Nicht der kleinste Laut, nicht einmal ein Rauschen oder das konstante Brummen im Hintergrund. Robin wollte gerade auflegen, als die Stimme wiederkam. Jonas Bjerre las die Koordinaten vor. »Wir sind auf dem Heimweg. Noch dreißig Stunden.«
»Wie schnell fahrt ihr?«
»Volle Fahrt. Der alte Eimer schafft zwölf Knoten.«
»Beeilt euch. Ich warte am Hafen.«
Der junge Mann klang müde. »Hasta la vista.«
»Bis bald, Jonas.«
Robin holte eine Seekarte und breitete sie auf dem Schreib-

tisch aus. Nahm das Kurslineal, seinen alten Messingzirkel und das Parallellineal aus der Schublade.
Er goss sich eine Tasse Nescafé mit etwas Milch und anderthalb Teelöffeln Zucker auf. Dann sagte er den Kindern gute Nacht.

Zur gleichen Zeit saß der große Mann mit genau der gleichen Seekarte vor sich am Küchentisch. Er nahm den Kopfhörer ab und griff nach Lineal und Zirkel.

Jonas Bjerre klappte die Antenne des Iridium-Telefons ein und wog es prüfend in der Hand. Während des Gesprächs hatte es ein tiefes Brummen von sich gegeben, das er noch nie gehört hatte. Er stand von der Luke auf, steckte das Telefon in die Tasche und ging zum Vordersteven. Das Meer wurde dunkler, von Nordosten kam Wind auf. Ein Sturm vor Nordnorwegen schickte eine lange, schwere Dünung, aber Jonas hielt mühelos die Balance, legte den Kopf nach hinten und sah den Mars am östlichen Himmel aufgehen. Er drehte sich um und betrachtete die Venus am westlichen Himmel. Die zwei Kombattanten, die einander ewig spiegelten.
Er zündete sich eine Zigarette an und sah Niels' Silhouette im rötlichen Licht der Instrumente im Steuerhaus. Auch diesmal hatten sie Glück gehabt. Auf dem Humber hatte ihr Lowrance Fishfinder einen langen Makrelenschwarm aufgespürt, und sie hatten ihn in zwei Zügen von vorne bis hinten ins Netz bekommen. Sie hatten ihre Plastikkisten mit schönen, blaugrün leuchtenden Makrelen gefüllt, einander mit Zigaretten in den Mundwinkeln

angegrinst und *High Fives* ausgeteilt. Es war ein Sport, die eiskalten Hände so fest aufeinanderzuschlagen, bis der Erste vor Schmerz winselte.

Es war fast zu einfach gewesen, keine Komplikationen, keine unheilschwangeren Vorzeichen.

Zu seinen Füßen hustete und summte die Eismaschine. Jens fluchte laut, als seine Gummistiefel auf den schleimigen Stahlplatten ausglitten und er die verdammte Ecke traf, an der man sich immer den Kopf stieß, wenn man Eis über die Kisten schaufelte.

Jonas Bjerre dachte an den Polizisten. Er hatte freundlich, aber ernst geklungen. Er dachte an seine Mutter und seine Schwester. An den Compound-Bogen, der immer am Boden des Kleiderschranks in seinem Lederetui lag. Es fühlte sich an, als würde jemand eine Eisenstange in seinen Brustkorb rammen.

Der Mond stand jetzt südlich von ihnen, und er bemerkte, dass die Dünung von kürzeren Wellen abgelöst wurde. Im Verlauf einer Zigarettenlänge war eine steife Brise aufgekommen.

Volle Fahrt.

Er würde Niels den Mehrverbrauch an Diesel von seinem Anteil bezahlen. Er wollte heim.

22

Samstag, 1. Juli 2006
Thyborøn, Hafen
17:15

Er fuhr in hohem Tempo und hielt nur kurz bei Århus und Viborg an, um den Volvo vollzutanken und Kaffee und Mineralwasser zu kaufen. Ab Harboøre Tangen konnte er die Nordsee sehen. Eine steife Brise wehte vom Meer her. Vielleicht würde die Rita schneller in den Hafen kommen, als Jonas Bjerre gedacht hatte.
Von Philipsen gab es noch nichts Neues, außer dass er seine internationalen Verbindungsleute »faule Säcke« genannt hatte.
Robin fuhr langsam zwischen Familien, Kinderwagen und spazierenden Paaren durch, bis er hinter der Fischauktionshalle einen Parkplatz fand.
Vor dem Gebäude lag ein roter Rettungstrawler mit glänzend weißem Aufbau und einem Wald aus Radarantennen, Satellitenkuppeln und Funkantennen. Sein haushoher Bug sah aus, als lache er über alles, was die Weltmeere ihm zu bieten hatten.
Robin stieg aus und streckte sich. Es knackte in allen Gliedern, er hatte Hunger und Durst. Der Wind war stärker geworden, er nahm einen Wollpullover vom Rücksitz und zog ihn an. Er kaufte ein paar Fischfrikadellen mit Pommes und verspeiste sie an einem runden Stehtisch.

Am Anleger vor ihm stieg eine Gruppe junger Männer in Overalls aus einem mindestens zwölf Meter langen Tornado mit zwei nagelneuen 400-PS-Yamaha-Motoren. Es war ein Festrumpfschlauchboot, ein sogenanntes RIB. Einige der Männer waren sehr bleich, aber die anderen lachten und grölten übermütig. Ein Junggesellenabschied. Der zukünftige Bräutigam bekam einen großen, schwarzen Seidenhut aufgesetzt. Er war der Bleichste von allen, sie mussten ihm von Bord helfen. Breitbeinig schwankte er in den Container der Adventure-Firma.
Hinter der Steuerkonsole stand ein junger Mann in einem gelb-weißen Overall und einer schwarzen Strickmütze. Er zog den Zündschlüssel ab. Das schlürfende Geräusch der Motoren verstummte, und das Wasser unter dem Heck beruhigte sich, sobald die Düsen kein Kühlwasser mehr ins Hafenbecken pressten. Auf dem Deck hinter dem Steuermann waren vier Reihen Sitze auf überdimensionalen Stoßdämpfern montiert.
Der junge Mann kontrollierte die Leinen und sah zu Robin auf, als dessen Schatten über das Deck fiel. Sein Gesichtsausdruck war reserviert, wie es sich für einen Herrscher über 800 PS gehörte.
Robin fragte: »Kennen Sie Jonas Bjerre?«
»Ja.«
»Wo liegt die Rita?«
Der Steuermann des RIB trug graue Handschuhe mit Lederverstärkungen an Handflächen und Daumen. Wie ein Formel-1- oder ein Düsenjägerpilot. Er zeigte auf die äußere Hafenmole.
»Sie sind draußen.«

Robin nickte.
»Tolles Boot.«
»Danke. Ich muss jetzt gehen«, sagte der junge Mann und sprang geschickt über einen Traktorreifen, der als Fender diente, auf die Mole.
Der Skipper ging zu dem dunkelblauen Container. Die jungen Männer schälten sich aus den Overalls, er sammelte sie ein und hängte sie auf. Auf dem Container standen eine Internetadresse und eine Telefonnummer.
Vor zehn Jahren wären dort ein Surfbrettverleih und eine Windsurfing-Schule gewesen.
Robin fand einen geschützten Platz auf der Leeseite eines alten Kutters, setzte sich auf einen Stapel Eisenbahnschwellen, rauchte Kette und trank in kleinen Schlucken sein Mineralwasser.
Um genau einundzwanzig Uhr miaute sein Telefon.
»Jonas hier. Robin?«
»Ja! Wo seid ihr? Ich bin schon in Thyborøn.«
»Gut. Es geht nicht so schnell. Der alte Perkins hätte schon vor zweihundert Jahren ausgetauscht werden müssen. Ich glaube, wir brauchen noch fünf Stunden.«
»Fünf!?«
»Wir sind jetzt dreiundvierzig Seemeilen vorm Hafen. Ist es so dringend?«
Robin wusste nicht, was er antworten sollte. Im Grunde war es überhaupt nicht dringend, aber er hatte es verdammt eilig. »Soll ich euch entgegenkommen?«
»Wie denn?«
»Ich kann einen Hubschrauber rufen. Die können mich abseilen.«

Er hörte selbst, wie idiotisch dieser Vorschlag klang. Als wäre eine tödliche Pandemie ausgebrochen und an Bord des Kutters der einzige Impfstoff Europas.
»Hier draußen sind Riesenwellen, Kamerad! Da braut sich was zusammen. Tiefe Wolken und jede Menge Schauer, auch wenn ihr es noch nicht seht. Es lohnt sich nicht, für ein paar Stunden zu sterben.«
»Ne.«
Robin seufzte. Er hielt die Hand über die Augen und betrachtete den weiten Himmel im Westen. Jetzt konnte er auch sehen, dass es dort dunkler als zuvor war.
»Aber wir sehen uns ja bald«, sagte Jonas Bjerre munter.

Zwei Stunden vergingen. Er wartete im Auto. In dem dunkelblauen Container an der Mole brannte noch Licht, und ab und zu sah er einen Schatten am Fenster. Das große RIB zerrte an den Leinen.
Er hatte Texas' *Red Book* und die neueste CD von Sade gehört und drehte am Radio, um den Wetterbericht auf P1 zu hören, als das Handy auf dem Beifahrersitz miaute.
»Ich bin's noch mal. Es wird dauern. Eins der Motorenlager glüht. Vielleicht sollten wir uns morgen treffen?«
»Habt ihr den Wind nicht im Rücken?«
»Schräg von achtern. Wir rollen.«
Jonas Bjerre klang angespannt, als könne er nicht frei durchatmen. Robin presste das Handy fest ans Ohr.
»Stimmt etwas nicht?«
Im Hintergrund hörte er die Wellen, die gegen den Kutter schlugen, und das tiefe Schnarren der Schiffsschraube, die regelmäßig aus dem Wasser gehoben wurde.

»Ich weiß nicht ...«
Es klatschte laut, der Kutter war in einem Wellental gelandet.
»Irgendjemand ist hier draußen. So ein Motherfucker auf einem Motorboot. Nördlich von uns. Es hält denselben Kurs und dieselbe Fahrt.«
»Wer zum Teufel ...?«
Jonas Bjerre lachte kurz. »Ein Motorboot. Groß und weiß. Jetzt ist es fast verschwunden. Wir haben kein Radar.«
»Konntet ihr den Namen lesen?«
»Nein. Ich melde mich.«
»Jonas! Jonas?«

Robin stieg aus und lief um das Auto herum. Zündete sich eine Zigarette an, warf sie aber gleich wieder fluchend weg. Er sah zu dem immer noch beleuchteten Container hinüber und begann zu rennen.
Atemlos sprang er die Metalltreppe hinauf und riss die Tür auf. Der junge Skipper drehte sich sofort um. Er war gerade dabei, die Leinen aufzurollen und an Wandhaken zu hängen. Im Radio lief der Wetterbericht. Dieselben sonderbaren Namen, die man als Kind gehört hatte, wenn man krank war und vormittags im Bett lag: Doggerbank, Jærens Rev, Humber.
Aber die Feuerschiffe gab es nicht mehr.
Der junge Mann sah Robin unfreundlich an und fuhr mit seiner Arbeit fort.
»Was wollen Sie?«
Robin rang nach Luft und verfluchte die Zigaretten, wie er es etwa zehnmal täglich tat.

»Ich brauche Sie. Sie und Ihr Boot. Jetzt.«
»Sind Sie verrückt?«
Robin trat zu ihm, zog die Brieftasche, klappte sie auf und hielt ihm seinen Dienstausweis vor die Nase.
»Wie heißt du? Ich heiße Robin.«
Der junge Mann, der höchstens fünfundzwanzig war, starrte ihn ungläubig an. Seine Augen hatten weiße Ränder von der Sonnenbrille, sonst war er braun gebrannt wie altes Mahagoni. Seine Augen strahlten etwas Gutes aus.
»Anders.«
»Hör zu, Anders. Es gibt zwei Möglichkeiten. Tut mir leid. Entweder ich beschlagnahme dein Boot im Namen der Königin – so lächerlich es klingt, das *kann* ich – und fahre selbst. Wissen die Götter, was dann aus deinem Broterwerb wird. Oder du ziehst dein Zeug an, und wir fahren zusammen raus und suchen die Rita. Und wenn wir zurückkommen, hebe ich am nächsten Bankautomaten fünftausend Kronen für dich ab. Ich darf bloß die Quittung nicht vergessen.«
»Man kann nur dreitausend pro Tag abheben«, sagte der junge Mann trocken. Er hängte die letzte Leine an ihren Platz und sah Robin an. »Ist wohl besser, wenn *ich* fahre.«
Er ging zu einer Reihe orangefarbener Goretex-Overalls, wählte einen aus und warf ihn Robin zu.
»Zieh den an. Da, wo du hinwillst, ist Scheißwetter.«
Robin nahm den Overall, zog die Schuhe aus und steckte die Beine in den Anzug.
»Hast du eine Seekarte?«
Der Skipper nickte, stellte das Radio und eine Kaffeetasse

auf den Boden und rollte eine Karte aus. Er zog seinen eigenen Overall an und die Mütze tief über die Ohren.
Robin sah auf seine Armbanduhr und begann zu rechnen. Auf der Plastikhülle der Karte markierte er die letzte Position der Rita mit rotem Fettstift, dann zog er eine gerade Linie von dort nach Thyborøn. Der junge Mann sah ihm über die Schulter.
»Strömung?«
»Zwei Knoten nördlich.«
»Wind?«
»Bis zu zwölf Meter pro Sekunde nordwestlich.«
Robin korrigierte den vermuteten Kurs der Rita, indem er Geschwindigkeit, Kompassabweichung, Strömung und Wind mitberechnete, und setzte ein Kreuz irgendwo in der Jammerbucht. Und ein weiteres Kreuz, das etwas südlich der geraden Linie lag.
»Lass deine Sachen hier, es wird eine nasse Nacht.«
Anders öffnete eine Schublade, und Robin legte seine Schlüssel, das Handy und sein Notizbuch hinein.
»Wie schnell ist der Schlitten?«
»Sehr schnell.«
Der junge Mann horchte kurz auf den Wind, der immer stärker wurde und der im Tauwerk der Kutter sang.
»Hier in der Bucht ist die See nicht so schlimm, aber draußen wird sie schwerer. Die erste halbe Stunde machen wir fünfundfünfzig Knoten, dann fünfzig auf dem Rest der Strecke.«
Robin starrte ihn an. »Bist du sicher?«
»Es ist ein gutes Boot. In Norwegen gebaut. In England werden sie als Seerettungsboote eingesetzt.«

Er gab Robin eine blaue selbstaufblasende Secumar-Rettungsweste, und Robin schnallte sie um.
Wie zwei Astronauten stapften sie über den Asphalt. Robin kletterte mühsam in das RIB, während der junge Mann locker vom Kai auf das Glasfiberdeck sprang und das Boot zum Schaukeln brachte.
Er ist ja auch nicht fünfzig, dachte Robin sauer. Er ging ans Heck und sah Anders fragend an. Anders drehte den Zündschlüssel und wärmte die Motoren fünfzehn Sekunden lang vor, bevor er den Schlüssel ganz herumdrehte. Die Lampen an der Steuerkonsole blinkten auf, die Motoren erwachten mit tiefem Brummen. Er nickte Robin zu, der die Leinen löste und in hohem Bogen auf den Asphalt warf.
Hinter dem Plexiglasschirm waren zwei Fahrersitze. Robin setzte sich auf den merkwürdigen schmalen Sattel und lehnte sich zurück an die Stahlplatten. Der junge Mann legte ein Bein an die Kaimauer und stieß das Boot ab, stellte sich neben Robin und ergriff das gummiverkleidete Sportsteuer. Gleichzeitig legte er eine Hand auf den doppelten Gashebel, der wie ein Instrument aus einer Boeing 747 aussah, und schob ihn einen halben Zentimeter nach vorne. Das tiefe Brummen wurde lauter, und sie entfernten sich rasch aus dem Hafenbecken. Der junge Mann schaltete die Navigationslaternen und das Motorenlicht an. Sein Gesicht war ruhig im roten Schein der Instrumente, und Robin entspannte sich, obwohl der Wind in der Takelung der Kutter pfiff und das Wasser weiß in die Hafeneinfahrt schäumte.
Anders wusste genau, was er tat.

»Wirst du seekrank?«, fragte er.
Robin schüttelte den Kopf. Er war nie richtig seekrank gewesen, abgesehen von einem gewissen Unbehagen beim Anblick anderer Opfer Neptuns.
Der Skipper nickte, öffnete eine Glasfiberkiste und reichte Robin eine riesige Skibrille.
»Zieh die an«, rief er und setzte selbst eine Skibrille auf. Sobald das Boot den Hafen verlassen hatte, begann es in der unregelmäßigen See zu rollen. Anders drehte das Steuer ein Stückchen und fütterte die beiden Yamahas mit Hochoktanbenzin, bis das Fahrzeug stabil lag und sich über die Wellen erhob.
Der junge Mann schaltete den Kartenplotter ein, und das Satellitensymbol in der oberen Ecke begann zu blinken, bis die Antenne am Heck Kontakt zu drei Satelliten hergestellt hatte und ihr Boot auf dem Bildschirm auftauchte.
Er zeigte auf die Koordinaten und berechnete die Position des hypothetischen Rendezvous mit dem Kutter.
»Kurs 268«, rief er. Robin nickte.
Der junge Mann zeigte auf einen orangefarbenen Dreipunktgurt. Robin sah ihn entrüstet an.
»Ich bin schon oft gesegelt!«, rief er.
Anders lächelte, schüttelte den Kopf und legte die Hand auf die Gashebel.
»Nein, das glaubst du nur.«
Robin zuckte mit den Schultern und legte den Sicherheitsgurt an. Das Boot umrundete den äußersten Wellenbrecher. Die Nacht war schwarz unter dem tiefhängenden Himmel, der erste Platzregen peitschte gegen das Plexiglas.

Der junge Mann umfasste die Gashebel mit der rechten Hand und schob sie beherrscht und entschlossen nach vorn. Die Motoren protestierten in einer neuen Tonlage, und Robin fühlte sich, als trete ihm ein Pferd in die Hüfte.

Das Boot schnellte wie ein Grand-Prix-Rennwagen in die Dunkelheit, schneller und gleichmäßiger, als Robin es für möglich gehalten hätte. Der junge Skipper gab mehr Gas. Im schwachen Licht der Instrumente war sein Gesicht wie aus Stein gemeißelt. In einer weißen, vollkommen glatten Fahne sauste das Wasser unter dem angehobenen Bug vorbei, und der westliche Himmel schnürte sich im Tunnelblick der rasenden Fahrt zusammen wie eine Kamerablende. Robin starrte ungläubig auf den zitronengelben Zeiger des Logs, der fünfundfünfzig Knoten überschritt, sechzig erreichte und sich dem rechten Anschlag des Instruments näherte.

Er klammerte sich an die Stahlrohre, hatte Angst wie nie zuvor. Er streckte die Knie, stemmte die Beine fest aufs Deck und fixierte Ellbogen und Handgelenke, obwohl das Boot vollkommen stabil über das Wasser schoss. Seine Beine zitterten vor Anstrengung, und die Unterarme verkrampften, aber er traute sich nicht, den Griff auch nur minimal zu lockern. Er war sich sicher, dass er sofort aus dem Boot geschleudert werden würde, wenn er nur eine Sekunde lockerließ.

Er drehte den Kopf und schrie so laut er konnte: »Du musst nichts beweisen! Wir erreichen sie schon!«

Aber Anders schien ihn nicht zu hören, denn die Hand auf den Gashebeln bewegte sich noch weiter nach vorn.

Sein Gesicht war ausdruckslos, und die Augen hinter der Skibrille waren ganz ruhig. Robin hätte am liebsten Anders' Hand vom Gashebel geschlagen, aber die Beschleunigung presste ihn fest gegen die Rückenlehne und machte jede Bewegung unmöglich. Seine starren Augen beschworen den Zeiger des Logs, der das Niemandsland jenseits der siebzig Knoten erreicht hatte. Dann schloss er sie fest.

Ich bin in meinem Element, murmelte er wieder und wieder, wie es ihm damals der Psychiater aufgetragen hatte, aber das gequälte Heulen der Motoren übertönte jedes Wort und jeden Gedanken. Die fürchterliche Vorstellung, dass er gerade die Lichtgeschwindigkeit überschritt, verdrängte alles. Am Steuer einer Höllenmaschine durch das sturm- und regengepeitschte Meer, an seiner Seite ein Fremder.

23

Samstag, 1. Juli 2006
Skagerrak
Vor Mitternacht

Die Motorjacht fuhr eine halbe Seemeile hinter dem Kutter direkt in dessen Kielwasser. Ihr Bug peitschte gegen die Wellen, das Wasser spritzte auf das Glasfiberdeck und die Fenster der Steuerbrücke.
Er hatte alle Lichter ausgeschaltet, hinter den grauen Regenvorhängen war das Boot so gut wie unsichtbar. Der große Mann stellte den Autopiloten auf Osten und justierte den Gashebel so, dass die fünfundvierzig Fuß lange hochseetüchtige Grand Banks genauso schnell wie der Kutter fuhr, allerdings in einem spitzen Kurs, der sie in ungefähr zwanzig Minuten vor den Kutter führen würde. Zwanzig Minuten sollten reichen.
Die schwere See rammte mit dumpfem Knall die Jacht, die zehn Grad nach Norden schlingerte, bis der Autopilot sie wieder auf Kurs brachte.
Der große Mann hielt mühelos die Balance auf dem Teakholzdeck. Er sah auf seine Taucheruhr, lief durch den Salon, öffnete die Mahagonitür zum Achterdeck und hängte sie an den Sturmhaken ein. Dann stieg er auf die Badeplattform am Heck hinab, wo er Hand über Hand das sechzehn Fuß lange Schlauchboot aus dem Schlepptau einholte. Wie eine widerspenstige Muräne tauchte es aus

der Dunkelheit auf. Er setzte die Taucherbrille auf und wartete auf einen günstigen Moment, in dem die Boote halbwegs gleichmäßig auf den Wellen lagen. Dann nahm er die Fangleine zwischen die Zähne, sprang in das Schlauchboot und ließ sich ans Heck rollen. Er richtete sich auf, zog den Choke halb heraus und riss dann so fest er konnte an der Starterschnur. Der Motor sprang sofort an. Er packte den Gashebel und steuerte das Schlauchboot an der Jacht vorbei, die unbeirrt ihren Kurs fortsetzte.

Bald konnte er Topplaterne und Hecklicht erkennen. Noch bevor der Kutter selbst in Sicht kam, stieg ihm der scharfe Geruch von Fisch und unverbranntem Diesel in die Nase, und er hörte das Stampfen der alten Maschine. Er legte sich an die Luvseite, wo der Wind das Schlauchboot am Rumpf des Kutters halten würde. Für einen Augenblick sah er das Gesicht des Rudergängers im Licht eines Feuerzeugs, dann glimmte eine Zigarette im Steuerhaus auf. Er ließ das Schlauchboot neben dem Kutter hergleiten, nahm die Fangleine wieder zwischen die Zähne und sprang so hoch er konnte über das offene Wasser. Er bekam das Schanzkleid mit beiden Händen zu fassen, krümmte sich zusammen und stützte die Füße in ein Speigatt. Dann hievte er sich über die Reling auf das Fangdeck, wo er sofort auf einer Schicht aus Schleim und Fischschuppen ausrutschte. Er landete auf dem Rücken und schlug mit dem Kopf auf die stählernen Deckplatten. Der große Mann stieß einen Fluch aus. Im letzten Moment erinnerte er sich an die Fangleine, rollte herum und ergriff sie, kurz bevor sie ins Meer rutschte.

Ohne das Schlauchboot wäre alles verloren. Der Kutter würde fast, aber auch nur fast, die Motorjacht erreichen, die führerlos ihren Kurs fortsetzen und an den Sandbänken der Jammerbucht zerschellen würde.

Der große Mann stieg die drei grüngestrichenen Stufen zum Steuerhaus hinauf, bückte sich und zog ein Messer aus der Plastikscheide am Unterschenkel. Es war ein zweischneidiges Kommandomesser, das er in Hereford bekommen und nie zurückgegeben hatte. Er öffnete die Tür.

Der Fischer saß in einem hohen Stuhl und hatte die Füße auf das Armaturenbrett gelegt. Das Steuerrad drehte sich ruckweise hin und her, korrigiert vom Autopiloten. Er richtete sich auf und wollte gerade den Kopf drehen, als sich eine behandschuhte Hand um seinen Unterkiefer schloss und der große Mann die Messerspitze in die weiche Haut über der Kehle stach. Der Shetlandpulli des Steuermannes roch nach nassem Schaf, seine Haare rochen nach Schweiß und Zigarettenqualm.

Er rührte sich nicht, ahnte die Kraft des Mannes und spürte ein warmes Rinnsal, das ihm in den Kragen lief.

Der große Mann sah auf den Autopiloten. Die rote Digitalanzeige sprang synchron mit den rollenden Bewegungen des Kutters von 094 auf 098 bis 099 und wieder zurück.

»Wie heißt du?«, fragte er.

»Jens.«

»Danke«, sagte der große Mann. Die Klinge glitt leicht durch die Haut und schnitt die Halsarterie durch. Er führte sie weiter durch die Speiseröhre und den Knorpel

der Kehle, bis sie auf der anderen Seite wieder herauskam. Sein linker Neoprenhandschuh wurde warm und rot.
Der Steuermann glitt seitlich vom Stuhl. Auf dem Boden schlug er wild um sich, zog die Knie an und versuchte sich aufzurichten, aber der große Mann stellte sich auf seinen Rücken und stemmte die Arme gegen das Dach, bis er sich nicht mehr rührte.
Er drehte den Kursindikator auf 085 und stieg über den Steuermann. Den Kopf des Toten musste er beiseiteschieben, um die Tür zu öffnen.

Jonas Bjerre schaute von seiner Patience auf, als die Tür über der Treppe aufging. Die warme Luft und der Rauch in der Kajüte wurde nach oben gesaugt. Für einen Augenblick übertönte das Heulen des Sturms das monotone Stampfen der Maschine. Er runzelte die Stirn und öffnete den Mund, als ein Mann in dunkelgrauem Taucheranzug mit einem Sack vor der Brust langsam die Treppe herunterkam.
Er war so groß, dass er sich bücken musste. Jonas Bjerre schloss den Mund, saß wie erstarrt da. Das Gesicht des Fremden war unter Kapuze und Taucherbrille verborgen, sein Mund war unnatürlich verzerrt. Jonas konnte keinen Ausdruck in den Augen des Fremden erkennen. Niels drehte sich in der oberen Koje um und ließ ein Bein über den Rand hängen. Er hielt ein Pornoheft mit ausgebreitetem Centerfold in den Händen.
Der Fremde hob eine große, schwarze Automatikpistole und richtete den Lauf auf die Decke. Niels rührte sich nicht. Der Mann wandte sich an Jonas.

»Bist du Jonas Bjerre?«
Jonas nickte und umklammerte die Sitzbank. Er sah den regungslosen Mann an und fühlte, wie sich ein Abgrund vor ihm auftat.
Der Mann ahmte sein Nicken nach und drehte den Oberkörper zu Niels in der oberen Koje. Dann schoss er zweimal gelassen und präzis durch die nackte Frau auf dem Titelblatt. Niels sank auf die Koje. Sein rechtes Bein streckte sich kurz, dann hing es schlaff über die Bettkante und schlingerte im Takt mit dem Kutter.
Der große Mann drehte sich zu Jonas Bjerre um und grinste so breit, wie es die stramme Tauchkapuze zuließ. Die Augen und der große Mund seiner Schwester. Der junge Mann hatte sich halb erhoben, aber er konnte nicht von dem engen Platz aufspringen.
Die Pistole wurde auf seinen Kopf gerichtet, und Jonas Bjerre fiel zurück auf die Bank und starrte die Karten an, die in ordentlichen Reihen auf dem Tisch lagen. Er hatte sich gerade selbst betrügen wollen.
»Du hast eine Aufnahme. Eine Aufnahme von Bjørnøya. Von deiner Schwester. Die will ich haben.«
Jonas Bjerre starrte weiter auf den Tisch. Dann hob er den Kopf und sah den Mörder an. Er schüttelte den Kopf.
»Nein?«
Der große Mann neigte den Kopf, als würde er aufmerksam lauschen.
Der Wind war nicht stärker geworden, die Wellen peitschten mit derselben Geschwindigkeit wie zuvor gegen den Kutter, der Motor stampfte im selben Rhythmus. Bis zu den Sandbänken war es noch weit. Er zog die Neopren-

kapuze ab und drehte den Kopf zur Treppe, ohne Jonas Bjerre aus den Augen zu lassen.

Da hörte auch Jonas Bjerre das angestrengte Kreischen der Hochleistungsviertakter. Ein Laut, der mit jedem Schlag seines Herzens lauter wurde und schnell wie ein Flugzeug näher kam.

Der große Mann zog die Kapuze wieder über die Ohren und sah Jonas Bjerre in die Augen.

»Sieht aus, als bekämen wir Besuch«, sagte er.

Er zielte auf die Brust des jungen Mannes und drückte ab. Zweimal schnell hintereinander. Die Patronenhülsen flogen gegen ein Bullauge und fielen klirrend zu Boden. Fast gleichzeitig ging er auf Jonas Bjerre zu, der mit weit aufgerissenen Augen dasaß. Die Augen lebten noch, sie beobachteten ihn. Er beugte sich über den Mann, der seiner Zwillingsschwester so ähnlich sah, presste die Mündung fast zärtlich zwischen die blonden Augenbrauen und drückte noch einmal ab.

In der kurzen Zeit, die die Hinrichtung gedauert hatte, war der Motorenlärm deutlich lauter geworden. Der große Mann durchsuchte hastig Jonas Bjerres Seemannsjacke und Cordhosen.

Kurz darauf öffnete er die Luke zum Maschinenraum und sprang hinein. Motor, Leitungen und Pumpe warfen schwarze Schatten im Licht der Neonröhre. Hastig steckte er die Pistole in den wasserdichten Sack und zog das Messer. Er fand das Seewasserventil der Kühlung und schnitt den schwarzen Schlauch, der von ihm ausging, glatt durch. Kalt und klar strömte das Wasser aus einem halben Meter Höhe in den Maschinenraum.

Anders zeigte auf die Umrisse des Kutters, bevor Robin Hansen sie überhaupt erahnte. Der alte Kahn lag still und schwer auf den Wellen und drehte langsam den Steven in den Wind, nur noch von dem kleinen Ziersegel am Besanmast gesteuert. Er war völlig unbeleuchtet.
Die zwei Yamahas tuckerten gemächlich, der junge Mann drosselte das Tempo. Der Tornado glitt an die Leeseite des Kutters. Robin musste nicht mehr schreien, um verstanden zu werden. Vorsichtig streckte er Arme und Beine.
»Da waren zwei weiße Schimmer«, sagte Anders und zeigte auf das dunkle Steuerhaus.
Robin hatte nichts gesehen, aber er zweifelte nicht am Sehvermögen des Skippers. In den letzten Jahren hatte er bemerkt, dass er im Dunklen zunehmend schlechter sah, aber Anders hatte wahrscheinlich das Sehvermögen einer Eule.
»Er liegt zu tief«, sagte Robin.
Die Wellen begannen über den Achtersteven zu spülen, die Speigatte spuckten Wasser.
»Setz mich ab. Leg dich nach Lee. Und halt Abstand!«
Anders sah ihn an. »Soll ich keine Leine legen? Das ist kein Problem.«
»Halt dich da raus!«
Robin nahm eine wasserdichte Taschenlampe von der Armatur und steckte sie ein.
Der junge Mann nickte und steuerte präzis an den Kutter heran. Er passte den Kontakt auf den Augenblick ab, in dem eine Welle den Tornado so weit anhob, dass Robin mühelos über die Reling steigen konnte. Der Tornado verschwand im Dunkeln. Robin drehte sich still um und betrachtete den jungen Mann hinter der Plexiglasscheibe.

So etwas konnte man nicht lernen. Manche Menschen waren einfach mit einem Sinn für die unendlich komplizierte, vieldimensionale Wirklichkeit der Meere und Winde geboren.

Der Regen spritzte vom Deck zurück, der Wind zerrte an seiner dicken Kleidung. Er musste sich ducken, um voranzukommen. Tot und schwer lag das Deck unter seinen Füßen.

Er machte die Taschenlampe an, stieg die kurze Treppe zum Steuerhaus hinauf und wollte die Tür öffnen. Sie bewegte sich nur ein paar Zentimeter, dann stieß sie gegen ein schweres Hindernis, das nur langsam nachgab. Er drückte mit beiden Händen und öffnete die Tür einen Spaltbreit. Robin steckte vorsichtig den Kopf hinein. Der Lichtkegel der Taschenlampe streifte das knarrende Steuerrad und das große UKW-Funkgerät. Im Innern des Gerätes schimmerte ein schwaches Licht. Die Deckplatte war zerschossen.

Robin hielt die Luft an und richtete die Lampe auf den Boden. Seine Knie wurden weich. Er sah nur wenige Sekunden hin, dann ließ er die Tür zufallen und drehte das Gesicht in den kalten, prasselnden Regen. Er atmete tief ein, um den Geruch des warmen Blutes loszuwerden.

Schon brachen sich die Wellen über dem Achtersteven, der Kutter bewegte sich kaum noch. Unbeholfen arbeitete er sich über das Fangdeck zum Niedergang vor, der zum Maschinenraum und den Kajüten führte. Die Mahagonitür stand offen, sie klapperte in den Sturmhaken. Er richtete die Taschenlampe nach vorn und ging die gummiverkleideten Stufen hinab.

Als er auf dem Geländer blutrote Spuren sah und die vollkommene Stille in der Kajüte spürte, bereitete er sich auf das Schlimmste vor. Aber es half nichts.
In den vergangenen fünfundzwanzig Jahren hatte Robin Hansen zu viele Tote gesehen. Er hatte die zerschmetterten, überfahrenen oder erhängten Körper von Selbstmördern gesehen und ihre Abschiedsbriefe gelesen. Er hatte tote Kinder gesehen, die in den Armen ihrer Eltern durch die Straßen Gjakovas getragen wurden, weil sie Plastikspielzeug in lustigen, unwiderstehlichen Farben gefunden hatten.
Manchmal hatte der Tod ganze muslimische Familien in ihren Schlafzimmern im Obergeschoss ihrer Häuser gefesselt. Der Tod hatte sämtliche Gasbehälter aus der Küche geholt, sie auf den Treppenabsatz gestellt und aufgedreht, so dass Eltern, Kinder und Großeltern das Zischen hören konnten. Er hatte alle Fenster geschlossen und zugeklebt, im Erdgeschoss eine Kerze angezündet und in aller Ruhe zuletzt die Haustür von außen versiegelt. So ging er von Haus zu Haus, während das Gas nach oben stieg und sich dann langsam wie eine Decke auf die Flamme senkte. Eine praktische Methode, denn so stürzten die Häuser senkrecht ein und versperrten den Militärfahrzeugen nicht die Straße.
Der Tod konnte ein gelehrter Technokrat sein, genau wie hier.
Der Lichtkegel glitt über die Leiche in der oberen Koje. Robin streckte sich und sah, dass die Kugeln Hals und Oberkörper des Opfers durchschlagen und die Stahlwand hinter ihm verbeult hatten. Er fand ein nur leicht defor-

miertes Projektil auf der grauen Decke neben dem Fischer und steckte es in die Tasche. Teflonbeschichtet. Er stand bis zu den Knöcheln im Wasser, das durch eine offene Luke im Achterschott in die Kajüte schwappte. Der Kutter begann zu sinken. Er watete durch die Brühe und beugte sich über den Mann, der über dem kleinen Tisch zusammengesunken war. Robin richtete Jonas Bjerre auf, hielt ihn mit ausgestrecktem Arm fest und leuchtete in sein Gesicht.
Er dachte an die Fotogalerie, die er im Haus der Familie Bjerre in Skodsborg gesehen hatte. An den kleinen Jungen mit dem sommerblonden Haar, den Schuljungen mit der Schirmmütze und den jungen, bärtigen Mann, der auf einem Badesteg stand und den Arm um seine Schwester legte. Vorsichtig ließ er Jonas Bjerres Kopf auf den Tisch zurückfallen. Der Kutter knarrte und krängte.
Er stemmte sich gegen die Schlagseite, klammerte sich an den Kojen fest, riss Matratzen und Decken heraus und fluchte laut. Als das Schiff sich weiter neigte, hielt er die Luft an. Robin wusste, dass der Kutter einen runden Bug hatte und sich ohne Vorwarnung umdrehen würde, sobald der vertikale Schwerpunkt überschritten war. Das Wasser strömte kalt um seine Füße. Auf der Oberfläche schwamm ein irisierender Ölfilm.
Der Eckschrank. Gelbes Ölzeug, Troyer, Pornos und Gummistiefel. Hektisch durchsuchte er die Taschen des Ölzeugs, wühlte zwischen Wollpullovern, Mützen und Handschuhen, fand aber nichts. Inzwischen neigte sich der Kutter um fast vierzig Grad. Er kämpfte sich zu Jonas Bjerre zurück und durchsuchte fieberhaft dessen Taschen.

Der Mann war groß und kräftig, Robins Arme zitterten vor Anstrengung. Nichts.

Er erreichte die Treppe, zog sich am Geländer hinauf, ohne die Blutspuren zu berühren.

Er rutschte seitwärts über das schräge Deck, hielt sich an allem fest, was er greifen konnte. Schließlich ging er in die Knie und schleppte sich auf allen vieren an der Reling entlang. Der Overall kniff im Schritt, das Salz brannte in seinen Augen. Mit letzter Kraft zog er sich an Steuerbord die Reling hinauf und leuchtete hinaus in den Regen. Die Wellen schlugen gegen das sterbende Schiff.

Direkt unter ihm kam der Tornado aus der Dunkelheit. Robin wälzte sich über die Reling und ließ sich am Schiffsrumpf hinabhängen. Ein Fuß kam auf der Fenderleiste zu stehen. Er stieß sich mit aller Kraft ab, landete am Boden des RIB und schlug mit der Stirn gegen einen der Sturzbügel.

Blut verschloss sein linkes Auge, er schmeckte Eisen und Salzwasser. Die Motoren heulten auf. Robin drehte sich um und sah, wie der Kutter herumrollte und den Kiel in den Himmel streckte. Haarige Algen, Seepocken und Napfschnecken klebten in dicken weißen Klumpen an dem schwarzen Rumpf. Zuerst versank der Steven. Im Licht der Taschenlampe sah Robin die große starre Bronzeschraube und das Ruderblatt, das wie eine Tür hin und her schwang, bis es als Letztes unter der schäumenden Oberfläche verschwand.

Das RIB drehte laut auf und entfernte sich von dem blubbernden Loch, in dem die Rita versunken war.

Verschrammt, nass bis auf die Knochen und halb erfroren

richtete er sich auf, machte die Taschenlampe aus und ging auf Anders zu, der in seinem gelb-weißen Overall unbeweglich am Ruder stand, die Strickmütze bis zum Kragen hinuntergezogen.

»Anders, verdammt! Das Funkgerät, wir müssen …«

Er hielt jäh ein und betrachtete Anders' behandschuhte Hand, die zum Armaturenbrett griff. Der Skipper drehte sich langsam zu Robin um, der im Licht der Steuerbordlaterne die dunkelgrauen Neoprenstiefel anstelle der Seglerstiefel bemerkte, die Anders in Thyborøn angezogen hatte.

Statt des jungen, sanften Gesichtes sah er einen zu einem grotesken Lächeln verzerrten Mund und eine schwarze Taucherbrille. In diesem Moment hob eine Welle das Heck des Tornado an und Robin fiel vornüber. Im Augenwinkel sah er ein weißes Leuchten, hörte den Schuss und spürte einen Luftzug über der rechten Schläfe.

Anstatt sich aufzurichten, warf er sich nach vorn und rammte den großen Mann mit dem Kopf über den Knien. Der Mörder fiel rückwärts gegen die Steuerkonsole. Robin holte aus und schlug die Faust so fest er konnte in das Zwerchfell des Mannes. Er wurde mit einem explosiven Husten belohnt. Robin wollte den Mann an den Beinen packen und über den Plexiglasschirm hieven, doch sein Gegner rammte ihm ein Knie seitlich gegen den Unterkiefer.

Es knackte laut neben seinem Ohr, ein unbeschreiblicher Schmerz schoss ihm durch Kopf und Hals, sein Mund füllte sich mit Blut. Alle Kraft wich aus seinen Beinen, er fiel auf die Knie.

Der große Mann holte zum Hieb mit dem Pistolenschaft aus. Er zielte auf die linke Schläfe des Kommissars und erwartete schon den dumpfen Schlag und das Nachgeben der dünnen Schädeldecke, aber Robin schnellte so weit vor, bis sein Kopf zwischen den Beinen des großen Mannes saß. Es sah fast aus, als würde er beten. Der Hieb traf ihn ohne große Wirkung unterhalb des Nackens. Der große Mann packte Robin an den Haaren und holte erneut zum Gnadenstoß aus, als etwas durch das Neopren um seinen rechten Unterarm und weiter durch Haut und Muskelfasern schnitt. Vom Handgelenk bis zum Ellbogen.

Die Pistole fiel aus der Hand mit den durchtrennten Nerven, der Polizist blickte zu ihm auf. Der große Mann sah sein eigenes Kommandomesser in der Hand des Polizisten. Er registrierte, wie der Polizist ausholte und wusste, dass der nächste Stoß seiner Bauchhöhle gelten würde.

Er trat den Kommissar von sich. Robin fiel gegen die erste Reihe der gefederten Sitze, und der große Mann suchte auf dem Boden nach seiner Pistole. Er richtete sich auf und sah die Silhouette des Kommissars ganz hinten am Motorgehäuse. Ihm war unerklärlich, dass sich jemand so schnell bewegen konnte. Der erste Schuss traf den Polizisten in die rechte Hüfte und drehte ihn um die eigene Achse. Mit dem nächsten Schuss traf er Robin Hansen in die linke Schulter. Die Wucht des Projektils hob die unförmige Gestalt über die Seite des Bootes.

Das Letzte, was Robin Hansen sah, bevor das schwarze Wasser über seinem Kopf zusammenschlug, war ein Schlauchboot im Schlepptau des Tornado. Er konnte sich gerade noch selbst verfluchen.

Der große Mann brüllte vor Schmerz, das Blut schoss aus seinem lädierten Unterarm. Er stellte den Autopiloten ab, schaltete den Scheinwerfer über dem Windschutz ein und drehte den Tornado. Der Suchscheinwerfer traf den orangefarbenen Overall des Polizisten auf einem Wellenberg, und der große Mann feuerte dreimal auf die Gestalt im Wasser.

Schwärze, Orientierungslosigkeit, aufsteigende Luftblasen und die heulenden Yamahas des RIB. Etwas glitt über seinen Kopf hinweg, der Wasserdruck der Schrauben drückte ihn hinab.
Über seinem Herzen explodierte etwas, und er wusste, dass er noch einmal getroffen war.
Doch sein Körper schlug nur einen schlaffen Salto, der Kopf durchbrach die Wasseroberfläche, und er erkannte vage, dass die Explosion von der Kohlensäurepatrone der Rettungsweste gekommen war.
Das Wasser leuchtete weiß wie Milch, der Motorenlärm steigerte sich zu einem Crescendo, das Licht kam näher. Der Mörder beugte sich waghalsig weit aus dem Boot, um ein freies Schussfeld zu haben. Robin bemerkte, dass er immer noch das Messer in der Hand hielt, steckte die Spitze unter die Nylonschnüre der Rettungsweste und schnitt sie auf. Sie trieb rasch davon. Er ließ das Messer los und sank in das milchige Wasser.
Wunderbare Kälte umgab ihn und linderte seinen Schmerz. Er wollte den Mund öffnen und das reine Salzwasser einatmen, aber sein Kiefer war unbeweglich. Sein linker Fuß begann automatisch, den Stiefel vom rechten Fuß zu

schieben, und als er in der Tiefe verschwand, tat der rechte Fuß dasselbe mit dem linken Stiefel.

Seine Töchter hielten einander an den Händen und sahen ihn ernst an.

Lass sie nur, dachte er gleichgültig. Ich will nichts damit zu tun haben. Ganz von selbst fanden die Finger der linken Hand endlich die Schlaufe am Reißverschluss seines Overalls, und es dämmerte ihm, dass er schon eine Weile danach gesucht hatte. Er öffnete den Reißverschluss, wand sich aus dem Oberteil, drehte sich und glitt auch aus den Hosen. Arme und Beine begannen sich instinktiv zu bewegen, wie bei einem jungen Lungenfisch, der nach dem ersten großen Regen aus seinem Schlammloch steigt.

Als sein Kopf endlich die Wasseroberfläche durchbrach, kniff er die Augen fest zu. Er wusste, wie schmerzhaft der erste tiefe Atemzug sein würde.

Robin jammerte, er prustete Blut und Wasser. Die Wellen spülten weiter über seinen Kopf. Er war todmüde. In einem Wellental rammte etwas Schweres seine linke Schulter. Er öffnete er die Augen und sah, dass er direkt neben dem Rumpf des Tornado schwamm.

Er schaute auf, erwartete die Gestalt mit dem fürchterlichen, verzerrten Mund. Den Mörder, der ihm die Pistole an die Schläfe setzte. Aber nichts geschah. Er hielt sich an der Fenderleiste fest und strampelte unkontrolliert ans Heck.

Das Boot schaukelte auf den Wellen, die mächtigen Motoren lagen halb im Wasser. Robin glaubte, dass alles nur Einbildung sei, aber das große RIB war tatsächlich am Sinken.

Robin Hansens letzte Willenskraft und viele bekümmerte Blicke seiner Töchter waren nötig, damit er sich über den Gummiponton auf den Rumpf zog. Er erbrach Blut und Wasser und fühlte, wie sich der warme Mageninhalt über seine aufgedunsenen Hände ergoss.

Offenbar standen Schulter und Hüfte noch in rudimentärer Verbindung zum Gehirn. Noch gehorchten die Glieder seinem Willen und taten annähernd das, was er ihnen befahl.

Doch er hatte viel Blut verloren. In regelmäßigen Abständen schlossen sich schwarze Gardinen vor seinen Augen. Der Schlauch rund um den Rumpf war auf beiden Seiten aufgeschnitten und der Glasfiberrumpf mit mehreren Schusslöchern perforiert.

Er betete, dass der große Mann das Handfunkgerät, das unter der Steuerkonsole hing, übersehen hatte. Hatte er nicht. Auch die Gurte der Rettungsflöße waren durchgeschnitten, sicher waren die Glasfiberkanister schon auf halbem Weg nach England. Robin legte sich auf den Rücken und schloss die Augen.

Das Wasser leckte ihm über die Hände und weckte ihn. Beine und Unterkörper lagen schon im Wasser. Die einzigen warmen Punkte, die er noch fühlte, waren die Schusswunden, aus denen noch Blut tropfte. Doch selbst das Blut war am Abkühlen.

Er fühlte, das er irgendetwas tun musste, um den Ansprüchen seiner Töchter zu genügen. Notdürftig seinen Nachruhm zu sichern. Er wühlte in der Glasfiberkiste unter der Steuerkonsole, wo Anders die Skibrillen aufbewahrte. Dort fand er einen kleinen Schirmanker und einen gelben, zylinderförmigen Behälter mit Notfackeln. Das war alles.

Komischer Rekord, dachte er müde. Innerhalb einer Stunde mit zwei verschiedenen Booten untergehen. So etwas hatte es selbst im Konvoikrieg im Nordatlantik kaum gegeben. Jedenfalls hatte es niemand überlebt, um den Rekord zu beanspruchen.

Der Regen hatte aufgehört und der Wind sich gelegt. Zwischen den Wolkenfetzen sah er den Oriongürtel und den Mond. Er lag zusammengekrümmt wie ein Fötus, den Kopf auf der vorderen, fast leeren Luftkammer, zitterte vor Kälte und gab sich Halluzinationen hin. Das Wasser reichte ihm bis unter die Arme.

Nach einer einsamen Ewigkeit hörte Robin Hansen von weit her schnelle Motoren, hob müde den Kopf und sah in der Ferne der stillen Nacht eine weiße und eine rote 360-Grad-Topplaterne. Das Signal eines Lotsenbootes.

Fieberhaft wühlte er in dem Behälter mit den Notfackeln. Er riss sich einen Fingernagel ab und ließ die erste Fackel ins Wasser fallen. Beim zweiten Versuch gelang es ihm, den Auslöser zu ziehen. Ehrfurchtsvoll starrte er der Fallschirmfackel hinterher, die in hohem Bogen in den Nachthimmel stieg und dort ihr reines, rotes Licht entfaltete, das die gesamte nördliche Halbkugel zu erleuchten schien. Wie im Traum sah Robin Hansen, wie das Lotsenboot den Kurs änderte und mit heulenden Gasturbinen auf ihn zukam.

24

2.–5. Juli 2006
Verschiedene Krankenhäuser

Später erzählten sie ihm, dass er bewusstlos gewesen war, als sie ihn geborgen hatten. Sie hatten ihn in den Motorenraum gelegt, den wärmsten Ort auf dem Lotsenboot. Für einen kurzen Augenblick sei er aufgewacht – genug Zeit, um dem Steuermann die Faust ins Gesicht zu rammen. Demselben Steuermann, der zuvor über Bord gesprungen war, um den halbertrunkenen und halbverbluteten Kommissar aus dem sinkenden Wrack zu retten. Ein besorgter Philipsen hatte die Küstenwacht alarmiert, als er Robin nicht mehr erreichen konnte und auch Ellen nichts von ihm gehört hatte. Jemand hatte gesehen, wie das RIB den Hafen in einer Nacht verlassen hatte, in der es gewöhnlich nicht ausgefahren wäre.
Sie fuhren ihn ins Zentralkrankenhaus von Holstebro, wo sie ihn in einer Badewanne auftauten, betäubten und auf den Operationstisch legten. Sie machten eine Laparoskopie, legten dicke Schläuche in seine Bauchhöhle und spülten warmes, steriles Salzwasser mit einem Dialyseapparat durch seinen Körper, um die Kerntemperatur zu erhöhen.
Er schlief die nächsten vierundzwanzig Stunden, wachte nur ab und zu aus schrecklichen Alpträumen auf und schüttelte sich vor Kälte. Die eine Hälfte der weißgekleideten Menschen, die in sein Zimmer kamen, gab ihm

Bluttransfusionen durch eine Kanüle im rechten Arm, während die andere Hälfte – oft gleichzeitig – durch eine Kanüle im linken Blutproben entnahm. Wie ein menschlicher Wärmewechsler.

Am nächsten Vormittag kamen der Chefanästhesist und der Klinikchef der orthopädischen Chirurgie zu Besuch. Der Anästhesist setzte sich aufs Fensterbrett, der Chirurg ließ sich in einen Sessel fallen und faltete die Hände im Schoß. Der Anästhesist las die Akte.
»Vollkommen unmöglich«, sagte er.
Der Chirurg nickte. »Stimmt.«
»Ihre Kerntemperatur war zu niedrig«, fuhr der Anästhesist fort. »Neunundzwanzig Komma sechs Grad Celsius bei Einlieferung. Wer weiß, wie tief Sie da draußen waren.«
»Äußerst merkwürdig«, sagte der Chirurg.
»Der Statistik zufolge müsste ein Mann in Ihrem Alter mit Ihrem BMI nach so langer Zeit in vierzehn Grad kaltem Wasser längst gestorben sein«, sagte der Anästhesist und klopfte gedankenverloren mit einem Kugelschreiber gegen seine Vorderzähne. »Ganz zu schweigen vom Blutverlust.«
»Wir müssen wohl die Hypothermietabelle revidieren«, sagte der Orthopäde.
Robin hätte sich gerne für das unorthodoxe Verhalten seines Körpers entschuldigt, aber er konnte nicht reden.
»Wir möchten einen unserer Assistenzärzte bitten, eine Kasuistik zu schreiben«, sagte der Anästhesist, als wäre dies ein Trost. »Eine Fallstudie. Ich glaube, sie könnte in

einer guten Zeitschrift veröffentlicht werden. International. Der Verlauf ist in Ihrem Fall verhältnismäßig gut dokumentiert. Ist das in Ordnung?«
Robin hätte den Vorschlag am liebsten abgelehnt, aber da er so eklatant gegen die bis dato unerschütterlichen thermodynamischen Gesetze verstoßen hatte, konnte er schlecht die Mitarbeit verweigern. Er nickte schwach.
»Gut«, sagte der Anästhesist und sah seinen Kollegen an. »Dafür muss er ja nicht reden können, steht alles im Bericht.«
»Nein, das ist perfekt«, sagte der Orthopäde. »Dann sehen wir mal, was passiert.«

Durch die Tür des Krankenwagens sah er ein Stück bedeckten Himmel, bevor sie zugeschlagen wurde. Sie fuhren ihn durch Jütland, über Fünen und ganz Seeland. Er döste vor sich hin. Durch die milchweißen Scheiben sah er die Fahrer Sandwiches essen und Kaffee trinken, während er sich mit seiner Sondennahrung zufriedengeben musste. An Schlaf war nicht zu denken, weil jede Unebenheit auf der Straße direkt an seinen Unterkiefer weitergegeben wurde.
Im Traumazentrum der Universitätsklinik wechselten sie die Verbände an Schulter und Hüfte und erklärten sich mehr oder weniger zufrieden mit seinem Zustand. Die Wunden waren nicht infiziert. Sie rollten sein Bett in einen Aufzug und verfrachteten ihn in die kieferchirurgische Abteilung.
Am Abend kamen Ellen und die Kinder und weinten ein bisschen.

Ellen schimpfte mit Philipsen – und mit Robin. Die Kleine schaute sich neugierig die Verbände und Apparaturen an. Ellen musste ihr ständig irgendwelche elektrischen Geräte aus den Händen reißen. Sie hatte schon immer Knöpfchen geliebt.

Die Ältere hatte ein Bild mit einem Kamel gemalt, die Stiefschwester einen Hund und die Kleine ein Grab. Neben dem Grabstein stand ein Mann mit einer Pistole, und ein zweiter Mann mit kurzen, abstehenden Haaren und Kreuzaugen fiel auf das Grab und streckte die Zunge aus dem Hals.

Bestimmt hat es ihr geholfen, dachte Robin zerknirscht. Er legte die Bilder auf den Speiseplan des Krankenhauses, den er kaum brauchen würde.

Eine Deckenplatte hatte sechsundfünfzig mal sechsundfünfzig Löcher. Das machte dreitausendeinhundertsechsunddreißig Löcher pro Platte. An der Zimmerdecke waren vierundzwanzig mal vierundzwanzig Platten. Machte fünfhundertsechsundsiebzig. Das wiederum hieß, dass insgesamt …

Die Zwischenrechnungen lösten sich im Nebel der Morphine auf, und er hatte seine herkulische Rechenarbeit fast aufgegeben, als die Tür aufging und der Kieferchirurg eintrat. Es war ein jüngerer, kompetent aussehender Mann. Er setzte sich auf die Bettkante und erzählte Robin, dass sein Unterkiefer am Kinn gebrochen und unter einem Ohr ausgerenkt worden war. Dabei zeigte er auf sein eigenes kräftiges Kinn. Der Bruch hatte den Kiefer verschoben, aber die Zähne waren intakt, und sie hatten die Frak-

tur mit einer Titanium-Schiene und Schrauben fixiert. Das hatte den Vorteil, dass die Konstruktion sehr stabil war, und den Nachteil, dass es ihm in der ersten Woche ziemlich schwerfallen würde, sich sprachlich zu äußern. Außerdem würde er sich eine Zeitlang nur flüssig ernähren können.
Ein gewisser Gewichtsverlust sei zu erwarten.
Man gewöhne sich daran, versicherte der Chirurg.

3. Juli
Hørsholm
01:23

Axel Nobel hielt die Wundränder mit einer Pinzette zusammen, führte die halbrunde Nadel mit einem Nadelhalter durch die Haut, zog den Faden zu und band mit ungeübten Bewegungen den letzten chirurgischen Überschlagsknoten. Er hatte drei verstärkte Nylonfäden verbraucht. Mit dem aufgerollten Hemdsärmel wischte er den Schweiß von der Stirn, legte Kompressen auf die dreißig Zentimeter lange Wunde und deckte sie mit selbstklebender Gaze zu. Die Wunde teilte die Unterarmtätowierung in zwei gleiche Teile. An einigen Stellen sickerte Blut durch die Kompressen, aber im Großen und Ganzen schien die Naht dicht zu halten.
Er stülpte die sterilen Handschuhe um und warf sie in das blutige Seifenwasser in der alten Babywanne, die er aus der hintersten Ecke des Kellers geholt hatte.
»Es ist lange her, dass ich eine Wunde genäht habe.«
Das Gesicht des großen Mannes war bleich und verzerrt.

Unsicher ergriff er die halbleere Flasche und legte den Kopf zurück. Sein Adamsapfel bewegte sich rhythmisch.
»Kannst du die Finger bewegen?«
Der große Mann öffnete und schloss langsam die Hand.
»Funktioniert«, murmelte er und stand auf. »Leihst du mir ein Hemd?«
Nobel gab ihm ohne ein Wort ein frisches Hemd und ein paar neue Jeans.
»Dieser Wichser«, flüsterte der große Mann, während er sich in das Hemd zwängte.
Nobel sagte nichts. Der große Mann starrte ihn mit der Intensität eines Betrunkenen an. Das Gesicht des Reeders war eine undurchdringliche Maske. Die grünen, melancholischen Augen betrachteten die Stirn des großen Mannes, als wolle er ergründen, welche Schraube dahinter locker war und warum.
»Du kannst ihm kaum vorwerfen, dass er sich verteidigt hat«, sagte er schließlich.
Der große Mann schüttelte den Kopf. Er legte das blutige Hemd und die blutgetränkten Bandagen in einen schwarzen Plastiksack, den Nobel ihm hinhielt.
Er trank wieder.
Nobel reichte ihm eine Schachtel.
»Hier. Penicillin. Ich glaube, die sind gut genug. Sie sind vom letzten Mal, als William Mittelohrentzündung hatte.«
Der große Mann drückte zwei Tabletten aus der Verpackung und zerkaute sie. Trank Whisky. Ein schräg fallender Platzregen trommelte ans Kellerfenster. Er richtete sich zu voller Größe auf.

»Ich weiß, was du denkst, Axel, aber es ist verdammt noch mal deine Schuld. Du hast mich auf dieses gottverdammte Meer geschickt!«
Er rülpste laut.
»Fuck Anne Bjerre. Sie war ... a fucking bitch!«
Er trank.
Nobel zog nur leicht die dichten, schwarzen Augenbrauen zusammen. Dann hob der Reeder langsam die rechte Hand und schlug sie dem großen Mann mit voller Kraft, aber ohne jede Gemütsregung flach ins Gesicht. Er führte den Schlag wie ein Tennisspieler und schlug noch einmal mit der Rückhand zu.
Der große Mann taumelte, fiel über einen Hocker und landete rückwärts an der Kellerwand. Griff sich an den Hinterkopf. Aus seinem Mundwinkel rann Blut und tropfte auf das frische Hemd. Er wischte sich das Kinn ab und sah auf seine blutige Hand.
»Es ist deine Schuld, Axel«, wiederholte er.
Nobel nickte bloß, reichte ihm die Hand und half ihm auf die Beine.
»Wo ist er?«
»Weg.«
»War das notwendig?«
»Sieh dir meinen Arm an, verdammte Scheiße.«
»Wir hatten abgemacht, nichts Radikales zu unternehmen, ohne es miteinander abzusprechen. Oder es der Polizei zu überlassen.«
»Auf welcher Seite stehst du eigentlich? Zum Teufel, sie hatten keine Beweise. Nichts. Nada! Es geht um *uns*, Axel. Sie hätten ihm nichts nachweisen können. Er konn-

te doch nicht einfach frei herumlaufen. Beim nächsten Mal wärst du es gewesen oder ich. Deine Kinder. Genau wie Jacob. Hast du ihn schon vergessen?«
Axel Nobels Augenbrauen zogen sich wieder zusammen. Der große Mann trat einen Schritt zurück und hob lächelnd die Hände, aber sein Blick war stur und mörderisch.
»Du hast mich schon einmal im Stich gelassen, Hauptmann Nobel. Erinnerst du dich?«
»Ich bin zurückgekommen.«
Der große Mann leerte die Flasche und rülpste. Whisky und Blut liefen ihm am Kinn hinab, aber er schien es nicht zu bemerken.
»Ja, das stimmt. *Du* bist ein Prinz. Leider warst du zu spät. Bis du kamst, hatten sie mich längst in den Arsch gefickt. Arabische Spezialität, Axel, das weißt du. Fucking Lawrence of fucking Arabia! Nichts für die Postkarte nach Hause. Außer für den, der vor dem Tisch steht vielleicht. Große, harte Schwänze! Und dann haben sie mir eine Kupferstange in den Arsch gesteckt und unter Strom gesetzt.«
Der große Mann starrte ausdruckslos vor sich hin. Dann erzählte er beherrscht weiter.
»Zwölf Monate und drei Operationen später war ich noch inkontinent. Ich lief in Windeln herum, mein Freund, schiss wie ein Baby in die Hosen. Das hatte nicht mehr viel von Special Forces. No, sirree!«
Er wischte sich mit beiden Händen das Gesicht ab.
»Und dann die Impotenz. Nerven, Axel. So ein Schwanz hat viele feine Nerven. Sie waren mit der Prostata zusam-

mengekocht, sagten sie. Und sie wachsen nicht einfach nach.«

Das dunkle Haar fiel ihm in die Stirn, er starrte steif auf den Boden.

Er hob den verbundenen Unterarm und betrachtete ihn überrascht.

»Hast du mehr zu trinken?«

»Nein.«

»Nein?« Er sah Nobel in die Augen.

»Dieses Meer! Die Wellen! Es war die Hölle. Der ganze Mist, der von dem Scheißboot herunterfiel. Zum Teufel! Es war wichtig für sie, sagtest du. Ja, sie *war* eine schöne Frau, Anne. Verflucht schön. Du hast sie immer gekriegt, Axel. Schade nur, dass sie so eine Furie war.«

»Ich weiß. Ich hätte dich nie darum bitten sollen.«

Nobel öffnete die geballten Fäuste.

»*Sie* hat sich verpisst. Deine teure Anne Bjerre, die Heldin. Mit dem Gummiboot und dem Motor. Mitten im Nichts.«

»Ja, aber ihr habt es geschafft, und sie ist umgekommen.«

»Das war verdammt noch mal nicht ihr Verdienst!«

»Jacob hat das anders gesehen.«

Der große Mann sah ihm weiter in die Augen. »Er halluzinierte. Er war wie ein Zombie. Du hättest ihn sehen sollen! Ich habe deinen besten Freund gerettet, Axel. Vor dem sicheren Tod. Vergiss das bitte nicht!«

Der große Mann spuckte Blut auf die Fliesen und lächelte. Nobel sah ihn an, als wäre er das Bild eines längst Verstorbenen.

»Ja«, sagte er und rieb sich müde die Augen. Strahlte zum

ersten Mal, seit der große Mann ihn kannte, Unsicherheit und Zweifel aus.
»Ich glaube dir«, sagte Nobel schließlich.
»Semper fi?« Der große Mann streckte die Hand aus.
»Natürlich. Semper fidelis.«
Axel Nobel drückte die ausgestreckte Hand.

25

Mittwoch, 5. Juli 2006
Universitätsklinik
12:30

Philipsen klopfte an die Tür und nieste in derselben Sekunde, als er die Blumen sah. Die Justizministerin hatte mit einer goldumrandeten Gute-Besserungs-Karte gelbe Rosen geschickt. Sie standen in einer blanken Edelstahlvase neben den bescheidenen Studentennelken des Polizeidirektors.
Als widerwilliges Zugeständnis an die drückende Sommerhitze trug Philipsen die Jacke über dem Arm mit dem Aktenkoffer. In der anderen Hand hielt er einen zellophanverhüllten Obstkorb. Er stellte den Korb auf Robins Nachttisch, versuchte zu lächeln und seine Rolle zu spielen. Aber seine Gesichtshaut lag straff und weiß auf den Wangenknochen. Er war übermüdet.
Der Chefinspektor setzte sich steif auf einen Stuhl, die Ellbogen an den Seiten und die Knie zusammengepresst. Er sah in Robins geschwollenes, unnatürlich buntes Gesicht.
»Na, Mister, wie geht es? Ist es bloß der Kopf? Keine lebenswichtigen Organe?«
Robin brummte eine unverständliche Antwort.
»Wie bitte?«
Philipsen lehnte sich vor. Sein Mund bewegte sich synchron zu Robins angestrengten Lauten.

Robin seufzte, brummte und gurgelte.

Philipsens verschwitztes Gesicht kam näher.

»Was sagst du? Rede doch deutlich, Mensch!« Er zeigte auf den Korb. Zwischen Äpfeln und roten Trauben steckte eine ganze Ananas. »Ich habe Obst gebracht.«

Philipsen schob den Stuhl dichter heran. Sein Blick folgte dem Zeigefinger des Kommissars. Er schüttelte den Kopf.

»Sag doch, was du haben willst.«

Robin stützte sich auf die Ellbogen. Es zog und brannte in seiner Schulter.

»nd ... ffft!«

Philipsens dicke, rote Hände schlossen und öffneten sich in wütender Ungeduld. Er stand halb auf.

Robin zeigte auf seinen Unterkiefer.

Philipsen ging ein Licht auf. Er sprang auf, holte einen Block und einen Bleistift und gab sie Robin. Der Kommissar sank zurück ins Kissen.

»Warum hast du das nicht gleich gesagt? Du hörst dich an wie ein Buschmann mit Hasenscharte.«

Robin schrieb in großen Blockbuchstaben: WO WAR NOBEL AM SAMSTAGABEND?

Philipsen riss ihm den Block aus der Hand und begann zu schreiben, als der Kommissar auf sein gesundes Ohr zeigte.

Philipsen räusperte sich verärgert. Dann lehnte er sich zurück, faltete die Hände um die Knie und wippte auf dem Stuhl.

»OPEC in Damaskus. Hielt eine Rede vor ungefähr vierzehnhundert Delegierten, um 22:45 Uhr dänischer Zeit. Übertragen von CNN und Al-Jazeera. Ziemlich gutes

Alibi, wenn du mich fragst. Vielleicht war es ja nur ein Hologramm, was man da in Syrien gesehen hat, aber ich bezweifle es.«
Er hob den Obstkorb. »Ist ganz frisch. Vor meinen Augen eingepackt.«
Robin warf ihm einen bösen Blick zu.
»Na ja, vielleicht später. Hast du sonst noch Ideen?«
Soldat, schrieb Robin und hielt Philipsen den Block hin.
Philipsen zog zwei dicke, grüne Mappen aus der Tasche. Der amerikanische Adler zierte eine von ihnen, die englischen Löwen die andere.
Tätowierung am Arm.
Philipsen zögerte. »Was für eine Tätowierung?«
Special Air Services. Who dares wins. Schwert und Banner. Excalibur.
»Bist du sicher?«
Robin nickte.
»Okay.« Philipsen legte die Mappen vorsichtig in Robins begierige Hände. »Es sind auch ein paar dänische Papiere dabei. Überraschend wenige. Ich habe sie in die amerikanische Mappe gesteckt.«
Teuer?
Philipsen schüttelte den Kopf. »Das willst du nicht wissen. Vor dir steht der nächste Haussklave in Whitehall. Vielleicht auch meine Frau. Sie kann putzen.«
Danke, schrieb Robin. Er strich liebevoll über die glänzenden, kostbaren Mappen.
Anders?
Philipsen blinzelte müde und gähnte. »Ein Hubschrauber hat ihn gestern Abend um acht gefunden. Zwanzig See-

meilen vor der Küste. Ohne Rettungsweste. In den Hinterkopf geschossen. Ich habe die Familie benachrichtigt. Er muss aufgrund der Gasentwicklung in der Bauchhöhle kurz an die Oberfläche gekommen sein. Sonst wäre er für immer verschwunden.«
Er sah Robin an. »*Und* ich habe mit den Familien der anderen Fischer gesprochen. *Und* mit Jonas Bjerres Freundin. *Und* mit seiner Mutter. *Und* ich musste Ellen mitten in der Nacht anrufen.«
Es war schwer, Ermattung oder Gram in einem massigen Gesicht wie dem von Philipsen zu erkennen, aber Robin konnte die Zeichen lesen. Und die Entschlossenheit.
Der Chefinspektor berichtete weiter: »Es sind Taucher beim Wrack. Die Küstenwacht hat einen Schwimmkran aus Rotterdam bestellt. Es war wirklich ... wirklich ...«
Die Regierung hatte sich zurückgelehnt und ihm eine Carte blanche gegeben.
Geheimsache?
»Absolute Geheimhaltung. Wenn irgendjemand einen Piep sagt, landet er sofort in Gewahrsam. Es wurde allen eingeschärft. Was mich erinnert ...«
Philipsen fischte einen Zettel aus der Jackentasche.
»Du bist Daniel ›Sambo‹ Jensen. Ein alternder Rocker aus dem Vestre-Gefängnis, der eins auf die Schnauze gekriegt hat. Du hast dich nämlich entschieden, als Kronzeuge für die Staatsanwaltschaft aufzutreten. Was die zwei Beamten mit Maschinenpistolen vor der Tür erklärt.«
Robin nickte.
»Hast du gefunden, wonach du gesucht hast? Die Aufnahme?«

Nein.

»Warum das alles? Zum Teufel, Robin ...«

Robin schrieb: *Bjørnøya*.

»Bjørnøya?«

Robin nickte.

»Kannst du es herausfinden? Ich meine, bevor dieser verfickte Massenmörder uns alle hinrichtet?«

Robin nickte wieder.

Aber ich muss selbst dorthin, schrieb er und unterstrich die Worte.

Philipsen sah ihn streng an, aber langsam verzog sich sein Gesicht zu einer Miene, die man mit gutem Willen als Lächeln interpretieren konnte.

»Gute Idee«, sagte er. »Tu das. Vielleicht findest du was. Ich nehme den Korb wieder mit. Ich gebe ihn Frau Cerberus. Sie wird sich freuen.«

Sollst du mich nicht von ihr grüßen?

»Nein.«

Robin lächelte.

Philipsen drehte sich in der Tür um.

»Ein paar Leute von der Spezialeinheit sind bei deiner Frau. Deine Ex hat die Kinder nach Nordjütland mitgenommen, und dort ist auch jemand.«

Robin sah ihn dankbar an.

Philipsen drehte sich ein letztes Mal um und schaute auf das Bett. Der Kommissar war eingeschlafen.

26

Mittwoch, 5. Juli 2006
Polizeihauptquartier
14:30

»Frau Cerberus, würden Sie Fasil bitten, heraufzukommen? Sofort, bitte. Er soll seine Instrumente mitbringen.«
Philipsen nahm den Finger von der Sprechanlage, griff nach einem Kugelschreiber und unterstrich ein paar Zeilen in einer Akte. Es war eine Kopie der Militärpapiere, von denen er Kommissar Robin Hansen einen Teil überreicht hatte. Philipsen hatte die Auswahl selbst vorgenommen. Er lehnte sich zurück und legte die Fingerspitzen an die Stirn. Dann las er noch einmal die Akte aus dem Bethesda Naval Hospital, Maryland. Von 1990.
Zehn Minuten später rauschte Fasil durch das Vorzimmer. Er trug einen Aluminiumkoffer von der Art, wie professionelle Fotografen sie oft für ihre Ausrüstung benutzen.
Er begrüßte zwei Männer, die auf der Bank unter dem Gemälde von der Bombardierung Kopenhagens saßen. Fasil kannte Thomsen, den pensionierten Kriminalobermeister, und Ledenko von früheren Fällen. Der Russe sah ihn mit seinen merkwürdigen, verletzlichen Mädchenaugen an und lächelte schwach. Thomsen nickte nur ausdruckslos zurück.

Viktor Ledenko. Eine von Philipsens Legenden. Philipsen schwieg über die Einzelheiten, aber soweit man wusste, kam Ledenko ursprünglich aus Litauen. Als kleiner Geheimdienstoffizier war er in den siebziger Jahren wie ein herrenloser Hund durch das Baltikum und Polen bis nach Ostdeutschland gestreut. Von einer untergeordneten Stellung zur anderen, bis er desillusioniert als eine Art Verbindungsoffizier zwischen Stasi und KGB im Flottenhafen Rostock landete. Viktors Intelligenz und Kreativität atrophierten in Müßiggang und Gleichgültigkeit.
Er betrank sich regelmäßig auf der Fähre zwischen Rostock und Gedser, wo er sich schließlich in die dänische Kassiererin verliebte.
Philipsen, damals ein ziemlich niedriger Beamter im Nachrichtendienst der dänischen Polizei, saß bei der ersten Abendschicht und hatte gerade die Zähne in ein Sandwich geschlagen, als das Telefon klingelte. Eine Stimme bat auf Englisch mit schwerem russischen Akzent den wachhabenden *Komüsar* um politisches Asyl. Ledenko stand mit Lisa, seiner Zukünftigen, am Kai. Er sei KGB, sagte er.
Während sein eilig herbeigerufener Vorgesetzter gestikulierend »Fehlinformation« rief, gelang es Philipsen, Ledenko zur Rückkehr nach Rostock zu überreden.
In den folgenden Jahren, bis zum Fall der Mauer, versorgte Ledenko den dänischen Nachrichtendienst für ein bescheidenes Entgelt mit kleineren Informationen. Nichts, was die Kollegen vom militärischen Nachrichtendienst oder gar die CIA berauscht hätte, aber immer zuverlässig und verifizierbar.

Philipsen sorgte persönlich dafür, dass Ledenko die dänische Staatsbürgerschaft und eine Frührente bekam. Zur Aufstockung seiner Rente und um Lisas kostspieligen Unterhalt zu sichern, führte Ledenko gelegentlich Spezialaufträge für den Chefinspektor aus.
Thomsen züchtete Brieftauben und besaß dieselbe Verschwiegenheit und reptilienartige Geduld wie der Russe.

Fasil stand bleich vor Philipsens Schreibtisch und sah seinen Herrn und Meister an. Wie um den Ernst der Situation zu betonen, hatte Philipsen ganz unerhört seinen Schlips ausgezogen, zusammengerollt und in die Brusttasche gesteckt. Er hatte den obersten Knopf geöffnet und die Hemdsärmel hochgekrempelt.
»Fasil, wie geht es dir?«
»Gut. Wie geht es Robin?«
»Er überlebt. Sie haben seinen Kiefer mit einer Metallschiene zusammengeschraubt. Er kann momentan nicht reden, was ehrlich gesagt ein Segen ist.«
Fasil trat von einem Fuß auf den anderen. Er mochte es nicht, dass jemand so über Robin redete.
Philipsen bemerkte seinen Gesichtsausdruck und lächelte müde. »Entschuldigung. War nicht so gemeint.«
»Schon in Ordnung.«
Philipsen nahm einen Gegenstand von seinem Schreibtisch und gab ihn Fasil. »Das hier.«
Der junge Mann öffnete ohne ein Wort seinen Koffer, der mit überraschend ordentlich sortierten elektronischen Geräten und Werkzeugen gefüllt war, und Philipsen beobachtete aufmerksam die einleitenden Untersuchungen.

Fasil blickte erst wieder auf, als er seiner Sache sicher war. Er sah aus, als hätte er gerade vom unerwarteten Tod eines geliebten Verwandten erfahren. Philipsen nickte bloß nachdenklich.
»Das war alles. Danke, Fasil.«

27

Freitag, 14. Juli 2006
Rørvig
10:30

Vom Sommerhaus hatten sie Aussicht über die fast kreisrunde Lagune südlich von Rørvig. Eine von Ellens Kolleginnen, die mit ihrer Familie in Südfrankreich Urlaub machte, hatte ihnen das Haus zur Verfügung gestellt.
Robins Wunden heilten allmählich, die anämische Atemnot nahm ab, und er konnte wieder aufstehen, ohne dass schwarze Gardinen vor seinen Augen herabfielen. Ihre morgendlichen und abendlichen Spaziergänge wurden von Tag zu Tag länger. Sogar flüstern konnte Robin wieder, wenn er vor jedem Satz den Unterkiefer mit beiden Händen lockerte – wie ein Grabstein, der von Moos und Erde befreit wird.
Die löslichen Proteindrinks, die Ellen ihm achtmal täglich servierte, hingen ihm zum Hals heraus. Es gab sie mit Schoko-, Erdbeer- und dem ewigen Vanillearoma, aber alle hatten diesen petrochemischen Beigeschmack, und die Deklaration der Inhaltsstoffe glich einer Formelsammlung. Robin hätte alles dafür gegeben, in einen saftigen Apfel beißen zu können.
Die Alpträume allerdings wurde er nicht los, sie wurden sogar schlimmer. Grauenvoll, detailliert, begleitet von pa-

nischer Angst. Jede Nacht musste er aufstehen, alle Fenster öffnen oder hinausgehen; er rang nach Luft und war in kaltem Schweiß gebadet. Ellen lief ihm im Pyjama hinterher. Sie redete auf ihn ein, las ihm Gedichte vor oder saß bloß stundenlang auf dem Sofa und streichelte ihm über die Haare.
»Die Jungs, Ellen, die Jungs ...«, flüsterte er wie ein Mantra, wieder und wieder.
Oft saß er regungslos da und starrte auf den Boden, nicht fähig, einen klaren Gedanken zu fassen. Die Opiate, die er immer noch nehmen musste, machten die Gedanken flüssig wie Quecksilber. Manchmal fürchtete er, den Verstand zu verlieren.
Die schwerbewaffneten Männer und Frauen der Spezialeinheit folgten ihnen lautlos wie Schatten. Redeten nur, wenn Ellen sie direkt ansprach – aber teilten stumm ihr Mitgefühl mit, wenn sie ihnen verzweifelt in die Augen sah.

Philipsen kam vorbei und brachte Robins Schlüssel, Handy und Notizbuch, die sie in Thyborøn gefunden hatten. Der Chefinspektor hatte abgenommen.
Er saß auf einem Küchenstuhl, die Jacke sauber auf dem Schoß gefaltet, sah auf seine Hände und drehte zerstreut an seinem Ehering.
Robin saß vollkommen unbeweglich auf der anderen Seite des Tisches, eine Hand auf den dicken Mappen, die Philipsen mit so viel Mühe besorgt hatte. Ellen kochte Kaffee. Vor dem Fenster knisterte ein Walkie-Talkie, ein Schatten schlich vorbei.

»Hast du etwas gefunden?«, fragte Philipsen und deutete mit einem Nicken auf die Mappen.
»Ich kann nicht denken.« Robins Flüstern klang heiser und angestrengt.
»Das ist doch nichts Neues.«
Robin lächelte. »Und du?«
Philipsen schüttelte den Kopf. »Sie werden langsam ungeduldig da oben. Sehr ungeduldig. Wir können die Sache nicht ewig geheim halten. Es sind zu viele ... involviert.«
»Nein.«
»Der Kutter liegt in fünfundsechzig Metern Tiefe. Zu tief, um ihn zu heben, aber wir haben Taucher hinuntergeschickt. Sie haben die Leichen geborgen.«
»Gut.«
Philipsen hob den Kopf. »Die Angehörigen müssen mit der Beerdigung warten. Übrigens haben die Taucher nichts gefunden. Keine CD, keine Kassette, keinen USB-Stick. Nichts.«
Ellen servierte Kaffee und setzte sich neben Robin. Hielt mit beiden Händen seine Hand.
Philipsen nahm die Brille ab und putzte sie mit einem schneeweißen Taschentuch. Unter seinen Augen hingen dotterfarbene Säcke. Der Chefinspektor hielt die Brille ins Licht und setzte sie wieder auf die Nase. Er trank einen Schluck Kaffee und nickte Ellen anerkennend zu.
»Bjørnøya«, sagte er.
Robin sah Philipsen an, Ellen drückte seine Hand.
Der Inspektor runzelte die Stirn und konsultierte sein Notizbuch. »Dein Freund ... Ulv Kristiansen? Aus Tromsø. Er hat gestern angerufen und nach dir gefragt.«

Ellen weinte still. Sie stand auf und verließ die Küche. Philipsen sah ihr ernst hinterher.

»Er hat einen Bruder, der Kapitän auf dem Kutter Georgianna ist. Kristiansen bat ihn, auf dem Heimweg von den Shetland-Inseln Bjørnøya zu umsegeln. Die Ostküste?«

Robin nickte.

»Man hat also Anne Bjerres Boot, die Nadir, am falschen Ort gesucht.«

Er trank mehr Kaffee und sah Robin an, der eine ungeduldige Handbewegung machte.

»Aber das weißt du ja schon.«

Ellen kam zurück und stellte sich mit verschränkten Armen in die Tür.

»Das Wetter war ziemlich schlecht. Das ist es offenbar immer an diesem verdammten Ort. Nebel und Regen. Die Georgianna fuhr so dicht wie möglich an die Küste.«

Philipsen sah wieder auf seinen Zettel. »Das war vor zwei Tagen. An der Position, die auf Nellemanns Karte markiert ist, steht eine Klippensäule.«

Robin nickte wieder. Er hörte Ellen seufzen.

Philipsen sah ihn an. »Die Georgianna fand einen halben Carbonfaser-Mast, teils überspült und kaum sichtbar am Fuß der Säule. Er hing an ein paar Leinen oder Wanten oder was weiß ich. Hightech. Bergen konnten sie ihn nicht, die Wellen waren zu hoch.«

Robin dachte an Bjørn Vejlbys Behauptung, dass das Meer nie die ganze Geschichte für sich behielt. Anscheinend hatte der Meteorologe recht.

Philipsen schwieg, Robin saß starr da. In diesem Moment stürmte Ellen in die Küche und gab Philipsen eine schal-

lende Ohrfeige. Seine Brille flog durch die Luft und landete neben dem Herd.
Sie marschierte zur Tür hinaus. Philipsen sah ihr verblüfft hinterher. Seine Wange war feuerrot.
Zum ersten Mal seit langer Zeit lächelte Robin und flüsterte: »Du bist nicht mit ihr verheiratet!«
»Nein, Gott sei Dank.« Philipsen hob die Brille auf und rieb sich die Wange. Er leerte seine Tasse, stand auf und gab Robin die Hand.
»Vielleicht solltest du dir das anschauen. Es könnte der Mühe wert sein. Wir fliegen dich hoch. Ich kann ein paar gute Leute besorgen.«
Robin schüttelte den Kopf. Er beschloss auf der Stelle, die restlichen Morphintabletten wegzuwerfen und sich mit Paracetamol und Ibuprofen zu begnügen.
»Das taugt nichts«, flüsterte er. »Man muss es von der Seeseite sehen. In einem Boot, das man gut kennt. Ich will am liebsten allein dorthin.«
Philipsen putzte sich die Nase und sah aus dem Fenster.
»Wann bist du startklar?«
»In zwei Tagen.«
»Und du bist kräftig genug?«
Robin nickte. »Natürlich.«

Der Chefinspektor rief Robins Handy genau um 15:00 Uhr an, womit er einen hitzigen, ziemlich einseitigen Streit zwischen Ellen und Robin unterbrach. Robins Unterkiefer saß fest, sie konnte ihn ungehindert mit ihrer scharfen Zunge malträtieren.
Eine Leibwächterin hatte zögernd die Tür geöffnet und

sie mit großen Augen angesehen, aber ein Blick von Ellen war genug. Sie murmelte eine Entschuldigung und zog sich zurück.
Robin hob flehend die Hand, und Ellen stampfte vor Raserei auf die Dielen, aber sie hielt den Mund. Wahrscheinlich, um Anlauf zu nehmen. Ihre Augen waren sehr klar und sehr dunkel.
»Philipsen hier. Wegen Bjørnøya. Ich habe vergessen, dass die Georgianna eine halbe Meile nördlich der Säule eine kleine Bucht gefunden hat, und direkt unter den Klippen konnten sie ein paar angespülte Notfackeln erkennen. Es war zu gefährlich, vor Anker zu gehen oder ein Boot zu Wasser zu lassen.«
Robin brummte.
»Ich dachte, das solltest du wissen, bevor du losfährst. Steht der Zeitplan? Kannst du wirklich in zwei Tagen los?«
»Ja«, quakte Robin. »In zwei Tagen.«
»Wie lange brauchst du bis dorthin?«
Robin seufzte. Philipsens nautische Unwissenheit war abgründig.
»Kommt auf Wind und Wetter an. Ungefähr vierzehn Tage.«
»Okay. Grüß die Furie.«
Der Chefinspektor legte den Hörer auf und klappte den Aktenordner auf seinem Schreibtisch zu. Er legte ihn in eine Schublade, schloss sie ab, holte sein Allergiespray aus einer anderen Schublade und sprayte einen Stoß in jedes Nasenloch. Sein Mund zitterte, und ein Auge hatte begonnen, nervös zu zucken, so dass er alle drei Sekunden

schelmisch blinzelte. An einem provisorischen Schreibtisch in der Ecke des Büros saß Fasil. Er beugte sich über ein Notebook und trug einen gigantischen Kopfhörer.
Er warf Philipsen einen Blick zu und nickte. Dann klappte er den Computer zu, nahm den Kopfhörer ab und faltete die Hände im Schoß.
Philipsen sah ihn gleichgültig an. »Hast du was auf dem Herzen, Mister?«
»Nein.«
»Gut.«

28

Freitag, 28. Juli 2006
Tromsø Segelclub
09:15

»Hast du alles?«, fragte Ulv.
Robin nickte.
»Karte? Sextant? Reservebatterien?«
»Ja.«
Ulv trug die letzten Proviantkisten zum Anleger. Die Pontons schaukelten unter der Last des Riesen. Er stieg auf die Cormoran und verschwand unter Deck.
Das Wetter in Tromsø war schön. Ein leichter Westwind kräuselte das Meer, das Wasser war dunkelblau unter dem fast wolkenlosen Himmel.
Die Cormoran zerrte ungeduldig an den Leinen. Sie war auf der langen Reise ein wenig ausgeblichen, aber voll intakt.
Die Tour nach Nordnorwegen war reibungslos verlaufen. Ein konstanter Südwestwind hatte optimale Bedingungen geschaffen, und Robin hatte den Motor nur wenige Stunden benutzen müssen: abends, wenn der Wind sich legte, und früh am Morgen, bevor er wieder aus dem sonnenglitzernden, warmen Meer aufstand.
Ulv Kristiansen baute sich neben Robin auf.
»Zum letzten Mal: Soll ich mitkommen? Ich kenne dieses Fahrwasser wie meine Hosentasche, verdammt. Du hast

keine Ahnung davon! Die Georgianna ist hier, mein Bruder könnte auch mitkommen. Er ist ein guter Mann.«
Robin schüttelte den Kopf. Ulvs Frau Mari stand neben dem Saab und schaute ihnen zu.
»Was erwartest du da oben? Da *ist* nichts! Ein blöder Mast und ein paar Notfackeln, das ist alles.«
Robin seufzte und zuckte mit den Schultern. Es wäre äußerst beruhigend gewesen, den klugen Norweger bei sich zu haben, aber er dachte an Anders und schüttelte den Kopf.
Ulv drückte ihm seltsam fröhlich die Hand zwischen beiden Bärenpfoten und ging zu seiner Frau.
Der Saab knirschte über den Schotter, drehte um hundertachtzig Grad und verschwand hinter einem Lastwagen.

Die Marina war still. In der Bucht trieb eine Jolle, auf der zwei Jungen schweigend angelten. Ein alter Mann teerte sein Ruderboot in der Sonne. Auf einer Heringskiste spielte ein Transistorradio leise Akkordeonmusik. Der alte Mann richtete sich auf und winkte ihm zu, als er an Deck ging und ins Cockpit stieg.
Seine Hüfte war immer noch etwas steif, aber die Schulterwunde war fast verheilt. Die Arbeit mit Schoten, Spills und Segeln war bestes Aufbautraining für Schultern und Beine gewesen.
Und er konnte fast wieder frei reden.
Robin startete den Dieselmotor, machte die Leinen los, schob sich mit dem Bugpropeller vom Anleger und drehte. Die Cormoran neigte sich leicht im frischen Wind. Er lehnte sich zurück, legte die Finger auf den Steuerknopf

und lenkte das Boot zwischen den Einfahrtsbojen im Grøtsund durch.

Kvalsund, der enge Sund zwischen Ringvassøya und Tromsø, war ein anonymes Fahrwasser zwischen grauen Granitholmen, Tundra und niedrigen windgebeugten Weiden.

Dann öffnete sich das weite, blaue Nordmeer vor ihm. Die Cormoran spürte die Tiefe und den mächtigen Atem der Dünung. Sie ließ das dunkle Wasser der Küste und die weiße Brandung an den Klippen hinter sich.

Robin schaltete den Autopiloten ein, ging ins Bad und schwankte im Rhythmus der Dünung, die unter dem Kiel rollte. Er sah in den Spiegel. Seit der Nacht in der Nordsee hatte er sich nicht mehr rasiert. Sein Bart war dicht, grau und länger als je zuvor. Er wollte sich nicht rasieren, bevor er wieder nach Hause kam. Die Haare hingen ihm in die Augen und über den Kragen des Polohemds.

Später saß er mit einer Tasse Nescafé am Kartentisch. Seine Augen brannten im Zigarettenrauch. Er warf den Stummel in die Spüle, lehnte sich zurück und betrachtete das imponierende Aufgebot an Elektronik: Radar, AIS, GPS-Plotter, UKW-Funk, SSB. Alle Instrumente im Cockpit hatten Zweitdisplays am Kartentisch.

Er hatte das Boot in der Najaden-Werft in Orust entsprechend ausrüsten lassen. Ellen hatte ihn für verrückt erklärt. Sie wolle doch bloß auf dem Sund segeln oder kurze Ferientouren machen und nicht den Pazifik überqueren, hatte sie gesagt. Aber Robin hatte wegen der Kinder auf ein Maximum an Sicherheit bestanden. Obwohl er zugeben musste, dass er gar nicht alle Handbücher lesen konn-

te und sich oft fragte, was wohl passieren würde, wenn man den ein oder anderen Knopf drückte.
Nun war er dankbar für jede der Zauberschachteln.

Das Meer war klar und grün in Küstennähe gewesen, aber weiter draußen war es tiefblau, und im Westen standen Schaumkronen auf den Wellen. Kein Schiff war zu sehen, das Land begann am Horizont zu rollen.
Der Wind wehte konstant mit neun Metern pro Sekunde, und Robin setzte Großsegel und Vorsegel. Die Cormoran legte sich stabil in den Wind, zeigte den Wellen die Schulter und glitt mit über sieben Knoten in vollendeter Balance über das Wasser. Die Batterien waren voll aufgeladen, er konnte beruhigt den Autopiloten einschalten und sich in der Sonne zurücklehnen. Er schlief mit einem Küchenwecker in der Hand, der ihn jede halbe Stunde weckte.
So verdöste er den Vormittag und Nachmittag. Jedes Mal, wenn der Küchenwecker klingelte, suchte er den Horizont mit dem Fernglas ab.
Das Fax zeigte ein stabiles Hochdruckgebiet südlich von Island, das sich langsam nach Osten bewegte, und ein stabiles Tiefdruckgebiet über der karelischen Halbinsel, das nach Süden zog. Die Isobaren waren gleichmäßig und lagen weit auseinander.
Die Möwen, die ihn von Tromsø aus begleitet hatten, waren umgekehrt, er konnte kein Land mehr sehen. Das Meer unter ihm war tief, sehr tief. Er spürte es an der langen, flachen Dünung.
Später saß er unter dem Sternenhimmel der hellen Sommernacht im Cockpit, streckte die Beine in den Schlafsack

und trank Kaffee. In weiter Ferne sah er die Topp- und Steuerbordlichter eines kleinen Schiffes, das still nach Westen fuhr. Es verschwand hinter dem Horizont und kurz danach auch aus der Reichweite der 2-Kilowatt-Radarantenne.

Die Dünung wurde kürzer, der Wind stieg auf zehn Meter pro Sekunde. Die Cormoran neigte sich etwas weiter nach Backbord und pflügte härter, aber immer noch glatt durch die Wellen.

Er zog den Schlafsack über den Kopf und schlief auf der Bank ein. Mitten in der Nacht musste er aufstehen und das Großsegel reffen, weil der Wind noch stärker geworden war, aber gegen Morgen ließ er nach, und er konnte die Reise unter vollem Segel fortsetzen. Der Wind wehte stabil aus Westsüdwest. Er sah keine anderen Schiffe in der Nacht.

Am nächsten Vormittag legte sich der Wind. Der Barograph zeichnete eine gerade Linie auf das Papier der Trommel. Auch das Wetterfax lieferte keine bemerkenswerten Neuigkeiten. Das isländische Hoch hatte offenbar beschlossen, sich von der Coriolis-Kraft in Richtung Murmansk treiben zu lassen. Die Dünung legte sich, das Meer wurde spiegelglatt. Leise brummte der Motor vor sich hin, und das Kielwaser der Cormoran glänzte wie weiße Seide.

29

Samstag, 29. Juli 2006
Bjørnøya
23:45

Kurz vor Sonnenuntergang erhob sich Bjørnøya am Horizont, am Rand der kurzen arktischen Nacht. Aus der Luft betrachtet sah die Insel wie ein zerfressener Haifischzahn aus. Von Robins Aussichtsplatz auf der unteren Saling, fünf Meter über dem Wasser, ragte sie jäh und steil aus der Tiefe wie eine uneinnehmbare Zitadelle. Bjørnøya lag einsam wie eine vergessene Schildwacht im Polarmeer. Ihre westlichen Klippen leuchteten im Ocker des Sonnenuntergangs, die östlichen Wände waren schon schwarz. Im Westen stieg der Alfredfjell vierhundertzwanzig Meter senkrecht aus dem Meer. Von dort zog sich ein kahler Sattel bis zum Antarcticfjell im Osten. Weiter nordöstlich sah Robin den schneebedeckten Drachenrücken des über fünfhundert Meter hohen Miseryfjell. Der Schnee am Horizont reflektierte das amethystfarbene Licht des Himmels. Mythisch und unberührt.
Der Kontrast zwischen der sanften, glatten Dünung im Abendlicht und den unheimlichen, schwarzen Klippenwänden übte Gewalt auf die Sinne aus.
Er hatte Sørhamnas Koordinaten in den Autopiloten eingegeben, und die Cormoran segelte zuverlässig auf die Südspitze der Insel zu. Immer höher und wehrhafter stieg

die Zitadelle auf, es war unvorstellbar, dass je ein lebendes Wesen an diesen dunklen Wänden Fuß fassen konnte.
Er schaute durchs Fernglas und erkannte das einzige Zugeständnis der Insel an die seefahrenden Kreaturen der Erde: Kapp Heer und Måkeholmen, eine Landzunge und eine Insel, die südlich der Wände des Miseryfjell einen natürlichen Hafen bildeten. Im Innern der Bucht sah er die Umrisse einiger Hütten und Baracken.
Die ältesten Gebäude stammten von einer deutschen Minengesellschaft, die um die Jahrhundertwende dort Eisenerz abgebaut hatte. Sie hatten einen Hafen in den schwarzen Fels gesprengt. Heute unterhielt das Norwegische Polarinstitut den Anlegeplatz und erneuerte sporadisch die Einfahrtslichter und Bojen für die seltenen Landungen geologischer oder ornithologischer Expeditionen. Natürlich nahmen das Eis und die Winterstürme die Bojen genauso schnell, wie sie gesetzt wurden.
Ulv hatte ihn mit aktuellen Daten zur Hafeneinfahrt versorgt. Er wusste, dass er mit einem Kurs von 285° gerade einlaufen konnte, ohne auf Grund zu gehen. Theoretisch.
Das Wasser war klar, dunkel und scheinbar endlos tief. In dem alten Verschiffungshafen herrschte vollkommene Stille. Wie auf den verlassenen Walfangstationen der Bouvetinsel oder Südgeorgiens im Südpolarmeer. An den modrigen Balken der Mole hingen verhältnismäßig neue Autoreifen, rostrote Poller steckten tief im Felsengrund. Er hängte die Fender der Cormoran an Steuerbord, legte vorsichtig an, sprang an Land und vertäute das Boot nach allen Regeln der Kunst.

Robin streckte den Rücken und schaute sich um. Nie hatte er sich so einsam gefühlt. Die Luft zitterte im letzten Abendlicht. Die abgeblätterten roten Holzwände der Baracken hatten die Wärme des Tages gespeichert, aber zwischen den Gebäuden herrschten tiefer Schatten und Kühle. Er betrachtete die verrostete Transportvorrichtung, die das Eisenerz von den trichterförmigen Silos der Mahlanlagen über wacklige Förderbänder in Loren verteilt hatte, die auf den nunmehr überwachsenen Schienen am Anleger entlanggefahren waren.

Die Kräne hatten hölzerne, schwarzgeteerte Führerhäuser, wo die Kranführer vielleicht vor einem gusseisernen Öfchen gesessen und Kommandos geschrien hatten, während hinter ihnen der Kaffee dampfte. Die Scheiben der weißen Sprossenfenster waren zerbrochen.

Sie hatten auf dem schmalen Streifen zwischen dem wilden Meer und den senkrecht aufsteigenden Felswänden gelebt. Sicher hatte es einen besonders hohen Lohn gebraucht, um junge Männer hierherzubringen, einen der ungastlichsten Orte der Erde.

Vor einer sternförmigen Baracke hing ein zerrissener Union Jack. Das Dach war teilweise eingestürzt, und die mit Aluminium überzogenen Kapokfaser-Platten, die man damals zur Isolierung benutzt hatte, lagen bloß. Hinter dem Hauptgebäude stand ein rostiger Funkmast mit zerfledderten Stützseilen. Die wenigen Fenster waren mit Sperrholzplatten vernagelt und die Tür mit einem Vorhängeschloss verriegelt. Er fand eine halbverfallene Traktorgarage, einen Generatorschuppen mit Porzellanisolatoren an der Wand und ein Treibstofflager mit Diesel-

tanks. Wind und Regen hatten alle Wände gebleicht. Der Trakt war der englische Beitrag zum Internationalen Geophysischen Jahr 1956.
Robin wanderte langsam zur Cormoran zurück, schaute noch einmal zu den Klippen hinter der Geisterstadt auf und erblickte eine steile Rampe. Sie führte auf den ersten Felsabsatz, von dem mehrere Stollen ausgingen. Durch eine ausgesprengte Scharte führte die Rampe hoch hinauf über Sørhamnas tote Gebäude.

Robin Hansen schätzte die Stille. Natürliche Stille. Er stimmte den Zukunftsforschern zu, die behaupteten, dass Stille ein kostbarer Luxus werden würde, wie Louis-Vuitton-Koffer oder Trinkwasser ohne Pestizide. Aber das hier war zu viel des Guten. Er legte Carl Nielsens Bläserquintett in den CD-Spieler und drehte auf.
Er stellte den Wecker auf Sonnenaufgang. Wahrscheinlich würde er morgen jede einzelne Stunde Tageslicht benötigen. Es war kalt, er zog Seemannspullover und Windjacke an, setzte sich an den Kartentisch und studierte seine geodätischen und nautischen Karten. Vor ihm lag Jacob Nellemanns Karte, auf der die wundersame Auferstehung der EPIRB markiert war. Von dem schmalen, vulkanischen Absatz rund um die Felssäule abgesehen fiel Bjørnøya steil auf den Meeresboden ab. Der einzige Vorteil dieser feindseligen Topographie war, dass er bis dicht an die Klippen steuern konnte, auch wenn ein Ankern dort unmöglich war.
Robin putzte die Zähne, rauchte eine letzte Zigarette und nahm eine halbe Schlaftablette.

Teils, um dem Schlaf nachzuhelfen, teils, um den Alpträumen zu entkommen.
Mitten in der Nacht musste er pinkeln. Er öffnete die Luke, stellte sich auf das feuchte Deck und pisste ins Wasser. Die Schlaftablette hatte sein Hirn effektiv in Watte gepackt, auf seiner Zunge lag ein metallischer Geschmack. Die Nacht war klar, und er glaubte, weit draußen am Horizont einen weißen Widerschein zu erkennen.

30

Sonntag, 30. Juli 2006
Sørhamna
06:30

Jemand hatte ihm über Nacht eine unsichtbare Teehaube aufgesetzt. Ständig ließ er Dinge fallen, als er sich sein Frühstück aus Spiegeleiern, Toast und Kaffee zubereitete. Nicht einmal mehrere Gläser Orangensaft und Mineralwasser konnten den chemischen Geschmack beseitigen. Nach dem Frühstück sprang er nackt ins Wasser und durchschwamm das gesamte Hafenbecken, bis sein Kopf wieder klar war und die Kälte den Teewärmer aufgelöst hatte.

Als er sich abtrocknete, stand die Sonne schon über dem Alfredfjell. Er startete den Motor und machte die Leinen los. Der Windmesser an der Mastspitze drehte sich schlaff im eigenen Fahrtwind, aber draußen rollte eine schwere, unendlich lange Dünung von Südwesten heran. Langsam hob und senkte sich das Meer unter den schwarzen Klippen. Lange, verwickelte Tanggirlanden trieben an der Oberfläche.

Auf einem kleinen Vorsprung lagen zwei Seehunde und betrachteten ihn neugierig mit ihren beseelten, feuchten Augen. Er winkte ihnen zu. Einer legte den Kopf auf den Hals des anderen und blinzelte schläfrig.

Eine Dreiviertelstunde später erreichte er die auf Nellemanns Karte markierte Position und schaltete den Motor auf Leerlauf. Die Klippen waren ungefähr hundertfünfzig Meter hoch und leicht überhängend. Er wusste, dass hinter ihnen der Miseryfjell weitere vierhundert Meter bis zum höchsten Gipfel der Insel, Urd, anstieg.

Hier gab es Tausende von Seeschwalben, Möwen aller Art, Papageientaucher und Tordalken. Ihre scharfen Schreie hallten von den glatten Felswänden wider, von den Nistplätzen liefen weiße Streifen aus Guano herab. Sein geliebtes Boot war schon besudelt, und wieder klatschte ein frisches Häuflein direkt vor seine Füße. Hilflos drohte Robin den fliegenden Verdauungstrakten.

Der Ammoniakgeruch war überwältigend in der stillstehenden Luft. Die Cormoran trieb näher auf den Absatz und die freistehende Klippensäule zu. Am Gipfel der Säule war ein Überhang, der vielleicht einmal der Ansatz eines natürlichen Bogens gewesen war. Am Fuß schäumte das Wasser träge, mit jeder anrollenden Dünung stieg es ein Stück hinauf. Da sah er das ungefähr sechs Meter lange, schwarze Stück Carbonfaser-Mast, von dem der Kapitän der Georgianna berichtet hatte. Es scheuerte gegen den Fuß der Säule. Eine Unterwant hatte sich einen halben Meter über der Wasserlinie in einer Felsspalte verkeilt und hielt den Stumpf fest. Robin umkreiste vorsichtig die Säule, aber er sah keine anderen Wrackteile.

Eine halbe Seemeile nördlich der Klippensäule war ein halbrunder Einschnitt in der Felswand, eine kleine Bucht voller runder Steine, die laut in der Brandung klackerten. Mit dem Fernglas suchte er jeden Quadratzentimeter der nackten Bucht ab, aber er konnte nichts entdecken.

Er ließ das Boot noch dichter vorbeitreiben. Er starrte durch die feinen Linsen des Steiner-Fernglases, folgte der überhängenden Wand bis zu den Vogelnestern in der Höhe. Der Steven zeigte zur Insel, und plötzlich trieb Blasentang neben dem Rumpf. Er schob den Gashebel zurück. Bange Sekunden vergingen, bis die Schraube die Strömung überwand. Er legte den Leerlauf ein und hob erneut das Fernglas.
Die Sicht war perfekt, man konnte tief in das klare Wasser blicken. Jedes Detail der Klippenwand war deutlich zu erkennen. Aber es gab nichts anderes zu sehen als die kleine friedliche Bucht, die weißen Guanostreifen, die Klackersteine und ein paar rote Punkte direkt unter der Felswand. Das mussten die gebrauchten Notfackeln sein, von denen Ulvs Bruder berichtet hatte.
Robin legte das Fernglas hin, sprang in den Salon und holte seine digitale Spiegelreflexkamera. Er schraubte das stärkste Teleobjektiv auf und lenkte die Cormoran so dicht wie möglich ans Ufer. Er fokussierte und ließ den Finger am Auslöser, bis die Cormoran der Brandung gefährlich nahe kam.

Als er das Boot wieder sicher in Sørhamna vertäut hatte, schrubbte er jede Spur von Vogelexkrementen von seinem kostbaren Teakdeck, bevor das Ammoniak Flecken verursachen konnte. Die Sonne hatte den Hafen erwärmt, er lief in Shorts mit nacktem Oberkörper herum. Einzelne Möwen schwebten neugierig vorbei, ein paar von ihnen landeten im Hafenbecken und klapperten gierig mit ihren signalgelben Schnäbeln.

31

Sonntag, 30. Juli 2006
Sørhamna
10:30

Beim Kaffeekochen zitterten seine Hände. Er hielt sie vors Gesicht, betrachtete sie enttäuscht und rührte einen extra Teelöffel Zucker in die Tasse. Dann öffnete er den Kartentisch und löste ein Notebook aus der federbelasteten Spezialhalterung.
Er kopierte die Bilder, die er am Morgen gemacht hatte, auf den Computer, zog die Gardinen zu und studierte jedes Detail der Bucht und der Klippensäule, bis seine Augen schmerzten.
Er vergrößerte die roten Notfackeln, schnitt sie aus, veränderte Auflösung, Lichtstärke und Kontrast, bis er seiner Sache sicher war.
Auf einem größeren Ausschnitt der unteren Klippenwand fand er drei weitere rote Punkte. Nach einer halben Stunde konzentrierter Arbeit mit Photoshop konnte er sehen, dass es ebenfalls in den Fels gekeilte Notfackeln waren. Eineinhalb Meter über einem kleinen Absatz und ungefähr sechs Meter über dem Wasser bildeten sie eine Art Warndreieck.
Robin legte sich aufs Sofa und starrte an die Decke. Die Narbe über der Hüfte schmerzte. Dort hatte die Kugel einen Teil der Muskulatur zerstört. Wieder zitterten seine

Hände. Er ballte die Fäuste so fest er konnte, legte sie auf die Brust und atmete tief durch.

Die Luft in Sørhamna stand still, im Salon schwebte der Staub in den Sonnenstrahlen. Er zog dicke Wollstrümpfe und Bergstiefel an. Er hatte sie nicht mehr getragen, seit er vor einem Jahr mit Ellen am Kullaberg wandern gewesen war. Er schmierte sich ein paar Wurstbrote und steckte sie mit einer Flasche Mineralwasser und einer Tafel Schokolade in den Rucksack. Dazu packte er eine Taschenlampe, Sicherungsschlingen, Keile, eine altmodische, abgenutzte Abseilbremse und weitere Kletterausrüstung, die er daheim im Keller gefunden hatte. Als Jugendlicher war er manchmal am Kullaberg und in den Alpen klettern gewesen. Ein Klettergurt war immer an Bord, damit Ellen ihn bis zur Mastspitze hieven konnte.
Schließlich packte er noch einen kleinen GPS-Empfänger, einen Kompass und die Kamera ein. Er hängte sich das Tauchermesser, das immer im Cockpit lag, an den Gürtel und steckte aus alter Gewohnheit sein Handy in die Shorts.
Zum Schluss holte er ein zweihundert Meter langes Nylonseil aus einer Truhe und legte es über die Schulter. Er sah sich ein letztes Mal im Cockpit um und sprang auf die Mole.

32

Sonntag, 30. Juli 2006
Miseryfjell
13:30

In der Mittagssonne herrschte fast mediterrane Wärme in Sørhamna. Zwischen den Pflastersteinen wuchs Gras, gelbe und braune Schmetterlinge flatterten umher. Abgesehen von den allgegenwärtigen Seevögeln waren es die einzigen Lebewesen, die Robin auf Bjørnøya gesehen hatte. Im Schatten der Gebäude dagegen war es eiskalt.
Das Tageslicht enthüllte gnadenlos den Verfall. Die Dächer waren eingestürzt, die Wände wurden langsam, aber sicher von der Feuchtigkeit zerfressen. Die gepflasterten Wege strahlten eine summende Stille aus, er hörte nur die eigenen Schritte und sein angestrengtes Atmen. Seine Kondition war immer noch miserabel.
Hinter der letzten Baracke begann der steile Grubenweg. Dort war das Pflaster noch halbwegs intakt, während es im Hafenbereich an vielen Stellen eingesunken war. Er hatte über etliche Schmelzwassergräben springen müssen.
In regelmäßigen Abständen führten Stollen in den Berg, in deren Dunkelheit rostige Schmalspurschienen verschwanden. An einigen Stellen waren Plateaus für Ausweichspuren und Drehkreuze in den Fels gesprengt. Kleine Loren warteten in alle Ewigkeit auf die nächste Ladung, bis auch sie im Ostwind zu Staub zerfallen würden.

Der Weg führte weiter nach oben, und hinter jeder Serpentine rückte Bjørnøyas Hochplateau ein Stück weiter weg, als wolle es ihn narren. Die Sonne stand senkrecht über ihm, der Schweiß lief in Strömen. Auf den steilsten Passagen wurde ihm schwarz vor Augen, er musste immer öfter stehen bleiben.

Das Meer lag spiegelglatt unter der knallenden Sonne, man konnte endlos weit sehen. Keine Bewegung, nicht einmal ein Kräuseln. Leer wie die diesigen Geröllfelder vor ihm. Die Vegetation wurde immer spärlicher, die Weidenbüsche immer knorriger. Eine Eidechse tankte Wärme auf einem Stein. Sie rührte sich nicht, als er vorbeiging.

Der Weg war nicht mehr gepflastert, die Abstände zwischen den Stollen wurden größer. Schließlich hörten auch die Schienen auf und zuletzt der Weg. Er endete am Fuß einer steilen Wand.

Robin legte den Kopf zurück und schaute die erodierten Wände hinauf. Dreißig Meter über ihm begann das Hochplateau. Nicht der geringste Luftzug wehte zwischen den Klippen. Er zog das Hemd aus, band es wie einen Turban um den Kopf und suchte die Felswand ab, um einen möglichen Weg zu finden. Umzudrehen und einen anderen Aufstieg zu suchen war ausgeschlossen, er hatte einfach nicht die Kraft dazu.

Auf der rechten Seite lag ein schmales Geröllband. Robin kraxelte über die losen Steine, die nur verräterischen Halt boten. Er stieg drei Meter auf und rutschte einen Meter zurück. Seine Lungen schmerzten. Mit letzter Kraft packte er einen Weidenbusch, der ein höchst unsicheres Dasein fristete, zog sich über die Kante und rollte auf eine ebene Fläche. Er hatte Bjørnøyas Hochplateau erreicht.

Nach einer kurzen Pause stand er auf, schüttete etwas Wasser über seine blutenden Hände und die verschrammten Knie und kontrollierte seine Position mit GPS-Empfänger, Karte und Kompass. Dann wanderte er weiter zwischen haushohen, erodierten Klippen und weichen Moosböden.

Etwa drei Kilometer vor ihm erhob sich der Miseryfjell in den blauen Himmel. Sehnsüchtig schaute er auf die fernen Schneefelder – am liebsten hätte er sich sofort nackt hineingeworfen. Wenigstens wehte ein sanfter Wind auf dem Plateau, mal von der einen, mal von der anderen Seite, als könne er sich nicht entscheiden. Robin wusste, dass das große Polarhoch immer noch direkt über Spitzbergen lag.

Die Wasserscheide verlief von Norden nach Süden, und die Schmelzwasserströme der Gletscher flossen im rechten Winkel zu seiner Route. Robin bewaffnete sich mit einem Weidenstock und durchwatete einen Bach nach dem anderen. Er sondierte die Steine mit dem Stock und dachte an Knöchelbrüche, Kreuzbandrisse und ähnliche erbauliche Dinge. An manchen Stellen reichte ihm das eiskalte Wasser bis über die Hüfte, er musste den Gürtel um den Hals hängen, den Rucksack mit ausgestreckten Armen über dem Kopf tragen und noch vorsichtiger über die unsichtbaren Steine balancieren.

Zum Miseryfjell hin stieg das Terrain an, er überquerte steinige Hänge in Richtung Nordosten. Seine Beine waren das Gehen im Gelände nicht mehr gewohnt und zitterten unkontrolliert. Die Wunde über der Hüfte tat wieder weh. Mehrmals musste er auf Knie und Hände, um Moränen aus angehäuften Granitblöcken zu überwinden.

Die Vogelschreie nahmen an Lautstärke zu, und er sah die ersten Vögel im Aufwind der Klippen schweben. Er stand am Rand der riesigen Vogelkolonie über der Bucht und dankte seinem Schöpfer, dass die Brutzeit vorüber war.
Bjørnøya gehörte zu den unberührtesten Brutgebieten der nördlichen Halbkugel. Zu dieser Jahreszeit bestand die Kolonie nur aus einem Bruchteil der Millionen Vögel, die die Insel zur Brutzeit im wahrsten Sinne des Wortes lebendig machten. Federn wirbelten im Wind und klebten an Haut und Stiefeln, feine Daunen flogen ihm in Mund und Nase.
Der Fels war weiß von Exkrementen. Robin versuchte sich zu erinnern, was er über das »weiße Gold« gelesen hatte, das bis ins letzte Jahrhundert auf den südatlantischen Inseln gewonnen wurde. Die Guanoarbeiter schufteten wie Sklaven, und dann wurde der nitrathaltige Dünger in reiche Länder verschifft. Trotz des Ammoniakgestanks roch er das Meer.
Er trat vorsichtig vor und schaute über den Klippenrand. Der Wind blies die Federn von seiner Haut, und er sah den Ozean unter sich. Eine halbe Meile südlich ragte die Felssäule aus dem Wasser.
Er befand sich genau über der Bucht, die er am Morgen vom Wasser aus gesehen hatte.
Müde setzte Robin sich in den Guano, ließ die kraftlosen

Beine in den Abgrund baumeln und schaute über das Meer. Es war, als säße er am Ende der Welt.

Er aß etwas, trank einen halben Liter Wasser und stand stöhnend auf. Dann spannte er den Klettergurt um die Hüften und sicherte das Seil mit Keilen, Karabinerhaken und langen Schlingen im festen Felsengrund.

Vier Meter von der Verankerung entfernt hakte er den Klettergurt ein, ergriff das Seil mit beiden Händen, trat rückwärts an die Kante und lehnte sich in den Abgrund. Dann warf er das Seil so weit wie möglich die Klippe hinunter. Es surrte durch die Luft und verschwand aus seinem Blickwinkel.

Mit beiden Händen an der Abseilbremse lief er an der Klippe hinab. Wütende Vögel flatterten auf, er spürte einen spitzen Schnabel an einem Ohr. Die Klippe war leicht überhängend, aber er konstatierte beruhigt, dass er den Kontakt zur Wand behielt. Schließlich musste er auf demselben Weg wieder nach oben.

Er erreichte die Notfackeln in der Wand und legte eine Prusik-Schlinge um das Seil, um beide Hände frei zu haben.

Die drei aufgeweichten Griffe der Notfackeln beschrieben ein gleichschenkliges Dreieck, das mit der Spitze nach unten zeigte. Er riss sie aus der Wand, steckte einen Finger hinein und sah in die hohlen Zylinder.

Leer. Er zog sich ein Stück die Wand hinauf und überblickte die Bucht, aber er sah nichts als Steine, das ruhige Meer und den kleinen Absatz einen Meter unter seinen Füßen. Er ließ sich hinab und versank sofort bis zu den Schnürsenkeln im Vogeldung.

Die Felsen bildeten eine Art Trichter, durch den die Exkremente von den Nistplätzen auf den Absatz gelenkt wurden. Vermutlich war die Guanoschicht über einen halben Meter tief. Unter dem Absatz war die Wand weniger steil und hatte gute Griffe und Tritte. Robin löste den Karabiner und kletterte hinab.

Die Bucht war leer. Nur die gleich großen, runden Steine bewegten sich unter seinen Füßen. Direkt unter der Klippe lagen zwei weitere gebrauchte Notfackeln. Am Ufer fand er nur Tang und ein paar verblichene Bretter einer Packkiste. Er hob sie auf, aber sie waren nicht beschriftet, also warf er sie wieder ins Wasser.

Hier unten waren die Vogelschreie leiser. Robin betrachtete die Felswände, die die Bucht umschlossen. Niemand konnte ohne Spezialausrüstung dort hinaufgelangen.

Zwischen zwei Steinen lag das Aas einer jungen Möwe. Strandflöhe hüpften zwischen den farblosen Daunen umher.

33

Sonntag, 30. Juli 2006
Die Bucht
15:45

Die Schatten wurden länger, und die Farbe des Himmels veränderte sich. Wenn er nicht auf dem Plateau biwakieren wollte, musste er bald mit dem Aufstieg beginnen.
Er dachte an die Notfackeln. Ein Dreieck wie eine Bake. Robin warf die Zigarette weg und sah sich noch einmal den Absatz an. Die Oberfläche der Guanoschicht fühlte sich wie eine Kokosmatte an. Der Absatz war ungefähr eineinhalb Meter breit. Zum ersten Mal sah er, dass er nicht ganz eben war, sondern zur Wand hin abfiel und einen Trog formte. Er nahm das Tauchermesser und begann von außen nach innen zu graben.
Der Guano war schwer und klebrig. Nachdem er die obere Schicht aufgebrochen hatte, war es leichter, mit den Fingern zu graben. Der freigesetzte Gestank war unerträglich, Robin wandte sich ab und erbrach sich über die Felskante. Dann zog er sein Hemd aus, durchnässte es und band es sich vors Gesicht.
Nach zehn Minuten und zweimal Galle kotzen trafen seine Finger auf Widerstand. Robin atmete so flach wie möglich und scharrte wie besessen. Ein weißer Seglerstiefel kam zum Vorschein, dann ein Bein in einer hellgrauen,

dicken Hose. Er grub vorsichtig mit tränenden Augen weiter. Langsam legte er das zweite, nackte Bein frei. Als er den weißen Knochen aus der grauen, strammen Haut unter dem Knie ragen sah, musste er sich noch einmal übergeben.
Geduldig scharrte er weiter. Die Frau lag mit dem Kopf zur Wand auf dem Bauch. Wie konnte ein Mensch mit einem offenen Beinbruch hier hinaufklettern? Wie konnte sie sich auf einem Bein aufrichten und drei Notfackeln in Felsspalten stecken? Bevor sie sich zum letzten Mal hinlegte und den Kopf zur Wand drehte. Hatte sie gewusst, dass der Vogelkot ihren Leichnam balsamieren würde?
Die Frau hielt einen wasserdichten Leinensack im linken Arm, der rechte Arm lag dicht am Körper. Behutsam entfernte Robin den Kot von ihrem Kopf. Die Kapuze des Anoraks war steif und riss unter seinen Fingern. Jetzt konnte er beide Hände unter ihren Körper stecken und sie auf den Rücken rollen. Er zuckte zurück, als er das gut konservierte Gesicht der Leiche sah. Das Ammoniak hatte ihre Haare feuerrot gefärbt.
Robin durchsuchte die Taschen des Anoraks, ohne etwas zu finden. Dann schnitt er ihn vorsichtig entlang des Reißverschlusses auf, öffnete ihn und schnitt auch den dicken Pullover auf. Die Armbanduhr war am vierzehnten April um zwanzig Minuten vor fünf stehengeblieben. Anne Bjerre hatte das Saphirglas mit einem spitzen Stein zerbrochen, den er in den mumifizierten Fingern ihrer rechten Hand fand. Im Ärmel lagen immer noch kleine Glassplitter. Er steckte die Uhr in die Tasche.
Sachte lockerte er ihren Griff um den Leinensack und

nahm ihn an sich. Dann stand er auf, ergriff das herunterhängende Seil und kletterte schnell in die Bucht hinab.
Das Wasser war ruhig und nicht besonders kalt. Er watete bis zum Hals hinein, tauchte lange und wusch den stinkenden Guano ab. Seine Kleider schrubbte er so gut er konnte auf den Steinen und legte sie zum Trocknen in die Sonne. Die Bucht lag schon halb im Schatten.
Der Verschluss des Leinensacks war verkrustet. Er schnitt ihn auf und legte den Inhalt auf die Steine: ein Handfunkgerät, ein kleiner GPS-Empfänger, ein Notizbuch mit Kugelschreiber und eine Digitalkamera. Die Papiere der Nadir, Anne Bjerres Brieftasche und ihr Pass lagen in einer separaten Plastikhülle. Alles war trocken und gut erhalten. Er öffnete den Pass, sah in das lächelnde Gesicht und legte ihn in seinen Rucksack.
Robin blätterte hastig durch Anne Bjerres Tagebuch. Er zündete sich eine Zigarette an und las noch einmal den letzten Eintrag vom vierzehnten April 2005. Die Schrift war unsicher, aber die Wörter waren klar und deutlich. Er blieb lange nachdenklich sitzen und starrte aufs Meer hinaus.
Er steckte das Tagebuch in den Rucksack, nahm die Speicherkarte aus ihrer Kamera und legte sie in seine eigene. Alle Bilder waren intakt. Ein kurzes Video zeigte das Wrack der Nadir zwischen der Säule und den Klippen. Er erkannte deutlich alle abgebildeten Personen.

34

Sonntag, 16. Juli 2006
Urd
18:25

Unter der frisch verheilten Schulterwunde riss etwas, und der Schmerz durchschoss ihn. Robin legte das Kinn auf die Brust und brüllte leise und wehmütig wie eine Kuh, die im Sumpf versinkt. Mit blutigen Händen umklammerte er das Seil. Der Granit hatte nichts von der Wärme des Tages gespeichert, der Aufstieg war endlos und kalt. Er hatte Muskelkater in den Unterarmen, und egal, wie oft er Pause machte und sich frei im Klettergurt hängen ließ, er wurde immer schwächer.
Vor seinen Augen tanzten merkwürdige bunte Muster. Aufgeschreckte Vögel flatterten um ihn herum, schrien ihm in die Ohren und hackten ihm in Hände, Kopf und Arme. Hilflos hing er im Seil und verfluchte sie.
Er hatte längst vergessen, wer er war und was er hier verloren hatte, als er die Augen öffnete und die Abendsonne über die Kante scheinen sah.
Robin setzte sich in den Klettergurt, schob die zweite Steigklemme höher hinauf und griff nach der Wasserflasche. Gierig leerte er sie und warf sie über die Schulter. Eine Ewigkeit später hörte er sie auf die Steine fallen.

Fünf Meter vom Klippenrand entfernt saß der große Mann auf einem Stein. Wie das Totem eines prähistorischen Stammes. Er hatte seine Jacke über den Stein gebreitet, und das Einzige, was sich bewegte, war der Rauch der Zigarette in seiner linken Hand. In der rechten hielt er eine Automatikpistole. Die Abendsonne verlieh ihm eine Gloriole um den dunklen Kopf.

Mit leeren Augen sah er Robin an, der sich den letzten Meter über die Kante kämpfte, auf den Rücken rollte und nach Luft schnappte.

Robin wärmte seine eiskalten Hände unter den Achseln und starrte in die Luft.

Ein paar Schäfchenwolken standen still wie Kulissen am Himmel, der, abgesehen davon, leer und blau war. Nur wenn man die Augen zusammenkniff, konnte man die Dunkelheit hinter der Bläue erahnen.

Robin kam auf die Beine, befreite sich langsam aus dem Klettergurt und ließ ihn zu Boden fallen. Zwar zielte die Pistole nicht direkt auf ihn, aber er wusste, dass der große Mann schnell und sicher schießen konnte.

»Bist du gar nicht überrascht?« Die Stimme war trocken und beherrscht.

»Ich bin total überrascht«, sagte Robin.

»Ich auch. Dass du überlebt hast.«

»Das war nicht dein Verdienst.«

Der große Mann grinste schief.

»Wenn ich ehrlich sein darf …«

»Tu dir wegen mir keinen Zwang an.«

»Danke. Also ehrlich gesagt war ich auch überrascht, dass du hier herauf wolltest.«

»Jemand hat mir erzählt, dass das Meer selten alles für sich behält, sondern seine Geschichten Stück für Stück offenbart. Ich wollte sehen, ob das stimmt. Er hatte recht.«
»Du hast sie gefunden?«
Die Augen des großen Mannes waren brutal und übermüdet. Und tiefblau.
Robin nickte.
Der andere nahm einen letzten tiefen Zug aus der Zigarette und warf den Stummel weg.
Er ging zu Robin und trat ihm fest gegen die Beine. Robin landete auf dem Bauch und schlug mit der Stirn auf einen Stein. Der große Mann steckte die Pistole in ein Brustholster, drehte Robin auf die Seite und riss sein Hemd auf. Er beendete die Leibesvisitation, indem er Robin mit seinen Bergstiefeln fest ins Zwerchfell trat. Robin krümmte sich zusammen. Von seiner Stirn lief Blut.
Der große Mann trat zurück und nahm in aller Ruhe das Gespräch wieder auf, als käme er gerade aus einem anderen Zimmer zurück.
»Wie sieht sie aus?«
Robin zuckte mit den Schultern. Er atmete schwer und musste sich wieder erbrechen.
Er setzte sich auf und presste die Hände auf den Bauch.
»Ihre Haare sind rot geworden. Vom Ammoniak. Ansonsten sieht sie gut aus. Wohlkonserviert. Man kann sehen, dass sie eine schöne Frau war. Wie sie es geschafft hat, mit einem offenen Beinbruch vier Meter die Klippe hinaufzuklettern, geht über meinen Verstand. Bestimmt war sie …«
»Ja, das war sie.«

»Sie hat das Hosenbein aufgeschnitten und die Wade mit der Rettungsweste geschient. Aber trotzdem ...«

Der große Mann nickte gleichgültig und sah durch ihn hindurch auf das langsam dunkler werdende Meer.

»Sie lag auf dem Bauch, als würde sie schlafen. Wie ein Kind. Ganz dicht an die Klippe gedrängt.«

Der andere hob die Hand.

»Genug!«

»Du hast die Pistole.«

Der große Mann prostete ihm ironisch mit einer Feldflasche zu und trank. Robins trockene Lippen zogen sich neidisch zusammen. Der Mann deutete auf ein Schmelzwasserbecken hinter sich.

»Gutes Wasser hier oben, vollkommen rein. Man sollte es verkaufen!«

»Wie geht es mit dem Arm?«

»Gut, danke.«

Das Grinsen wurde breiter. Gepflegte, gerade Zähne.

»Wie geht es mit dem Kiefer?«

»Ich kann wieder singen.«

»Schön.«

Der große Mann stand auf und zog die Jacke an. Es wurde kühler.

»Ich habe noch viel vor«, sagte er.

Hinter dem Stein stand ein großer Rucksack, neben dem mehrere Kletterseile und ein paar Ketten lagen.

Er starrte an dem großen Mann vorbei auf die fernen Hänge des Miseryfjell, aber er sah nichts. Nur leere Landschaft.

»Ich wusste nicht, dass du auch segelst«, sagte er.

»Ja, früher sehr viel. Aber jetzt nie wieder.«
Es war wichtig, das Gespräch aufrechtzuerhalten, dachte Robin. Die Alternative war ... inakzeptabel. Er stellte sich auf.
»Axel Nobel wurde beim ersten Sturm schwer verletzt, ging in Tromsø an Land, wurde im Krankenhaus behandelt und ließ sich zuerst nach Hammerfest und dann nach Hause fliegen. Anne Bjerre und Jacob Nellemann bestanden darauf, die Reise fortzusetzen. Anne Bjerre, weil sie Sponsoren für ihren Weltrekordversuch brauchte, und Jacob Nellemann, weil er versagt hatte.«
Der große Mann behielt ihn im Auge und beugte sich über den Rucksack. Robin trat ein paar Schritte nach links und blieb drei Meter vor dem Abgrund stehen.
»Nobel hatte Nellemann immer beschützt und konnte nicht damit aufhören. Die Wetterprognosen waren phantastisch, und Nobel rief seinen alten Kameraden an. Dich. Du hast für den Rest der Reise angeheuert.«
Der große Mann richtete sich auf. Sein Gesicht war eine starre Totenmaske. Mit einem Nicken bedeutete er Robin fortzufahren.
Robin trat wie zufällig einen weiteren Schritt nach links. Er griff in die Tasche, und sofort verschwand die Hand des großen Mannes unter der Jacke. Robin zog ein Päckchen Camel hervor und streckte den Arm aus. Der Mann schüttelte den Kopf.
»Es war eine schlechte Idee. Ein neuer Sturm von der skandinavischen Halbinsel, und die Nadir musste wieder um ihr Leben kämpfen. Mit nur einem professionellen Besatzungsmitglied.«

Die Augen des großen Mannes wurden schmal.
»Das Polarmeer im Sturm ist die Hölle, stimmt's?« Robin wischte sich den Schweiß von der Stirn und spuckte Blut. »Man glaubt, dass einem die letzte Stunde schlägt. Selbst kaltblütige Mörder, die unbewaffneten Fischern die Kehle durchschneiden, wehrlosen Jungs in den Kopf schießen und eine Frau dem sicheren Tod überlassen, können vor Angst zittern.«
Nie hatte Robin eine schnellere Reaktion gesehen, nicht einmal im Film. Ohne Übergang lag die Beretta in der rechten Hand des Mannes. Robin spannte unwillkürlich die Bauchmuskeln an, als könnten sie eine Kugel aufhalten.
Er hatte nicht einmal Zeit, die Augen zu schließen, bevor es knallte. Seine Ohren klingelten und die Harre stellten sich auf, als die Kugel dicht am Kopf vorbeiflog.
»Pass auf«, sagte der große Mann. »Pass gut auf, wie du mit mir redest.«
Robin schüttelte den Kopf.
»Okay, okay! Es ist Tatsache, dass selbst erfahrene Segler der Schrecken packt, wenn sie in einen Dauersturm geraten, der immer stärker wird. Das Gleiche gilt für Bergsteiger im Schneesturm. Es kann jeden treffen, aber ich habe den Eindruck, dass Anne Bjerre ... wie soll ich sagen? ... ziemlich kompromisslos in der Beurteilung anderer Besatzungsmitglieder war, wenn sie nicht ihren Vorstellungen entsprachen. Habe ich recht?«
Hass erfüllte die Augen des großen Mannes.
»Fucking, fucking, fucking bitch! Ich war krank. Sie verhöhnte uns. Ständig. Nannte uns Feiglinge und vieles mehr. Nur Axel war ihr gut genug.«

»Andererseits konnte sie nicht endlos alleine weitermachen«, fuhr Robin fort.
Er blickte über das friedliche Meer und dachte an die rothaarige Leiche hundertdreißig Meter unter ihnen.
»Nein, das konnte sie nicht«, sagte der große Mann.
»Ich weiß natürlich nicht genau, was geschehen ist«, sagte Robin und verschwieg den Rucksack mit dem Tagebuch und der Digitalkamera, der am anderen Ende des Seiles hing. »Ich vermute, dass sie sich das Bein an Bord gebrochen hat. Da war der Sturm schon am Nachlassen, zu eurem Glück. Als du endlich hinaufkamst, sahst du Land und warst außer dir vor Freude. Ihr musstet über die *bitch* drübersteigen, um ins Schlauchboot zu kommen, stimmt's?«
Der große Mann grinste imponiert.
Robin Hansen war so müde wie nie in seinem Leben. Er wünschte sich nur drei Dinge: Sich ans Schmelzwasserbecken setzen und die blutenden Hände und Füße ins kalte Wasser stecken. Ein ganzes Päckchen Zigaretten rauchen. Ins weiche Moos fallen und einen Monat lang schlafen.
»Ich nehme an, dass Anne Bjerre ihr Bein selbst geschient und das Rettungsfloß losgemacht hat. Dann ist sie hierhergetrieben. Die Meeresströmung ist konstant, und es ist die einzige Bucht weit und breit. Rechts und links gibt es meilenweit nur senkrechte, tödliche Klippen. Sie muss mit letzter Kraft hierhergepaddelt sein.«
»*Wir* mussten nicht paddeln«, sagte der große Mann. »Wir hatten einen Motor. Sie hatte nichts. Jacob und ich fuhren nach Sørhamna und später im Windschatten an der Westküste hinauf.«

Der große Mann starrte Robin mit leerem Blick an. Seine Pupillen waren flach und reflektierten das Licht auf unnatürliche Weise.
»Jacob lag noch im Wrack, und ich ging noch einmal zu ihr. Rettungsfloß und Paddel. Lieber gleich gründlich sein, dachte ich.«
»Absolut«, sagte Robin.
Er rieb sich mit beiden Händen das Gesicht. Ellen und die Töchter schüttelten resigniert die Köpfe und wandten sich ab. Verblichen.
»Du hast Anne Bjerre ihrem Schicksal überlassen und den armen, verwirrten Nellemann dazu gebracht, deine Version zu bestätigen. Vielleicht hast du ihm gedroht oder ihn erpresst. Hinterher hat er es bereut und wollte Axel Nobel auf seine Seite bringen. Was er offenbar nicht geschafft hat. Auch dir hat er von seinen Schuldgefühlen und seiner Krankheit erzählt. Ebenso gut hätte er sich seine kostbare englische Jagdflinte selbst in den Mund stecken können.«
»Das hätte mir einiges erspart.« Der große Mann nickte. »Oder er hätte sein verdammtes Maul halten können, bis er krepiert wäre.«
»Dann hat Jonas Bjerre ihm geschrieben. Die EPIRB. Und plötzlich wurde ihm alles klar.« Robin zuckte mit den Schultern. »Aber Anne Bjerre hatte es sicher verdient. Ihr seid abgehauen und habt sie zurückgelassen, um eure Karriere und euren Ruf zu retten. Der Elitesoldat und der Großwildjäger …«
Er zündete sich eine weitere Zigarette an, der große Mann sah auf die Uhr. Es war die gleiche Rolex, die Robin an Axel Nobels Handgelenk gesehen hatte.

»Der Rest ist Geschichte. Nellemann bekam Krebs, aber er hatte eine gewissenhafte Frau und einen verständnisvollen Priester. Katholische Priester können ziemlich kompromisslos sein, was die Wahrheit angeht. Man sollte sein irdisches Haus in Ordnung bringen, bevor man es verlässt. Genau das hat Jacob Nellemann beschlossen. Übrigens hat er dem Pater nicht alles gebeichtet, ich habe mit ihm gesprochen.«
»Bist du fertig?«
Der große Mann wurde ungeduldig, aber gleichzeitig war er fasziniert. Als läse Robin eine neue, nicht autorisierte Biographie vor.
»Du hast ziemlich ungeschickt versucht, Jonas Bjerre den Mord anzuhängen. Schau das nächste Mal vorher nach, ob das Steuer rechts oder links ist, bevor du Spuren im Waldboden hinterlässt. Und vergiss den Kilometerzähler nicht. Der Wagen war gerade erst zur Inspektion in Kalundborg gewesen und ist danach nicht mehr gefahren worden. Und pass auf, dass kein Wachs an den Schlüsseln kleben bleibt, wenn du Abdrücke machst. Nicht zuletzt waren keine Fingerabdrücke des Besitzers am Schaft des Bogens, wo man ihn normalerweise hält.«
»Danke, ich werde daran denken. Das Ganze ging vielleicht ein bisschen zu schnell«, räumte der große Mann ein.
»Schritt eins war, der Polizei vorzumachen, dass Jonas Bjerre der Mörder sei. Schritt zwei war, Axel Nobel davon zu überzeugen, dass du und er die nächsten Opfer sein würdet. Was drastische Maßnahmen rechtfertigte. Ist das korrekt?«

»Völlig. Du bist tüchtig. Sie hatten mich gewarnt, jetzt fällt es mir wieder ein.«

Langsam hob der große Mann die schwere Automatikpistole.

»Aber in Wirklichkeit weißt du gar nichts.«

Er schüttelte beinahe mitleidig den Kopf, zog einen USB-Stick aus der Tasche und hielt ihn in die Höhe.

»Die Aufnahme«, sagte er. »Du weißt nichts.« Er schleuderte den silberfarbenen Stick in hohem Bogen über die Klippe hinaus. Beide blickten ihm hinterher.

»Ich weiß nichts? Ich weiß, wer du bist. Ich habe dich schon einmal gesehen. In Nobels Hauptquartier, zusammen mit Nobel. Und später in Nobels Büro. Das Foto aus Afghanistan.«

»Unmöglich. Nicht einmal meine Mutter würde mich darauf erkennen.«

»Du hast eine Mutter? Die Arme. Die Tätowierung auf deinem linken Arm. SAS. Dolch und Banner. *Who dares wins.* Fucking macho! Du hast Hauptmann Nobel den Arm um die Schulter gelegt. Ich habe die Tätowierung in der Nacht auf dem Boot wiedererkannt.«

»Genug jetzt!«

Am westlichen Horizont waren lange flache Schatten zu sehen. In der Abendsonne sahen sie wie mythische Schären aus.

»Ich habe eigentlich nur noch eine Frage«, sagte Robin.

»Warum?«

»Warum?«

»Anne Bjerre.«

Das Gesicht des großen Mannes verlor jeden Ausdruck.

Seine Pupillen flackerten unkontrolliert, er ließ den Blick über Robin schweifen und fixierte einen Punkt über dessen rechter Schulter, in weiter Ferne. Er räusperte sich fast verlegen, aber seine Augen blieben hart und glasig, als er Robin wieder ansah.

»Du würdest es nicht verstehen. Garantiert nicht«, sagte er und hob die Pistole.

Da bemerkte Robin einen kleinen, grünen Fleck auf der Brust des anderen. Langsam bewegte sich die Lasermarke an die Kehle des großen Mannes.

»Nicht bewegen!«, flüsterte Robin ernst.

Der große Mann runzelte die Stirn. Robin zeigte auf seinen eigenen Hals. Der große Mann begann zu begreifen und hob unendlich langsam die linke Hand. Versteinert betrachtete er den grünen Punkt auf seinem Handrücken.

Er ließ die Beretta sinken.

»Axel ...?«

Robin schaute zu den mit Steinen übersäten Hängen des Urd, aber kein lebendes Wesen war zu sehen. Der Kommissar streckte die Hand in die Luft und winkte abwehrend. Die Lasermarke blieb unerschütterlich an der Kehle des großen Mannes.

»Lass sie fallen«, sagte Robin, aber der große Mann behielt die Pistole in der Hand.

»Es war Axel, der ...«

In diesem Moment strich die Lasermarke blitzschnell am Arm des großen Mannes hinab. Unterarm und Pistole verschwanden in einer roten Wolke, und eine Zehntelsekunde später hörten sie den Knall.

Der große Mann betrachtete den roten, zerfetzten Jacken-

ärmel. Er hob langsam den Kopf. Mund und Augen öffneten sich weit.
Robin drehte sich um und winkte wild mit beiden Armen. Dann sprang er zu dem großen Mann, der zu schwanken begann, und griff ihn um die Schultern. Er nahm die linke Hand des Mannes, und beide umklammerten den leeren Ärmel und das glitschige Fleisch darunter.
Robin sah ihm in die Augen, die ihn fassungslos anstarrten, und hörte den Ansatz eines Schreis, als der nächste Schuss den großen Mann unterbrach und ihm die Schädeldecke entfernte, wenige Zentimeter neben Robins Gesicht.

Danach geschah lange nichts. Robin blieb regungslos stehen. Dann hob er langsam die Hände und wischte die klebrige, rote Masse aus dem Gesicht. Verschwommen sah er in weiter Ferne zwei Gestalten den Abhang herunterkommen. Zuerst erkannte er den großen Reeder, der unbeschwert und entschlossen voranging. Die zweite, dickere Gestalt trottete behäbig und würdevoll hinter Axel Nobel her.

35

Sonntag, 30. Juli 2006
Urd
19:25

Chefinspektor Hans Theodor Philipsen stieß wenige hundert Meter vom Klippenrand entfernt auf seine rechte Hand, den Teilzeitangestellten Kriminalkommissar Robin Hansen.
Der Kommissar saß auf einem moosbewachsenen Stein mitten in einem rauschenden Bach. Sein Kinn berührte fast die Knie, und die nackten Füße und Hände steckten tief im Schmelzwasser. Er hatte die Augen geschlossen. Philipsen fragte sich, ob man wirklich in dieser verkrampften Stellung einschlafen konnte.
Er räusperte sich laut, und die Glieder des Kommissars zuckten spasmisch, ohne dass er den Kopf hob.
»Wie geht es dir?«
Philipsens Ton war mild und zögernd, begleitet von einem unsicheren Lächeln.
Schmerzhaft langsam hob der Kommissar den Kopf, kniff die Augen zusammen und musterte Philipsen. Dessen Vorstellung von angemessener Outdoor-Kleidung umfasste braune, blankgeputzte Fettlederstiefel, dicke, grüne Kniestrümpfe mit Quasten, Kniebundhosen, einen Lodenmantel und einen Tirolerhut. Mit Tressen und Feder.
»Wo ist dein Wanderstock?«

Philipsen wurde rot und warf Robin einen eiskalten Blick zu, aber er sagte nichts.
»Wie bist du hier heraufgekommen?«
Philipsen blinzelte in die Sonne, die hinter dem Miseryfjell unterging.
»Hubschrauber«, grunzte er. »Hast du ihn nicht gehört?«
Robin Hansen begrub das Gesicht in den nassen Händen. Dann schöpfte er Wasser über seine verschwitzten, blutigen Haare. Es tropfte von Bart und Schultern hinab und malte flüchtige braune Streifen ins Wasser. Langsam stand er auf.
»Doch, irgendetwas habe ich letzte Nacht gehört. Die Flotte?«
»Nein. Amerikaner. Veteranen. Und was für welche! Bessere Spezialisten wirst du nicht finden.« Er zwinkerte Robin konspirativ zu. »Alles streng geheim, verstanden?«
Philipsen öffnete den Mund und füllte die Lungen. Dann blähte er befreit die Nasenflügel auf und atmete tief durch.
»Herrlicher Ort! Keine Pollen!«
Robin schleppte sich ans Ufer und stand triefend vor ihm.
»Du kannst ja hier bleiben und eine Hütte aus Treibholz bauen.«
»Warum nicht? Gute Idee!«
Robin starrte ihn an.
»War das alles geplant?«
»Ja.«
»Mich als Köder zu benutzen?«
Philipsen trat einen Schritt zurück.
»Wer einen Tiger fangen will, muss erst eine Ziege anbin-

den. Er hatte einen Sender in dein Handy eingebaut und alle Gespräche abgehört. Wusste immer, wo du warst.«
Philipsen zögerte. »So gesehen hast du ihn selbst zu dem Kutter und Jonas Bjerre geführt.«
»Fuck!« Robin schüttelte den Kopf. »Aber wie zum Teufel hast du Axel Nobel dazu gebracht, dir zu helfen? Ich gehe davon aus, dass das seine alten Buddies sind.«
»Ja, das stimmt. Es war gar nicht schwer. Er hatte die Wahl zwischen bedingungsloser Zusammenarbeit und einer Anklage wegen Mittäterschaft in sechs Mordfällen.«
»Ist dir klar, dass er keinen Arm mehr hatte, als Nobel ihn hingerichtet hat? Dass ich schon in Sicherheit war?«
Philipsen zuckte mit der Schulter.
»Ich glaube, es ist besser so.«
»Woher wusstest du, dass er es war?«
»Ein Bericht aus dem Bethesda Naval Hospital«, sagte Philipsen. »Von 1990. Desert Storm. Die Iraker haben ihn gefangen genommen und übel zugerichtet. Nobel hat ihn gerettet. Die Tätowierung wurde als Merkmal erwähnt. Thomsen und Ledenko haben ihn überwacht.«
Philipsen lächelte leutselig, aber Robin starrte ihn ungerührt an.
»Welcher Bericht?«
»Hast du den nicht bekommen? Das war Absicht.«
»Klar hast du ihn mir vorenthalten.«
»Ihr wurdet beide nonstop von bewaffneten Überwachungsfahrzeugen und Helikoptern beschattet. Falls er der Versuchung nicht widerstanden hätte, dich von der Reise abzuhalten.«
»Ich soll also dankbar sein?«

Ohne zu antworten, reichte ihm Philipsen einen Fleecepullover. Robin zog ihn über den Kopf und wunderte sich.
»Das ist doch mein eigener?«
»Wir haben unterwegs noch schnell dein Boot durchsucht. Das Motorboot liegt auch in Sørhamna. Wie kommst du heim?« Philipsen fragte, als kämen sie gerade zusammen aus einer Kneipe.
Robin starrte ihn mit leeren Augen an. Er fror, seine Hände waren gefühllos. Er wollte sich eine Zigarette anzünden, zitterte aber so heftig, dass Philipsen das Feuerzeug halten musste.
Der Chefinspektor trug zwei Leichensäcke mit Tragegriffen unter dem Arm.
Robin deutete darauf. »Zwei?«
»Du hast doch Anne Bjerre gefunden, oder?«
»Hättet ihr mich nicht einweihen können? Wenigstens, als ihr hier wart?«
»Ich dachte, es sei am besten, wenn du ... äh ... dich natürlich verhältst. Komm schon, Robin! Was sollte ich denn tun?«
»Ich will zurück auf mein Boot.«
Philipsen nickte und zog ein Satellitentelefon aus der Tasche.
»Natürlich. Dann kannst du auf dem Heimweg gleich den Bericht schreiben. Ich rufe den Helikopter.«
Philipsen liebte das Militär.

Drei athletische junge Männer in Lederjacken, Cargo-Hosen und Bergstiefeln errichteten ein Stativ am Rand der Klippe. Sie sahen kaum von ihrer Arbeit auf, als Phi-

lipsen und Robin vorbeigingen. Sie unterhielten sich leise auf Amerikanisch, während sie Alu-Rohre zusammensteckten und einen Ausleger mit Flaschenzug und Haken an der Spitze des Stativs befestigten. Dann verankerten sie die Konstruktion und schwangen den Ausleger über den Abgrund. Lange Kletterseile lagen bereit, und einer der Männer zog einen Klettergurt und eine Stirnlampe an.
Philipsen und Robin gingen an Fasil vorbei. Er war in einen dicken Parka eingemummt und werkelte mit einem Hohlspiegelmikrofon, einem Aufnahmegerät und einer Videokamera mit Teleobjektiv. Er winkte Robin zu und lächelte zaghaft.
Robin winkte zurück.
Axel Nobel stand abseits. Er beugte sich über ein Funkgerät und sprach leise ins Mikrofon. Neben dem Reeder lag ein heimtückisches, schwarzes Präzisionsgewehr mit Stativ, riesigem Zielfernrohr und Laserzielgerät.
Er richtete sich auf und redete in bestem Einvernehmen mit Philipsen. Robin hörte dem Gespräch nicht zu – er fror nur. Trotzdem bemerkte er, dass die beiden trotz Philipsens Ultimatum offenbar gute Freunde geworden waren. Wahrscheinlich sah sich Philipsen schon an der vornehm gedeckten Tafel im Schloss von Gyrstinge sitzen, mit einem andächtigen Publikum aus ebenso Auserwählten. Mit einem Serviettenring aus Sterlingsilber, der sein persönliches Monogramm trug, dachte Robin bitter.
Philipsen brachte den Soldaten die Leichensäcke, und Nobel wendete sich Robin zu. Er gab ihm seinen professionellen, distanzierten Händedruck und sah trauriger aus als je zuvor.

»Ich soll grüßen«, sagte Robin. »Es war sein letztes Wort: Axel.«

»Ich weiß«, sagte Nobel und zeigte auf Fasils Ausrüstung. »Und ich dachte damals, es würde ein beliebiger Segeltörn werden.«

Robin explodierte innerlich. Ehe er wusste, wie ihm geschah, hatte er ausgeholt und dem Reeder mit einem kräftigen Haken die Faust unters Ohr geschmettert.

Axel Nobel ging zu Boden. Verwundert betrachtete Robin seine deformierte Hand. Der Mittelhandknochen des kleinen Fingers war gebrochen. Das war schon öfter vorgekommen und hatte nichts zu bedeuten. Rechtshaken waren immer seine besten Schläge gewesen.

Axel Nobel stemmte sich beschwerlich auf die Ellbogen und schüttelte den Kopf. Robin stellte sich über ihn, bückte sich und ohrfeigte ihn noch einmal mit aller Kraft. Er riss dem protestierenden, halb bewusstlosen Mann die Armbanduhr vom Handgelenk und steckte sie in die Tasche.

Nobel sah ihn wie durch einen Schleier an.

»Du hast ihn hingerichtet. Du hast deinen Freund umgebracht, um ein Geständnis zu verhindern. Außerdem hättest du Jacob Nellemann schon früher unterstützen können. Du hättest mir vom Notsender der Nadir erzählen können. Du hättest deinen Freund bremsen können. Du hättest sehen müssen, dass er nicht mehr zurechnungsfähig war.«

Er pustete auf seine Knöchel und sah Nobel in die Augen.

»Ich erwarte so bald wie möglich eine großzügige Ent-

schädigung an die Opfer. An Frau Bjerre, an Heidi Nellemann, an Anders' Familie und die Familien der Fischer. Ein Fonds zum Beispiel. Hörst du?«
»Natürlich.«
Robin Hansen drehte auf dem Absatz um. Die drei Soldaten sahen ihn ernst an. Dann grinsten sie in stillem Einvernehmen. Einer von ihnen streckte zum Abschied die Faust in die Luft.
Hinter sich hörte er Philipsens unzusammenhängende Entschuldigungen. Er stotterte etwas von »sozialen Minderwertigkeitskomplexen« und »… nicht das Privileg einer ordentlichen Erziehung genossen«.
Nobel schwieg.

Obwohl er das Fliegen hasste, schlief er sofort ein, nachdem der Helikopter zum kurzen Flug von den Hängen des Urd nach Sørhamna gestartet war, wo die Cormoran und ein Anruf an Ellen ihn erwarteten. Er hatte den Kopf gegen die Wand gelehnt, der Wind zerzauste sein langes Haar und seinen Bart.
Philipsen betrachtete missbilligend die schlafende Gestalt neben sich. Dann richtete er das Mikrofon am Kopfhörer und fragte die zivil gekleideten Piloten über Reichweite, maximale Flughöhe und Geschwindigkeit des Helikopters aus.

Epilog

Robin untersuchte neugierig das Päckchen, dass er auf dem Kartentisch der Cormoran gefunden hatte, als er aufgewacht war. Er hielt es ans Ohr, aber er konnte keinen Laut hören. Tastete mit dem Fingernagel nach Leitungen. Es war schwer.
Er starrte es lange nervös an und rauchte eine Zigarette nach der anderen. Dachte an Philipsens Bericht, schloss die Augen und ließ Gesichter Revue passieren: Jonas und Anne Bjerre, Anders, Nellemann und die zwei Fischer. Das abgehörte Handy. Er machte sich die schlimmsten Vorwürfe, zitterte am ganzen Körper und schlug den Kopf gegen die Wand. Er hatte auf ganzer Linie versagt, es gab keine andere Schlussfolgerung. Der Schweiß stand ihm auf der Stirn.
Endlich riss er sich aus den Gedanken, zog vorsichtig an der Schleife und öffnete das blaue, metallisch schimmernde Geschenkpapier. Eine cremefarbene Pappschachtel kam zum Vorschein, auf deren Deckel *Sotheby's of London* eingeprägt war. Er entfernte das Füllmaterial und fand einen reichverzierten viktorianischen Silberflachmann. Auf der Rückseite waren Jagdszenen eingraviert, auf der konvexen Vorderseite ein Vollsegler mit windgeblähten Segeln über schraffierten Wellen. Ein Wal stieß

eine Fontäne aus und machte der vollbusigen Galionsfigur schöne Augen.
Der Flachmann hatte eine lange Reise hinter sich. Die Bodenprägung besagte *James Dixon & Sons, Sheffield 1885*. Aber die eigentliche Attraktion der Flasche war unter der Jagdszene eingeprägt: *Capn. Joshua Slocum, Esq. Nantucket 1893*. Der erste Einhand-Weltumsegler. Unter der Watte lag Sotheby's *Letter of Provenance*, auf dessen Rückseite Axel Nobel in gelehrter Handschrift geschrieben hatte:

Lieber Robin Hansen,
diese Flasche hat mein Vater kurz vor seinem Tod für mich gekauft. Sie hat auf allen meinen Reisen unter dem Kartentisch gelegen. Sie würde sicher gute Dienste auf der schönen Cormoran leisten. (Sie haben bestimmt Andy Morgan gelesen?)

Wider Willen lächelte Robin. Es stimmte genau.

Wer das Meer liebt, muss Slocums Buch über die Weltumseglung der Spray gelesen haben.
Viele haben sich gefragt, was ihm wohl zugestoßen ist, nachdem er zum letzten Mal Nantucket verließ, und gehofft, dass eines Tages eine Spur auftauchen würde.
Als Kuriosum werden Sie am Boden der Flasche die Initialen USMC finden. Slocums Urenkel war bei den Marines. Er fiel 1942 in der Schlacht um Guadalcanal. Emblem und Motto der Marines sind ebenfalls

eingraviert. Es ist ein gutes Motto, das sich meiner Meinung nach nicht steigern lässt.
Mit besten Wünschen für Sie und Ihre Familie
Axel Nobel
PS: In der Flasche ist Calva. Der gute.

Das Geschenk war zu wertvoll, um es anzunehmen. Niemals hätte er es sich selbst leisten können. Er öffnete die Flasche, hielt sie in die goldenen Strahlen der Morgensonne und atmete den reichen Duft des Calvados ein.
Globus, Anker und Adler. Und das Motto *Semper fidelis*.

Er bereitete das Frühstück, schwamm im Hafenbecken und duschte im Cockpit. Nahm immer wieder den Flachmann in die Hand und drehte ihn im Sonnenlicht. Die drei jungen Männer hatten den Hafen längst mit der Motorjacht des großen Mannes verlassen. Robin hätte es nicht überrascht, erst aus der Karibik wieder von ihnen zu hören.
Es war Zeit für die Heimreise. Der Westwind war auf die Barentssee zurückgekehrt, und kleine Wellen schlugen an die alte, erodierte Mole. Der Himmel war klar. Es würde ein schöner Törn werden. Er wünschte, Ellen wäre bei ihm.
Er zog Jeans und Pullover an und ging an Deck.

Bjørnøya versank am nördlichen Horizont, die Segel schoben die Cormoran durch die langen Wellen. Robin stellte den Autopiloten auf 125 Grad und ging hinunter, um Kaffee zu kochen.

Er hob seine Shorts vom Deck auf und spürte die Schwere. Dann setzte er sich in den Salon und verglich Nobels Armbanduhr mit der des großen Mannes, die er dem Toten heimlich vom Handgelenk gestreift hatte. Die Uhren waren absolut identisch. Er drehte sie um. Auch die Gravur auf dem Gehäuse war fast gleichlautend.

Die Cormoran neigte sich leicht nach Steuerbord. Ihre Segel waren prall, das Wasser zischte am Bug vorbei. Robin nahm die Uhren und warf sie schnell hintereinander in hohem Bogen über Bord. Sie landeten auf demselben Wellenkamm und versanken glitzernd im blauen Wasser.

Chris Tvedt

Frei von Schuld

Ein Fall für Mikael Brenne

Was muss passieren, damit ein Strafverteidiger seine ethischen Prinzipien über Bord wirft und sich in einer Welt wiederfindet, deren Spielregeln nicht im norwegischen Gesetz verankert sind? Diese Frage stellt sich der Anwalt Mikael Brenne aus Bergen leider viel zu spät. Zu diesem Zeitpunkt ist er bereits so in die lukrativen Machenschaften seines ausländischen Mandanten verstrickt, dass die ein oder andere Gesetzesübertretung für ihn lebensnotwendig geworden ist. Als Brenne einen Gehilfen seines Klienten im Affekt erschlägt, scheint sich die Schlinge um seinen Hals gefährlich zuzuziehen ...

»Brillante Spannung.«
Focus Online

Knaur Taschenbuch Verlag